06/2500

Über 40 Jahre
Heyne Science Fiction
& Fantasy

2500 Bände
Das Gesamt-Programm

Fantasy

Herausgegeben von Friedel Wahren

Von **Teresa Edgerton** erschienen in der Reihe
HEYNE SCIENCE FICTION & FANTASY:

Trilogie DIE GRÜNEN LÖWEN
Das Kind der Sonne · 06/9002
Der verborgene Mond · 06/9003
Das Werk der Sonne · 06/9004

Unter dem Trollmond · 06/9020
Die Gnomen-Maschine · 06/9021

TERESA EDGERTON

Die Gnomen-Maschine

Roman

Deutsche Erstausgabe

WILHELM HEYNE VERLAG
MÜNCHEN

HEYNE SCIENCE FICTION & FANTASY
Band 06/9021

Titel der Originalausgabe
THE GNOME'S ENGINE
Übersetzung aus dem amerikanischen Englisch
von Alfons Winkelmann
Das Umschlagbild malten
Zoltan Boros und Gabor Sziksai/Agentur Kohlstedt

Umwelthinweis:
Dieses Buch wurde auf
chlor- und säurefreiem Papier gedruckt.

Redaktion: Joern Rauser

Erstausgabe bei Ace Books/
The Berkley Publishing Group, New York

http://www.heyne.de
Printed in Germany 1999
Umschlaggestaltung: Atelier Ingrid Schütz, München
Technische Betreuung: M. Spinola
Satz: Schaber Satz- und Datentechnik, Wels
Druck und Bindung: Ebner Ulm

ISBN 3-453-14931-9

INHALT

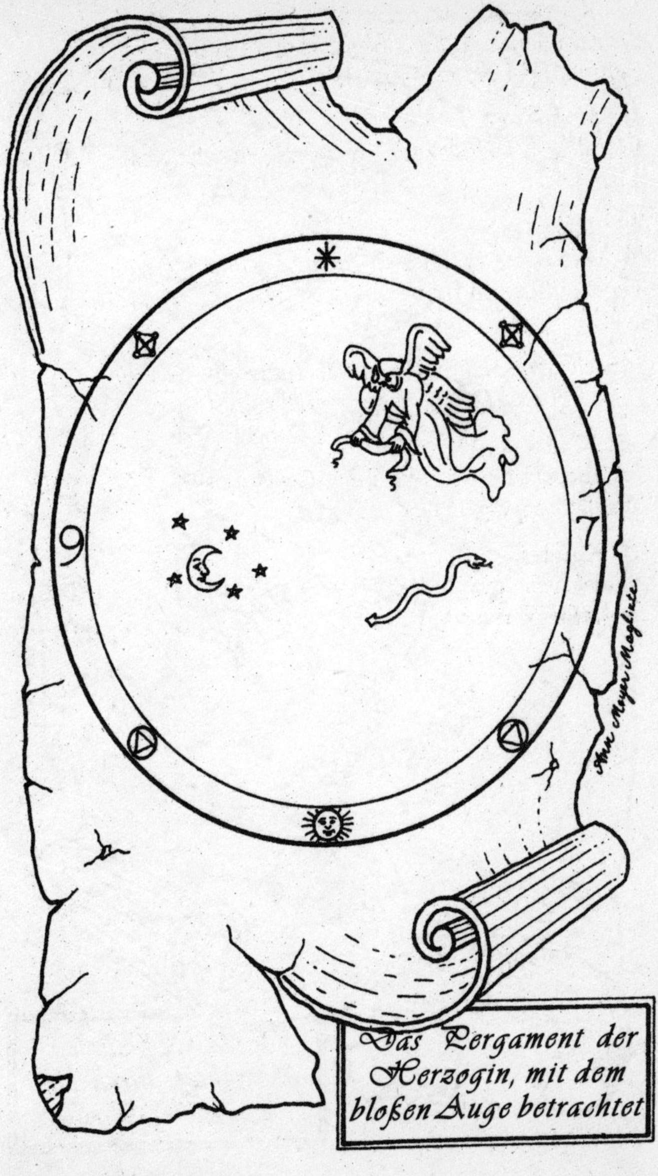

Das Pergament der Herzogin, mit dem bloßen Auge betrachtet

Die Symbole, betrachtet durch eine magische Brille

VOM STEIN ›SERAMARIAS‹

Da ist ein Stein, Seramarias genannt, der in der Natur nicht vorkommt. Er besitzt wundersame Eigenschaften, denn er neutralisiert Gifte, zieht andere Edelsteine an, wie ein Magneteisenstein Eisen anzieht, und verleiht seinem Träger die Gabe der Zukunftsschau.

Viele andere, gleichermaßen bemerkenswerte Anwendungen werden ihm zugeschrieben.

Gibt man ihn sieben Tage lang in ein Dram Wasser und zwei Dram Wein – so daß der Stein auf diese Weise die ihm innewohnende Essenz weitergeben und damit das Elixir anreichern kann –, und ein Ehrbarer Mann trinkt einen jeden Tag nur einen winzigen Schluck davon, so verlängert er sein Leben über die natürliche Spanne hinaus. Weiterhin schrieb Pseudopholus Benedictus: »In den Händen des Weisen kuriert Seramarias alle Krankheiten, kühlt alle bösen Leidenschaften und erhebt die Sinne.«

Wahr ist jedoch gleichfalls, daß Männer aus einer habsüchtigen Liebe zum Feuer und Glanz des Steins Seramarias suchen und solchermaßen ihres inneren Friedens verlustig gehen.

Aus Catalanas *Buch des Schweigens: Die Erinnerungen und Gedanken des Weisen Don Gaspar Eirenius Catalana,* aus dem Spagnischen übersetzt von Dr. Thos. Scotus Kelly, Fr. Meph., M.S.O.

I. KAPITEL

In der Art eines Prologs

Selbst bei Mondschein war deutlich zu erkennen, daß das zerfallende Herrenhaus von Zar-Wildungen bessere Tage gesehen hatte. Ein weitläufiges Gebäude aus weißem Stein, gefangen in einem verwobenen Netz aus Efeu und blühendem Wein, hatte das Haus dennoch eine gewisse schläfrige Würde bewahrt, als ob es in einer Art architektonischer Trance existierte, wie eine sinnend schlafende Schöne, die die Jahrhunderte inmitten eines Gefängnisses aus Blättern und Blumen dahinträumt.

So wirkte der uralte Bau von außen – schwer, träge und düster. Im Innern jedoch war alles anders. Diener mit grimmigen Gesichtern eilten verzweifelt pflichtbewußt von einem verstaubtem Zimmer zum nächsten. Angespannt, in raschem Geflüster, gaben sie ihre Anweisungen weiter – unermüdlich rannten Lakaien und Pagen zwischen der Anrichtekammer und der Küche hin und her. Schüsseln waren kalt geworden, während sie darauf gewartet hatten, den Gaumen der Herzogin zu erfreuen. Die Diener brachten sie in Windeseile zum Aufwärmen wieder nach unten. In einem ihrer seltenen wütenden und heftigen Temperamentsausbrüche hatte die kleine Herzogin den gesamten Haushalt in Aufruhr versetzt.

Offenbar unbeeindruckt von dem geschäftigen Hin und Her dort unten, schritt sie über die Dielen ihres eleganten, vergoldeten Schlafzimmers, und die vollen Rocksäume ihres Satinkleids raschelten bei jeder ihrer

Bewegungen. Ihre Wangen glühten, und ihre Brust hob und senkte sich in kurzen, heftigen Atemstößen. Achtlos beiseitegeworfen lag ein zusammengeknülltes Papier auf den Dielen neben dem Marmorkamin: der Brief, der vor vielen Stunden ihr aufbrausendes Temperament entfacht hatte.

»Meine Spione ...«, tobte sie laut – obgleich sich außer Sebastian, dem winzigen Indigoaffen, niemand im Zimmer aufhielt, der sie hätte hören können. Der Affe hatte Zuflucht auf dem Kaminsims genommen. »... Meine Spione sind allesamt unfähige Narren! Zwei junge Damen – nein, zwei dumme, unerfahrene Mädchen – haben sie alle an der Nase herumgeführt!«

Sie ballte die kleinen Hände fest zur Faust. Ein Jahr war verstrichen, seitdem diese gemeinen, unausstehlichen Mädchen verschwunden waren, ein Jahr, in dem sie sich der Herzogin und ihren zahllosen Spionen geschickt entzogen hatten, ein Jahr der falschen Spuren und immer wiederkehrenden Enttäuschungen – wie jene, die sie heute erlebt hatte ...

Sie warf sich auf ein zierliches kleines Sofa am Fenster und legte sich eine Hand auf den schmerzenden Kopf. Während ihre Wut allmählich verrauchte, beschlich sie ein erstickendes Gefühl der Lähmung, und jäh füllten sich ihre Augen mit Tränen.

Nur solche wie sie, von Elfenblut, dachte die Herzogin, vermochten ihre bittere Enttäuschung zu verstehen – jeder, aber auch jeder Plan vereitelt, die ihr rechtmäßig zustehende Rache verwehrt. Nur ein anderer, einfühlsamer Mischling wie sie konnte verstehen, wie es war, von so vielen einander widersprechenden Wünschen hin- und hergerissen zu werden. Ein Schauder durchlief ihre zierliche Gestalt. Von Seiten ihres Vaters, eines vollblütigen Elfs, hatte sie den verzehrenden Hunger nach Rache geerbt, eine grundlegende Unfähigkeit, irgendeine Beleidigung zu vergeben, gleich, wie geringfügig oder unbeabsichtigt sie war; aber ein menschlicher Zug von Seiten ihrer Mutter beraubte sie der heftigen, nährenden Leidenschaft, die sie jetzt eigentlich aufrechthalten sollte, und entmutigte sie statt dessen. Sie kam zu der morbiden Überzeugung, daß ein Sieg über ihre Feinde, wenn er denn endlich gelänge, bestenfalls nur ein hohler Triumph wäre.

»Was bin ich doch für eine erbärmliche Kreatur; weder das eine, noch das andere!« rief sie wehmütig aus. »Und es macht einen müde, müde, müde!«

Wie als Antwort auf diese ruhigere Stimmung kletterte der blaue Affe vom Kaminsims herab, hüpfte ungelenk über die Dielen, kletterte den Rücken des Sofas hinauf und blickte mit seinen umwölkten alten Augen auf sie herab. Die Herzogin betrachtete ihn durch ihren Tränenschleier. »Armer, kleiner Sebastian, armer, einsamer Geselle! Wenn *ich* eine Mißgeburt bin, was bist dann du?«

»Ein Indigoaffe, wirklich, sehr selten … unzweifelhaft etwas Außergewöhnliches.« So erklärte sie ihn ihren Freunden. Nur die Herzogin (und vielleicht Sebastian selbst) wußten, wie selten er tatsächlich war – daß es niemals einen anderen seiner Art gegeben hatte und womöglich auch niemals geben würde. »*Weißt* du es, Sebastian? Hast du auch nur eine Ahnung davon, daß du ganz einzigartig bist … oder lebst du dein Leben in gnädiger Unwissenheit?« Selbst nach so vielen Jahren war sie sich nicht gewiß, wieviel Sebastian wußte, wie weit sein Verständnisvermögen reichte.

Und selbst wenn er die eigene Lage verstand, dachte sie wehmütig, verstand er wohl kaum die ihre.

Die Herzogin holte ein Spitzentaschentuch hervor und wischte sich die Augen. Sie wußte genau, daß sie nach außen nur wenige Merkmale ihrer gemischten Abstammung zeigte. Sie war etwas unter fünf Fuß groß, weiß wie Porzellan, wirkte aber ansonsten so völlig menschlich, daß nur wenige sie in Verdacht hatten, etwas Elfenblut in sich zu haben. Unter den Mischlingsrassen war es jedoch ein Allgemeinplatz, daß diejenigen mit den groteskesten äußeren Anzeichen ihrer Herkunft unausweichlich einen größeren Grad an innerer Harmonie sowie eine gesetztere und gelassenere Grundlage besaßen – während solche wie die Herzogin, die entweder ganz wie ein Mensch oder wie ein Elf aussahen, das Durcheinander im Innern zu ertragen hatten.

Die Herzogin breitete ihr Taschentuch zum Trocknen auf dem Schoß aus und streichelte Sebastian das lange blaue Haar. Der kleine Kerl wimmerte leise. Traurig schüttelte die Herzogin den Kopf. Obgleich durch Welten voneinander getrennt, war es doch offenbar, daß sie beide einen gemeinsamen Kummer teilten. »Nein«, sagte sie seufzend, »unwissend magst du sehr wohl sein, aber daß du glücklich bist, das vermag ich nicht zu glauben.«

Und beim Gedanken an Sebastian und seinen ganzen Kummer fluteten die Erinnerungen an ihre eigene mißliche Lage in sie zurück: ihr wunderschöner, ausgeklügelter Plan (sechzehn Jahre Vorbereitungszeit!) war zerfallen zu nichts – nein, schlimmer! Die eigene ungesühnte Kränkung hatte eine ganze Heerschar vor Ärgernissen nach sich gezogen, die alle gerächt werden *mußten* … Der Treubruch ihres einfühlsamen jungen Liebhabers, Francis Skelbrooke … der Diebstahl ihres magischen Pergaments – unglaublich alt und unschätzbar wertvoll … Das Schmerzlichste von allem war vielleicht, daß das Kind, nach dem es sie so verlangt hatte, das sie als ihr eigen aufziehen wollte, ihr auf so verräterische Weise verweigert worden war. O ja, ihre erlittenen Kränkungen waren zahlreich und allesamt schwerwiegend.

Sie ballte eine weiße Hand zur Faust und löste sie wieder. »Was für einen Preis werden diese jungen Frauen zahlen müssen, wenn ich sie schließlich erwische! Wie werde ich sie *zahlen* lassen!«

2. KAPITEL

In welchem der Leser – zufällig – eine Anzahl alter Freunde wiedererkennen könnte

Die kleine Kolonialstadt Lootie's Bay war von Zwergen und Gnomen errichtet worden und wurde noch immer größtenteils von ihnen bewohnt. Die Häuser, allesamt aus Stein oder Ziegel, standen präzise in Reih und Glied. Dahinter gab es kleine Zwergengärten – ordentliche Rasenparzellen, begrenzt von Nutzkräutern und Büschen –, in deren Mitte entweder ein zierlicher Brunnen oder eine Statue stand. Die gepflasterten Straßen waren breit und gerade, Kreuzung und Ecken mathematisch genau angelegt, denn die Gnome hegten eine Vorliebe für Zahlen und Geometrie, ebenso wie die Zwerge Erde, Wasser und Stein zugetan waren.

Ein Tiefwasserhafen mit eleganten steinernen Kais und einer kleinen Fischerflotte versorgten die hier lebenden Menschen. Größtenteils jedoch war Lootie's Bay eine Stadt der Kaufleute und geschickten Kunsthandwerker: Weber, Zinnschmiede, Töpfer, Juweliere; Glaser, Tischler, Steinmetze und Schiffsbauer.

Etwa zwei Blocks von der Kaimauer entfernt, auf der Hartishorn Lane, lag ein schmuckes kleines Geschäft.

KARTEN UND PHILOSOPHISCHE INSTRUMENTE
Inhaber: Sammuel Digby Jonas

Im Prinzip verdiente sich Mr. Jonas, ein äußerst angesehener Gnom, seinen Lebensunterhalt als Optiker – wie eine prächtige Brille über seiner Tür bezeugte –

sowie durch den Verkauf von Seekarten und Navigationsinstrumenten an Seeleute. Aber er besaß einen Hang zum Erfinden, der ihn zur Konstruktion komplizierter und phantastischer Apparate verleitete, für die nicht einmal er einen praktischen Nutzen fand. Im hinteren Teil seines Ladens unterhielt er hierfür eine Werkstatt, wo er und sein neuer Gehilfe, ein muskulöser, sechs Fuß großer Jüngling mit Namen Jedidiah, regelmäßig Experimente mit Prismen und Magneten, Metallspiegeln und Glaspumpen, Mikroskopen und Brenngläsern durchführten.

Insgesamt gesehen stellte dieser Jedidiah Thorn für die Stadt ein gewisses Rätsel dar (obgleich man sich etwas weniger Unheilvolles als Mr. Thorn mit seinem ehrlichen Gesicht und den offenen braunen Augen kaum vorstellen konnte). Er war zusammen mit seiner Schwester Sera und deren Base Miß Winter während der Jahreszeit der Reife eingetroffen. Wo er zuvor gelebt oder womit er sich beschäftigt hatte, gab er nicht preis, obgleich man wußte, daß er Empfehlungsschreiben mitführte, die er Mr. Bullrush, dem Glasbläser und Bürgermeister, präsentiert hatte ... Empfehlungsschreiben, die Mr. Bullrush offenbar ganz zufriedenstellend fand, denn er hatte ihn an Mr. Jonas weiterempfohlen, und die beiden jungen Damen lebten jetzt im Haushalt der Bullrushs. Die Einwohner von Lootie's Bay hatten so ihre Schwierigkeiten dabei, Jed Thorn nach Rang und Geburt einzustufen – er kleidete sich und sprach wie ein Gentleman, aber seine Manieren wirkten ungezwungen und unaffektiert. Zudem war er nicht im geringsten anmaßend. Seine Schwester jedoch schien zweifelsohne eine Dame zu sein.

Als die Tage kürzer wurden und das Jahr dahinschwand, verbrachten der junge Mann und der Gnom einen immer größeren Teil ihrer Zeit in dem besagten Hinterzimmer, wo sie bei Laternenschein werkelten, offenbar mit irgendeiner neuen philosophischen Forschung beschäftigt. Worin genau die Natur dieser Forschung bestand, wußte niemand, aber seine Freunde erwarteten, daß Mr. Jonas mit einem Papier hervorkäme – ein Papier, das er bei irgendeiner Zeremonie der Glasmachergilde laut verlesen und dann der Gilde übergeben würde, auf daß es in ihren staubigen Archiven vergraben weiterlebte. In der Vergangenheit hatten Mr. Jonas' Forschungsergebnisse stets diesen Weg eingeschlagen, und zwar so unausweichlich, daß seine Nachbarn auch diesmal nichts anderes erwarteten.

Dann traf eines Tages spät in der Jahreszeit des Welkens ein Brief im Herrenhaus der Bullrushs ein. Er lud Miß Thorn und Miß Winter zu einem Tee im Geschäft an der Hartishorn Lane ein. Es war ein Brief, der sich mit einem wohlkalkulierten Geheimnis umgab und somit die Neugier der Empfängerinnen erregte. *Außergewöhnliche Enthüllungen*, versprach der Brief (geschrieben von Mr. Jonas' Hand), und er endete mit der feierlichen Erklärung: *Ich weiß, daß wir uns auf Eure vollständige Diskretion verlassen können.*

Das Haus Mr. Bullrushs, des Bürgermeisters, war ein beeindruckendes dreistöckiges Gebäude aus blaßrosafarbenem Ziegel, hatte ein Dach aus rauchblauen Schindeln und ein Eingangsportal mit Vordach aus Marmor, das von zwergenhaften Karyatiden gestützt wurde. Das Schulzimmer befand sich im Dachgeschoß unmittelbar unter den Schindeln, und dort erhielten die Bullrush-Kinder und ihre wohlbeleibten Wühlmaus-Vettern unter dem scharfen Auge der furchteinflößenden Sera Thorn ihre täglichen Lektionen.

An besagtem Nachmittag entließ Sera, nachdem die Lektionen gelernt waren, ihre jungen Schützlinge zu einer Teestunde ins Kinderzimmer zu den Kleinkindern und deren Kindermädchen und ging in ihr Schlafzimmer hinab. Dort zog sie sich ein Kleid aus gestreiftem Mousselin an und band sich einen breitkrempigen Strohhut über die schimmernden braunen Locken. Finster sah sie ihr Spiegelbild in dem ovalen Spiegel über ihrem Ankleidetisch an. Ein Schatten lag unter ihren dunklen Augen, der von schlaflosen Nächten zeugte. Dieser Tage stand sie, ohne den Grund hierfür zu kennen, merkwürdig neben sich. Sie war ein solches Nervenbündel geworden, daß sie oftmals erschrocken auffuhr oder aus keinem erkennbaren Grund Dinge fallenließ – auch hatte Mr. Jonas' auf die Folter spannender Brief nichts dazu beigetragen, ihre Stimmung zu heben oder zu verbessern.

»Außerordentliche Enthüllungen, also wirklich!« murmelte Sera, während sie zur ersten Etage hinabstieg. »Höchstwahrscheinlich ist es bloß noch so ein lächerlicher Mechanismus, den Jed und Mr. Jonas enthüllen wollen … Hoffentlich ist es wirklich nichts sonst!«

Sie ging eine weitere Treppe hinab und traf dabei die heraufkommende Elsie. »Meine Liebe, du bist nicht einmal fertig!« meinte sie, als sie, eine Hand auf dem Geländer, stehenblieb. »Ich dachte, du wolltest mich begleiten.«

»Nein, Sera.« Elsie Winter betrachtete bedauernd ihre Base. »Madame Bullrush erwartet Besuch …« (Elsie war Madames bezahlte Gefährtin) »… die furchtbarsten Damen der Stadt *und* Mr. Tynsdale, den entsetzlichen Prediger. Also bat sie mich natürlich, zu bleiben und zu ihrer Unterhaltung beizutragen. Hätte ich mich da weigern können?«

Sera schüttelte den Kopf und ging weiter. Sie beneidete ihre Base nicht um deren Stellung im Haus. Obgleich die Rolle der Gouvernante Sera gelegentlich auf die Nerven ging, war sie bei weitem besser als die Rolle der Gefährtin für eine reizbare alte Dame.

Sie stieg die lange Flucht flacher Marmorstufen zur Straße hinab und wandte sich in Richtung von Mr. Jonas' Geschäft. Zu dieser Stunde wimmelte es auf den

Straßen von Kaufleuten, Handwerkern und Büroleuten, die zum Tee nach Hause eilten; von geschäftigen Zwergen, Kindermädchen und kleinen Gnommüttern mit hohen Damenhüten, die ihre winzigen Schützlinge nach einem Nachmittagsspaziergang im Park zum Kindermädchen zurückbrachten. Sera mochte Lootie's Bay, und die ungeduldige Geschäftigkeit der Bewohner der Neuen Welt gefiel ihr. Sie mußte jedoch zugeben, daß sie des zerbrechlichen, zwergenhaften Schnickschnacks und des winzigen Mobiliars allmählich etwas müde wurde, ebenso, wie es sie langweilte, jedesmal den Kopf einzuziehen, wenn sie eine Schwelle überschritt oder unter einem Ladenschild hindurchging, das über der Straße schwebte. *Insbesondere* war sie es müde, sich größer und trampeliger vorzukommen, als sie sich je im Leben gefühlt hatte.

Beim Überqueren des Platzes verspürte Sera das nervtötende Gefühl – eine Art Prickeln im Nacken –, daß ihr jemand folgte. Aber selbst als ein vertrauter, langer, schwarzer Schatten auf den Pflastersteinen neben ihr auftauchte, blickte sich Sera nicht um. Schaudernd erinnerte sie sich an die Zeiten, da sie so etwas getan hatte ... und niemand auf der Straße zu sehen gewesen war, zu dem ein so *langer* Schatten hätte gehören können.

Sera zankte mit sich selbst, weil sie sich von ihrer Einbildungskraft so häßliche Streiche spielen ließ. Sie kam am Zunfthaus der Glasmacher vorüber. Alles, was die Stadt an intellektuellem Leben hervorzubringen hatte, scharte sich um das rote Ziegelgebäude des Zunfthauses. Nicht alle Teilnehmer der Versammlungen dort waren tatsächlich Glaser, Glasbläser oder Linsenschleifer, denn die Loge der Glasmacher war von allen Zünften die letzte Zufluchtsstätte der alten Handwerkergeheimnisse; es war die letzte Zunft, die die uralten Riten im vollen Wissen um ihre philosophische und okkulte Bedeutung zelebrierte. Männer, Zwerge und Gnome aus allen Gesellschaftsschichten waren eifrig bemüht, Zutritt zu dem spekulativen Zweig der Zunft zu erlangen. Dreimal im Jahr marschierten die Mitglieder in ihren priesterartigen Gewändern und mit den prächtig glitzernden Orden durch die Stadt, wobei sie die rätselhaften Symbole ihres Ordens vor sich hertrugen und ihre geheimnisvollen Glaubensgesänge intonierten. Das restliche Jahr über gaben sie vornehme Essen und widmeten sich hauptsächlich karitativen Werken.

Sie unterhielten gleichfalls eine ständige Korrespondenz mit anderen, tätigeren Zweigen auf zwei Kontinenten aufrecht. Weil die Glasmacher von Thornburg ihre schützende Hand über sie gehalten hatten – insbesondere Jedidiahs Gönner, Meister Ule und Mr. Owlfeather –, hatten Sera, Jed und Elsie zum Kontinent Calliope segeln und so ihren mächtigen Feinden entkommen können. Obgleich sich Sera bewußt war, wieviel sie den Glasmachern schuldeten – es war eine so freundliche und ehrbare Versammlung von Gentlemen-Dilettanten, wie sie sie sich nur wünschen konnte … wenn sie bedachte, wie abwegig sie handelten, wenn sie sich in uralte Geheimnisse mischten, wenn sie sich daran erinnerte, wie ein ähnlich gefährlicher Forscherdrang ihren Großvater Gottfried Jenk in den Ruin getrieben hatte … wie glühend wünschte sie sich da, daß sich Jed der Gilde niemals angeschlossen hätte!

Sera traf bei Mr. Jonas' Geschäft ein und läutete die Glocke. Die Tür war verriegelt, und die Rolläden waren herabgelassen, was dem sonst einladenden Geschäft einen abweisenden Ausdruck verlieh. Einen Augenblick später öffnete Jed die Tür und bat Sera hinein. Dann ging es durch den Laden in die hintere Werkstatt.

Sera setzte sich auf den Sessel mit dem Lederrücken, den Jed ihr anbot, und ließ begierig den Blick im Raum umherschweifen. Nie zuvor war sie in Mr. Jonas' innerstem Heiligtum gewesen, daher war sie natürlich neugierig. Niedrige Regale säumten die Wände, vollgestopft mit Büchern, Papieren und allen Arten merkwürdiger Instrumente, die Sera (obgleich Tochter eines Alchemisten) nicht erkannte. Inmitten des Raums stand eine große Maschine aus Messing und geschwärztem Stahl: ein kompliziertes Dingsbums aus Zahnrädern, Rollen, Gewichten und Pendeln. Sera erkannte nicht, wo vorn und wo hinten war, obgleich sie sich an Jeds Worte über Experimente mit permanenter Bewegung erinnerte. Eine Anzahl verblaßter Karten und Diagramme war oberhalb der Regale an die verputzten Wände geheftet worden, und an die Decke war eine Himmelskarte gezeichnet. Ein Fenster im Hintergrund des Raums öffnete sich auf einen Garten mit einem Springbrunnen.

Jed, der die Tür in Hemdsärmeln und einer Seidenweste mit Troddeln geöffnet hatte, schlüpfte in seine Anzugjacke und richtete sein Halstuch, wodurch er sich einen großartigen, feierlichen Anschein gab. Mr. Jonas betrat den Raum durch eine Seitentür, ein Teetablett in Händen. Sera hob fragend eine Braue. Auf dem Tablett befand sich etwas, das nur das beste Silberservice des Gnoms sein konnte. Bei diesem Anblick, und beim Anblick Jeds, der soviel Aufmerksamkeit auf sein Erscheinungsbild zog, und schließlich angesichts einer unterdrückten Erregung, die in der Luft lag, glaubte Sera allmählich wirklich, daß etwas Außergewöhnliches bevorstand.

»Miß Winter war wohl nicht in der Lage, Euch zu begleiten?« fragte Mr. Jonas, der sich um die Maschine in der Mitte des Raums schob und einen niedrigen Tisch mit dem Teegeschirr deckte.

Sammuel Digby Jonas, dachte Sera, war ein gutaussehender Gnom. Er hatte ein breites, gutmütiges Gesicht, umrahmt von einem hübschen, struppigen roten Schnauzbart. Obgleich weniger als drei Fuß groß, war er sich, wie die meisten Gnome, seiner Würde genau bewußt; zudem besaß er ein prächtiges Paar wunderschön geschwungener Hörner, die unermeßlich viel zu seiner Persönlichkeit beitrugen. Sera hatte ihn stets nur gut und geschmackvoll gekleidet gesehen – Gnom-Mode, zumeist dunkle Farben sowie ein hoher, so geschickt gefertigter Zylinderhut, daß er über die Hörner paßte, wenn er ausging. Und er ging fast immer barfuß. Seine Füße waren lang und breit und besaßen kräftige, elfenbeinfarbene Klauen – bewundernswert zum Graben und Aushöhlen geeignet –, weswegen Stiefel oder Schuhe unbequem und zudem unnötig waren.

Sera überbrachte Elsies Bedauern, doch der Gnom wischte es mit einer Handbewegung beiseite. »Spielt keine Rolle. Euer Bruder – wir müssen ihn wohl weiterhin Euren Bruder nennen, selbst unter uns – besucht das Anwesen der Bullrushs so regelmäßig, daß er sie bereits mit einigen Einzelheiten bekannt gemacht hat.«

»Wenn Ihr damit meint«, erwiderte Sera, »daß Jed Elsie den Hof macht, so geht er dabei anscheinend denkbar oberflächlich vor. Obgleich ich bezweifle, daß Ihr mir eine so seltsame Einladung habt zukommen lassen, um mit mir über Jed und seine Heiratsabsichten zu sprechen«, fügte sie hinzu, wobei sie Jeds entrüsteten, funkelnden Blick übersah. Ruhig nahm sie vom Gnom eine zierliche Teetasse und einen Teller mit Zuckerplätzchen entgegen. »Daher erzählt mir *bitte* ohne weitere Vorrede, was das alles hier zu bedeuten hat.«

»Also dann«, sagte Mr. Jonas und ließ sich auf einem niedrigen Hocker nieder, während sich Jed ziemlich verärgert in einen zweiten Sessel mit Lederrücken setzte. »Obgleich … wo anfangen … vielleicht mit Lord Skelbrooke und der Wette, wegen der er der Herzogin das magische Pergament stahl – oder vielmehr mit der ungeheuren Aufregung unserer Freunde in Thornburg, als er das Dokument in ihre Obhut übergab. Natürlich erkannten sie es auf der Stelle wieder, denn das Manuskript war ihnen vor vielen Jahren einmal ganz kurz in die Hände gefallen. Sie wußten, daß das Pergament mehr war, als es den Anschein hatte, daß es neben dem einfachen Talismanspruch des Schutzes, den alle sahen, einen gewissen uralten Satz von *erschreckender* Macht in sich barg, der in Geheimschrift geschrieben war. Doch trotz aller Bemühungen hat niemand das Mittel gefunden, diesen mächtigeren Spruch ans Tageslicht zu bringen. Aber Euch ist wohl ein Teil dieser Geschichte bereits bekannt?«

Gegen ihren Willen verspürte Sera aufflackernde Neugier. »Ja, aber nur ein wenig. Fahrt bitte fort!«

»Mit dem größten Vergnügen«, sagte der Gnom, während er sich eine Tasse Tee einschenkte. »Nun … Ihr wißt bestimmt, weswegen Mr. Owlfeather und Meister Ule sich dazu entschlossen, das Pergament nach Nova Imbria zu bringen, da Ihr selbst dabei das Instrument wart … aber Ihr wißt womöglich *nicht*, daß ich die ganzen letzten drei Wochen – und mit mir der junge Jedidiah – mit dem Versuch beschäftigt war, die unsichtbaren Zeichen sichtbar zu machen und so den geheimen Spruch aufzudecken.«

»Und wir haben ermüdend lange daran gesessen«, warf Jed ein und gab Zucker in die eigene Tasse. Er erinnerte sich noch immer der alten Zeiten, da Geld knapp und Zucker wertvoll gewesen war, und er konnte anscheinend selbst in seinem neu erworbenen Wohlstand nie genügend Süßigkeiten bekommen. »Ich glaube, wir haben jedes Mittel angewandt, das Mensch, Zwerg oder Gnom bekannt ist – zumeist ohne Ergebnis. Wir untersuchten das Pergament bei Sonnenlicht, bei Sternenlicht und beim Licht des Mondes in allen seinen Phasen. Dann badeten wir das Pergament nacheinander in Essig, Wein und Meerwasser … setzten es Hitze und Rauch aus. Nach und nach wurden wir immer kühner und behandelten es mit Salzen und Säuren – aber noch immer glücklos. Danach untersuchten wir es durch eine Reihe von Linsen verschiedener Stärke und Zusammensetzung: mit farblosem und gefärbtem Glas, mit Bergkristall und Rosenquarz.

Zu diesem Zeitpunkt«, sagte Jedidiah und hielt mit der Porzellantasse auf halbem Weg zu seinen Lippen inne, »zu diesem Zeitpunkt zog Mr. Jonas den Gebrauch einer magischen Rubinbrille in Betracht.«

»Natürlich waren ein Paar Rubine von ausreichender Größe, um daraus Linsen zu schleifen, sehr teuer, o ja, außerordentlich kostspielig, und ich mußte die Gilde um einen Zuschuß bitten«, gab der Gnom zu, während sich Seras Augen vor Erstaunen weit öffneten und sie sich in ihrem Sessel aufrichtete. »Aber was hätte man Besseres tun können, um eine Geheimschrift zu entdecken? Jeder Edelstein wird von einer der planetarischen Intelligenzen beeinflußt, und Rubine werden unseres Wissens nach von Sadrun beherrscht … dem Wächter der Geheimnisse, dem Herrn aller Verborgenen Dinge. Erstaunt hat mich lediglich, daß diese Idee noch niemandem zuvor gekommen ist.

Ich erwarb die Rubine – zu welchem Preis, könnt Ihr Euch leicht vorstellen –, schliff sie zu Linsen und setzte sie ein. Danach … Aber Ihr sollt Euch das Ergebnis selbst ansehen«, meinte Mr. Jonas.

Auf ein Nicken des Gnoms hin setzte Jedidiah seine Tasse beiseite. Er holte ein zerbrechlich wirkendes Pergament sowie eine sehr merkwürdige Brille hervor und forderte Sera auf, durch die purpurfarbenen Linsen einen Blick auf das Dokument zu werfen. Dann ließ er sich wieder auf den Sessel neben ihr fallen.

»Mein Gott!« rief Sera aus und hielt den Atem an. Sobald sie die Brille aufgesetzt hatte, erschienen sogleich der verborgene Text und die Diagramme. »Es sieht aus – es sieht aus wie eine Karte!«

»Es *ist* eine Karte«, krächzte Jed und reckte den Hals,

um ihr wie ein großes, aufgeregtes Kind über die Schulter zu schauen. »Aber ich wette, du errätst nicht, was es für eine Karte ist!«

Sera nahm das Dokument etwas näher in Augenschein. »Ich habe nicht die leiseste Ahnung«, erklärte sie und wartete höflich auf weitere Aufklärungen.

Mr. Jonas räusperte sich. »Diese Symbole hier, der Mond und die Sterne sowie die gewundene Schlange, waren die ganze Zeit über sichtbar; sie überlagern *jetzt* jedoch diese beiden großen Inseln auf der verborgenen Karte … und wurden seit langem mit den verlorengegangenen Zivilisationen von Panterra und Evanthum in Verbindung gebracht. Und seht Ihr diese Landzipfel zu beiden Seiten? Einer entspricht zweifelsohne der Insel Imbria vor der Küste Euterpes, und der andere ist ebenso gewiß Teil der Küste Calliopes. Ja«, sagte er, als ihn Sera über den Rand der Rubinbrille ansah, »wir glauben tatsächlich, daß diese Karte den Ort der beiden untergegangenen Inselreiche zeigt.«

Trotz aller Vorbehalte gegenüber den Glasmachern und ihren Tätigkeiten war Sera angemessen beeindruckt. »Aber wenn die Karte stimmt, waren sowohl Panterra als auch Evanthum bei weitem größer, als je zuvor angenommen wurde!« rief sie aus, rückte die Gläser zurecht und warf einen weiteren Blick auf die Karte. »Nun, der Alanticksche Ozean erstreckt sich über zweitausend Meilen, und das Panterranische Archipel (wie wir es vielleicht nennen können) nimmt den größten Teil dieser Strecke ein. Dann sind die beiden größten Landmassen nicht bloß Inseln, sondern regelrechte Kontinente!«

»Genauso ist es«, erwiderte der Gnom. »Und dennoch ist das letztlich gar nicht so überraschend. Viele alte Erzählungen erinnern an eine schreckliche Zeit umfassender Zerstörungen überall auf der Welt: an Erdbeben, Fluten, Wirbelstürme von unvorstellbarem Ausmaß, an das jähe Verschwinden vieler kleinerer

Inseln, das Auftauchen von Imbria und Mawbri aus den ozeanischen Tiefen, den darauffolgenden Zusammenbruch aller Zivilisationen und an einen langsamen Wiederaufbau. Kurz gesagt, Katastrophen, die besser zum Tod zweier Kontinente als zweier unbedeutender Inseln passen.

Auch«, fuhr Mr. Jonas fort, wobei er mit einem Finger auf das dünne gelbe Pergament deutete, als könne er die spinnennetzartigen braunen Linien, die den Maßstab der Karte markierten, ebenso deutlich erkennen wie Sera selbst, »fällt Euch vielleicht die Nähe zu Panterra und Calliope auf.«

Sera benötigte einige Minuten, um alles zu verdauen. »Aber was für eine wundersame Entdeckung!« meinte sie schließlich und schenkte erst dem Gnom und dann Jedidiah ein strahlendes Lächeln. »Das muß doch für alle Gelehrten der ganzen Welt von größtem Interesse sein! Ich gratuliere Euch wirklich, Mr. Jonas ... und dir auch, Jed! Ihr habt tatsächlich Bemerkenswertes geleistet!«

»Von weit mehr als gelehrtem Interesse ...«, begann der Gnom, wurde jedoch von Jedidiah unterbrochen.

»Diese Schrift an den Kanten ... die kleineren Diagramme ... das ist der von uns gesuchte Spruch: ein Zauberspruch, um die Inseln aufsteigen zu lassen, um sie geradewegs aus dem Ozean hervorzuholen!«

Sera setzte die Brille ab. Ihr Lächeln des Entzückens wich einem Lächeln offenkundigen Unglaubens. »Mein lieber, guter Jed, das meinst du doch nicht etwa ernst. Zwei versunkene Kontinente heraufzuheben, sie vom Grund des Ozeans aufsteigen zu lassen, und das mittels ... mittels Magie? Völlig unmöglich!«

»Das seh ich nich' so«, entgegnete Jed hitzig, wobei er, wie er es manchmal tat, wenn er äußerst erregt war, in seine alte, ungehobelte Sprechweise zurückfiel. »Nich', wenn alle deine Gelehrten und Philosophen einer Meinung sin', daß Magie die Inseln *versunken* hat.

Ja, un' die Gentlemen von der Glasmachergilde ham das auch für möglich gehalten, deswegen war'n sie bereit, uns das Unternehmen zu finanziern.«

Mehrere Augenblicke lang starrte ihn Sera in sprachlosem Erstaunen an. Endlich fand sie ihre Sprache wieder und lenkte den Blick zu Mr. Jonas hinüber. »Wollt Ihr mir etwa sagen, Sir, daß Ihr diesen Versuch *tatsächlich* wagen wollt?«

»*Genau* das haben wir vor«, erwiderte der Gnom.

3. KAPITEL

In welchem die Enthüllungen des vorangegangenen Kapitels ihre Fortsetzung finden

»Wir *wollen* es versuchen«, sagte Mr. Jonas, während er die Rubinbrille und das Pergament entgegennahm. »Oder vielmehr ... eigentlich wollen wir nicht annähernd so ehrgeizig sein und versuchen, zwei größere Landmassen zu heben. Aber Ihr habt die kleineren Inseln gesehen – insbesondere die am weitesten westlich gelegene? Wenn die Karte stimmt, muß das weniger als hundert Meilen vor der Küste Cordelias sein. Allen Berichten zufolge bauten die Panterraner auf der westlichen Insel einen Tempel, den sie dem Abendstern weihten, und *insbesondere* diesen Tempel – wenn irgendein Teil davon noch steht – möchten Jed und ich aus den Tiefen heraufholen.«

Jedidiah und der Gnom sahen sich mit leuchtenden Augen an. »Die alten Panterraner und Evanthianer, müßt Ihr wissen, waren eine Rasse von Zauberern und Philosophen«, fuhr Mr. Jonas fort. »Den Wundern ihrer Zivilisation ist niemals mehr etwas gleichgekommen! Sie wußten, wie man das Licht des Mondes oder der Sonne in einer Laterne auffing ... sie erfanden Himmelsschiffe, angetrieben vom Magnetismus, mit denen sie zwischen den Wolken einhersegelten ... sie bauten mächtige himmlische Maschinen, deren Bewegungen die Bahnen aller Sterne und Planeten wiedergaben. Einigen Berichten zufolge kannten sie das Geheimnis des sagenhaften Steins Seramarias. Und sie schrieben alle ihre Geheimnisse auf Marmortafeln, die sie in den innersten Bereichen ihrer Tempel bewachen ließen.

Könnten wir solches Wissen für uns erwerben … ah, Miß Thorn, das wäre eine großartige Sache!«

»Ja, *das* sehe ich gerade noch ein«, erwiderte Sera und zog die geraden dunklen Brauen zu einem nachdenklichen Stirnrunzeln zusammen. »Und dennoch … und dennoch, wenn ich es so sagen darf, klingt das wie der phantastischste und unmöglichste aller Pläne!«

»Nicht so phantastisch, wie Ihr vielleicht glaubt«, erwiderte der Gnom ernst. »Zunächst einmal ist der Ozean in dem gesamten Gebiet überraschend seicht und hat an allen möglichen Stellen unerwartete Riffe und Klippen – oh, Ihr müßt die Wasser dort nicht für gefährlich halten. Nur sind die Ergebnisse des Lotens so weit entfernt vom nächsten Land etwas merkwürdig. Mag sein, daß keine der Inseln so tief hinabgesunken ist, wie wir früher dachten. Außerdem erfordert der Spruch, sie aufsteigen zu lassen, die Zeit des Vollmonds, wenn Erde und Meer ein ruheloses Stadium erreichen und in höchstem Ausmaß die Neigung zeigen, ihre Geheimnisse zu offenbaren. Weiterhin werden wir mehr tun, als magische Worte zu rezitieren und magische Zeremonien durchzuführen. Das Pergament beschreibt auch äußerst detailgenau eine komplizierte Maschine, die offenbar dazu gedacht ist, die magnetische Anziehung zwischen Erde und Mond auszunutzen.

Ihr seid eine junge Frau von überragender Bildung«, fügte Mr. Jonas mit einer respektvollen Verbeugung hinzu. »Ihr haltet nichts von den veralteten Vorstellungen, die den Mond zum Beispiel als feurige, von Salamandern bewohnte Kugel beschreiben, obgleich viele derer, die sich Wissenschaftler nennen, von genau dieser Vorstellung nach wie vor fest überzeugt sind. Ich brauche Euch nicht zu erklären, sondern nur daran zu erinnern, daß der Mond eine elliptische Umlaufbahn hat und daß die von mir eben erwähnte magnetische Anziehung ihn wachsen läßt, wenn er sich der Erde nähert. Dafür haben wir Beweise, nicht nur für seine offensichtliche Größenveränderung, das heißt, daß er sichtbar größer wird, wenn er zunimmt, sondern auch für die kleineren Katastrophen, die Springfluten und Erdbeben, die seine Annäherung unweigerlich hervorruft.

Was wir zu erreichen hoffen, Miß Thorn, soll nicht nur allein durch Magie, sondern durch eine brilliante Kombination wissenschaftlicher und magischer Prinzipien erreicht werden!«

Doch Sera blieb skeptisch. »Wenn aber die in Frage kommende Insel, wie Ihr sagtet, nahe der Küste Cordelias liegt – ich bin keine Wissenschaftlerin, und meine Kenntnisse der Naturphilosophie sind auch nicht überragend ...«, erklärte sie: »Aber mir will es so vorkommen, als könnten Eure Bemühungen sehr wohl ebenso schreckliche Katastrophen hervorrufen, wie Ihr sie bereits beschrieben habt ... wenn nicht auf der ganzen Welt, so doch wenigstens so viele, daß es den Menschen Cordelias beträchtlich Kummer und Sorgen bereitete!«

»Ich will nicht leugnen«, bemerkte Mr. Jonas, »daß eine gewisse Gefahr gewiß besteht, sollten wir überstürzt handeln. Deswegen wollen wir behutsam vorgehen. Wir werden die Insel nicht auf einmal anheben, sondern nach und nach im Verlauf von vielleicht zwei Tagen, und selbst dann wollen wir nicht die gesamte Insel an die Oberfläche bringen, sondern nur so viel, daß die zentrale Anhöhe (worauf der Tempel steht) aus dem Wasser auftaucht.«

Sera unternahm einen letzten Versuch, sie von ihrem Vorhaben abzubringen. »Ja ... Aber ist Euch nicht in den Sinn gekommen, daß die Herzogin von Zar-Wildungen das Pergament für – nun, wir wissen nicht genau, *wie* lange sie es besaß, aber bestimmt viele Jahre lang. Und der Herzogin stehen gewiß alle notwendigen finanziellen Mittel und auch der entsprechende

Einfluß zur Verfügung, eine solche Expedition auszurüsten, wie Ihr sie plant. Wenn der Zauberspruch also funktioniert – was ich noch gar nicht glaube –, besteht dann nicht eine hohe Wahrscheinlichkeit, daß die Herzogin bereits vor Euch einen solchen Versuch unternommen und die Geheimnisse von Panterra und Evanthum ganz für sich in Beschlag genommen hat?«

»Angenommen, ihr ist der Inhalt des Pergaments bekannt – was *wir* nicht so recht glauben wollen –, ja«, konterte Jed, der zugleich mit seiner Beredsamkeit seine Grammatik zurückgewann. »Wir vermuten, daß sie den Wert des Dokuments und auch einen Teil seiner Geschichte kennt, aber es besteht keine Veranlassung zu glauben, daß sie gleichfalls um das Geheimnis der Rubinbrille weiß.«

Sera schüttelte starrsinnig den Kopf. Obgleich sie gern zugeben wollte, daß diese Argumentation sinnvoll war, so war sie jedoch von der Weisheit des ganzen Unternehmens selbst und der Wahrscheinlichkeit eines erfolgreichen Abschlusses nicht recht überzeugt … Nein, *das* konnte keinesfalls gut gehen! Den Versuch würden die beiden (wurde ihr mit einem zunehmendem Gefühl der Niedergeschlagenheit und einem von Herzen kommenden Seufzer klar) zweifellos angehen, mit oder ohne moralische Unterstützung ihrerseits.

Die Sonne war untergegangen, und eine Sichel mit silbernen Hörnern stieg träge über dem Wasser auf, als Jed Sera über die mathematisch präzise angelegten Straßen heimgeleitete. Was ihr auch zuvor Bauchschmerzen bereitet haben mochte, das unheimliche Gefühl, daß ihr jemand folgte, daß irgendein namenloses, düsteres Verhängnis darauf wartete, sich auf sie zu stürzen, war zu einem unbestimmt prickelnden Gefühl des Unbehagens verblaßt.

»Das Jahr ist inzwischen so weit vorangeschritten«,

bemerkte Sera, während sie durch die zunehmenden Schatten schritten, »daß ihr die Expedition wohl kaum vor dem Frühjahr angehen werdet. Wollt ihr hier in Lootie's Bay überwintern?«

Jedidiah schüttelte den Kopf. »Die Gentlemen der Gilde sind der Ansicht, daß die Sache leichter – *und* billiger – wird, wenn Mr. Jonas und ich einige Zeit, bevor wir uns an die eigentliche Arbeit machen, in Cordelia eintreffen. Wir können uns dann dort einleben, schließlich unser Schiff anheuern und rechtzeitig lossegeln. Mr. Jonas hat einen Freund dort, einen Glasmacher namens Mr. Herring, der in einer kleinen Stadt an der Küste lebt.«

Sie überquerten den Platz, wobei sie an den städtischen Laternenanzündern vorüberkamen, zwei melancholisch aussehenden Leuten in schwarzen Mänteln und spitzen Hüten, die mit ihren Leitern und den langen, in Schwefel getunkten Zündhölzern eifrig dabei waren, die Laternen auf allen vier Seiten des Platzes zu entzünden. Beim Vorübergehen fing Sera den unangenehmen Geruch von Zündstein auf.

»Und habt Ihr auch festgelegt – du und Mr. Jonas, ihr beide, während du alles übrige festgelegt hast –, daß Elsie und *ich* euch auf dieser bemerkenswerten Expedition begleiten sollen?«

Jedidiah grinste breit. »Natürlich müßt ihr mit auf dieses Abenteuer kommen, du und Elsie. Haben wir drei nicht feierlich geschworen, zusammenzubleiben, wohin uns das Schicksal auch führt? Und in Wahrheit«, fügte er etwas nüchterner hinzu, »liegt mir schon längere Zeit etwas auf der Seele: Wir leben bereits viel zu lange hier. Das ist nicht klug, und sicher ist es auch nicht.« Woraus Sera entnahm, daß er gleichfalls das starke Gefühl hatte, daß die freundliche kleine Stadt eine Falle war, die sich über ihnen schloß.

Fragend sah er auf sie hinab. »Du fühlst dich nicht verpflichtet, hier beim Bürgermeister und seiner Frau zu bleiben?«

»Nein, ganz und gar nicht«, erwiderte Sera. »Und ich kann mir auch nicht vorstellen, daß Elsie sich verpflichtet fühlt. Von Anfang an, weißt du, war klar, daß wir hier nicht lange bleiben sollten. Aber wohin wir auch immer gehen«, fügte sie ernst hinzu, »Elsie und ich müssen eine passende Umgebung finden. Wir werden uns dabei nicht von dir unterstützen lassen, auch nicht von der Glasmachergilde.«

Sie hatten das Haus der Bullrushs erreicht. Sera hielt am Fuß der Marmortreppe inne und schaute mit funkelndem Blick zu ihm auf.

Jed jedoch sah unerträglich blasiert drein. »Das haben wir angenommen, Mr. Jonas und ich, und tatsächlich haben wir bereits etwas für euch arrangiert. In Hobb's Church gibt es eine Schule für junge Mädchen, und dort suchen sie vornehme junge Damen mit guter Erziehung als Lehrerinnen. Mr. Herring wird euch empfehlen, und somit wäre alles völlig in Ordnung.«

»Nun dann«, entgegnete Sera mit einem kleinen Gelächter der Verärgerung (denn obgleich ihr bei der Nachricht, daß sie Nova Imbria bald verlassen würden, ein Stein vom Herzen fiel, war sie zugleich ziemlich verschnupft darüber, daß Jedidiah so viele Pläne schmiedete, ohne diese zuerst mit ihr oder Elsie abzusprechen), »wie ich sehe, ist alles so *meisterhaft* für uns arrangiert, daß wir ›armen Frauen‹ nichts weiter zu tun haben, als pflichtschuldigst unsere Zustimmung zu geben.«

4. KAPITEL

Welches einen Agenten, einen Brief sowie eine kurze und unrühmliche Historie von Francis, Lord Skelbrooke, einführt

Der untere Salon war ein gemütlicher, vollgestopfter und etwas überladener Raum – denn der Zwerg war noch nicht geboren, der einer Gelegenheit widerstehen konnte, des Guten etwas zuviel zu tun. An den Wänden hing ein liebenswertes Durcheinander aus vergoldeten Zierleisten, Landschaften in Öl, Fächern aus Pfauenfedern sowie Scherenschnitten hinter Glas, die drei Generationen Bullrush- und Vole-Kinder zeigten. Unmengen von Stühlen, Tischen, Truhen, Sofas, Uhren, Fußschemeln und lackierten Ofenschirmen kämpften allesamt um etwas Ellbogenfreiheit.

Auf einem Sofa, das zwischen einem Bücherregal und einem Kuriositätenkabinett eingezwängt war, rutschte Elsie unbehaglich hin und her und fragte sich verzweifelt, *wie* sie um Himmels willen auf höfliche Weise den schlaksigen Gentleman loswerden konnte, der ihr so dicht auf die Pelle rückte.

Die anderen Gäste waren schon längst gegangen. Die alte Madame Bullrush lag fest schlafend in ihrem Ohrensessel, schnarchte lautstark und würde wohl erst kurz vor dem Abendessen wieder erwachen. Doch Moses Tynsdale, der Wanderprediger von der Kirche des Unsterblichen Schicksals, hatte sich wie ein übler Geruch festgesetzt. Trotz seiner makellosen Manieren und seines würdigen Gehabes fand Elsie den sehr intimen Tonfall seines Geplauders, das Drängende, Aushorchende in seinen Fragen irgendwie unangemessen. *Es ist fast so, als hielte er mich einer schrecklichen, geheimen*

Sünde für schuldig und erwartete, daß ich sie ihm beichte! dachte sie gereizt. Die fieberhafte Eindringlichkeit seiner dunklen Augen, der gierige Ausdruck auf seinem hageren braunen Gesicht ließen Elsie zittern, und sie wollte sich gern von ihm wegdrücken, aber er hatte sie bereits in eine Ecke des Sofas geschoben, und noch weiter konnte sie einfach nicht mehr beiseitesetzen. *Dieser Mann hat einen unruhigen Geist. Wenn* seine *Seele krank ist, kann er doch kaum darauf hoffen,* meine *Seele zu retten?* Sie verspürte eine kalte Woge der Erleichterung, als Mr. Tynsdale schließlich aufstand, sie bat, seine Empfehlungen an ihre Freundin Miß Thorn weiterzugeben, sich verneigte und aus dem Zimmer stolzierte.

Elsie kam aus ihrer Ecke hervor, glättete die Rüschen ihres weißen Barchentkleids und entfaltete das zerknüllte Taschentuch, das sie in einer schwitzenden Handfläche zusammengedrückt hatte. Sie wußte nicht einmal mehr genau, was der Mann gesagt oder getan und weswegen er sie so aus der Fassung gebracht hatte, daß sie sich unerklärlicherweise geradezu vergewaltigt fühlte.

Mr. Tynsdale ist ein Fanatiker, soviel ist gewiß. Aber warum er immer wieder hierher kommt, als sei dieses Haus ein Stelldichein für Sünder und Abtrünnige ... das weiß ich nicht. Draußen im Flur ertönten Schritte, die Wohnzimmertür öffnete sich, und Elsie fuhr erschrocken zusammen – aber es war bloß Sera, die von ihrem nachmittäglichen Besuch zurückkehrte.

»Meine Liebe, du bist ja völlig durcheinander!« sagte Sera, während sie die Bänder ihres Huts löste und auf dem Sofa Platz nahm. Sie streckte die Hand aus und glättete Elsies aufgelöste goldene Locken. Obgleich Elsie nicht mehr krank aussah, hatte sie dennoch einen deutlichen Hauch von Zerbrechlichkeit bewahrt, der in Sera sämtliche Beschützerinstinkte weckte.

»Ich bin hier fast zum Wahnsinn getrieben worden«, gab Elsie zu. »Aber reden wir nicht darüber. Erzähl mir, wenn du magst, was du heute von Jedidiah und Mr. Jonas erfahren hast. Nein … ich weiß *nichts*«, fügte sie auf Seras fragenden Blick hinzu. »Während der vergangenen vierzehn Tage hat sich Jed in allen möglichen Andeutungen und verschleierten Versprechen ergangen, jedoch kein Wort gesagt, das auch nur den geringsten Sinn ergeben hätte.«

Da lediglich ein Erdbeben oder eine Explosion das Nickerchen von Oma Bullrush hätte stören können, erzählte Sera Elsie sehr gern alles, was sie wußte. Sie beschrieb des langen und breiten (und ziemlich entrüstet), welche Pläne und Arrangements Jedidiah und der Gnom bereits getroffen hatten. Wie sie sich hätte denken können, war Elsie von den romantischen Aspekten des vorgesehenen Unternehmens dermaßen entzückt, daß sie in die Hände klatschte und sich bereiterklärte, ihre Taschen zu packen und von gleich auf jetzt zu gehen, sollte sich hierfür die Notwendigkeit ergeben.

»Aber Sera«, fragte sie, jäh traurig geworden, »vielleicht legst *du* gar nicht soviel Wert darauf, wieder auf Reisen zu gehen? Immerhin ist es mehr als ein Jahr her, seitdem wir Thornburg verlassen haben, und Francis Skelbrooke …«

»… findet mich in der einen Stadt ebenso leicht wie in einer anderen«, beendete Sera den Satz ein wenig mürrisch. Ärger war besser als Selbstmitleid, und sie würde *nicht* die Rolle der verlassenen Jungfer spielen, gleichgültig, wie sehr es sie im Innern schmerzte. »Das heißt, wenn er auch nur ein Wort von dem, was er mir in jener Nacht in Zar-Wildungen sagte, wirklich so meinte … und tatsächlich nach mir sucht.«

Instinktiv ergriff sie dabei das kleine Stück spiralförmiges, in Gold gefaßtes See-Elfenbein, das sie an einer dünnen Kette um den Hals trug. Das Schmuckstück hatte sie – durch welche rätselhaften Kanäle konnte sie nur raten – über die Glasmachergilde erreicht. Es hatte in einer kleinen, hölzernen Schachtel gelegen, die ihren Vornamen trug, und auf einer Karte im Innern standen lediglich die Initialen ›F.S.‹. Doch über den unzuverlässigen Skelbrooke selbst oder seinen gegenwärtigen Aufenthaltsort hatte sie nichts in Erfahrung gebracht.

»Aber er *wird* dich suchen, ganz bestimmt«, beharrte Elsie leise.

»Wirklich?« fragte Sera ein wenig heiser. »Aber bei mir läuft doch *immer* alles falsch … wie wir sehr gut wissen. Laß dir darüber jedoch keine grauen Haare wachsen, meine Liebe. Ich bin zwanzig Jahre alt und eine eingefleischte alte Jungfer. Vielleicht bin ich unzufrieden mit dem, was das Leben mir beschert, aber ich könnte mir auch noch Schlimmeres vorstellen.

Und, Elsie, du enttäuschst mich wirklich«, setzte sie sehr leise hinzu und deutete auf den Flur. Von dort hörte man die Stimmen der zum Abendessen eintreffenden Gäste von Mistreß Bullrush. »Lord Skelbrookes Name … und unsere eigenen Namen, unsere wahre Beziehung zueinander … die wahren Gründe für unseren Aufenthalt in der Neuen Welt … das sind Dinge, die wir nicht laut erwähnen sollten, nicht einmal unter uns. Wir wissen nie, wer im Haus ist und uns belauscht.«

Arme Sera, vergebliche Mühe um Geheimhaltung! Eben jene Namen waren einem Besucher des Bullrush-Hauses bereits bekannt. In einem bescheidenen Schlafzimmer des Gasthauses ›Zum Seepferd‹ saß ein Gentleman an einem kleinen Tisch aus lackiertem Ahorn und schrieb bei Kerzenlicht einen Brief.

An die Gnädigste, Hochwohlgeborene Lady Marella, Herzogin von Zar-Wildungen, schrieb er hastig.

Ich habe guten Grund zu der Annahme, daß ich bei den Nachforschungen, mit welchen Madame mich betraute, endlich Erfolg vermelden kann. Zwei junge Frauen, die Miß

Seramarias und Miß Elsie Vorder äußerst ähnlich sehen, residieren gegenwärtig in der Stadt Lootie's Bay in der Kolonie Nova Imbria. Sie haben (wie ich glaube) die Namen Sera Thorn und Elisabett Winter angenommen. Ich werde über diese beiden jungen Damen alles aufschreiben, was ich weiß, so daß die Gnädige Frau selbst entscheiden kann, ob ich ihr Jagdwild erfolgreich aufgestöbert habe oder nicht …

Nach einer Beschreibung seiner ersten Begegnung mit den beiden jungen Damen hielt der Spion kurz und nachdenklich inne. Dann tunkte er die Feder erneut in das Tintenfaß und fuhr fort:

… obgleich ich gestehen muß, daß mich ein unerwarteter Umstand verblüfft, i. e.: die Existenz eines Mister *Thorn (wie er sich nennt), ein junger Mann, der sich in Gesellschaft als Bruder der Sera Thorn aufführt. Diese (wie ich annehmen muß) Hochstapelei wirkt nicht so sehr aufgrund der Ähnlichkeit in Körperbau und Aussehen überzeugend, sondern größtenteils durch eine von beiden Seiten gezeigte distanzlose Zuneigung, die auf ein langes, jedoch kaum auf einer Liebschaft beruhendes intimes Verhältnis zwischen den beiden schließen läßt. Vielleicht weiß Madame, besser informiert als ich, von einem männlichen Verwandten oder Pflegebruder, der die jungen Damen möglicherweise auf ihrer Reise begleitet.*

Der Gentleman hielt erneut inne, um den Docht einer Kerze zu schneuzen, die zu flackern begonnen hatte, und um einen Schluck Wein aus einem Becher neben sich zu trinken.

Nachdem ich ihr dies geschrieben habe, komme ich auf die Frage zurück, die mir die Gnädige Frau in ihrem letzten Brief stellte, i.e.: meine frühere Bekanntschaft mit dem poetischen Lord Skelbrooke. Um eine vollständige Antwort zu geben, muß ich einige Dinge aus meiner eigenen Historie aufdecken, darüber hinaus meine enge Verstrickung in eine schreckliche Reihe von Ereignissen, welche die Zeitungen schließlich ›Das Grauen von Waxbridge‹ nannten.

Vor sechs Jahren, als noch ziemlich junger Mann, traf mich das Mißgeschick (obgleich es mir zur damaligen Zeit wie ein ausgesprochener Glücksfall vorkam), Zugang zu einem Kreis von Magikern zu erhalten, allesamt Schüler einer gewissen edlen Dame, die nach außen hin eine Zauberin ohne Fehl und Tadel zu sein schien.

Kurz gesagt: der Schein trog, denn die Frau machte die jungen Männer des Kreises mit immer schmutzigeren und schändlicheren Lastern vertraut, bis sie die Zeit für gekommen hielt, ihre Gefolgsleute in die abscheulichen Geheimnisse der Dunklen Künste einzuweihen. Das hatte zur Folge, daß ihre Schüler allmählich ebenso böse und unartig in ihren Neigungen wurden wie sie selbst. Wie viele andere, die unter den Einfluß dieser prächtigen, verführerischen Kreatur gerieten, war ich vollkommen in sie vernarrt, auch benötigte ich nicht lange, bis ich jenen Verlockungen nachgab, die sie mir anbot, und mich in äußerst lasterhafte Praktiken verstrickte.

Aber um auf Francis Skelbrooke zurückzukommen (damals lediglich Mr. Skelbrooke): Er war, sehr gegen den Willen seiner adeligen Verwandtschaft, nach Lundy gekommen, um die Wissenschaft der Medizin zu studieren, denn er hatte ein großes Verlangen, Gutes zu tun und den Kranken und Leidenden beizustehen. Er schloß sich gleichfalls unserem Kreis an und verliebte sich in die Frau.

Ich will der Gnädigen Frau die ermüdenden Einzelheiten ersparen und lediglich sagen, daß die Zauberin die Gewohnheit besaß, während ihrer perversen Akte junge Waisenkinder auf bestialische und grausame Weise zu benutzen. Auf Dauer kamen diese ungesetzlichen Aktivitäten den Behörden zu Ohren, die Frau wurde entlarvt und zusammen mit allen ihren Schülern vor Gericht gestellt. Nur Mr. Skelbrooke (ein spätes und nicht initiiertes Mitglied unseres Kreises) blieb von der Bestrafung verschont. Die Frau wurde in aller Stille und ohne großes Aufsehen hingerichtet, während uns, ihre Spießgesellen, in Anbetracht unserer Jugend und aufgrund des Einflusses gewisser Familien (denn keiner der unsrigen war von niederer Geburt) nicht die volle Härte des Gesetzes traf. Wir wurden dazu verurteilt, den Rest unseres Lebens hinter Gefängnismauern zu verbringen.

Wie ich diesem abscheulichen Schicksal entkam, braucht für die Gnädige Frau nicht von Interesse zu sein ... es reicht zu sagen, daß eine große Menge Goldes den Besitzer wechselte und meine Flucht tief in der Nacht mit Hilfe eines Seiles möglich wurde. Dieserhalb werde ich nun zu den Dingen übergehen, die mir von Lord Skelbrookes nachfolgender Karriere bekannt sind.

Der Gentleman hielt wiederum im Schreiben inne, legte abwesend eine Hand um das Gelenk der anderen Hand und rieb es leicht, als spürte er noch immer, wie ihn die eisernen Ketten scheuerten. Dann tunkte er mit einem Seufzer die Feder in die Tinte und fuhr fort zu schreiben.

Erwähnte ich, daß Francis Skelbrooke der Bestrafung entrann? Dennoch blieb auch er nicht völlig verschont. Denn als er erfuhr, welche Rolle er indirekt dabei gespielt hatte, bestimmte bedauernswerte Waisen in die Klauen der Frau zu locken ... überwältigte ihn die Reue ... und er verfiel in eine fiebrige Krankheit und ein Gehirnfieber von solcher Heftigkeit, daß er davon beinahe dahingerafft worden wäre. Dank der hingebungsvollen Pflege eines seiner alten Studienfreunde, eines Mr. Hermes Budge, erholte sich der junge Skelbrooke, blieb jedoch so lange in einem derart bemitleidenswert nervösen Zustand, daß seine Rückkehr zum klaren Verstand lange Zeit zweifelhaft schien. Ich glaube, es war zu dieser Zeit, da er zum erstenmal Gebrauch vom Schlafstaub machte, von dem er anschließend abhängig wurde.

Was seine nachfolgenden Aktivitäten betrifft, wegen derer Madame einen gewissen Argwohn hegen, so ist mir nichts mit Sicherheit bekannt, obgleich sie meiner Ansicht nach ganz und gar zu dem passen, was ich vom Charakter Seiner Lordschaft weiß. Er versuchte nämlich, dadurch vollständige Wiedergutmachung zu leisten, daß er eben jenes heldenhafte und extravagante Benehmen an den Tag legte, wie es die Gnädige Frau beschreibt.

Im Lichte des oben Gesagten wird Madame vielleicht die Frage stellen wollen: Ist Francis Skelbrooke tatsächlich gesundet – ist sein Verstand jetzt wirklich so klar wie eh und je? Als jemand, der etliche seiner Erfahrungen geteilt hat, und in Anbetracht dessen, daß ich mich selbst jetzt, so lange danach, für mehr als nur ein wenig wahnsinnig halte, bleibt mir lediglich die Antwort, daß ich in dieser Hinsicht einige Zweifel hege. Und falls die Gnädige Frau weiter fragen möchte, ob ich Lord Skelbrooke für einen gefährlichen Mann halte?, so müßte ich bestätigend antworten. Desillusionierte Idealisten sind stets gefährlich.

In der Hoffnung, daß dieser etwas länger geratene Brief die Gnade der Herzogin findet, verbleibe ich respektvoll stets Euch zu Diensten etc. und erwarte Eure weiteren Anweisungen …

Der Spion unterstrich dick den letzten Absatz und unterzeichnete dann mit einem Schnörkel:

Euripides P. Hooke

5. KAPITEL

Welches den Leser über das Meer schickt – ein Vorgang, der (er sei gewarnt!) sehr wohl zu einem Dauerzustand werden kann, ehe unsere Erzählung ihr Ende erreicht

Die weiße Straße zwischen Katrinsberg und Ghyll verlief Meile um Meile breit und gerade nach Norden. Aber kurz hinter Ghyll, wo die ausgedehnten, nach Harz duftenden Fichtenwälder öden Steppen wichen, endete sie jäh.

Hier war eine Straße eigentlich auch nicht mehr notwendig: selbst während der warmen Jahreszeiten reisten nur wenige über diesen Punkt hinaus. Und wenn das Land öde war, so war es auch flach. Den größten Teil des Jahres über blieb der Boden gefroren. Er war hart und schwarz wie Eisen, so daß selbst ein früh einsetzender, leichter Schnee (wie jener, der seit anderthalb Tagen herabtrieb) nicht sogleich zu Matsch wurde. Eine Reise nach Norden auf dem Pferd oder mit dem Schlitten erschiene bis zu den ersten heftigen Schneefällen vergleichsweise einfach.

Die Herzogin von Zar-Wildungen wollte es natürlich so bequem wie irgend möglich haben. Ihr von Rentieren gezogener prächtiger goldener Schlitten – von der Gestalt eines Bootes mit einem springenden Löwen als Galionsfigur – glitt sanft auf scharlachroten Kufen dahin, während die Lady, von Schnee gepudert, inmitten von Fellen und Kissen ruhte, vor der Kälte geschützt durch einen Mantel aus purpurfarbenem Samt. Auf dem Kopf trug sie eine Kapuze aus Swandown.

Neben dem Schlitten ritt Jarl Skogsrå auf einem edlen kohlschwarzen Rappen dahin. Der Hengst tänzelte und warf den Kopf in die Höhe, und der Jarl zeigte eine äußerst lässige Eleganz. Prächtig anzuschauen war er in der scharlach- und goldfarbenen Uniform eines Kavallerieoffiziers aus Nordic. Ein dunkelgrüner Mantel wehte hinter ihm. Das dritte Mitglied der Gesellschaft hingegen schien weniger einnehmend: ein unauffälliger junger Mann mit einem braunen Wollmantel, grauem Schal und Dreispitz, der schon vieles durchgemacht hatte. Er trabte auf einer gewöhnlichen, jedoch brauchbaren kleinen Stute ein wenig hinter den anderen her.

Die bleiche Wintersonne neigte sich dem Horizont entgegen, da fragte die Herzogin mit ihrer süßen, kindlichen Stimme: »Wie weit noch bis Skullgrimms Palast?«

Der Jarl hob unter dem grünen Mantel die Schultern. »Etwa acht oder zehn Meilen, vielleicht. Ist schon viele Jahre her, seitdem ich zuletzt hier entlanggekommen bin, und natürlich gibt es keine Orientierungspunkte, die der Rede wert sind.«

Die kleine Herzogin seufzte. Ihre Hände schlossen sich fest um die purpurfarbenen Lederzügel. »Ich hatte gehofft, vor Einbruch der Nacht einzutreffen.«

»Dazu würde ich auch dringend raten«, gab Skogsrå mit grimmiger Zufriedenheit zur Antwort. »Gleich, was es Euer Gespann kostet. In dieser Gegend reisen wenige Männer – wenige lebende Männer –, und das aus gutem Grund. Nach Sonnenuntergang, oder ein wenig später, läßt Skullgrimm seine Jagdhunde von der Leine.«

Die Herzogin zog die wohlgeformten Brauen zu einem leichten Stirnrunzeln zusammen. »Aber Mr. von Eichstätt und ich sind doch gewiß völlig in Sicherheit, so lange wir bei Euch bleiben. Ihr seid der erste Vetter des Königs …«

Der Jarl schüttelte den Kopf – eine einzige scharfe Bewegung. »Skullgrimms Kreaturen hören allein auf den König persönlich. Und selbst Seine Majestät hat manchmal Schwierigkeiten, sie unter Kontrolle zu halten.

Sie sind darauf abgerichtet, den Geruch eines Trolls wiederzuerkennen, also werden sie *mich* nicht belästigen«, fügte er mit einer spöttischen kleinen Verneigung hinzu. »Euer eigener Geruch, Gnädige Frau, beunruhigt und verwirrt sie vielleicht und könnte Euch somit retten. Aber was die Pferde und den guten Doktor betrifft ...« Skogsrås Lächeln war mehr ein Blecken der ebenmäßig weißen Zähne. »Um ihrer willen möchte ich dringend dazu raten, den Schritt zu beschleunigen.«

Dunkel und düster tauchte in der Ferne die Festung des Trollkönigs auf. Ein Zaun aus hohen Eisenspitzen umgab sie zur Gänze, wie die Umzäunung eines Kirchhofs. Gerade als die Sonne am Horizont verschwand, erreichten die Herzogin und ihre Gesellschaft das Tor. Ein diskret wirkender Troll-Diener, der bauschige, knielange Hosen und ein altmodisches Hemd mit breitem weißen Kragen trug, öffnete das Tor und schloß es dann laut klappernd hinter ihnen.

Der hier konnte sich unmöglich als Mann verkleiden, überlegte die Herzogin, die den Troll betrachtete, während ihr Schlitten durch das Tor rauschte. Völlig hoffnungslos, ein Mensch-Sein vorzutäuschen, wie es Skogsrå so lange Jahre getan hatte. Obgleich er von der Taille aufwärts menschenähnlich wirkte, kennzeichneten die Beine unter der bauschigen Hose den Torhüter unmißverständlich als Troll: sie waren spindeldürr, stoppelig und endeten in einem Paar gespaltener Hufe. Darüber hinaus prunkte er mit einem langen Schwanz, der am Ende ein Büschel zeigte, wie das einer Kuh.

»Sie sind hier ein wenig hinter der Mode zurück«, erklärte Skogsrå mit einer Grimasse.

»Wie ich sehe«, erwiderte die Herzogin trocken, »etwa ein Jahrhundert, schätzungsweise.«

Sie kamen an zwei schlanken schwarzen Mastiffs vorüber, die rotäugig und seltsam unbehaart waren und an langen, schweren Ketten gehalten wurden. Die Pferde wieherten und scheuten, und das Rentier der Herzogin verdrehte die Augen und hätte vielleicht ausgeschlagen, wenn sie nicht fest die Zügel gezogen hätte. Sie hatte alle Hände voll damit zu tun, ihr Gespann wieder unter Kontrolle zu bekommen, ehe ein Stallknecht auftauchte und sich ihrer annahm.

»Wenigstens«, meinte sie, »sind wir rechtzeitig eingetroffen, daß uns eine gefährliche Begegnung mit Skullgrimms Jagdhunden erspart blieb.«

Der Jarl tat die Mastiffs und ihresgleichen mit einer herrschaftlichen Geste ab. »Was Ihr hier seht, sind lediglich die *Hunde* Seiner Majestät … wären wir seinen *Jagdhunden* begegnet, so würdet Ihr den Unterschied erkennen.«

Der arme Mr. von Eichstätt sah ganz erbärmlich aus. Seine Nase war blau und seine Zähne klapperten – ob wegen der Kälte, der sabbernden schwarzen Mastiffs, oder weil ihm allmählich aufging, daß er tatsächlich inmitten einer Trollsiedlung angelangt war, ließ sich schlecht sagen. Der Jarl stieg als erster ab und half der Herzogin vom Schlitten.

»Ich fürchte, Ihr werdet Skullgrimm und seinen Hof sehr langweilig finden«, sagte der Jarl. »Sie haben hier nur Sinn für ihre Bücher und die Magie. Ich bedauere, dies sagen zu müssen, aber so ist das bei meiner Rasse allgemein üblich.«

»Doch ich bin so weit gereist, um Euren König zum Thema Magie zu befragen«, erklärte die Herzogin und schob ihre Swanshood-Kapuze zurück. »Magie – und Rache. Aber sagt mir doch, mein lieber Sir«, fügte sie süß hinzu, »wie kommt es, daß Ihr selbst diesen ›Fehler‹ Eurer Rasse überwunden habt?«

Der Jarl machte eine unbestimmte Geste. »Für so etwas habe ich keine Zeit. Abgesehen davon ist es auch gesünder. Für solche, die dem Thron zu nahe stehen. Seine Majestät umgibt sich mit Gelehrten und Magiern (nur in ihrer Gegenwart amüsiert er sich), doch wenn einer seiner Vettern ein zu großes Interesse oder eine zu große Begabung zeigt, fühlt sich Skullgrimm sehr unwohl.

Hunger nach dem Fleisch der eigenen Art liegt den Trollen nicht in ihrer Natur«, fügte Skogsrå hinzu, »aber Skullgrimm ist dafür bekannt, daß er seinen Ekel überwindet, wenn er an einem übereifrigen Gefolgsmann ein Exempel statuieren will. Er tötet und ißt ihn. Um einem so traurigen Schicksal zu entgehen, hat es Euer junger Freund Vodni (obgleich nur ein entfernter Verwandter) für notwendig erachtet, sich vom Hof zu entfernen.«

Von Eichstätt blieb hinter ihnen zurück – als hätte er Furcht, sein endgültiges Ziel zu erreichen –, während sie über den schneebedeckten Hof zum Palast schritten. Ein unheilvoll und drohend aufragendes Gemäuer, das viele Stockwerke hoch war und dem an unerwarteten Stellen seltsam wirkende Auswüchse, Überhänge, Balkone und hohe, in sich gedrehte Türme entsprossen. Eine steile Treppe wand sich an der Seite des mittleren Turms hinauf, die zu einem schweren Bronzeportal führte.

Nach einem Dutzend Stufen blieb die Herzogin stehen, die Rocksäume in Händen. Verwundert starrte sie zum Palast hinauf: die Wände bestanden nicht, wie es aus der Ferne erschienen war, aus poliertem Stein, sondern aus irgendeinem unbekannten dunklen Holz; wohin das Auge auch blickte, war das Holz über und über mit Schnitzereien bedeckt – bizarre, traumartige Bilder, die anscheinend aus der Maserung des Holzes gewachsen und nicht von Handwerkern mit dem Messer oder Stein geschnitzt worden waren. »Ich hatte keine Ahnung, daß Euer Volk zu so etwas imstande war.«

»Wie es heißt, benötigten die Dämonensklaven meines Urgroßvaters – Hellgrind von den Goldenen Stoppeln – lediglich eine einzige Nacht zum Bau des gesamten Schlosses«, sagte Skogsrå. »Ich aber … ich halte das alles für Aberglauben.«

Sie stiegen zu dem großen Portal empor, wo weitere Trolldiener zu ihrer Begrüßung herantraten, und schritten daraufhin einen langen schmalen Korridor entlang, der von rauchenden Fackeln erleuchtet wurde. Sie flammten auf, wenn sie ihnen näherkamen, und erloschen ebenso rätselhaft wieder, sobald sie an ihnen vorüber waren. Ein weiteres Portal öffnete sich lautlos. *Skullgrimms Eitelkeit,* dachte die Herzogin. *Er verschwendet seine Magie, um seine Gäste zu beeindrucken. Skullgrimms Arroganz.*

Eskortiert von den Dienern des Trollkönigs, durchschritten die Herzogin und ihr Gefolge Zimmer um Zimmer und stiegen dann eine weitere gewundene Treppe empor. Dieser Palast, überlegte die Herzogin, verrät die Arbeitsweise eines verdrehten Geistes – wenn nicht den Geist des gegenwärtigen Bewohners, so doch wenigstens den des Vorfahren, der ihn erbaut hat.

»Sie sind alle in Schwarz … alle Diener sind in Schwarz«, flüsterte Skogsrå. »Wie es aussieht, hat der König eine weitere Braut verloren.«

»Erläutert mir dies doch, bitte, damit ich keinen schrecklichen Schnitzer begehe«, flüsterte die Herzogin und legte ihm eine Hand auf den Arm. »Ist Skullgrimms *Königin* gestorben?«

»Seine Königin, ja … aber keine Frau seiner eigenen Rasse – das meint Ihr doch mit Eurer Frage?« erwiderte Skogsrå. »Es war genau so eine Heirat, wie Ihr sie zwischen mir und Elsie Vorder schließen wolltet … eine Bluthochzeit.«

Die Herzogin hob angewidert das Kinn. »Dann hat Skullgrimm sie getötet? Unter diesen Umständen erscheint mir Staatstrauer ein wenig übertrieben.«

Der Jarl sah sie mit funkelndem Blick an und schürzte die Lippen, als hätte sie ihn schwer beleidigt. »Zweifelsohne ist sie gestorben, als der königliche Durst zu heftig wurde, als die Forderungen Seiner Majestät sie auf fatale Weise überanstrengten … damit soll jedoch nicht gesagt sein, daß ihr Tod nicht ebensogut ein Unfall sein konnte oder daß Skullgrimm ihren Verlust nicht spüre. Eigentlich kann sie noch nicht lange tot sein«, fügte Skogsrå hinzu, »sonst hätte er sie schon ersetzt.«

Schließlich betraten sie eine hohe hölzerne Halle, die ein erstaunlich heißes Feuer erhellte. Dicke, knisternde Fichtenscheite erfüllten die Luft mit Harzduft. König Skullgrimm XII. und seine Höflinge hatten sich um einen langen, mit schwarzem Linnen ausgelegten Tisch, der mit Zinn, Silber, Kristall und Gold gedeckt war, zum Abendessen versammelt. Einerseits wirkte der schattige Saal dadurch prächtig, andererseits aber auch düster.

Die Herzogin musterte die Versammlung mit unverhohlener Neugier. Viele waren offenbar sogenannte Halbtrolle wie Skogsrå, Opfer einer kleineren Entstellung wie ein Huf oder eine verdrehte Gliedmaße. Doch eine große Zahl zeigte so außergewöhnliche Entstellungen wie einen Schweinefuß samt Kuhschwanz mit Büschel am Ende, wie der Pförtner am Tor.

Ein wenig verwirrt von dieser Vielfalt glitt der Blick der Herzogin von einem Troll zum nächsten: ein hagerer Edelmann, der die ziegenähnlichen Füße unter seinen Stuhl gesetzt hatte – und wenn er sprach, zuckte eine gegabelte Zunge wie bei einer Schlange zwischen den Lippen hervor … ein trauriger, grauhäutiger Gelehrter mit einer Nase, die wenigstens zwanzig Zentimeter lang war. Ein Diener mußte sie jedesmal, wenn er seinen Becher hob, beiseiteschieben … Eine üppige, recht attraktive Frau mit kastanienbraunem Haar, die ein scharfes, fuchshaftes Gesicht und dazu passende spitze, aufstehende Ohren hatte. Sie sprach lebhaft mit ihrem Tischgefährten, einem ältlichen Troll, der mit seinem schneeweißen Schnurrbart und den gleichermaßen beeindruckenden elfenbeinfarbenen Hörnern sehr distinguiert wirkte.

Skullgrimm selbst saß in einem hochlehnigen Thronsessel am Kopf der Tafel. Er trug gleichfalls Trauer, tiefschwarzen Samt mit einem breiten Kragen aus makelloser Spitze; das Haar hing ihm in dunkelgoldenen Schmachtlocken bis auf die Schultern herab, und jede Locke war mit einem schwarzen Satinband umschlungen. Er sah gut aus, wirkte ein wenig zerstreut und hatte eine verblüffende Ähnlichkeit mit seinem Vetter, dem Jarl – bis die Herzogin zufällig die plumpe Bärentatze bemerkte, die auf der Sessellehne ruhte, sowie ein Paar kurzer weißer Hörner, die ihm oberhalb der Ohren entsprossen.

»So … Ihr seid also angekommen«, sagte Skullgrimm und reckte den Hals, als die Herzogin und Skogsrå nähertraten. (Mr. von Eichstätt bildete noch immer die Nachhut und versuchte offenbar, sich hinter der winzigen Herzogin unsichtbar zu machen.) Es war vielleicht nicht der liebenswürdigste Willkommensgruß, aber der König lächelte beim Sprechen, wobei er Zähne zeigte, die ebenso weiß und ebenmäßig wie die Zähne des Jarl waren.

Die Herzogin sank zu einem tiefen Knicks auf den Fußboden hinab und sprach einige Worte des Dankes, aber Skullgrimm wischte diese mit seiner guten Hand beiseite. »Ihr seid zu spät gekommen, um Euch zu uns zu setzen … auch würdet Ihr unser Mahl nicht nach Eurem Geschmack finden.« Bei diesen Worten warf er einen verstohlenen Blick auf den käsebleichen, in sich zusammenschrumpfenden Mr. von Eichstätt. »Ein Diener wird Euch die vorbereiteten Zimmer zeigen, und dort wird man Euch eine passendere Mahlzeit servieren.«

Die Herzogin war weit gereist, um mit dem König ins Geschäft zu kommen, aber selbst sie wagte es nicht, der königlichen Anordnung zu widersprechen. Also richtete sie sich wieder auf. Skogsrå und der Doktor verneigten sich – der Jarl anmutig, von Eichstätt steif – und folgten dem Diener aus der Halle.

Die Herzogin schäumte vor Wut, sie war über diese offensichtliche Unhöflichkeit entrüstet. Aber ihr Zorn kühlte bei der Entdeckung ein wenig ab, daß das ihr zugewiesene Schlafzimmer geräumig und auf seine Weise luxuriös ausgestattet war: mit einem weißen Bärenfell auf dem Fußboden, gewebten Wandteppichen, einem brüllenden Feuer im Herd und einer Decke aus seidenen weißen Fellen, die man achtlos über das Bett geworfen hatte. Die Dienerin, deren Aufgabe darin bestand, der Herzogin während ihres Aufenthaltes aufzuwarten, schien in ihrer schwarzen Wolle und dem fleckenlosen weißen Linnen ebenfalls attraktiv und schicklich. Das Mädchen *wirkte* darüber hinaus menschlich, doch bei jeder Bewegung ertönte unter dem einfachen Rock ihres Kleids ein Rascheln und Kratzen.

Mr. von Eichstätt warf nur einen flüchtigen Blick auf das eigene Schlafgemach, ehe er davoneilte, um der Gnädigen Frau seine Aufwartung zu machen. »Nun, Doktor«, meinte die Herzogin, »bedauert Ihr, daß Euch Eure wissenschaftliche Neugier so weit hergebracht hat?«

»Nicht im geringsten«, erwiderte er mit einer weiteren linkischen Verbeugung (üblicherweise war er nicht so linkisch, aber jetzt schien er vor Angst ganz starr). »Wenn Euch mein Benehmen seltsam vorkommt, so ist dies lediglich auf die … Aufregung zurückzuführen. Ich glaube, daß ich hier viel Gutes tun kann.«

»Ihr seid mir vielleicht nützlich, wenn Skullgrimm mit einem kleinen Kuhhandel einverstanden ist«, erklärte die Herzogin, während das Dienstmädchen ihr den schweren purpurfarbenen Mantel und die Swansdown-Kapuze abnahm und die Röcke des dazu passenden Samtkleids richtete. »Aber Ihr habt offenbar hochtrabendere Motive.«

Kurz darauf brachten zwei Trolle Tablette mit Speisen herein, die sie auf einem Tisch in der Nähe des Feuers abstellten. »Ihr eßt natürlich mit mir«, sagte die Herzogin zum Doktor. »Und Ihr auch, mein lieber Skogsrå«, fügte sie hinzu, als der Jarl im Türrahmen erschien und ins Zimmer hinkte.

Die Drei ließen sich in den Sesseln nieder, die ihnen die Diener eilig heranschoben. Das Hauptgericht erwies sich als ein würziger Eintopf unbekannter Herkunft, dargereicht in einer silbernen Terrine. Von Eichstätt wollte nichts nehmen, und sogar die Herzogin zögerte.

»Keine Angst, Ihr könnt ruhig davon kosten«, meinte der Jarl höhnisch grinsend. »Die Delikatesse, an die Ihr denkt, ist in diesem Teil der Welt zu schwer erhältlich, als daß Skullgrimm sie an Zungen verschwendet, die sie nicht zu würdigen wissen. Ihr werdet in diesem Eintopf mit hoher Wahrscheinlichkeit nichts Exotischeres als Rentierfleisch finden. Die Diener leben praktisch davon ... obgleich selten so sorgsam zubereitet.«

Nichtsdestoweniger zogen die Herzogin und der Doktor an diesem Abend Brot und Käse vor und spülten ihre Mahlzeit mit dem bitteren Troll-Bier hinab.

Am folgenden Morgen ließ Skullgrimm der Herzogin mitteilen, sie solle in der Bibliothek auf ihn warten. »Ihr beginnt am besten damit, zu sagen, was Euch herführt«, begann der König und wies auf einen Sessel, worauf sie sich niederlassen sollte. »Euer Brief, der Eure unmittelbar bevorstehende Ankunft mitteilte, war ... etwas unklar.«

Die Herzogin sank in den Sessel, wobei das Satinkleid und die seidenen Unterröcke raschelten. Sie hätte sich an diesem Morgen in perlgrauen Taft und feine Spitze gekleidet. Etwas, das mehr an Trauerkleidung gemahnte, hatte sie auf Anhieb nicht zustandegebracht.

In diesem hohen, dunklen Raum wirkte sie sehr zierlich und sogar zerbrechlich. Purpurfarbene Samtvorhänge waren vor die Fenster gezogen worden; Bücherregale erhoben sich bis unter die hohe Decke. Eine Leiter mit stumpfen Messinghaken sowie ein Messinggeländer, das um den gesamten oberen Teil des Raums verlief, waren offenbar für die Diener gedacht, wenn sie für Seine Majestät Bücher herabholen sollten, die etwas weiter oben einsortiert waren. Das einzige Licht kam durch einen schmalen Schlitz zwischen den Vorhängen sowie von einem kleinen duftenden Feuer, das auf einem eisernen Dreifuß neben Skullgrimms Sessel brannte.

»Eure Majestät wird sich vielleicht noch eines Gesprächs entsinnen, das wir vor etwa drei oder vier Jahren führten. Damals hatte ich das Privileg, in Katrinsberg Eure Bekanntschaft zu machen, und Ihr sagtet mir«, sagte die Herzogin und verschränkte die Hände im Schoß, »daß die körperlichen … Eigenschaften Eures Volks Euch sehr bedrücken, daß sie Euch zur Last fallen, da sie ein schreckliches Hindernis bei Eurem ›gesunden Verkehr‹ mit den anderen Rassen darstellen.«

In der Tat waren dies Skullgrimms Worte gewesen – obgleich ihr der Jarl in einem anschließenden Gespräch unter vier Augen versichert hatte, daß die Motive Seiner Majestät nicht annähernd so erhaben waren. *»Ich muß Euch mitteilen, daß wir eine ausgeprägte Abneigung gegen unsere eigenen Entstellungen haben – insbesondere Skullgrimm, der erstaunlich eitel und selbstgefällig ist … ja, sogar für einen Troll. Wären alle oder die meisten von uns gleich geboren, hätten wir schon längst unsere Eigentüm-*

lichkeiten akzeptiert, glaube ich. Aber da unser Unglück so vielfältig und unterschiedlich ist, geschieht dies nicht. Auch sind wir nicht als Rasse von Toleranz und Mitgefühl bekannt, was insgesamt gesehen dazu führt, daß wir uns fast ausnahmslos für die widerwärtigsten Lebewesen auf der Erde halten. Fragt nicht mich, wie wir es fertigbringen, uns zu begatten und neue Generationen zu zeugen«, hatte Skogsrå angewidert hinzugefügt, *»denn über dieses Thema wollen wir nicht reden. Es reicht aus zu sagen, daß Skullgrimm eine schneidige und begehrenswerte Figur abgeben will ... und das kann er nicht, selbst in den Augen seines eigenen Volkes.«*

Jetzt beugte sich der König ein wenig in seinem Sessel vor; höchstes Interesse stand ihm ins Gesicht geschrieben. »Verstehe ich recht, daß Ihr einen Weg gefunden habt, die Verstümmelungen meines Volkes zu heilen?«

»Nicht ich selbst«, erwiderte die Herzogin. »Aber ich habe den brillanten jungen Doktor Theophilus von Eichstätt mitgebracht. Er hat in Wäldermark bei der prinzlichen Chirurgischen Fakultät für beträchtliches Aufsehen gesorgt, als er den natürlichen Sporn am Bein eines Hahns entfernte und erfolgreich am Kamm eines anderen Hahns implantierte. Ich selbst war so glücklich, die Ergebnisse in Augenschein zu nehmen, und ich versichere Euch aufrichtigst, daß dabei kein Trick im Spiel war.«

Jetzt beugte sich der Trollkönig ganz weit in seinem Sessel vor. »Mr. von Eichstätt«, fuhr die Herzogin fort, »hegt die Zuversicht, daß er eine ähnliche Operation bei Euch durchführen, Euer ... etwas exzentrisches Anhängsel ... durch eine vollendet geformte menschliche Hand ersetzen kann. Vermutlich bedeutete dies nur, eine Portion Fleisch vom Tisch Eurer Majestät abzuzweigen?

Obgleich ich die große Befürchtung habe«, fügte sie unter wiederholtem Kopfschütteln hinzu, »daß man wegen Eurer Hörner ganz und gar nichts unternehmen kann – es sei denn, Ihr wolltet sie Euch dicht am Schädel absägen lassen? Euer Haar würde …«

»Die Hörner sind mir ziemlich gleichgültig«, unterbrach Skullgrimm, wobei er mit der behaarten Pfote eine ungeduldige Geste machte. »Wenn ich unter die Menschen gehe, trage ich einen Hut. Und hier bei Hofe … Man hat mir gesagt, daß man sie bei einem Gnom ziemlich hübsch findet.«

Er lehnte sich in seinem Sessel zurück und wog die Sache anscheinend sehr sorgfältig im Kopf ab. »Ist schon schön und gut, dieses Gerede von Sporen und Hähnen«, erklärte er schließlich. »Gewebe von einer Kreatur auf eine andere zu implantieren ist eine Sache … aber das Fleisch verschiedener Rassen zu mischen ist und bleibt etwas völlig anderes.«

Die Herzogin glättete die Falten an ihrer Spitze und bedachte den Troll mit ihrem bezauberndsten Lächeln. Selbst Skullgrimm spürte den Einfluß des elfenhaften Zaubers – widerstrebend erschien ein kleines Lächeln auf seinem hübschen Gesicht.

»Bin ich nicht der lebendige Beweis dafür, daß sich das Fleisch verschiedener Rassen … mischt, wie Ihr es ausdrücktet?« *Und zugleich der Beweis für die* Dummheit *einer solchen Glanztat,* fügte sie schweigend hinzu, obgleich sie nach wie vor strahlend lächelte. »Es heißt gleichfalls, Menschen und Trolle seien von allen Rassen am engsten miteinander verwandt. Aber selbst bei gänzlich verschiedenen Spezies könnte so etwas gelingen. Und mit Erlaubnis Eurer Majestät führen wir eine Demonstration durch, die gewiß alle Eure Zweifel beschwichtigen muß.«

Der König legte die Hände aneinander – die vollkommene Hand mit den schmalen Fingern und die groteske Pfote. »Natürlich bin ich interessiert. Aber ich glaube einfach nicht, daß die Herzogin von Zar-Wildungen den ganzen weiten Weg zu mir unternimmt, nur um mir einen Gefallen zu tun«, fügte er schlau hinzu. »Sagt mir doch, was *Ihr* von *mir* als Gegenleistung für die Dienste Eures Chirurgen erwartet.«

Die Herzogin machte eine winzige, erregte Geste. »Das ist wirklich keine bedeutende Sache. Man hat mir gesagt, daß Eure Majestät, als Schüler der Dunklen Künste, die Macht besäße, ein Trugbild zu erschaffen ... einen belebten Doppelgänger eines jeden Wesens, das auf Erden wandelt. Oder hat man mir da falsch berichtet?«

»Man hat Euch nicht falsch berichtet«, erwiderte Skullgrimm, wobei ihm ein Stirnrunzeln übers Gesicht glitt. »Hat Euch Haakon Skogsrå dies gesagt? Mir war nicht bekannt, daß er an der Magie ein so hohes Interesse zeigt.«

»Nein, nein«, beeilte sich die Herzogin ihm zu versichern, denn sie dachte daran, was der Jarl ihr zuvor gesagt hatte: daß Skullgrimm die Angewohnheit besaß, seine ehrgeizigen Gefolgsleute zu verschlingen. »Es war natürlich Vodni. War schon ein ziemlich schlauer Bursche, der junge Vodni. Sein Tod war ein trauriger Verlust. Skogsrå dient mir nicht annähernd so gut. Er ist nicht ... nicht der hellste Kopf, wißt Ihr.«

»Ihr bestätigt meine eigene Ansicht«, entgegnete der König, dessen Stirnrunzeln einem leicht erheiterten Lächeln wich. »Natürlich ein hübscher Bursche und stets ein großer Schürzenjäger. So eitel ist er, ja wirklich, daß er selbst hier, unter den eigenen Artgenossen, seine Stiefel nicht ablegt.«

Dann jedoch richtete der König seine Gedanken auf die Sache mit dem Trugbild. »Und daher«, sagte er mit abschätzendem Blick, »habe ich so die Ahnung, daß Ihr einen dieser Doppelgänger für Euch selbst nutzen wollt?«

»So ist es«, bestätigte die Herzogin im Bestreben, seinen Blick mit einem Blick zu erwidern, der unbefangen und offen war. »Ich bin selbst Schülerin der Magie, jedoch kaum mehr als eine Dilettantin. Ach ja, ich dilettiere in so vielen Dingen! Die Erschaffung des Trugbilds liegt weit jenseits *meiner* armseligen Kunst. Dennoch brauche ich einen solchen Doppelgänger, um ihn bei … bei einem kleinen Vorhaben meinerseits einzusetzen – ich werde Euch nicht mit den Einzelheiten langweilen. Das wünsche ich mir als Gegenleistung für Mr. von Eichstätts Dienste.«

Der Trollkönig lachte leise in sich hinein. »So etwas ist wirklich keine große Kunst. Eigentlich ist das für einen Zauberer meines Kalibers geradezu ein Kinderspiel. Sehr schön. Arrangiert Eure Demonstration. Wenn ich mit den Ergebnissen zufrieden bin, sehe ich mich vielleicht geneigt, Eurer Anfrage zu entsprechen.«

6. KAPITEL

In welchem Mr. von Eichstätt seine Entscheidung überdenkt und viele merkwürdige Dinge vollbracht werden

Mr. von Eichstätt war ein wahrer Philosoph. So groß war sein Forscherdrang, daß er ihm tatsächlich einen Aufenthalt hier oben im Norden verschafft hatte, der ihm eine Beschäftigung mit den Trollen ermöglichte. Er wußte wenig von den Motiven seiner Gönnerin, der Herzogin, und machte sich darüber noch weniger Gedanken. Denn der Doktor verspürte lediglich wissenschaftliche Neugier und begrüßte die Gelegenheit, Experimente durchzuführen, die in seiner Heimat strikt untersagt waren.

In einem Raum hinter den Küchen, der ganz wie ein Schlachthaus aussah, bereiteten die Trolle einen Operationssaal für ihn vor, und zwei Tage nach seiner Ankunft am Hof der Trolle führte von Eichstätt eine ausgesprochen heikle Operation durch. Er pflanzte ein Paar menschlicher Hoden, die man ihm auf Eis gebracht hatte *(nicht darüber nachdenken,* sagte sich der Doktor, *woher man die Organe erhalten hatte … ein kleines Opfer im Dienst der Wissenschaft),* einem lebenden Kalb ein.

Daraufhin verstrichen vierzehn Tage, während derer der Doktor, die Herzogin und der Trollkönig auf das Ergebnis warteten. Kaum erwähnt werden muß wohl, daß dem jungen Doktor in diesen beiden Wochen alles andere als behaglich zumute war. Während dieser Zeit zeigte er eine Überempfindlichkeit und einen Ekel bei jedem angebotenen Bissen. Auch konnte er einen Schauder nicht unterdrücken, wenn eines von Skullgrimms haarlosen Haustieren in den Raum schlich und ihm einen Blick aus seinen Schwefelaugen zuwarf.

Obgleich die Herzogin etwas sorgloser veranlagt war, verspürte selbst sie ein gewisses Unbehagen. Es erschien ihr, als musterten Skullgrimms Höflinge sie oftmals argwöhnisch. Vielleicht glaubte sie, daß einige davon gern eine Platte mit einer Dreiviertel-Fee angerichtet hätten – obwohl sie wissen mußten, daß ihr Fleisch im Verhältnis zu jedem Anteil Erde und Wasser zu sechs Teilen aus Feuer und Luft bestand und ihnen deswegen kaum bekommen würde. Die Troll-Baronesse mit den fuchsroten Ohren war die schlimmste der ganzen Bande; die Kreatur hatte die aufreizende Angewohnheit, sich die Lippen zu lecken und vielsagend zu grinsen, wann immer die Herzogin vorüberging.

Schließlich kam der Tag, da Mr. von Eichstätt den Unterleib des Kalbs wieder öffnete und dabei entdeckte, daß die aufgepflanzten Hoden tatsächlich mit dem festen Rindergewebe zusammengewachsen waren. Triumphierend sah der blutverschmierte Doktor vom geschlachteten Kalb auf und begegnete dem rätselhaften Blick des Trollkönigs.

»Äußerst beeindruckend«, fand Skullgrimm.

Später jedoch, nachdem sich der Doktor das Blut und die widerlichen Körperflüssigkeiten von den Händen gewaschen hatte, in seinen Mantel geschlüpft war und die Herzogin vom Schlachthaus zu einem Audienzsaal begleitet hatte, drückte Seine Majestät einige verbliebene Vorbehalte aus.

»Mein Volk hat eine besondere Eigenschaft, die Euch vielleicht unbekannt ist … wir besitzen eine gewisse regenerative Fähigkeit, die mehr ein Fluch als ein Segen ist. Wenn eine Gliedmaße amputiert wird (ob zufällig oder als Ergebnis eines chirurgischen Eingriffs), wachsen an deren Stelle oftmals *zwei* gleiche Gliedmaßen nach.«

»Aber natürlich wußten wir davon«, erwiderte die

Herzogin leichthin. »Und Mr. von Eichstätt hat eine Methode entwickelt, diese Neigung zu unterdrücken.«

Der Doktor räusperte sich nervös, zog ein Taschentuch hervor und wischte sich den Schweiß von der Stirn. »Man muß die zusätzlichen Gliedmaßen, wenn sie nachgewachsen sind, lediglich abtrennen und die Wunde kauterisieren. Dann wachsen sie nicht mehr nach.«

»Nichtsdestoweniger«, entgegnete Skullgrimm, »werdet Ihr mir eine neue Hand schenken, und wir werden das Ergebnis abwarten, ehe ich auch nur in Betracht ziehe, der Bitte der Herzogin zu entsprechen.«

Und so fand am folgenden Tag eine weitere Operation statt. Von Eichstätt amputierte die gräßliche Pfote des Trollkönigs und pflanzte an ihrer Statt eine andere Hand erfolgreich ein. Sie war stark, jedoch wunderschön. *(Frag nicht nach, woher sie stammt,* hatte sich der Doktor innerlich gewarnt. *Fragt der Steinmetz, woher sein Stein kommt ... der Bäcker, woher sein Mehl ... der Goldschmied, woher sein Gold ...?)*

Eine Woche später schickte Seine Majestät, auf dem besten Weg zur Genesung, nach der Herzogin und Jarl Skogsrå. Sie fanden ihn in der Bibliothek an einem der Fenster stehend vor, wo er nachdenklich über den eisigen Innenhof zu den Eisentoren hinausblickte. Er hatte sein dunkles Trauergewand abgelegt und trug jetzt einen altmodischen Anzug aus smaragdgrünem Samt und gebauschte Kniehosen, die mit primelfarbenen Bändern gesäumt und verziert waren. Seine neue Hand war mit schwarzer Seide verbunden. Abgesehen von seinen Hörnern gab er einen recht stattlichen Mann ab.

»Ihr wißt natürlich, daß ich, um Eurer Bitte zu entsprechen, etwas Blut von der Kreatur benötige, deren Doppelgänger ich anfertigen soll.«

»Natürlich«, erwiderte die Herzogin. »Und ich bin

nicht unvorbereitet hergekommen.« Sie griff in ihr Retikül und holte eine winzige Flasche heraus. »Hier ist eine Phiole mit Elsie Vorders Blut.«

»Ein Wunder, wie unerschöpflich die Ressourcen der Gnädigen Frau sind!« rief Skogsrå erstaunt aus. »Woher hat sie dies hier?«

»Als Elsie vor zwei Jahren einmal wegen eines kleinen Unwohlseins zur Ader gelassen wurde, wies ich ihren Arzt an – der, wie Ihr Euch denken könnt, von mir ausgewählt und bezahlt war –, mir eine kleine Menge von Elsies Blut zu verschaffen. Da ich für das Blut keinen unmittelbaren Nutzen hatte, die Möglichkeit jedoch nicht ausschließen wollte, daß sich der Nutzen eines Tages finden würde, verwahrte ich diese Phiole wohlweislich für einen zukünftigen Gebrauch auf. Sie ist luftdicht versiegelt, wie Ihr seht, doch ich befürchte, daß sich das Blut im Laufe der Zeit verdickt hat, obgleich ich es besprochen habe, damit es flüssig bleibt.«

»Es wird's tun«, sagte der Trollkönig und machte auf dem Absatz kehrt. »Ihr müßt mir folgen.«

Eine Tür in einer Ecke der Bibliothek öffnete sich auf ein enges Treppenhaus, und die Herzogin und Skogsrå folgten Skullgrimm zwei Treppen zu einem großen Zimmer hinauf, das gänzlich wie das Laboratorium eines Magiers eingerichtet war: Kupferküpen und eiserne Mörser, silberne Planetaria, Siegel, Zauberstäbe, Pentagramme …

Ein seltsam bestrickender Raum, dachte die Herzogin. Im Herd brannte ein blaßgrünes Feuer, eines, wie es die Herzogin noch nie zuvor gesehen hatte. Zweifelsohne war es magischen Ursprungs. Ansonsten stellte das Laboratorium die üblichen Dinge zur Schau: ein ausgestopftes Krokodil, eine Sammlung von Knochen und Schädeln, eine Kiste mit winzigen, ausgestopften Tieren. Darüber hinaus stand in einer Ecke etwas, das ihren Blick aus Glasaugen erwiderte und –

gütiger Himmel! Es *war* … es konnte nur … es konnte nur ein ausgestopfter Zwerg sein! Weiterhin gab es viele Regale, die mit Büchern vollgestopft waren, von denen einige das Schlangenzeichen der Scolos aufgeprägt hatten. Ein riesengroßer schwarzer Band hing an massiven Ketten, der buchstäblich unter den uralten Geheimnissen ächzte, die schwer über dem Feuer hingen.

Die Herzogin holte tief Luft. »Mögen die Mächte uns beschützen! Ihr besitzt tatsächlich einen Agrippa!« Wie sie sehr wohl wußte, war der Agrippa das seltenste und mächtigste Buch der Magie, in der Tat so mächtig, daß allein seine Gegenwart in einem Haus schwere Verwüstungen anrichten mußte, wenn seine Bösartigkeit nicht durch kaltes Eisen gezähmt wurde. Das Buch zitterte an seinen Ketten und ächzte noch lauter, als der Trollkönig vorüberging.

Auf einem langen Tisch in der Mitte des Raums lag eine lebensgroße Tonfigur, die eine schwache Ähnlichkeit mit einer menschlichen Frau zeigte. Die Herzogin betrachtete diese leere Form mit einer gewissen Skepsis – die Gestalt war beträchtlich grober gefertigt, als sie erwartet hatte. »Und Ihr könnt diesen … diesen Haufen Ton tatsächlich beleben? Wird er wahrhaftig ein überzeugendes Konterfei von Miß Elsie Vorder werden?«

»Ich kann es«, sagte Skullgrimm, »aber wie ich dies erreiche, wird ein Geheimnis bleiben. Ganz allein für mich muß ich die Rituale abhalten und die Zaubersprüche intonieren. Kommt morgen nachmittag wieder! Dann werdet ihr sehen, wozu ich imstande bin.«

Zur angegebenen Stunde eskortierten die Diener des Königs die Herzogin und Skogsrå zum düsteren Schlafgemach Seiner Majestät. Dort, in einem verzierten Sessel aus dem inzwischen vertrauten dunklen Holz, saß eine zierliche Gestalt, die ein weißes Kleid trug und deren Gesicht ein Schleier bedeckte.

Mit schwungvoller Gebärde hob Skullgrimm den Schleier, und die Herzogin keuchte. Unfaßbar, daß diese anmutige Gestalt, diese weichen, goldenen Locken, dieses süße, zerbrechliche Lächeln tatsächlich einem künstlichen Geschöpf gehören sollten! »Erstaunlich! Unglaublich! Es ist eine vollkommene Kopie!« rief die Herzogin aus und klatschte in die Hände. »Spricht sie?«

»Im Laufe der Zeit kann sie vielleicht gewisse Phrasen nachplappern ... aber mehr könnt Ihr nicht erwarten«, erwiderte Skullgrimm. »Das Blut, das Ihr mir zur Verfügung stelltet, belebt – zusammen mit meinen Zaubersprüchen – das Ungeheuer, verleiht ihm die Gestalt, die Ihr vor Euch seht. Aber damit der Golem sein Schein-Leben behält, müßt Ihr ihn täglich füttern, und zwar nach meinen Anweisungen. Ihr müßt der Kreatur – habt Ihr Euch schon einen Namen für das Ungeheuer überlegt?« unterbrach er sich. »Es wird fügsamer und empfänglicher sein, wenn Ihr ihm einen Namen gebt.«

»Ihr Name ist Cecile«, sagte die Herzogin, während sie einmal den Sessel umrundete, um das Geschöpf des Trollkönigs besser in Augenschein nehmen zu können. »Ein hübscher Name, nicht wahr?«

Skullgrimm nickte zustimmend. »Elsie ... Cecile ... sie enthalten die gleichen Laute. Ja, ein ausgezeichneter Name. Er wird dazu dienen, die beiden enger aneinanderzuketten.

Diese ... Cecile, dann also«, fuhr er fort. »Ihr müßt ihr jeden Tag die Eingeweide eines lebendigen Wesens geben. Wenn Ihr sie mit der Hand füttert, wird sie Euch um so lieber gehorchen. Zur Not tut es auch das Herz kaltblütiger Wesen, wie ein Fisch oder Reptil, obgleich der Golem dann immer träger werden wird. Immer noch besser sind die Herzen von Mäusen und Vögeln. Je frischer sie sind – so sollten sie beispielsweise dem lebenden Tier mitten aus der Brust gerissen werden –, desto lebendiger wird sie wirken.«

Angeekelt schauderte die Herzogin zusammen. Obgleich sie mehr als gewillt war, jede Anzahl winziger Lebewesen zur Fütterung des Golems zu opfern, schreckte sie dennoch davor zurück, ihnen noch lebendig das Herz herauszureißen.

»Na ja, schön«, meinte der König, der ihr Widerstreben bemerkte. »Ihr könnt sie zunächst auch etwas sanfter töten … benutzt dazu die Geister der Alraune oder ertränkt sie oder tut, was Ihr auch immer bevorzugt. Ihr seid (wie ich sehe) kein Künstler wie ich. Ihr wollt nicht so präzise vorgehen, wie die Sache es erfordert.«

Lächelnd und unter vielen Dankesbezeigungen nahm die Herzogin die Kopie bei der Hand und zog sie unter Schmeichelworten aus dem Zimmer. Der Jarl folgte ihr.

»Seid bereit, bei Sonnenaufgang in aller Eile von hier aufzubrechen!« wies ihn die Herzogin sehr leise an, nachdem sie außer Hörweite von Skullgrimms Dienern waren.

Der Jarl hob eine geschminkte Braue. »Warum denn ein so hastiger Rückzug? Soll ich Mr. von Eichstätt benachrichtigen, oder wollt Ihr das tun?«

»Ich habe nicht die Absicht, den guten Theophilus mitzunehmen«, erklärte die Herzogin. »Er wäre uns nur hinderlich. Darüber hinaus würde er sich bestimmt weigern, so rasch zu gehen. Er will gewiß hierbleiben, um die Genesung des Königs zu überwachen. Doch was mich betrifft … ich möchte nicht im Palast oder sonstwo in Skullgrimms Herrschaftsgebiet sein, wenn das Fleisch mutiert und immerzu neue Pfoten nachwachsen.«

Der Jarl verspürte ein überwältigendes Erstaunen. »Aber stimmt es denn nicht, daß man dies durch das Kauterisieren der Wunde verhindern kann, wie von Eichstätt es erklärte?«

»Nun«, gab die Herzogin zu, während sie, den gehorsamen Golem im Schlepptau, den Korridor hinabschritten. »Schon möglich – aber ich halte es eher für unmöglich. Ihr seid Euch (natürlich) bewußt, daß niemand weiß, *welche* der Neun Mächte die Rasse der Trolle erschuf, und daß viele Gelehrte Eure Rasse lediglich für eine Mutation der menschlichen Rasse halten. Theophilus geht von der falschen Annahme aus (und ich wollte ihn nicht davon abbringen, wie ich gestehen muß), daß die Ursache für die einzigartige Fähigkeit der Trolle zur Regeneration sowie ihre Entstellungen in einer Krankheit des Fleischs zu suchen sind, die Eure Rasse befallen hat.«

»Und Ihr seid anderer Auffassung?« flüsterte Skogsrå.

»Ich bin völlig gegenteiliger Ansicht«, erwiderte die Lady. Bei ihrem Näherkommen öffnete sich lautlos ihre Schlafzimmertür, und sie führte die fügsame ›Cecile‹ über die Schwelle.

Die zierliche Zofe hielt sich im Zimmer auf und sammelte die umherliegenden Unterkleider, Handschuhe, Spitzentaschentücher und Seidenstrümpfe ein, welche die Herzogin über ihr Schlafgemach verstreut hatte. Da es in Anwesenheit der Zofe unmöglich war zu sprechen, entließ die Herzogin sie.

»Ich möchte Euch in dieser Sache nicht beleidigen, mein lieber Jarl«, sagte die Lady, nachdem sich die Tür leise hinter der Trollfrau geschlossen hatte. »Aber ich glaube, daß die merkwürdigen Charakteristika Eurer Rasse auf eine geistige Krankheit zurückzuführen sind.

Damals in Thornburg«, fuhr sie fort, »haben Mr. von Eichstätts Kollegen durch die Anwendung seiner Methoden diesen unschuldigen Unglücksraben vielleicht viel Gutes erwiesen, die entweder durch einen Zufall bei der Geburt oder als Ergebnis einer Verletzung so entstellt wurden. Aber meiner Ansicht nach hat sich irgendein verzerrender … Einfluß … der schwarzen Magie, die Euer Volk seit Hunderten von Jahren praktiziert, in das Gewebe Eures Fleischs eingefressen. Ihr seid Opfer einer geistigen Seuche, und *deswegen* werdet Ihr kaum ein einfaches Heilmittel finden.«

»Dann jedoch«, entgegnete der Jarl, wobei er die Brauen zusammenzog, »dann jedoch ist es ziemlich wahrscheinlich, daß der König ihn *verspeisen* wird, wenn sich Mr. von Eichstätts Theorien als falsch herausstellen sollten. Mir selbst ist das ziemlich gleichgültig, aber ich hatte geglaubt, daß die Gnädige Dame in gewisser Weise stolz auf diesen jungen Mann gewesen sei.«

»Das bin ich auch«, antwortete die Herzogin so übertrieben süß, daß der Jarl – wie schon oft zuvor – einen jähen Drang verspürte, gewalttätig zu werden. Den er natürlich unterdrückte. Ohne etwas von den aufrührerischen Gefühlen zu ahnen, die sie in seinem Busen erregt hatte, steuerte sie den Golem in eine Zimmerecke und ließ ihn dort stehen, wo er nicht im Weg war. »Aber ein so trauriges Schicksal erwarte ich wirklich nicht für einen so pfiffigen jungen Burschen wie Theophilus. Zum einen ist er von einer ansteckenden Krankheit befallen. O ja, Hand aufs Herz! Euch ist doch bestimmt seine Blässe aufgefallen, seine Nervosität … die nicht völlig darauf zurückzuführen ist, daß er sich in seiner Umgebung so unbehaglich fühlte.

So groß ist sein wissenschaftlicher Ehrgeiz, seine Hingabe an die Philosophie«, fuhr die Herzogin fort, während sie sich in einem Sessel beim Feuer niederließ, »daß er sich tatsächlich mit der Syphilis infizierte, um das Fortschreiten dieser Krankheit aus erster Hand beobachten zu können. Das vertraute er mir in einem intimen Augenblick an – oder zumindest in einem, der intim zu werden drohte –, und meines Wissens nach ist er Träger weiterer ekelerregender Krankheiten. Aber die eine Krankheit sollte bereits ausreichen, Skullgrimm von seinem Vorhaben zu entmutigen. Sowohl um unseres eigenen wie auch des Doktors Wohlergehen willen werde ich einen Brief an den König hinterlassen, der ihm diese Sache mitteilt.«

Der Jarl schüttelte zweifelnd den Kopf und runzelte weiterhin die Stirn, aber die Herzogin fuhr munter fort: »Doch noch mehr als dies bin ich völlig davon überzeugt, daß Mr. von Eichstätt imstande sein wird, eine neue Theorie zu formulieren und sie überzeugend darzulegen … und eine weitere Theorie, und noch eine, wie es sich als notwendig erweisen wird, um den König zu beruhigen und der Eitelkeit Skullgrimms zu gefallen … bis – wer weiß? – der Doktor tatsächlich über die richtige Lösung stolpert und sich mit einer erfolgreichen Operation freikauft.

Es ist nur so«, erklärte die Lady mit einem leisen Schulterzucken, »daß ich lieber nicht als Gefangene des Königs bis zu dem Tag verweilen möchte, da Mr. von Eichstätt dies schließlich gelingt.«

7. KAPITEL

Welches den Leser zurück zum Kontinent Calliope trägt

An einem frischen, strahlenden Nachmittag in der Jahreszeit des Frostes fuhr die Postkutsche, die Sera und ihre Freunde mit sich trug, schwankend die Küstenstraße auf die alte Stadt Hobb's Church zu. Die Reise nach Süden war lang und ermüdend gewesen, zudem war es immerzu im Kreis gegangen – eine notwendige Vorsichtsmaßnahme, um die Spuren zu verwischen –, und Sera, die sich in eine Ecke am Fenster gedrückt hatte, fühlte sich erschöpft, durchgerüttelt und zerschlagen. Zwei Tage lang hatten sie und Mr. Jonas den Sitz in Fahrtrichtung mit einer Matrone in Reifröcken sowie deren überaus hübscher und ebenso dümmlicher sechzehnjähriger Tochter geteilt, und vom beständigen Strom eines schrillen, belanglosen Geplappers (dachte Sera) hätte selbst eine Person Kopfschmerzen bekommen, die nicht bereits die Strapazen einer vierzehntägigen Fahrt hinter sich gebracht hatte. Und da sie bereits so lange unterwegs war, konnte sie nur noch an sich halten und den Impuls unterdrücken, das Mädchen einmal so richtig durchzuschütteln und ihr zu befehlen, endlich das Plappermaul zu halten.

Elsie und Jed war es auf dem gegenüberliegenden Sitz etwas besser ergangen, da sie die Bank lediglich mit einem grimmigen, älteren Hauslehrer und dessen eingeschüchtert wirkendem Schüler zu teilen hatten. Sera gab vor, nicht bemerkt zu haben, daß Jed und Elsie während der vergangenen Stunden unter dem

Schutz von Elsies Muff aus Eichhörnchenfell Händchen gehalten hatten.

Das Fahrtgeräusch der Kutsche veränderte sich, denn die schmutzige Landstraße ging in die kopfsteingepflasterte Hauptstraße von Hobb's Church über, die sie jetzt weiter hinabpolterten. Sera hob den Vorhang und spähte in der Hoffnung aus dem Fenster, bei der Fahrt durch die Stadt ein wenig von der Atmosphäre aufzunehmen.

Es war eine typische Kolonisten-Siedlung, die wie die meisten Küstenstädte und -orte auf einer Erhebung errichtet worden war; eine mächtige Kaimauer schützte die Stadt vor den zerstörerischen Gezeitenwechseln. Wie es aussah, war sie zumeist von Menschen bewohnt und ähnelte in gewisser Hinsicht mehr einem Seehafen als Lootie's Bay: Matrosen in blauen Mänteln, mit Goldringen in den Ohren, gingen wiegenden Schritts über die Straßen; ein Dutzend Schiffe mit weißen und roten Segeln sowie bunt bemalten Galionsfiguren lief in den Hafen ein; einige der Kaufleute hatten sogar Holzfiguren anstelle von Schildern über die Türen genagelt.

Der Dorfanger lag genau in der Mitte des Ortes, und dort auf dem Platz – zu dieser Jahreszeit war das nichts weiter als ein Stück erfrorener brauner Rasen – hielt die Postkutsche an. Sera, Elsie, Jed und Mr. Jonas stiegen aus, und der Kutscher sowie der Wächter schwangen sich von ihrem Sitz hinab. Während sich die Gentlemen um das Gepäck kümmerten und Elsie nochmals den Kopf in die Kutsche steckte, um den anderen Fahrgästen eine höfliche, wenn auch unaufrichtige ›Gute Fahrt!‹ zu wünschen, schüttelte Sera ihre Unterkleider aus, schnürte sich wieder den Mantel zu und blickte umher.

Eine Marmorstatue des verstorbenen Königs Henry IX. von Imbria hielt auf dem eisigen Platz Hof, und Spatzen und kreischende Seemöwen dienten als Höflinge und Speichellecker. Auf der anderen Seite des Rasens lag eine bescheidene weiße Kirche mit einem hohen Turm, und daneben standen zwei Bergulmen, die sie während der warmen Jahreszeiten beschatteten. Hinter der Kirche lag eine düstere Anhöhe ... Spyglass Hill, wie es in Mr. Herrings Brief geheißen hatte. Darunter lag die berühmte Tiefe Höhle, und darüber breitete sich der alte Seemannsfriedhof aus.

»Was für eine malerische kleine Stadt!« fand Elsie. »Alle diese krummen und schiefen Gebäude ... und ich finde die Köpfe über den Türen furchtbar komisch, du nicht auch?«

Voller Anspannung ließ Sera den dunklen Blick über die Gebäude rings um den Platz gleiten: die meisten davon standen merkwürdig schief, als ruhten sie auf Fundamenten, die sich absenkten. »Höchst amüsant ... ich hoffe bloß, daß uns nicht der ganze Platz um die Ohren fliegt!«

Vom Platz zum Haus des Mr. Siegfried Herring war es nur ein Katzensprung. Hier in den Kolonien war alles auf großartige Weise anders, und die ›Glasmacher-Gentlemen‹ (was bedeuten sollte, daß die Mitglieder des spekulativen Zweigs der Gilde in keinster Weise mit der Herstellung von Glas beschäftigt waren) waren keine Edelleute und adelige Kaufmänner wie bei den kontinentalen Gilden. Nein, die Gilde zog ihre Mitglieder aus den Reihen ehrbarer Kaufleute jeder Art und Richtung: Kohlenhändler, Perückenmacher, Tischler, Polsterer, Drucker, Buchhändler und dergleichen. Mr. Herring verdiente sich seinen Lebensunterhalt als Kunsttischler, und er lebte allein. Mit vielen Ausdrücken der Freude und des guten Willens bat er seine Besucher in sein kleines, vollgepfropftes Haus.

»Ein Junggesellen-Haus, wie Ihr seht. Ihr, mein lieber Sammuel, und auch Ihr, Mr. Thorn, seid herzlich eingeladen, bei mir zu wohnen, aber was die Damen betrifft ...« Während er sprach, nahm er einen Stapel aus Büchern und Papieren von einem der Sessel und bot Elsie den Platz an. »... was Euch Damen angeht, so ist es gut, daß wir bereits etwas Passendes für Euch arrangiert haben.«

Mr. Herring war ein schlanker, lebhafter kleiner Mann. Er hatte (für seine Größe) lange Gliedmaßen und schien ebenso flink wie ein Wiesel. Seine Wäsche war makellos sauber, sein Anzug und seine Weste von modischem Schnitt, und er trug eine braune, wunderbar gelockte und pomadisierte Perücke. Im Gegensatz zum Zustand seiner Wohnung zeigte sich Mr. Herring, was sein äußeres Erscheinungsbild betraf, sehr wählerisch.

»Ich habe einen privaten Speiseraum in der ›Mondfinsternis‹ reserviert – einem äußerst respektablen Gasthof –, und dort werden wir um sechs Uhr zu Abend essen«, sagte Mr. Herring. »Ich würde mich glücklich schätzen, die Damen anschließend zur Akademie hinauszufahren. Es ist nicht viel mehr als eine Meile.«

Auf die Minute genau trafen sie in der ›Mondfinsternis‹ ein. Der Wirt bat sie in ein gemütliches, privates Zimmer, das rosafarben tapeziert und mit Eichenpaneelen versehen war. Dann teilte er ihnen mit, daß das Abendessen in einer Viertelstunde serviert würde. In der Zwischenzeit zog Mr. Jonas einige merkwürdige Skizzen der Insel-hebenden Maschine hervor. Dazu stieg er auf einen Stuhl, breitete seine Papiere auf dem Tisch aus und machte sich daran, Mr. Herring den bemerkenswerten Apparat zu erklären.

»Ja, ja«, sagte der Kunsttischler und sprang dabei vor Aufregung auf und nieder. »Ich sehe genau, was Ihr meint. Die Bronzespiegel, die die Mondstrahlen einfangen ... die Magneten, die die Insel aus den Tiefen ziehen sollen ... und, hmmm, ja ... ein äußerst *geniales* Getriebe!

Ich kann Euch einen Werkraum hinter meinem Geschäft zur Verfügung stellen sowie alles Holz, das Ihr zur Anfertigung eines Rahmens für die Maschine benötigt«, bot er großzügig an. »Und ich kenne genau den Mann, der die Spiegel gießen und die Schneckengewinde liefern kann. Aber, mein lieber Sammuel, wie um Himmels willen wollt Ihr die Magneten *justieren*?«

»Wir besitzen einige Panterranische Relikte – insbesondere eine aus Bronze gegossene Figurine, die vielleicht eine ähnliche Schwingung erzeugen und die notwendige Anziehung hervorrufen kann«, erwiderte Mr. Jonas.

Während dieses Gesprächs stand Sera beim Feuer, wärmte sich die Hände und hörte Mr. Jonas mit wachsendem Erstaunen zu. Schließlich mußte sie einfach etwas dazu sagen. »Was für ein Unsinn!« meinte sie unterdrückt zu Elsie. »So etwas habe ich mein Lebtag noch nicht gehört. Oder vielmehr … ich *habe* so etwas gehört, aber ich hatte gehofft, etwas Ähnliches nie mehr hören zu müssen.«

Jedidiah, der ihre Worte zufällig hörte, durchquerte, wild die Stirn runzelnd, das Zimmer. »Ja, aber ist doch wahr!« sagte Sera mit flammendem Blick. »Du erinnerst dich an Dr. Mirabolo und die ›heilenden Eigenschaften‹ seiner Magnetröhre. Er hat mit seinem fürchterlichen animalischen Magnetismus niemals jemanden *geheilt,* sondern lediglich einige törichte Frauen mit eingebildeten Leiden in hysterische Zuckungen versetzt … und die arme Elsie so furchtbar erschreckt, daß sie praktisch in Ohnmacht fiel.« Sie sah ihn mit herausfordernd funkelndem Blick an. »Du hast selbst gesagt, Jed, daß der Bursche wie ein entsetzlicher Quacksalber quatschte!«

»Das«, erklärte Jed mit dahinschwindender Würde, »hat mit der gegenwärtigen Sache überhaupt nichts zu tun. Die heilenden Eigenschaften magnetisierten Wassers müssen erst noch bewiesen werden, aber jeder Dummkopf weiß, daß Magnete *Dinge anziehen*!«

Sera öffnete den Mund zu einer Erwiderung, überlegte es sich jedoch besser und hielt sich lieber zurück. Sie war nicht in der Stimmung für eine von Jeds peniblen Lektionen über ›natürliche Affinitäten‹, ›unbedeutende Himmelskörper‹ und ›die erste Entität von Metallen‹ … obgleich er ihre Skepsis durch eine langsame und sorgfältige Erläuterung durchaus überwinden konnte. Als wäre ich ein Kind oder eine Schwachsinnige, dachte sie.

Jetzt aber betraten der Wirt und seine Frau den Raum und servierten das Abendessen. Mr. Jonas rollte seine Pläne zusammen und steckte sie wieder in seine Manteltasche, und Mr. Herring lud seine Gäste dazu ein, die Plätze rund um den Tisch einzunehmen. Sie speisten gut: Schweinepastete, Muschelsuppe, Maisbrot und Bier. Daraufhin schlenderten sie durch die von Laternen erhellten Straßen zu Mr. Herrings Häuschen zurück, wobei die drei Gentlemen gelehrt über Pumpen und Schwungräder, Unruhen, Ventile und Spindelabschrägungen diskutierten.

Unterwegs, etwa einen Block vom Anger entfernt, kamen sie am Uhrturm vorbei: ein hohes Ziegelgebäude mit einer ausgesprochenen Neigung. Die Uhren auf den vier Seiten waren zu jeweils unterschiedlichen Stunden stehengeblieben. »In der Tat«, meinte Mr. Herring, der Seras Blick gefolgt und ihren besorgten Gesichtsausdruck richtig gedeutet hatte. »Das Gebäude besitzt eine so gefährliche Neigung, daß sich niemand ins Innere traut, um den Mechanismus wieder in Gang zu setzen.«

Daraufhin fragte Jedidiah, ob die Stadt auf schwankendem Boden errichtet war … ob die Gegend, wie viele Küstengebiete, bei Vollmond anfällig für Überflutungen und Erdbeben war?

»Wir glauben, daß sich unsere Fundamente absenken, weil die Hobgoblins den Boden so stark untertunneln«, erwiderte Mr. Herring. »Die hiesige Art ist sehr groß und rege. Nein, meine Damen, Ihr habt nichts zu befürchten. Sie sind überhaupt nicht bösartig, nur erstaunlich zerstörerisch. Es gab Zeiten, da waren sie für uns lediglich etwas Neues, Amüsantes, die kuriosen und gewitzten Wesen, die sie sind. Aus einer Laune heraus benannten die Väter der Stadt sogar den Ort nach ihnen. Jetzt jedoch bereiten sie uns jede Menge Schwierigkeiten. Abgesehen von ihrer ständigen Tunnelbauerei sind sie die furchtbarsten kleinen Diebe, die man sich nur vorstellen kann. Im Grunde stehlen sie nur Kleinigkeiten, zumeist billigen Glitzerschmuck, den die Leute gern achtlos herumliegen lassen, außerdem Fetzen von Seide oder Spitze … oder Nadeln und dergleichen … sie sammeln diese Sachen anscheinend wie … nun, so ähnlich wie Elstern, die von derartigem Glitzerkram auch magisch angezogen werden. Man hat sich bemüht, dieses Ungeziefer auszurotten, aber die Gemeinde ist sich – unglücklicherweise – nicht einig, wie man mit ihnen verfahren soll.«

Er senkte die Stimme, obgleich sich niemand auf der Straße befand, der ihn hätte hören können. »Einige wenige Bewohner des Ortes stellten, irregeleitet von der Größe und dem Aussehen der Wesen, die phantastische Behauptung auf, daß die Hobs eigentlich denkende Wesen seien. Ja, denkende Wesen wie Ihr und ich! Natürlich eine empörende Ansicht. Aber genau deswegen beharren sie darauf, daß unsere Methoden viel zu hart seien.

Aber«, fügte er mit einem Lächeln hinzu, als sie durch die Haustür traten, »Ihr seid gerade in der Stadt eingetroffen, und es ist noch viel zu früh, daß Ihr Euch die Köpfe über diese erbittert geführte Debatte zerbrecht.«

Inzwischen war es spät geworden, also spannte der Kunsttischler die Pferde an, und er und die anderen Gentlemen luden Elsies und Seras Gepäck in die Gig. »Die Schule liegt zwischen dem Ort und dem Moor«, sagte Mr. Herring und zündete die Laternen der

Kutsche an, während Jedidiah zunächst Sera und dann Elsie in die offene Kutsche hinauf half.

»Ich komme morgen vorbei und schaue, wie es dir dort gefällt«, versprach Jedidiah Elsie und drückte ihr beruhigend die Hand, ehe er sie wieder losließ.

»Sind wir *tatsächlich* so nahe am Moor?« fragte Sera, während sie auf dem schmalen Sitz Platz für den Kunsttischler machte. »Das ist wohl kaum ein gesundes Klima für die heranwachsenden Kinder.«

»Das Klima in dieser Gegend bekommt den Kindern gut, sie sind rosig und gesund.« Mr. Herring nahm die Zügel in die Hand, gab seinen Pferden einen Befehl, und die Gig fuhr mit einem ziemlichen Tempo los. »Vielleicht ist es nicht der geeignetste Ort für eine Schule, aber Miß Jamaica Barebones, die Leiterin, unterhält die Mothgreen Academy bereits seit mehr als fünfzig Jahren, und das ziemlich erfolgreich. Man kann kaum dem *Klima* Schuld daran geben, daß Miß Barebones soviel Schwierigkeiten dabei hat, Lehrerinnen zu finden, die auch bleiben«, fügte er hinzu, während sie eine dunkle Landstraße hinabfuhren. »Es ist ... hoffentlich leidet keine von Euch beiden jungen Damen an nervösen Zuständen?« unterbrach er sich. »Das Haus ... man sagt, das Haus sei heimgesucht.«

»Völliger Blödsinn!« schnaubte Sera, obgleich sie eine Gänsehaut bekam und sich auch das Haar im Nacken aufrichtete. Sie hatte weitaus größere Erfahrung mit Geistern, als sie zugeben wollte. Sie glaubte nicht an Gespenster, weil sie nicht daran glauben *wollte* – trotz gegenteiliger Erfahrungen in der Vergangenheit. Nun, die Existenz körperloser Geister war eine Beleidigung des Verstandes, eine Vergewaltigung jedes Prinzips von Vernunft und Ordnung, das Sera lieb und teuer war – sie wollte die alten Klapperknochen nicht dadurch ermutigen, daß sie ihnen auch nur einen Funken Glaubwürdigkeit zugestand!

Doch die tolerantere Elsie fand die Aussicht entzückend. »Wie romantisch! Das heißt ...«, sie hielt zweifelnd inne. »Der Geist ist doch hoffentlich nicht bösartig oder schadenfroh?«

»Ganz und gar nicht«, erwiderte Mr. Herring. »Es ist eher ein trauriger Geist, denke ich. Allen Berichten zufolge handelt es sich um den Geist des alten Izrael Barebones, dem das Haus vorher gehört hatte. Er war ein Gelehrter und Antiquar und trotz einiger merkwürdiger Ideen sehr angesehen. Dennoch starb er anscheinend mit einer schweren Sünde auf dem Gewissen ... oder vielleicht im Besitz eines Wissens, das er verzweifelt mitteilen will. Er bemüht sich jetzt seit fünfzig Jahren erfolglos darum.

Übrigens verließen die vorherigen Damen die Akademie nicht etwa deshalb, weil sich der Geist unschicklich benommen hätte«, fügte er hinzu. »Es ist nur so, daß *ältere* Damen (die oftmals eine solche Stelle annehmen) dazu neigen, die Anwesenheit eines Geistes, auch wenn er bester Herkunft ist, traurigerweise sehr übelzunehmen. Bei Miß Jamaica Barebones und den übrigen älteren Damen, die jetzt dort wohnen, ist das jedoch etwas vollkommen anderes. Sie haben alle einen Hang zur Mystik und sind ebenso eifrig darum bemüht, mit dem Geist zu verkehren, wie er darum bemüht ist, mit ihnen in Verbindung zu treten.«

Sera sagte nichts mehr, sondern saß nur steif und gerade da und behielt ihre Sorgen für sich. Eine von Hobgoblins untertunnelte Stadt ... eine Schule in der Nähe eines ungesunden Moors – ganz gewiß Brutgebiet stechender Insekten, ganz zu schweigen von miasmatischer Luft ... darüber hinaus eine Schule, der man nachsagte, daß sie von einem traurigen Geist heimgesucht und die von einer Dame mit dem schrulligen (um nicht zu sagen düsteren) Namen Jamaica Barebones geleitet wurde. Nein. Sera konnte nichts dagegen tun: sie hegte böse Ahnungen, während die kleine Gig weiterhin rasch die Straße hinabfuhr, und sie wünschte sich von ganzem Herzen zusammen mit Elsie sicher und geborgen zurück in die gesunde und vernünftige kleine Stadt Lootie's Bay!

Es war bewölkt, und die Nacht draußen, abseits der Lichter des Ortes, war stockdunkel. Doch die Straße verlief so glatt und gerade, daß die Kutschenlaternen sie trotzdem sicher zu den Toren der Mothgreen Academy brachten. Sie fuhren durch die Tore, dann ging es eine kurze Auffahrt zwischen gestutzten Obstbäumen hinauf, woran Laternen hingen, und bald fuhren sie vor dem Haus vor.

Von außen wirkte das Gebäude altehrwürdig, zumindest beim Laternenschein: zwei Stockwerke hoch, ein Dachgeschoß mit Gaubenfenstern, zwei Flügel aus Bruchstein und Mörtel sowie an der Frontseite eine schöne Stuckfassade aus zierlich geformten Blumen und Urnen. Dank des Kerzenscheins, der aus einem halben Dutzend Fenstern drang, wirkte das Haus warm und einladend. Die Kutsche hielt an der Vorderseite, und die jungen Damen stiegen mit Mr. Herring die Stufen zur Tür hinauf.

Ein schlaksiger junger Bursche in einem Baumwollkittel – offenbar Gärtner und ›Mädchen für alles‹ – öffnete die Tür und kümmerte sich um ihr Gepäck. »Miß Barebones ist im Salon. Ihr findet doch gewiß allein hin, Mr. Herring, Sir?«

»Gewiß, gewiß«, erwiderte Mr. Herring leutselig. »Mach dir keine Umstände, Nathaniel!«

Miß Barebones erhob sich sofort aus ihrem Sessel am Feuer und kam zur Salontür, um sie dort zu empfangen. Sie war eine feine, frisch wirkende, geschäftige alte Dame, geschmackvoll und anständig gekleidet, und sah ebenso einfach und respektabel wie das Haus selbst aus.

Mr. Herring schob für Sera und Elsie Sessel ans Feuer, verkündete, daß er nicht bleiben könne – nein, nicht einmal für eine Minute –, da er selbst Gäste habe, und verschwand umgehend. Während Miß Barebones ihn zum Vordereingang hinausgeleitete, nutzten Sera und Elsie die Gelegenheit und musterten ihre Umgebung gründlicher, als es ihnen das gute Benehmen sonst gestattet hätte.

An den Fenstern hingen Chintzvorhänge, und auf einem Sideboard aus Mahagoni stand eine Sammlung feinen Porzellans. Ansonsten verbreitete das Zimmer jedoch einen Hauch von etwas Männlichem, so, als ob der alte Mr. Barebones dem Zimmer seinen persönlichen Stempel aufgedrückt hätte – wenn er das Haus schon nicht tatsächlich heimsuchte. Der Kamin war blau und weiß gekachelt und wurde von zwei Messingböcken – in Gestalt zweier ziemlich angriffslustig wirkender Möpse – bewacht. Bücher in Einbänden aus Kalbsleder und Pergament, ein antikes Stundenglas sowie eine Porzellanpagode zierten den Kaminsims, und an einem der Wandpaneele hingen alte Waffen. Aber mehr als diese männliche Ausstattung, mehr als das dunkle, schwere Mobiliar war es der *Geruch,* ein Hauch von Schnupf- oder Pfeifentabak, der das Zimmer beherrschte, obgleich Miß Barebones und die anderen Damen wohl kaum selbst diesem Laster frönten.

Die Leiterin kehrte bald zurück. Nachdem sie auf dem Pferdehaarsofa Platz genommen hatte, machte sie Sera und Elsie mit ihren vielfältigen Pflichten vertraut. Die Mothgreen Academy unterrichtete auf folgenden Gebieten: Geschichte, Mathematik, Geographie, Poesie, Komposition, Malerei, Handarbeit, Religion, Benehmen … »Und das alles machen wir nur zu fünft, wißt Ihr, abgesehen von den Dienern, und wir entlassen junge Damen, die gründlich gebildet sind, nicht nur in den klassischen Disziplinen, sondern auch in der Haushaltsführung.«

»Das klingt sehr ansprechend … sehr einfühlsam«, meinte Sera, deren ursprüngliche Vorbehalte allmählich dahinschwanden. Durch eine offenstehende Flügeltür am anderen Ende des Salons erhaschte sie einen Blick auf ihre zukünftigen Schülerinnen, der sie sehr zuversichtlich stimmte: eine lange Prozession sauber gewaschener, kleiner Mädchen in Bademänteln aus weißer Baumwolle zog die Halle hinab und von dort aus (vermutlich) weiter in die oberen Regionen des Hauses.

»Sie hatten gerade ihr Abendessen aus Brot und Milch«, sagte Miß Barebones. »Und jetzt ist es Zeit fürs Bett.«

»Sie sehen süß aus«, bemerkte Elsie. Und Sera konnte nur beipflichten.

Bald darauf betraten die beiden anderen Lehrerinnen, ärmlich wirkende Damen unbestimmbaren Alters, das Zimmer. Miß Eglantine war groß und mager und schaute sehr erst drein; Miß Fitch war ein blasses Individuum, das Sera dumm, jedoch harmlos vorkam.

»Ihr seid anscheinend gesunde, robuste junge Frauen ... hoffentlich habt Ihr gute Nerven«, bemerkte Miß Eglantine unheilschwanger.

Miß Fitch klapperte mit den Lidern. »O Rosabelle, bitte, sprecht nicht so! Ihr werdet sie so sehr erschrecken, daß sie gleich am ersten Abend wieder abreisen.«

»Bei den Neun Mächten! Wer sagte denn irgend etwas, das sie verschreckte?« wollte Miß Eglantine wissen. »Ihr seid es, die ihnen den Kopf mit dummem Zeug vollstopft!«

Die Leiterin persönlich geleitete Sera und Elsie nach oben auf ihre Zimmer, wobei sie den Weg mit einer Kerze erleuchtete. »Ich hoffe wirklich, daß Onkel Izrael keine von Euch beiden während der Nacht stört«, meinte sie nüchtern, während sie die Treppen zur obersten Etage hinaufstiegen – als wäre eine Erscheinung in diesem Haus die natürlichste Sache der Welt.

»Manchmal wird er unruhig, wenn neue Menschen im Haus sind.«

Sera (der die Bemerkung noch immer im Kopf herumschwirrte) war nur wenig von der Entdeckung beruhigt, daß sich ihre Dachkammer unmittelbar neben Elsies Zimmer befand. Aber die Räume selbst waren sauber und gut durchlüftet. Jeder besaß ein Gaubenfenster mit Ausblick auf den darunterliegenden Rosengarten.

»Einige Eurer Schülerinnen – die jüngeren Mädchen – werden gleich unten im Flur sein«, sagte Miß Barebones, zündete die Kerze auf Seras Nachttisch an und wandte sich zum Gehen. Auf der Türschwelle hielt sie inne. »Einige davon können ganz schön lebhaft sein … es ist nicht leicht, sie zum Schlafengehen zu bewegen. Also müßt Ihr sehr bestimmt auftreten. Sollte eine bei Euch an der Tür klopfen, müßt Ihr sie einfach wegschicken.«

Sera und Elsie gingen von einem Zimmer ins andere und halfen einander beim Auspacken der Koffer. Dann nahm Sera ihre Kerze, küßte Elsie, wünschte ihr eine Gute Nacht und kehrte in ihr eigenes Schlafzimmer zurück.

Ein heftiges Pochen an ihrer Schlafzimmertür weckte Sera aus tiefem, traumlosen Schlummer. Ihr erster Impuls war, das Pochen zu überhören und darauf zu hoffen, daß derjenige, der geklopft hatte, allmählich verzagte und wieder ging. Dann jedoch wurde das Pochen lauter, drängender, und jemand rüttelte am Türknauf.

Erschöpft stieg Sera aus dem Bett, hüllte sich in einen Schal, den sie über einen Bettpfosten geworfen hatte, tastete sich im Dunkeln zur Tür und warf sie auf.

Nur eine funzelige Öllampe, die an einem Balken nahe des Treppenabsatzes hing, erleuchtete den Korridor. Sera trat zögernd einen Schritt über die Schwelle, und dann einen weiteren. Abgesehen von ihr selbst schien der Flur leer. Aber wenn dies so war … Sie glaubte, Schritte gehört zu haben, die über die nackten Dielenbretter zurückwichen, ein Quietschen von Türangeln, als wäre eine Tür unten im Korridor geöffnet und wieder geschlossen worden – ein lautloses Vorankommen war in diesen alten Häusern einfach unmöglich. Sera zitterte etwas, während sie dort im schattigen Flur barfuß und verwirrt in ihrem Nachtgewand stand.

Jäh schlug die Schlafzimmertür hinter ihr zu. Sera fuhr heftig zusammen und umklammerte keuchend ihren Schal. Dann lachte sie ein wenig atemlos und schimpfte auf sich selbst, weil sie so töricht reagiert hatte.

»Bloß ein Luftzug«, sagte sie laut, und ihre Stimme zitterte nur ein ganz kleines bißchen. Als sie jedoch die Hand auf den Türknauf legte und ihn drehte, entdeckte sie, daß sich die Tür nicht öffnen ließ. Sie mochte am Griff rütteln und schütteln, wie sie wollte, er bewegte sich einfach nicht.

Sera biß sich auf die Lippe, und eine Woge des Zorns bannte ihre Furcht. Sie war stark in Versuchung, Onkel Izrael Barebones zu sagen, was sie von ihm dachte, aber es war unter ihrer Würde, mit imaginären Geistern zu sprechen. *Wer es auch immer war,* dachte sie, *diese Befriedigung werde ich ihm oder ihr nicht verschaffen!*

Und mit diesem Entschluß straffte sie das Rückgrat, hob das Kinn und ging den Korridor zu Elsies Schlafzimmer hinab, wo sie lautlos zu ihrer schlafenden Kusine ins Bett schlüpfte und eine sehr lange, sehr unruhige Nacht verbrachte.

8. KAPITEL

Welches den Leser wieder mit einem gewissen schwer faßbaren Gentleman zusammenführt

Es war der einundzwanzigste Tag der Jahreszeit des Frostes, noch kurze zehn Tage bis zur Jahreswende, und der grimmige Winter hatte weite Teile Euterpes fest im Griff. Aber in Zammarco, der malerischen Stadt mit den Kanälen und Brücken, blieb das Wetter mild: kalte Nächte und Morgen, kühle, strahlend schöne Nachmittage. Es war die Zeit des Jahres, die als Winterkarneval bekannt war. Die Bürgersteige und Plätze waren mit Händlern, Freilicht-Puppenbühnen, Wandermusikanten und maskierten Feiernden bevölkert, die Gondeln und Vergnügungsbarken auf den Kanälen frisch gestrichen, vergoldet und mit Bändern und Wimpeln verziert.

Doch der Stadtstaat Zammarco war traditionell eine Stadt der Masken und Intrigen – nicht nur während des Karnevals. Eher eine Aristokratie, die sich als Republik maskierte, wurde Zammarco von einem Erb-Senat regiert; und der Senat seinerseits litt unter der Herrschaft eines Zusammenschlusses mächtiger Familien – aus deren Reihen unausweichlich die mächtigste aller Gestalten hervorwuchs: der Senatspräsident oder Oligarch, wie er üblicherweise genannt wurde. Der Senat im allgemeinen und der Zusammenschluß im besonderen waren wegen ihrer erbarmungslosen Methoden berüchtigt und setzten ihre Verfügungen mit brutaler Effektivität durch; auf der Gehaltsliste des Senats standen jederzeit Dutzende von Spionen und bezahlter Informanten, Giftmischer, Folterknechte und bullige Schwertfechter.

Die Erhabenste und Harmonischste Republik blieb als Stadt ausnahmslos Menschen vorbehalten. Zwerge und Gnome mochten auf Besuch oder zur Abwicklung ihrer Geschäfte herkommen. Ein Erlaß verbot ihnen jedoch, sich innerhalb der Stadt niederzulassen. Die ehrbaren Bürger von Zammarco waren hemmungslose Fremdenfeinde – was sie jedoch nicht daran hinderte, schwarzhäutige Sklaven zu halten.

Der Oligarch lebte auf Kosten der Republik in einer großzügigen Residenz an der Lagune, ein großes, verschnörkeltes Gebäude (das niemals Residenz genannt wurde) mit einem Gefängnis und einer Anzahl öffentlicher Verwaltungsstellen.

Am fraglichen Tag betrat zu Einbruch der Nacht ein etwas ausländisch aussehender Gentleman die Residenz. Er kam nicht durch den Haupteingang an der Lagune, sondern durch eine kleine ›Geheimtür‹ auf der Rückseite. *Sir Simon Blood* war der Name, den er in ein schmiedeeisernes Gitter flüsterte, woraufhin eine Tür für ihn aufschwang.

Sein Äußeres war elegant, wenn auch angesichts der Jahreszeit etwas düster. Das Haar fiel ihm lose in einem Wirrwarr schneeweißer Locken bis auf die Schultern. Er war ganz in Schwarz gekleidet, selbst die Spitze am Hals und an den Handgelenken. Die Augen waren von einem traurigen Grau, die Haut so hell, daß sie fast weiß wirkte, und das einzige bißchen Farbe an seiner Person war ein winziges herzförmiges, purpurfarbenes Schönheitspflästerchen unter einem Auge. Er hatte einen Spazierstock aus Ebenholz bei sich, der mit schwarzen Troddeln verziert war.

Das schäbig wirkende Individuum, das ihm die Tür öffnete, führte Sir Simon durch ein Labyrinth aus Marmorhallen und Korridoren. Der Mann hob einen Wandteppich, enthüllte dadurch eine verborgene Tür, klopfte dreimal und flüsterte einige Worte. Die Tür öffnete sich lautlos.

Auf einen einladenden Wink seiner Eskorte hin schritt Sir Simon durch die Tür und landete in einem freskengeschmückten Zimmer mit üppiger Vergoldung. Sein Führer folgte ihm nicht hinein, und die Tür fiel ebenso lautlos ins Schloß, wie sie sich geöffnet hatte.

Sir Simon schüttelte seine Spitze aus und blickte sich flüchtig um, doch nahm dieser flüchtige Blick bemerkenswert viel wahr; er war darin geübt, alles bis ins kleinste Detail aufzunehmen. An einem Ende des Raums, auf einer Art stufenförmigen Podests, hatten sich vielleicht ein Dutzend Aristokraten im Senatorenrot versammelt. Sie standen um einen niedrigen Marmorthron, worauf ein alter Mann mit einer gewichtigen schwarzen Perücke und purpurfarbener Robe saß, und zwar so gebeugt, daß er mit dem Kopf fast die Knie berührte.

»Ihr mögt nähertreten«, sagte eine arrogante Stimme. Da er mit den Augen kurzzeitig woanders gewesen war, vermochte Sir Simon nicht zu sagen, wer gesprochen hatte. Würdevoll schritt er zu dem Podest, zog den Hut, machte eine großartige elegante Verneigung und wartete höflich auf weitere Anweisungen.

Diese kamen von dem Mann in Purpur, offenbar der Oligarch, der ihm mit heiserer, kratziger Stimme befahl, seine Anliegen vorzutragen. »Vermutlich eine Denunziation?«

»In der Tat«, erwiderte Sir Simon mit seiner angenehmen Stimme, die einen leichten Akzent aufwies. »Wie Ihr vielleicht wißt, soll ich im Auftrag der Regierung von Imbria den Handel mit weißen Sklaven untersuchen. Im Verlauf meiner Untersuchung habe ich ein besonderes Augenmerk auf eine Gruppe von Schurken gerichtet, die ihren ruchlosen Handel mit menschlichem Fleisch in allen großen Städten Euterpes durchführen. Seit meinem Eintreffen in der Erhabensten und Harmonischsten Republik erkenne ich als einen der führenden Köpfe hinter der schrecklichen Sache einen gewissen Herzog Azimet, einen Einwohner dieser Stadt.«

Die Senatoren gerieten in helle Aufregung. »Ihr könnt dies beweisen?« fragte der Oligarch.

Sir Simon verneigte sich erneut tief. »Noch habe ich keinen zwingenden Beweis, noch nicht. Aber man informierte mich … Das heißt, wenn ich die Vorgehensweise in Zammarco recht verstehe, gibt man seine Informationen an die Behörden weiter, und der Senat stellt seine eigenen Nachforschungen an.«

»Solche Informationen werden gewöhnlich durch einen unserer eigenen Bürger an uns herangetragen«, sagte die höhnische Stimme, und diesmal erkannte Sir Simon die Quelle: ein stolzer, bleicher, asketisch wirkender Aristokrat mit schwarzer Perücke. »Üblicherweise ist uns die Einmischung von Ausländern nicht willkommen.«

Sir Simon nahm eine höfliche, fast demütige, entschuldigende Haltung an. »Das tut mir aber leid. Da ich hier akkrediert war, hatte ich angenommen, daß mein Freund, Baron Onda, bereits meine Empfehlungsschreiben vorgelegt hatte. Wenn Ihr wünscht, werde ich …«

»Ah ja, natürlich«, unterbrach ihn der hagere Senator. »Unser vertrauenswürdiger Baron Onda – er hat in *keinster* Weise etwas mit der Regierung von Imbria zu tun, sondern ist langjähriges Mitglied der Glasmacher – hat uns mit einigen Eurer farbenfrohen Heldentaten bekannt gemacht. Ihr seid also nicht bloß ein Polizist oder Verbrecherjäger, sondern tatsächlich auch ein bezahlter Meuchelmörder!«

Sir Simon entfernte zierlich einen imaginären Fussel von seinem dunklen Ärmel. Er benötigte Zeit, um die Fassung wiederzugewinnen. Obgleich er sich keine großen Illusionen über die Gründe machte, weswegen man ihn herbeigerufen hatte, trafen ihn die beleidigenden Worte des Senators überraschend heftig – insbesondere, da sie vom Mitglied einer Körperschaft ausgesprochen worden waren, die notorisch süchtig nach dem Gebrauch von Folterinstrumenten und der Garrotte war.

»Ich bin ein unabhängig arbeitender Gentleman, und obgleich meine Aktivitäten in gewissem Ausmaß finanziell unterstützt werden – von der Regierung Imbrias, der Glasmachergilde oder einer anderen Körperschaft –, kann Euch das doch ziemlich gleichgültig sein … sie nehmen meine Dienste nicht zur Ermordung von Leuten in Anspruch«, erwiderte er fest, obgleich ein winziger Muskel in seinem Mundwinkel zuckte und sich seine Brauen zu einer harten Linie zusammenzogen.

Die eisige Arroganz auf dem Gesicht des Senators verstärkte sich beträchtlich. »Gut, daß Ihr mich korrigiert habt. Diese vielen Tode, für die Ihr, Baron Onda zufolge, verantwortlich seid … sie waren lediglich eine Sache persönlicher Vorlieben? Die – wie soll ich es ausdrücken? – ausgelassenen Vergnügungen der ungestümen Jugend?«

Sir Simon ballte eine kleine, weiße (und überraschend geschickt aussehende) Hand zur Faust. Wie seine Antwort vielleicht gelautet hätte, blieb unbekannt, denn der Oligarch deutete mit einer herrschaftlichen Geste an, daß diese Debatte für ihn nicht von Interesse war.

»Ihr habt insofern recht, daß im allgemeinen eine einzige Denunziation ausreicht, die Mühlen der Justiz in Bewegung zu setzen«, krächzte der Oligarch und nickte dabei mit dem Kopf. »Auch seid Ihr nicht der erste, der die Herkunft von Herzog Azimets wirklich ziemlich außergewöhnlichem Wohlstand in Frage stellt. Viele unserer Aristokraten, mich selbst und meine Kollegen eingeschlossen, mißbilligen seinen verschwenderischen … einige meinen vielleicht: dekadenten … Lebensstil. Dennoch ist er zweifelsohne ein Mann von Macht und Einfluß, und noch genauer auf den Punkt gebracht: er ist Mitglied einer unserer Senatorenfamilien. Unter diesen Umständen müßt Ihr das Verlangen nach handfesteren Beweisen zu würdigen wissen.

Wenn Ihr Eure Nachforschungen fortsetzen wollt und solche Beweise heranschafft, könnt Ihr Euch erneut an uns wenden. Inzwischen«, sagte der Oligarch, »mögt Ihr auf dieselbe Weise gehen, wie Ihr gekommen seid.«

Obgleich weit davon entfernt, zufrieden zu sein, blieb Sir Simon nichts anderes übrig, als sich wiederum zu verneigen, einige Worte der Dankbarkeit für die freundliche Geduld des Oligarchen zu murmeln und sich durch eben jene Tür zurückzuziehen, durch die er eingetreten war. Auf der anderen Seite der Tür fand er seine abgerissene Eskorte wartend vor, die ihn hinausbegleitete.

Während er über die Frage nachgrübelte, wie er die notwendigen Beweise bekommen, wie er sich beim Herzog einschmeicheln und so dessen Vertrauen gewinnen sollte (oder zumindest Zugang zu den Privatpapieren), war Sir Simon zunächst zu sehr in Anspruch genommen, als daß er die eiligen Schritte vernommen hätte, die ihm den Korridor hinab folgten. Erst als ihn derjenige, der ihm eilig folgte, fast eingeholt hatte, fuhr er herum, die eine Hand auf den Knauf seines Spazierstocks gelegt und bereit, die dort verborgene Klinge zu ziehen …

Da er die elegante Gestalt als Mitglied der Geheimversammlung wiedererkannte, an die er sich gerade gewandt hatte, ließ Sir Simon das Schwert stecken. Statt dessen senkte er den Kopf. »Ich hatte noch nicht die Ehre …?«

»Don Balthazar Onda. Vielleicht hat mich mein Vetter erwähnt.«

»Ah, ja«, sagte Sir Simon und musterte die Züge des Senators. Das Gesicht mit der schweren kastanienbraunen Perücke wies eine starke Familienähnlichkeit zu Baron Onda auf. Und sein Freund hatte einen Verwandten im mächtigen inneren Kreis erwähnt, einen Mann, der ein größeres Gerechtigkeitsstreben als alle übrigen Senatoren besaß, ein Mann, der aus diesem Grund möglicherweise ein Verbündeter sein konnte.

Auf einen Wink des Aristokraten hin zog sich Sir Simons Begleiter zurück und überließ es dem Senator, ihn aus der Residenz hinauszuführen. »Ihr kennt Herzog Azimet persönlich, Sir Simon?«

»Nur dem Namen nach.«

»Dann werde ich Euch bei ihm einführen«, sagte Don Balthazar, während sie weiter den Korridor hinabschritten. »Ich bin von jetzt an in zwei Tagen zu einer Abendunterhaltung im Palast des Herzogs eingeladen. Ihr werdet, als mein Gast, ebenfalls dabei sein. Und ich werde Euch auch, wenn Ihr gestattet, einen Rat geben. Der Herzog wird von zwei Leidenschaften beherrscht: seiner Liebe zum Luxus und seiner Sammlung von Kuriositäten. Wenn Ihr seine Gunst und sein Vertrauen zu erlangen wünscht, tut Ihr am besten daran, ihm ein seltenes Geschenk mitzubringen, um seine Gunst zu erringen. Besteht die Möglichkeit, daß Ihr innerhalb so kurzer Zeit etwas Derartiges bekommen könnt?«

Ein Lächeln blitzte in Sir Simons Augen auf, während er sich sehr geziert vor dem Senator verneigte. »Ich bin für meine Findigkeit bekannt. Und Euer Angebot nehme ich mit Vergnügen und einem Gefühl starker Verbundenheit an.«

»Es freut mich, Euch meine Dienste anbieten zu können«, erwiderte Don Balthazar mit einer Verneigung, die ebenso elegant war wie die von Sir Simon.

Der folgende Nachmittag sah Sir Simon zwanzig Meilen entfernt von Zammarco in Spagne wieder, auf dem

Landsitz eines gewissen edlen und wohlhabenden Zwergs. Der Türhüter erkannte ihn sofort – denn er war erst vor kurzem ein willkommener Besucher der Villa gewesen. Sir Simon übergab sein Pferd einem Stallburschen, durchquerte leichten Schritts den Garten mit den Statuen und stieg die flachen Steinstufen zum Vordereingang hinauf. Man ließ ihn sofort ein und führte ihn in das Studierzimmer des Herrn.

»Mein lieber Freund«, sagte der Zwerg und erhob sich von seinem Stuhl, um Sir Simon zu begrüßen. Ein Ausdruck freundlicher Besorgnis stand ihm deutlich ins breite Gesicht geschrieben. »Natürlich bin ich entzückt, Euch zu sehen … aber so bald? War unser Logenbruder Onda außerstande, Euch die erwartete Hilfe zukommen zu lassen?«

»Baron Onda und seine Verwandten sind sehr zuvorkommend gewesen. Aber ich wollte Euch um einen großen Gefallen bitten«, entgegnete Sir Simon, nahm seinen gefiederten Dreispitz ab und ließ sich seinem Gastgeber gegenüber nieder. »Ich muß Euch darum ersuchen, mir das Chalazianische Triptychon zu leihen – vielleicht sogar zu schenken.«

Und er machte sich daran, die näheren Umstände seiner bevorstehenden Einführung bei Herzog Azimet sowie Don Balthazars Ratschlag zu erläutern. Der Zwerg erklärte seine völlige Bereitschaft, das wertvolle Kunstwerk auszuleihen. »So viele Unschuldige ruiniert … wie heißt das so oft von Euch gebrauchte Wort? ›Der Raub der Unschuld‹, ja. Und ich möchte gleichfalls meinen Teil dazu beitragen, diese niederträchtigen Männer zu bekämpfen.«

»Ich hoffe, Euch das Triptychon unversehrt wiedergeben zu können, aber versprechen kann ich das nicht«, meinte Sir Simon.

Sein Gastgeber lachte leise, als wäre diese Sache völlig unerheblich. »Es ist schließlich nur ein Ding, und meine Sammlung ist lediglich ein Zeitvertreib. Es stimmt, daß ich meine Kostbarkeiten keinem anderen Sammler *verkaufen* würde, nicht um alles Geld der Welt, aber sie für so eine gute Sache *wegzuschenken*, das ist eine ganz andere Angelegenheit.« Er sandte einen vertrauenswürdigen Diener in das Gewölbe hinab, wo er seine Schätze aufbewahrte.

Unter vielfacher Bezeugung seiner Dankbarkeit nahm Sir Simon den elfenbeinernen Altar mit den wunderschönen Schnitzereien entgegen: Bilder der Sieben Schicksalsgötter, der Neun Jahreszeiten sowie in der Mitte ein Bildnis des Schöpfungsvaters in voller Glorie. Dann nahm er seinen Abschied von dem guten alten Zwerg.

Am nächsten Abend, dem Abend von Herzog Azimets Fest, war Sir Simon wieder in die Stadt der Kanäle zurückgekommen. Er hatte sich mit Don Balthazar an den Stufen der Kathedrale verabredet, von wo aus sie mit der Gondel des Senators zum Palast fahren wollten.

Sir Simon hatte sich für diese Gelegenheit sehr sorgfältig gekleidet. Noch immer trug er Schwarz, doch diesmal mit einem Hauch von Silber. Silberfarben waren gleichfalls die Bänder, die sein Haar zurückhielten, und am Hals trug er eine Diamantbrosche. In der einen Hand hielt er eine samtene Halbmaske, in der anderen eine schwarze Satintasche, die das Chalazianische Tripthychon barg. Don Balthazar verspätete sich, so daß Sir Simon draußen vor der Kathedrale herumlungerte und zusah, wie die geschäftige Welt von Zammarco an ihm vorübereilte.

Ein bezaubernder Ort, dieses Zammarco mit seinen goldenen Kuppeln, heruntergekommenen Palästen, uralten Kirchen und titanenhaften Statuen. Die Kleidung der Einwohner war gleichermaßen exotisch. Die Männer trugen altmodische Vollhaar-Perücken oder hatten das eigene, zu Löckchen und Kringeln gelegte Haar zurückgebunden, so daß es ihnen fast bis zur Taille herabhing. Sie liebten leuchtende Farben, und der volle Schnitt ihrer Mäntel und Hosen zeigte ebenso wie die von ihnen bevorzugten Stoffe einen orientalischen Einfluß. Die Frauen waren größtenteils in sehr zurückhaltende, düstere Farben gekleidet, doch die Säume ihrer Röcke (die sie über großen Reifen trugen) erreichten kaum ihre Knöchel. Sie verließen ihr Heim niemals, ohne den Kopf – und ebenso manchmal das Gesicht – mit dünnen Tüchern und Spitzenschals zu bedecken, ausgenommen während des Karnevals, wenn sie maskiert gingen.

»Mein lieber Sir Simon«, sagte Don Balthazar, als der Fremde seine scharlachfarbene und purpurrote Gondel betrat. »Wie es scheint, spioniert jemand hinter Euch her. Der Mann dort drüben … er beobachtete Euch eindringlich, als ich herankam. Aber sobald ich Euch meinen Gruß zugerufen hatte, gab er ein ausgesprochenes Interesse an dem Puppentheater auf den Stufen vor. Ich erwähne die Sache, weil es sich kaum um einen *unserer* Spione handeln kann – so ungeschickt würden sie sich niemals verhalten.«

Sir Simon behielt sein ausdrucksloses Gesicht. »Ein großgewachsener Bursche mit einem ausgeprägt krummen Rücken? Oder vielleicht ein kleiner Mann in der Kleidung eines gewöhnlichen Seemanns?

»Es ist ein kleiner Mann, der eine dunkle Brille und einen spitzen Hut trägt.«

Sir Simons Schultern zitterten bei einem unterdrückten Gelächter. »Ich hätte angenommen, daß er diese ›Verkleidung‹ zugunsten einer anderen endlich gewechselt hätte. Ihr dürft Euch von ihm oder seinem krummen Freund nicht ins Bockshorn jagen lassen. Sie sind lediglich Agenten einer gewissen großen Dame in Marstadtt, und sie folgen mir auf Schritt und Tritt. In der Tat habe ich ihnen kaum noch Beachtung geschenkt, denn sie belästigen mich nicht im geringsten. Sie hegen wohl lediglich die Hoffnung, daß ich sie endlich … zu etwas führe, das die Dame verloren hat und wiedererlangen möchte.« Und er setzte sich ziemlich lässig auf eine samtgepolsterte Bank neben den Senator. »Ihr müßt verstehen«, meinte Don Balthazar mit gesenkter Stimme, damit ihn der Gondoliere nicht verstand, »daß Herzog Azimet, sollte es Euch gelingen, seine Aufmerksamkeit zu erregen, zweifelsohne Fragen über Euren Hintergrund stellen wird.«

»Da könnt Ihr völlig beruhigt sein«, erwiderte Sir Simon. »Ich bin jetzt schon seit einiger Zeit *Sir Simon Blood,* und während dieser Zeit habe ich nichts getan, was diesem Charakter widersprechen würde. Selbst wenn seine Spione an meine getreuen Wachhunde herantreten … sie kennen mich vielleicht unter einem anderen Namen, aber sie werden dem Herzog doch nur bestätigen können, ich sei genau derjenige, als der ich mich präsentiere.«

»Und das heißt?«

Sir Simon hob den sorgfältig gepuderten Kopf. »Ein Lügner, ein Gauner, ein Glücksspieler und ein Dieb.«

Don Balthazar stieß ein kleines überraschtes Gelächter aus, als wäre er ein wenig verblüfft von der Unverschämtheit seines Schützlings. »Bei den Heiligen Mächten! Ihr habt Nerven! Und davon offenbar genügend, um etwas für dieses gefährliche Unternehmen zu erübrigen.«

Von außen war Herzog Azimets Palast typisch für die dahinschwindende Pracht, die wiederum ihrerseits typisch für die Stadt war. Nasse Flecken entstellten die Steinfassade, die goldene Kuppel des Dachs war angelaufen und matt, und das Gesims sowie die Friese, Statuen und Säulen zeigten samt und sonders Sprünge oder zerbröckelten. Zwei gigantische Marmorfiguren flankierten die Tür: ein Mann und eine Frau, edel gekleidet, die Stirn von einem Olivenzweig umkränzt.

Ein dunkelhäutiger oranianischer Sklave ließ den Senator und dessen Gast ein. Der ganze Palast war ein einziges Meer aus Licht und Farbe. Überall gab es Spiegel, von der Decke hingen gewaltige Kronleuchter herab, und die Wände waren mit Fresken bemalt. Sir Simon und Don Balthazar setzten sich die Masken auf und folgten einer großen Menge Feiernder in Kostümen einen langen, strahlend hellen Korridor hinab. Weiter ging es ein von Kristall blitzendes Treppenhaus hinauf in einen ebenso strahlenden Ballsaal, wo Herzog Azimet Hof hielt.

Sir Simon hatte einen hochgewachsenen Mann erwartet – soviel hatten die Gerüchte besagt. Nach allem, was er von des Herzogs Machtgier, seiner Dekadenz und seinem schwelgerischen Lebensstil gehört hatte, war er in Erwartung eines feisten, schleimigen Mannes hergekommen, der sich in seidenem Luxus suhlte. Nichts hatte ihn auf die Wirklichkeit vorbereitet.

Herzog Azimet war gewaltig. Selbst im Sitzen wirkte er beeindruckend, stehend mußte er wenigstens acht Fuß groß sein. Aber war er auch groß, so war er ebenfalls gut gebaut. Er hatte einen schmucken, kraftvollen Körper und außerordentlich regelmäßige Gesichtszüge. Obgleich auf der Höhe der kontinentalen Mode in blaßblauen Satin und schäumende weiße Spitze gekleidet, wirkte er keinesfalls stutzerhaft. Die Augen mit den schweren Lidern waren von einem besonders stechenden, ceruleanischen Blau, und er hatte ein breites, gutmütiges Lächeln aufgesetzt, das anscheinend besagen sollte, daß die Welt für ihn ein sehr amüsanter Ort zum Leben war.

Don Balthazar übernahm die notwendigen Formalitäten der Vorstellung und zog sich daraufhin taktvoll zurück.

»Wenn der Herzog so gnädig wäre, mir am späteren Abend eine Privataudienz zu gewähren«, sagte Sir Simon, »so würde er die Zeit, die er mit mir verbringt, kaum als vergeudet erachten.«

Der Herzog hob sein Lorgnon und betrachtete den

eleganten kleinen Mann mit spöttischer Geringschätzung. »Ist es möglich, daß der gute Senator unwissentlich einen Bittsteller bei mir eingeführt hat ... oder seid Ihr bloß ein gewöhnlicher Kaufmann? So seht Ihr gewiß nicht aus.«

Sir Simon lüftete seine Maske. »Don Balthazar weiß bestimmt nicht, weswegen ich gekommen bin. Ich bedauere unendlich, daß ich mich seiner bedienen mußte. Und ja, ich bin eine Art Kaufmann ... obgleich ganz und gar kein gewöhnlicher.«

Herzog Azimet musterte ihn mit aufkeimender Belustigung. »Nun, ja, Ihr bezaubert mich ... ein wenig. Ich werde Euch einen Diener schicken, wenn (und falls) ich bereit bin, mit Euch zu sprechen.«

Sir Simon verneigte sich und zog sich zurück.

Die nächsten vier Stunden verbrachte er damit, an smaragdgrünem spanischem Wein zu nippen, Haschischdüfte einzuatmen – in jedem Raum, den er betrat, schwelte das Haschisch in Töpfen oder auf Dreifüßen aus Messing –, an einer Vielzahl stark gesüßtem Konfekt zu knabbern und den brillanten Vorstellungen zuzuschauen, die der Herzog für seine Gäste arrangiert hatte. Die Gesellschaft war gerade dabei, sich zu einem zweiten üppigen Mahl niederzulassen, da verspürte Sir Simon eine leichte, respektvolle Berührung am Ellbogen.

Ein kleiner oranianischer Page mit einem gewaltigen Turban berührte mit dem Kopf Sir Simons Hand und sagte, er sei ausgesandt worden, den ›hübschen, kleinen, ausländischen Gentleman‹ zu einer Privataudienz zum Herzog zu bringen.

Herzog Azimet empfing ihn in einem vergoldeten Zimmer abseits des Ballsaals. Er lehnte an einem besonders geschmückten Kaminsims aus Marmor. Obgleich Sir Simon geglaubt hatte, auf den Anblick des stehenden Herzogs Azimet vorbereitet zu sein, war dies nicht der Fall. Der Mann war ein wahrer Riese!

Ohne lange Vorrede präsentierte Sir Simon das Chalazianische Triptychon. Er rechnete damit, daß der Altar einen starken Eindruck machen würde. Der Herzog untersuchte die elfenbeinere Kostbarkeit sehr sorgfältig, dann schoß er Sir Simon einen wachsamen, argwöhnischen Blick zu.

»Ihr seid nicht auf ehrliche Weise zu diesem Stück gekommen. Ich kenne seinen Eigentümer und weiß auch, daß er es niemals verkaufen würde.«

Sir Simon verneigte sich höflich und zustimmend. »Ihr habt völlig recht. Ich gebe frank und frei zu, daß ich es in der Hoffnung gestohlen habe, den Herzog zu beeindrucken und seinen gnädigen Schutz zu erhalten. Wenn Ihr das Objekt wiedererkennt, dann wißt Ihr zweifelsohne, wie sorgsam es bewacht wurde – ich wage zu sagen, daß diese Hindernisse für jeden Mann, der weniger talentiert ist als ich, unübersteigbar gewesen wären.«

Herzog Azimet neigte den Kopf mit einem Blick, der mehr als höflich interessiert war, und Sir Simon fühlte sich ermutigt, fortzufahren. »Mit aller schuldigen Bescheidenheit präsentierte ich mich als Prinz der Diebe … unübertroffen von anderen übe ich meinen Beruf aus. Doch nur wenige Männer können es sich leisten, meine Dienste zu erwerben, denn die von mir gestohlenen Dinge sind oftmals so wertvoll, daß selbst wohlhabende Männer von ihrem Besitz nicht einmal träumen können. Dennoch brauche ich eine Beschäftigung, einen Sinn im Leben … was bleibt dem Prinz der Diebe am Ende anderes übrig, als eine solche Beschäftigung beim Herrscher der Sammler zu suchen?

Darüber hinaus«, fuhr Sir Simon fort, »bin ich ein Mann mit verschiedenen, vielfältigen Talenten: wenig gibt es, was ich nicht tun kann oder will, wenn die Bezahlung hoch genug ist. Daher wißt Ihr vielleicht auch, wie ich Euch sonst noch dienen könnte.«

Diese etwas langatmige (und völlig gewissenlose)

Ansprache gefiel dem Herzog offenbar. »Aber ja, es ist möglich, daß ich eine Beschäftigung für Euch finde. Das Triptychon – ein Geschenk, vermutlich? – ist gewiß eine überzeugende Vorstellung. Aber Geschäftliches bespreche ich niemals während des Karnevals. Das habe ich mir seit langer Zeit zur Gewohnheit gemacht.« Der große Mann machte eine großartige Prozedur daraus, sein Lorgnon mit einem Seidentuch zu polieren. »Wenn ich recht verstehe, plant Ihr einen längerwährenden Aufenthalt in Zammarco?«

»Ich werde wohl noch weitere vierzehn Tage lang bleiben – mindestens. Länger, wenn es dem Herzog dienlich und angenehm ist.«

»Dann bestehe ich darauf, daß Ihr als Gast des Hauses bei mir bleibt. Wir können unsere Bekanntschaft während der nächsten Tage weiter ausbauen, und im Neuen Jahr ...« Der Herzog lächelte liebenswürdig. »Vielleicht können wir dann eine Abmachung treffen, Ihr und ich.«

Obgleich sich Sir Simon völlig bewußt war, daß diese jähe und erfreuliche Einladung nur auf den Wunsch des Herzogs zurückzuführen sein mochte, ihn unter Beobachtung zu halten, während er die notwendigen Spione und Agenten aussandte, die Sir Simons Hintergrund erforschen sollten, schlug er gerne ein. »Der Herzog ist die Freundlichkeit in Person. Ich gestehe, daß ich von seiner Großzügigkeit ... überwältigt bin.«

»Oh, von Natur aus bin ich kein großzügiger Mann«, erklärte Azimet, noch immer liebenswürdig lächelnd. »Und daher muß ich Euch warnen: Wenn Ihr zufällig der Versuchung unterliegt, *mir* etwas zu stehlen – und sei es noch so wertlos –, wird Euch meine Rache bis ans Ende der Erde verfolgen.«

9. KAPITEL

In welchem Sir Simon eine unerwartete Begegnung hat

Am nächsten Tag schaffte Sir Simon seine Habseligkeiten von seinem vormaligen Quartier in Herzog Azimets Palast. Er unternahm dabei Umwege; zunächst spazierte er zu Fuß, dann fuhr er mit einer Gondel, um dem krummen Mann zu entwischen. Das tat er nur zum eigenen Vergnügen, denn er wußte, daß seine beiden Spürhunde nicht lange benötigen würden, seinen gegenwärtigen Aufenthaltsort in Erfahrung zu bringen – dennoch gefiel ihm der Gedanke, daß die Söldlinge der Herzogin sich ihr Geld verdienen mußten.

Wir leben in schlimmen Zeiten, überlegte Sir Simon, während er es sich in den geräumigen Zimmern gemütlich machte, die ihm der Herzog zugewiesen hatte. Selbst er, Abenteurer, der er war (und notgedrungen an einen gewissen Grad von Intrige und Betrug gewöhnt), konnte nur den Kopf über die verzwickten Komplikationen schütteln, die seine gegenwärtige Lage mit sich brachte: er spionierte Herzog Azimet aus; Agenten des Herzogs eilten zweifelsohne von einem Ende Euterpes zum anderen und sammelten Informationen über ihn; die von der Herzogin angeheuerten Spione hechelten weiterhin auf seiner Spur – und es konnte kaum ein Zweifel daran bestehen, daß die Agenten des Senats jeden einzelnen von ihnen ausspionieren würden.

In der folgenden Zeit verbrachte Sir Simon jeden Tag ein oder zwei Stunden lang in der Gesellschaft seines Gastgebers, der seine Konversation erheiternd fand, zumindest in kleinen Dosen. Ansonsten streifte er frei durch den Palast – obgleich er die ganze Zeit über den starken Eindruck hatte, daß die Diener Herzog Azimets ein wachsames Auge auf das Silber und die anderen kleinen Dinge von Wert hielten, wann immer der ›hübsche, kleine, ausländische Gentleman‹ ein Zimmer betrat.

Was die berühmte Antiquitätensammlung des Herzogs betraf, so erwies sie sich in gewisser Hinsicht als eine Enttäuschung. Der Herzog war offenbar so stolz darauf, daß er sie jederzeit zur Schau stellte. Vieles davon erregte Sir Simons Interesse, doch im ganzen gesehen hatte er bereits weitaus beeindruckendere Privatsammlungen in Wäldermark und Imbria zu sehen bekommen. Die wirkliche Faszination lag in den Methoden, die der Herzog zur Bewachung seiner Schätze gebrauchte; in den Fallen, dem Gift und dem magischen Schutz. Davon *waren* viele ausgesprochen selten und von unschätzbarem Wert. Sir Simon fragte sich, ob es Herzog Azimets Sinn für Humor entsprach, eine antike Vase im Wert von vielleicht eintausend Pfund Sterling in einem Ring aus magischem Feuer auszustellen, das ein goldenes Diadem von zehnmal so hohem Wert erzeugte.

Hierin lag jedoch gleichfalls eine starke Quelle der Enttäuschung. Sir Simon hatte die Absicht gehegt, Herzog Azimets geheime Briefe und Papiere an sich zu bringen, worin er dokumentarische Beweise für die Verstrickung des Aristokraten in den Handel mit weißen Sklaven vermutete – und vielleicht auch für den Import und Export anderer verbotener Güter. Ursprünglich hatte er gehofft, er würde diese Papiere aufspüren, wenn er *zunächst* die magischen Sicherungen entdeckte, die der Herzog zu ihrem Schutz benutzte.

Und in der Tat streunte Sir Simon langsam im Haus umher, unter die vielen Gäste der Festlichkeiten gemischt, die jeden Abend pünktlich bei Sonnenuntergang begannen. Er stellte mit den Pendeln und Magneten und den anderen Apparaten, die er mitgebracht hatte, Untersuchungen an. Unglücklicherweise (und hierin zeigte sich vielleicht die wahre Gewitztheit des Herzogs in vollem Ausmaß) führten die Pendel und Talismane Sir Simon beständig in die Irre: es gab einfach zu viele undurchdringliche Kristallkuppeln, flammende Postamente und magnetisch vergiftete Nadeln, die die Sammlung des Aristokraten bewachten.

Wie sollte man die Quelle eines einzelnen magnetischen Stroms orten, wenn man praktisch in jedem Zimmer magnetisch funktionierende Apparate fand?

Eines Nachmittags sagte Herzog Azimet in seiner schleppenden Sprechweise: »Ich möchte Euch etwas höchst Interessantes zeigen. Zufällige Besucher bekommen dies nicht zu Gesicht, aber ich könnte mir vorstellen, daß Ihr davon ganz bezaubert sein werdet.« Er führte Sir Simon auf eine Marmorterrasse hinaus, die einen kleinen, umfriedeten Innenhof überblickte.

Unten in dem verwelkten Wintergarten saß ein alter Mann (ärmlich wirkend, in einem abgetragenen Anzug und mit zerknittertem Dreispitz) auf einer Steinbank neben einem spiegelnden Teich und beobachtete die Spielereien einer köstlichen kleinen Frau von nicht mehr als zwanzig Inch Größe. Das winzige Geschöpf – Sir Simon konnte auf diese Entfernung nicht unterscheiden, ob es sich um ein Kind oder eine Frau handelte – tanzte im Garten umher, inmitten des verwelkten Efeus, der zerbröselnden Statuen und der vermodernden Überreste eines uralten Belle-Vues; offenbar völlig versunken in ein ganz privates Spiel. Der alte Mann schaute mit wohlwollendem Lächeln zu.

»Eine weitere Eurer Kuriositäten?« fragte Sir Simon, wobei er die kleine Frau mit ungewöhnlichem Interesse anstarrte. Zu klein, um eine Zwergin oder Fee, eine Trollfrau oder ein Mensch zu sein, jedoch auch zu zart gebildet für eine Gnomin oder Hobgoblin, war es unmöglich, ihre Rasse zu erraten. Ihre Färbung war ebenfalls merkwürdig, obgleich nicht unattraktiv: die Haut zeigte einen schwach goldenen Glanz, und das lange Seidenhaar besaß einen leichten Grünstich. Sir Simon wollte es vorkommen, als ob sie sich mit einer größeren Anmut als jede Sterbliche durch den Garten bewegte.

»Sie ist mehr als eine Kuriosität ... sie ist ein vollkommenes Geheimnis«, sagte der Herzog. Die Marmorbalustrade reichte ihm nicht einmal bis zu den Knien, aber er war in der Lage, sich mit nachlässig verschränkten Beinen auf dem Geländer niederzulassen und dabei so auszusehen, als fände er das ganz bequem. »Der alte Mann – ihr Hüter – behauptet, ihr Vater zu sein ... obgleich das natürlich absolut unmöglich ist. Ich fand ihn in einer verzweifelten Notlage: viel zerlumpter, als er jetzt aussieht, und halb verhungert. Würdet Ihr das glauben? Er hält diese sogenannte Tochter in einem Weidenkäfig, wie ein Tier oder einen zahmen Vogel.«

Sir Simon reckte sich ein wenig mehr, als könne er dadurch die zusammengekauerte Gestalt unten am Teich besser erkennen. »Dann hat er sie mißhandelt?«

»Mißhandelt wohl kaum«, meinte der Herzog, wobei er jeder ihrer Bewegungen mit dem Blick folgte und ein seltsames Lächeln seinen Mund verzerrte. »Denn meinem Verständnis nach möchte er sie in erster Linie beschützen. Er möchte Eirena nicht im Zirkus auftreten lassen. Man muß natürlich auf seine Empfindlichkeit Rücksicht nehmen. Ein so zierliches Wesen kann nur der wahre Kenner ... genießen, findet Ihr nicht?«

Sir Simon beäugte ihn mißtrauisch. Er war sich nicht sicher, wie er antworten sollte – nicht einmal, was für perverse Formen der ›Genuß‹ des Herzogs an der kleinen Frau annehmen mochte. Vergewaltigung schied wohl allein aus körperlichen Gründen aus, wenn man beider Körpergrößen in Betracht zog, aber irgend etwas Hungriges in Azimets Gesichtsausdruck, wenn er Eirena im Garten umhertanzen sah, sorgte dafür, daß sich Sir Simon alles andere als wohl fühlte.

»Der alte Mann ist ein Ausländer«, fügte der Herzog hinzu. »Er spricht keine andere Sprache außer dem Nordländisch, und dies auch noch ziemlich barbarisch. Er stammt nicht aus Eurer Heimat, denke ich, sondern aus Wäldermark, ist dort geboren, seinem Akzent nach zu schließen.«

»Ah, ja«, meinte Sir Simon obenhin, um sein jähes, brennendes Interesse zu verbergen. »Vor einigen Jahren stattete ich diesem Fürstentum einen Besuch ab … der Provinz Marstadtt … oder vielleicht Wiemarchen?« Er tat so, als sei er etwas durcheinander. »Ich hatte keine Ahnung, daß die Frauen dort so klein sind.«

Die Augen des Herzogs funkelten bei diesem flüchtigen Scherz. »Nirgendwo auf der Welt sind sie so klein, soweit ich mich habe versichern können. Anscheinend ist Eirena vollkommen einzigartig.«

Vielleicht hätte er noch etwas gesagt, aber genau in diesem Augenblick tauchte einer seiner schwarzen oranianischen Sklaven auf und teilte mit, der Oligarch sei auf einen Besuch vorbeigekommen.

»Ihr werdet mich entschuldigen«, sagte der Herzog und erhob sich. »Mein Gespräch mit dem Oligarchen wird vermutlich kein sehr angenehmes sein, und daher würde ich es lieber unter vier Augen führen.«

Nachdem sich der Herzog zurückgezogen hatte, verblieb Sir Simon noch lange Zeit. Er hatte die Hände auf die Marmorbalustrade gelegt und dachte über das merkwürdige Paar im Garten unten nach. Dann, in einem jähen Entschluß, stieg er die Stufen hinab und trat auf die knorrige Gestalt am Teich zu.

»Mr. Braun, Euer Diener«, sagte Sir Simon in ihrer Sprache. Der alte Mann zuckte sichtlich zusammen und verdrehte voller Panik die Augen. »Entschuldigt bitte … ist das nicht Euer Name?«

»Der Name stimmt schon«, sagte der alte Bursche schwer. »Nicht nötig, sich zu entschuldigen. War nur deshalb, wie Ihr das gesagt habt … hab' ich doch gedacht, wir wär'n uns schon mal begegnet.«

»Ich kann eine vorherige Bekanntschaft nicht in Anspruch nehmen«, entgegnete Sir Simon. »Und dennoch habe ich das Gefühl, daß ich Euch kenne. Euer junger Verwandter, Jedidiah, ist mein besonderer Freund.«

Der alte Mann begann zu zittern und blickte sich unbehaglich im Garten um. »Wer … wer hat Euch geschickt?« flüsterte er heiser.

Sir Simon lächelte vertrauenerweckend. »Die Glasmacher schickten mich … aber nicht, um Euch zu suchen«, fügte er sanft hinzu – so freundlich und sanft, daß der Herzog, hätte er ihn gehört, überrascht gewesen wäre. In der Tat hatte sich sein ganzes Verhalten geändert, und es schien, als hätte der eine Mann die Terrasse verlassen, und ein anderer Mann wäre an seiner Stelle unten im Garten eingetroffen. »Bloßer Zufall bringt uns hier zusammen – oder vielleicht sollte ich sagen: das unentzifferbare Werk des Schicksals. Ihr habt nichts von mir zu befürchten. Ich bin Euch wohlgesonnen.«

Caleb Braun dachte einen Augenblick lang darüber nach. »Mein Großneffe Jed – Ihr sagtet, Ihr kennt ihn?« fragte er eifrig. »Was ist aus Jedidiah geworden? Ich machte mir Sorgen um den Jungen, aber es bestand keine Möglichkeit … jedenfalls keine sichere Möglichkeit …«

»Genau«, meinte Sir Simon. »Aber wie ich Grund habe zu glauben, befindet sich Jed in sicherem Abstand zu denen, die ihm Schaden zufügen wollen. Was Euch selbst betrifft, Mr. Braun … ich bitte um Entschuldigung, daß ich so frei und offen spreche, aber meine Zuneigung zu Eurem jungen Verwandten bewegt mich.

Ich weiß, daß Ihr in der Person Thomas Kellys einen äußerst gefährlichen Feind habt, doch ich frage mich, ob Euch bewußt ist, daß Ihr in gewisser Hinsicht lediglich vom Regen in die Traufe gekommen seid. Herzog Azimet ist einen jeden Zoll ebenso gefährlich wie der Zauberer Kelly.«

»Das ist mir sehr wohl bewußt«, entgegnete Caleb. »Aber der Herzog hat eine Vorliebe für meine kleine Tochter gefaßt, und zumindest im Augenblick erfreuen wir uns seiner Gunst. Wenn wir mächtige Feinde erworben haben, so ist es nur vernünftig, daß wir einen mächtigen Mann wie den Herzog zu unserem Schutz benötigen.«

Wie als Reaktion auf das Unbehagen ihres ›Vaters‹, hatte das zerbrechliche Geschöpf mit seinem Spiel aufgehört. Es schlang die Arme um Calebs Knie und rieb das winzige Gesicht an seinen Beinen.

Sir Simon zog eine Schnupftabaksdose aus seiner Westentasche – die Dose war ein phantastisch aussehendes Gefäß; geschickte Hände hatten sie zu einem Widderhorn geformt und in Silber gehämmert. Er öffnete den Deckel und holte zwischen den Fingern etwas Tabak hervor, wobei er den alten Mann mit wachsender Verzweiflung betrachtete. Die Anwesenheit von Jedidiahs Großonkel in Zammarco (und noch mehr die völlig unerwartete Existenz der kleinen Eirena) brachten Komplikationen mit sich, mit denen er kaum gerechnet hatte.

Sir Simon schnupfte, nieste und staubte sich die Finger ab. Es wäre beinahe unmöglich, einen Mann zu retten, der keinerlei Wunsch verspürte, seinen Schutz in Anspruch zu nehmen. Seine einzige Hoffnung bestand darin, die Geschehnisse so zu arrangieren, daß den alten Onkel seines Freundes nicht die volle Wucht der nahenden Katastrophe träfe.

Während der folgenden, enttäuschend verlaufenden Tage, Tage, die Sir Simon weiterer, vergeblicher Nachforschung widmete, fand er viele Gelegenheiten, allein mit Caleb Braun zu sprechen, und seine Bekanntschaft mit der rätselhaften Eirena zu vertiefen. *Sie* hatte eine Zuneigung zu ihm gefaßt und kam herbeigelaufen, wann immer sie ihn erblickte, aber der alte Mann blieb trotz aller wiederholten Warnungen und Überzeugungsversuche Sir Simons halsstarrig.

»Ich appelliere an Euch als Eirenas Vater«, sagte Sir Simon bei einer derartigen Gelegenheit, während er sich neben dem winzigen Geschöpf niederließ, in seine Tasche griff und einen Silberring hervorholte, den er ihr wie ein Armband ums Handgelenk legte – er hatte die Angewohnheit, kleine Geschenke für sie zu besorgen. Eirena belohnte ihn mit einem bezaubernden Lächeln. »Ich glaube einfach nicht, daß ein Mann seine Tochter unter den Schutz eines … eines Lüstlings wie Herzog Azimet stellen will.«

»Ja, ja«, meinte Caleb mit einer zum Wahnsinn reizenden Gelassenheit. »Ich weiß alles vom Herzog und seinen häßlichen Gepflogenheiten. Aber seid Euch gewiß – ich lege sehr viel Wert darauf, daß sie von seinem lüsternen Tun nichts mitbekommt. *Sie* ist ohnehin unerreichbar für ihn«, schloß der alte Mann.

In dieser Hinsicht hegte Sir Simon – obgleich er vor den Gedanken weiterhin zurückschreckte – so seine Zweifel. Aber Caleb wiederholte die alten Argumente: sie befanden sich hier in Azimets Palast in Sicherheit … nein, er wollte sich nicht dazu überreden lassen, Eirena woanders hinzubringen, selbst wenn es möglich gewesen wäre.

Da er nicht genau wußte, wie weit die Loyalität des alten Mannes dem Herzog gegenüber reichte, und weil er befürchtete, bereits zuviel gesagt zu haben, getraute sich Sir Simon nicht, dem alten Mann zu eröffnen, daß der Schutz des Herzogs dahin wäre, sollte seine Mission hier erfolgreich sein.

Nicht, daß sich Sir Simon allzu große Sorgen um

Caleb Braun und dessen vermutliches Schicksal machte – ihm würde das Herz wegen der Sturheit eines in die Irre geleiteten alten Mannes nicht brechen –, aber Eirena war etwas ganz anderes.

Selbst, nachdem er sie näher kennengelernt hatte, konnte er die Herkunft des winzigen Geschöpfs nicht ergründen, auch nicht ihr Alter abschätzen. Obgleich von Gestalt eine kleine Frau, konnte sie offensichtlich nicht sprechen, und sie hatte etwas Frisches, Kindliches an sich, das Sir Simon seltsam anrührend fand.

Während die Tage dahingingen, dachte Sir Simon immer häufiger über Eirenas Notlage nach. Was für ein Schicksal ihr bevorstünde ... sollten seine Nachforschungen erfolgreich sein und sie vom Staat zusammen mit dem anderen, weniger lebendigen Eigentum des Herzogs konfisziert werden ... er wollte es sich lieber nicht ausmalen. Daß sie als Eigentum erachtet werden *würde* – vielleicht sogar als Laune der Natur zur Schau gestellt würde –, war höchst wahrscheinlich. Ihre Unfähigkeit zu sprechen oder sich auf andere Weise deutlich zu artikulieren, mußte sie in den Stand eines primitiven Tiers versetzen ... zumindest in der Erhabenen Republik von Zammarco. Und während es für Eirena eine – wenn auch etwas widerliche – Sache war, von Herzog Azimet und dessen bevorzugten Gästen angestaunt zu werden, so hielt Sir Simon den Gedanken an eine öffentliche Zur-Schau-Stellung für gänzlich obszön.

Wenn ich mich dazu gezwungen sehe, werde ich sie einfach entführen, entschied er am Ende.

Der Neujahrswechsel verstrich in einem flammenden Glorienschein, einem vielfarbenen Wirbel aus Geschäftigkeit. Am Abend des Feiertags, in der als ›Sonnendunkel‹ bekannten Nacht begannen die Vorbereitungen ein wenig vor Mitternacht. In jedem Haus, jedem Geschäft, jeder Kirche, jedem Palast der Stadt wurden Laternen zerschmettert, Kerzen, Lampen und Feuer gelöscht. Dann, genau um Mitternacht, läuteten alle Kirchenglocken zugleich und verkündeten die nahe bevorstehende Rückkehr der Sonne. Dann liefen Männer mit wieder entfachten Fackeln und Jungen mit farbigen Lampions bis Sonnenaufgang durch die Stadt, während die Glocken weiterhin erschallten.

Die Feier in Herzog Azimets Palast ging bis weit nach Sonnenaufgang. Eine Truppe fahrender Schauspieler präsentierte Komödien, Tragödien, und dazwischen Opern.

Kurz vor Mittag schickte der Herzog den oranianischen Pagen zu Sir Simon. Der kleine schwarze Junge verneigte sich so tief, daß sein übergroßer Turban fast seine Zehen berührte, während er Herzog Aziments Botschaft überbrachte.

»Es ist Zeit für eine kleine Unterhaltung«, sagte der Aristokrat, der, auf Kissen gestützt, in seinem riesigen Bett mit den vier Pfosten saß. Auf Azimets Befehl hin krochen zwei nackte schwarze Mädchen, die das Bett mit ihm geteilt hatten, zwischen den Laken hervor, sammelten ihre spärliche Kleidung ein und verschwanden in der Küche, um dort ihren üblichen Dienst zu tun.

»Ich wußte nicht, Sir Simon«, sagte der Herzog, wobei er ihn genau beobachtete, »daß zu Eurer beträchtlichen Anzahl an Vorzügen auch Entführung zu zählen ist.«

Offenkundig verwirrt starrte ihn Sir Simon an. »Ihr zeigt Überraschung – nun, dann sage ich Euch, daß meine Spione ... *sehr* überzeugend ... mit den Agenten der Herzogin von Zar-Wildungen sprachen«, fügte der Herzog hinzu, um ihm auf die Sprünge zu helfen.

»Ach so ... diese kleine Sache«, erwiderte Sir Simon, während er wie rasend nachdachte. »Aber ja, vor einiger Zeit sollte ich zwei junge Frauen verschwinden lassen, an denen die Herzogin ein bestimmtes Interesse hatte. Ich weiß nicht, weswegen Euch dies überraschen sollte.«

»Tut es auch nicht«, entgegnete Herzog Azimet. »Aber ich bin ein wenig erstaunt zu erfahren, daß Euch die Agenten der Herzogin weiterhin auf den Fersen sind, als würden sie erwarten, daß Ihr sie zu den fraglichen jungen Damen führt. Oder kann es sein, daß Ihr – während Ihr Eure Pflicht tatet – zufällig eine gefühlsmäßige Beziehung zu einer der beiden Frauen entwickeltet?«

Eine winzige Furche erschien zwischen Sir Simons wohlgeformten Brauen, und er blähte die Nasenflügel. »Ah, ja …«, meinte er. »Davon möchte ich nicht sprechen, wenn Ihr nichts dagegen habt.«

Herzog Aziment brach in lautes Gelächter aus. »Jetzt *habt* Ihr mich aber überrascht! Ist es möglich, mein Freund, daß Ihr ein Mann mit ehrbaren Prinzipien seid?«

»Wenn es mir so gefällt«, gab Sir Simon zurück. »Und wenn es mich nicht behindert. Aber ich versichere Euch: im allgemeinen zeige ich keinerlei Neigung, Frauen gegenüber sentimental zu sein.«

Der Herzog lehnte sich in seine Kissen zurück. »Oder sonst gegenüber etwas?«

»Oder sonst gegenüber etwas«, sagte Sir Simon, während er eine kleine Falte am Ärmel seiner Jacke glättete. »Ich überlege, weswegen Ihr fragt. Ist es möglich, Herzog Azimet, daß Eure Spione einen einzigen Fall moralischer Integrität meinerseits entdeckt haben?«

»Keinesfalls«, erwiderte Azimet, und kleine Fältchen zeigten sich um seine Augenwinkel. »Ihr seid anscheinend ein Mann ohne jeglichen Skrupel – weswegen ich sehr stark versucht bin, Euch bei der erstbesten Gelegenheit einzustellen.«

Sir Simon verneigte sich. »Das beruhigt mich«, sagte er.

Aber der Herzog hatte ihn mitnichten beruhigt. Sir Simon wurde klar, daß seine Zeit allmählich gefährlich knapp wurde. Sobald ihn Herzog Azimet auf eine Diebestour schickte, würde er nicht mehr frei im Palast umherstreunen dürfen, und seinen Nachforschungen wäre ein Ende gesetzt.

Einzig und allein einem glücklichen Zufall war es zu verdanken, daß Sir Simon am folgenden Nachmittag über die Lösung seines Problems stolperte – und zwar an einem Ort, wo er die Lösung zuallerletzt zu finden erwartet hatte.

Er hatte gerade den Salon neben dem Ballsaal betreten, eben jenes Zimmer mit Vergoldung, worin ihn Herzog Azimet am ersten Abend empfangen hatte. Als er sich dem wunderbar verzierten Kamin näherte, verspürte er einen Energiestoß auf der Brust. Etwas hatte den Talisman geweckt, der Sadrun gewidmet war und den er zwischen seinem schwarzen Kambrikhemd und der bestickten Weste an einem Band um den Hals trug.

Seine Überraschung verbergend wandte sich Sir Simon dem Herzog zu, um auf eine Frage zu antworten, die dieser ihm gerade gestellt hatte. Dennoch rasten die ganze Zeit über seine Gedanken.

Die letzten vierzehn Tage lang hatte er erwartet, ein Geheimfach oder ein verstecktes Paneel in einem der Zimmer zu finden, zu dem nur der Herzog, dessen Vertraute und die vertrauenswürdigsten Diener Zugang hatten. Daß das Versteck sich in einem so allgemein zugänglichen Zimmer wie diesem hier befände … das war schon erstaunlich. Und auch wieder nicht, denn gerade die allgemeine Zugänglichkeit des Aufenthaltsortes stellte in gewisser Hinsicht einen Schutz dar.

Sir Simon hörte mit halbem Ohr zu, wie Azimet erneut irgendeine amouröse Geschichte zum Besten gab. Tagsüber, überlegte er, konnte er den Kamin und die Wand ringsumher nicht untersuchen, weil er eine Störung befürchten mußte. Des Nachts wäre es gleichfalls riskant, hier herzukommen, wo er nichts zu suchen hatte, nachdem die Festlichkeiten ein Ende gefunden hatten. Falls ihn die Diener des Herzogs bei seinem Vorhaben entdeckten und überwältigten … Sir Simon verbannte diese Überlegung ungeduldig aus seinen Gedanken. Er mußte einfach achtgeben, daß er dabei *nicht* erwischt wurde.

In dieser Nacht – der Palast lag dunkel und ruhig da – bereitete sich Sir Simon in seinem Schlafgemach auf seine Geheimmission vor. Er steckte sich eine geladene Pistole und einen gedrehten Silberstock in den Gürtel und schob sich ein schlankes Stilett in einen der schwarzen Ärmel. Er wußte nur zu gut, daß eine Entdeckung den Fehlschlag seiner Mission bedeutete, er aber noch immer darauf hoffen konnte, einer Gefangennahme zu entgehen, wenn er bewaffnet wäre. In seinen Taschen, weiterhin eingenäht in den Saum seines Mantels sowie der schwarz-silbernen Weste und sogar in den hohlen, drei Inch hohen Absätzen seiner Schuhe bewahrte er stets weitere nützliche Dinge auf. Sir Simon zog es vor, für alle Möglichkeiten gewappnet zu sein.

Unglücklicherweise bedeutete die Notwendigkeit einer raschen und lautlosen Vorgehensweise, daß er seine Schuhe zurücklassen mußte. Er schraubte nacheinander die Absätze ab, und die Phiolen und winzigen Flaschen mit Explosivstoffen fielen ihm in die Hand. Er barg sie so bequem wie eben möglich anderswo an seiner Person.

Geistesabwesend griff er in seine Jackentasche und zog eine kleine goldene Dose mit eingelegten Perlen und Elfenbeinverzierung hervor. Er drückte den Deckel auf und nahm eine Prise des feinen kristallinen Pulvers, das er darin aufbewahrte, zwischen die Finger. Dann, als ihm aufging, was er gerade tun wollte, schüttelte er den Kopf, staubte sich die Fingerspitzen ab und schloß die Dose.

Heute nacht mußte er hellwach, sich jedes Geräuschs und jeder Bewegung bewußt sein. Selbst eine winzige Prise Schlafstaub würde ihn dieser scharfen Wahrnehmungsfähigkeit berauben. Ohne die Droge wären seine Sinne schmerzlich geschärft, die Lungen würden brennen, das Herz würde rasen und der Pulsschlag ginge auf das Heftigste, aber diese zusätzliche geschärfte Wachsamkeit könnte ihm durchaus das Leben retten. Und viele Stunden mußten verstreichen, ehe ihn der Umstand, daß er die Droge nicht genommen hatte, allmählich schwächen würde.

Leichtfüßig und behende schritt er auf Strümpfen von seinem Zimmer im dritten Stockwerk ohne ernsthaften Zwischenfall bis in den Salon neben dem Ballsaal hinab – obgleich er sich einmal gezwungen sah, hinter einer Marmorstatue in Deckung zu gehen, damit ihn der oranianische Page nicht sah, und einmal mußte er unter einen niedrigen Tisch schlüpfen, um der Begegnung mit einem der weißhäutigen Sklaven zu entgehen.

Er schloß die Flügeltüren hinter sich und zog eine Rolle ungesponnenen Baumwollgarns heraus, das er vor den Türspalt unten legte. Dann schritt er im Dunkeln quer durch den Raum, fand die Kerzen, die er zuvor auf dem Kaminsims bemerkt hatte, zündete sie an und machte sich auf die Suche.

Er benutzte seinen Talisman als Pendel, ließ ihn an einem Band herabhängen und beobachtete dessen Bewegungen. Schließlich entdeckte er das Paneel neben dem Kamin. Es wäre jedoch kein gewöhnliches Geheimfach – nicht bei Herzog Azimet. Ein solches Fach funktionierte dank eines ausgeklügelten Mechanismus, eines verschlagenen Zusammenspiels von Mechanik und Magie, und genau so etwas erwartete Sir Simon. Natürlich hatte die Magie das Pendel in Bewegung versetzt.

Sir Simon wußte, daß er mit äußerster Vorsicht weitermachen mußte. Jeder noch so kleine Fehler bei der Bedienung des Öffnungsmechanismus mußte entweder einen Alarm auslösen oder eine tödliche Falle zuschnappen lassen. Doch solche ausgeklügelten Apparate wie dieser hier waren unausweichlich das Werk von Gnomen – und Gnome liebten mathematische und philosophische Rätsel.

Er nahm eine Kerze in die Hand und trat einen Schritt zurück, um die Oberfläche der Wand besser in Augenschein nehmen zu können. Die Wand war mit einem gespenstischen Fresko bemalt, das die letzten Tage des königlichen Hofs von Evanthum zeigte. Es war eine wenig bekannte Tatsache (die Sir Simon allerdings sehr wohl bekannt war), daß Gnomfallen und -alarmanlagen in ihrer Anordnung stets eine Reihe von Hinweisen enthielten, die der gewitzte Beobachter tatsächlich entschlüsseln konnte. Dadurch erfuhr er die Wirkungsweise des Mechanismus.

Sir Simon erwies sich als gewitzter Beobachter. Das Fresko, wurde ihm klar, bot mehrere Hinweise; zudem war es nützlich, ein Kompendium beliebter Gnom-Theoreme und -Gleichungen im Kopf zu haben (was bei ihm der Fall war). In einer halben Stunde hatte er das Rätsel gelöst, berührte hier eine Stelle und dort eine, drehte ein verziertes Formstück, das am Sims befestigt war, wartete atemlos darauf, daß eine Falle zuschnappen würde, falls er irgendeinen winzigen Fehler in der Reihenfolge begangen hatte …

Dann glitt das Geheimpaneel beiseite und enthüllte … nicht das verborgene Fach, das er erwartet hatte … sondern ein Zimmer von etwa der halben Größe des Salons. Sir Simon biß sich vor Ärger über die eigene Dummheit auf die Lippe. Hätte er daran gedacht, sich diesen Teil des Palastes gründlich anzusehen, so hätte ihm schon vor langer Zeit ein Unterschied in den Ausmaßen des Salons und aller umgebenden Zimmer ins Auge springen müssen.

Aber er hatte keine Zeit für nutzlose Selbstvorwürfe. Er hob die Kerze auf, die er hinter sich auf die Erde gestellt hatte, und trat durch das Paneel in den Raum dahinter. Was er sah, erstaunte und verblüffte ihn: einen unvergleichlichen Schatz, eine Bibliothek mit seltenen und uralten Bänden sowie ein Museum mit teuflischen Kunstwerken.

Mit zumindest einer Überzeugung verließ Sir Simon das Geheimzimmer: Es war ihm schließlich gelungen, Herzog Azimet einen Strick zu drehen, der lang genug war, daß er um dessen Hals paßte.

10. KAPITEL

In welchem Sir Simon der bitteren Wahrheit ins Gesicht sehen muß

Ein verschlafener Don Balthazar Onda empfing einen Besucher in seinem Studierzimmer. Er hatte den protzigen Turban auf, den er stets des Nachts im Bett trug, und war in einen reichen Brokatschlafrock gekleidet. »Ihr wähltet eine späte Stunde für Euren Besuch, mein Freund«, meinte er gähnend und nicht sonderlich angetan von der nächtlichen Störung.

»Ich bitte tausendmal um Vergebung«, sagte Sir Simon, obgleich er sich nicht im geringsten so anhörte. »Aber der verschwörerische Plan, den ich entdeckte, ist so gewaltig … daß es mir am besten erschien, Euch die Sache gleich mitzuteilen.«

Einen Augenblick lang hatte Don Balthazar das entnervende Gefühl, daß ihn aus Sir Simons Augen ein völlig Fremder anstarrte. Es war jedoch nur ein flüchtiger Gedanke, den er sogleich vergaß, als ihm die Tragweite von Sir Simons Worten bewußt wurde. Er nahm den Turban ab, ließ die Finger durch das kurze Haar laufen – das wegen der schweren Senatorenperücke so kurz sein mußte –, und setzte sich an seinen Schreibtisch. »Ihr habt den gesuchten Beweis gefunden? Aber das ist doch großartig, mein teurer Sir! Jedoch«, fügte er mit einem schrägen Lächeln hinzu, »wird es wohl nicht ratsam sein, dem Oligarchen und den anderen Gentlemen des Rats zu dieser Stunde einen Besuch abzustatten.«

Sir Simon ließ sich in einen Sessel fallen, obgleich ihm keiner angeboten worden war. »Ich habe einen Beweis, kann ihn jedoch nicht herbringen. Ihr – und einige andere Zeugen, denen die Senatoren Glauben schenken – solltet diese Dinge wohl ebenso sehen, wie ich sie vorfand«, meinte er erschöpft. »Und das Verbrechen ist noch wesentlich ernster, als wir vermutet hatten. Ein Verbrechen – noch verwerflicher als das, von dem Ihr Kenntnis habt –, das unter den edlen Senatoren zumindest einen Sturm der Entrüstung hervorrufen wird.

Ich klage Herzog Azimet der Schwarzen Kunst sowie des Verrats gegen den Staat an.«

Don Balthazar hatte sich mit den Ellbogen auf den Schreibtisch gestützt und versteifte sich jetzt in seinem Stuhl. »Das ist eine schwerwiegende Beschuldigung!« Er überlegte einen Augenblick. »Mein Vetter, der Baron, würde mich vielleicht begleiten ... aber wohin wollt Ihr uns bringen?«

Sir Simon rutschte unbehaglich in seinem Sessel umher. »Zu Herzog Azimets Palast. Aber ich weiß noch nicht, zu welcher Stunde ich Euch beide einschmuggeln soll, damit wir nicht die Aufmerksamkeit des Herzogs auf uns ziehen.«

Don Balthazar zuckte mit den Schultern und spreizte die Hände. »Das ist kein Problem. Ich kann auch unangemeldet zu jeder von mir gewünschten Stunde den Palast des Herzogs Azimet betreten. Wäre heute nacht zu früh? Nein? Dann werde ich die Sache arrangieren.«

Jetzt war Sir Simon an der Reihe, sich starr und voller Argwohn im Sitz aufzurichten. »Und wie – wenn ich fragen darf – wollt Ihr das erreichen?«

Don Balthazar grinste ihn an. »Der Senat hat in Herzog Azimets Haushalt Spione und Informanten, bezahlte Agenten, die tun, was wir von ihnen verlangen. Ihr zeigt Überraschung, aber Ihr habt doch bestimmt so etwas erwartet? Wir unterhalten in allen großen Häusern Spione. Und der Versuch, sie auszujäten, ist völlig sinnlos, denn stets werde neue Spione ihre Plätze einnehmen.

Ja«, fügte er auf Sir Simons fragenden Blick hinzu, »sogar in diesem Haus gibt es unter den Dienern einige, die dem Oligarchen über alle meine Tätigkeiten regelmäßig Bericht erstatten. Und da ich nicht sicher weiß, wer die Spione sind, bleibe ich natürlich stets mißtrauisch.«

Von diesem Augenblick an ging alles ganz rasch – viel zu rasch für Sir Simons Wohlbefinden. Eine Stunde später sprachen er und Don Balthazar mit dem Baron; zwei Stunden und eine Anzahl Bestechungen später (»Selbst unsere Agenten müssen bezahlt werden, damit sie diese Risiken auf sich nehmen«, erklärte Don Balthazar) standen sie im vergoldeten Salon des Herzogs dem Geheimpaneel gegenüber.

Während Don Balthazar und sein Vetter die Salontür mit geladenen Pistolen bewachten, entschärfte Sir Simon eine kleine Bombe aus Knallquecksilber, zu der einige Zündschnüre hinführten – für den Fall, daß jemand, der während seiner Abwesenheit das Geheimzimmer betreten wollte, sein Eindringen bemerkt hätte. Nachdem er die Bombe nun entschärft hatte und der Weg frei war, führte Sir Simon die beiden Aristokraten in das Geheimzimmer.

Don Balthazar blieb auf der Schwelle stehen und sah sich verwirrt und erstaunt um. Das Zimmer, das einem Museum ähnelte, barg Herzog Azimets *wahre* Sammlung, Raritäten, die weitaus wertvoller waren als alles, was er öffentlich ausstellte. Aber nicht nur wegen ihres Werts hielt Azimet diese Sachen verborgen, denn hier gab es teuflische Bücher und die übelwollenden Werkzeuge eines schwarzen Magikers.

Sir Simon lenkte die Aufmerksamkeit des Senators zu einer kleinen, vergoldeten Bühne von der Größe eines Puppentheaters, die am anderen Ende des Raums stand. Und der Aristokrat hielt das Ganze tatsächlich für ein gewöhnliches Puppenspiel, bis sein

Vetter, der Baron, eine der sorgsam gekleideten und kunstvoll modellierten Marionetten im Rot der Senatoren aufhob und ihm zur näheren Untersuchung reichte.

Dann holte Don Balthazar tief und entrüstet Atem. »Infam!« sagte er. »Herzog Azimets Schlechtigkeit sprengt alle Grenzen!«

Bei Sonnenaufgang waren Sir Simon und die beiden Aristokraten wieder in Don Balthazars Schlafzimmer, wo der Senator einen Befehl zur Verhaftung Herzog Azimets schrieb. »Glaubt mir«, meinte er, noch immer schäumend vor Wut, zu Sir Simon, »die Gerechtigkeit wird ihren Lauf nehmen.«

Sir Simon glaubte ihm aufs Wort, denn etliche der ›Puppen‹ auf Herzog Azimets Bühne hatten die größte Ähnlichkeit mit Personen, die Don Balthazar gut bekannt waren: der Oligarch und alle Senatoren des Rats … darunter auch Don Balthazar persönlich. Die Vorstellung erschütterte den Senator zutiefst, daß Herzog Azimet seine Puppe dazu benutzen konnte – und sie vielleicht bei einer früheren Gelegenheit schon benutzt hatte –, seine Handlungen zu beeinflussen.

»Wenn Ihr mir die Frage gestatten wollt, ehe ich Euch verlasse«, sagte Sir Simon an den Türrahmen gelehnt, als sei er außerstande, das eigene Gewicht noch länger zu tragen. Sein Puls raste, er zitterte an allen Gliedern, und wenn er nicht bald eine große Dosis des Schlafstaubs einnähme, befände er sich tatsächlich in einem traurigen Zustand. Doch heute nacht war alles so leicht gegangen, er war so rasch und auf fast unerwartete Weise erfolgreich gewesen, daß er erst jetzt richtig zum Nachdenken kam und sich die Folgen seiner Handlungen überlegte. »Die Diener des Herzogs … werden sie festgenommen und befragt?«

»Aber natürlich«, erwiderte Don Balthazar. »Ja, sogar unsere Agenten … festgenommen und befragt.

Obgleich nur diejenigen, die offenbar mehr wissen, als sie sagen, der Folter unterworfen werden. Wir hier verstehen unser Geschäft, und Ihr braucht keine Angst zu haben, daß die Unschuldigen leiden werden.

Jedenfalls«, fügte er leichthin hinzu, »sind die meisten davon ohnehin oranianische Sklaven – und damit ziemlich wertlos.«

Er widmete sich wieder seinem Schreiben, blickte jedoch eine Minute später auf und beobachtete Sir Simon, der noch immer an der Wand lehnte und dessen Gesicht so bleich war, dessen Züge so hart wirkten und der eine derart wilde Feindseligkeit im Blick hatte, daß sich der Senator bemüßigt fühlte hinzuzufügen: »Wenn Ihr Euch einem der weißhäutigen Sklaven gegenüber verpflichtet fühlt, wenn Ihr einem davon irgendwelche Unannehmlichkeiten ersparen wollt, so gebe ich Euch den Rat, ihn verschwinden zu lassen, ehe der Senat offiziell in Aktion tritt. Euch bleiben vielleicht zwei Stunden. Aber untersteht Euch, daran zu denken, einem der Oranianer zu helfen. Ihr könntet ihn unmöglich aus der Stadt hinausschmuggeln. Was den Transport von Sklaven betrifft, so haben wir sehr strenge Gesetze.«

Sir Simon rieb sich die schmerzende Stirn. Das war ihm bekannt, dennoch hätte er gern den kleinen schwarzen Pagen verschont, der sich bestimmt, da er kleiner als alle übrigen war, viel leichter verkleiden ließe. Darüber hinaus ... darüber hinaus mußte er sich einfach mit der Rettung Calebs und Eirenas zufrieden geben. Eirena verschwinden zu lassen war – falls nicht schon geschehen – von dringlichster Wichtigkeit. Wenn sogar ein Mann wie Don Balthazar so gleichgültig davon sprechen konnte, die oranianischen Sklaven zu foltern (die schließlich, wenn auch dunkelhäutig, so doch immerhin Menschen waren), durfte man von den fremdenfeindlichen Zammarcarnern kaum erwarten, daß sie ein so exotisches Geschöpf wie Eirena sanfter behandeln würden.

Aber jetzt bestünde wenigstens die Möglichkeit, sich Calebs Zusammenarbeit zu versichern. Ehe er Don Balthazar und Baron Onda in das Geheimzimmer geführt hatte, hatte Sir Simon zwei der Puppen verschwinden lassen, die er jetzt in seiner Manteltasche bei sich trug. Eine Puppe stellte einen eleganten, ganz in Schwarz und Silber gekleideten Mann dar, die andere einen ergrauten Burschen mit Haarzopf, der in den Armen eine viel kleinere Gestalt barg.

Sir Simon überlegte rasch. Er mußte lediglich Caleb, Eirena und den Pagenjungen aus Zammarco hinaus zu der Villa bringen, wo er sie unter dem Schutz des freundlichen alten Zwergs zurücklassen konnte. »Dann werde ich, mit Eurer Erlaubnis«, sagte er kalt, »meinen Abschied nehmen.«

»Nun, gewiß doch«, sagte Don Balthazar gnädig. »Aber, Sir Simon ...« Der Fremde hielt auf der Türschwelle inne. »Sir Simon, Ihr habt dem Handel mit menschlichem Fleisch ein Ende gesetzt, wie es Eure Absicht war. Darüber hinaus habt Ihr jedoch auch der Republik einen großen und wertvollen Dienst erwiesen und mit fast absoluter Sicherheit vielen Männern das Leben gerettet. Baron Aquilar irrte, als er Euch einen Meuchelmörder nannte. Ihr seid ein äußerst heldenhafter Gentleman.«

»Eure Worte sind zu freundlich«, murmelte Sir Simon. Aber er selbst war sich in dieser Hinsicht nicht so sicher.

Natürlich hatte er dem Handel mit weißen Sklaven kein Ende gesetzt – nein, die Entführung und der Export junger Männer und Frauen in östliche Harems und Bordelle würde zweifelsohne weitergehen ... obgleich in kleinerem Ausmaß, da der Kopf fehlte, Herzog Azimet. Und seine Gedanken kreisten noch immer um die oranianischen Sklaven und das Schicksal, das er ihnen höchst wahrscheinlich – in seinem Eifer und seiner willfährigen Blindheit – bereitet hatte. Die grausame Folterung und der mögliche Tod von vielleicht einem Dutzend Oranianern im Austausch für das Leben ebenso vieler Zammarcanischer Senatoren? Das erschien ihm nicht in einem so günstigen Licht, wie es Don Balthazar notgedrungen erscheinen mußte.

»Ich bitte Euch, Eurem Kollegen Baron Aquilar meine besten Wünsche zu übersenden«, sagte Sir Simon mit einer selbstironischen kleinen Verneigung. »Sagt ihm doch, daß er mich nicht im geringsten falsch einschätzte. Ich bin wirklich nicht viel besser als ein Meuchelmörder, wie er mich nannte.«

11. KAPITEL

Welches von verschiedenen Dingen handelt

Wie Mr. Herring Jed und Mr. Jonas mitteilte, war Hobb's Church zu klein für eine eigene Zunfthalle, daher bot er ihnen an, sie zu einem Besuch ihrer Kollegen, den Glasmachern im südlich des Moors gelegenen Moonstone, mitzunehmen. »Ich könnte mir vorstellen«, sagte Mr. Herring, »daß Euch ihre Papiere besonders interessieren und ihr gern einen oder zwei Tage ihre Archive durchstöbern wollt.« Da Jed und der Gnom gerade nichts so recht mit sich anzufangen wußten, weil sie erst beim Wechsel der Jahreszeiten mit dem Bau ihrer Maschine beginnen wollten, nahmen sie diese Einladung sogleich an.

Die Zunfthalle in Moonstone war ein wunderliches Gebäude: planlos und willkürlich angelegt, bestand es teils aus Holz, teils aus Ziegel und teils aus Stein. Das Innere war ein Labyrinth aus Räumen und Fluren: verräucherte Zimmer, Bibliotheken, Speisesäle, heilige Stätten, wo die Zunftleute ihre Rituale abhielten, Garderoben, wo sie ihre Zeremoniengewänder aufbewahrten, und eine Art Museum (dessen Schätze in der Hauptsache aus einigen seltsamen Glasscherben, drei fossilen Feuersteinen, einigen Tonscherben, dem Zahn einer Meerjungfrau sowie einem halben Dutzend verlauster Jagdtrophäen bestanden). Darüber hinaus gab es viele weitere hallende Räumlichkeiten, die seit Jahren nicht mehr in Gebrauch gewesen waren. Einige wenige Mitglieder wohnten sogar dort, in Privatwohnungen an der Rückseite des Gebäudes. Die von

Mr. Herring erwähnten Archive bestanden aus zwei staubigen kleinen Räumen: Regale waren mit antiken Papyrusrollen und zerbröselnden gelben Manuskripten vollgestopft, Schatullen, Truhen und Schachteln bis zum Überquellen gefüllt mit Urkunden, Briefen und anderen Dokumenten – von Predigten angefangen bis hin zu Balladen. Jedidiah und Mr. Jonas verbrachten einen langen, geschäftigen Nachmittag damit, die Archive zu durchwühlen, wobei sie zwischendurch mehrere faszinierende Entdeckungen machten. Mr. Jonas stürzte sich sofort freudig auf den *Forschungsbericht über die optischen Eigenschaften von Balthorianischen Kristallen.* Und Jed wurde beim Durchblättern eines Manuskripts mit dem Titel *Über die Antiquiertheit des Blutopfers* völlig in Bann geschlagen. Auch konnte keiner der beiden einem Dokument widerstehen, das behauptete, die präzisen Methoden der Herstellung künstlicher Juwelen ›allerbester Qualität‹ aus gewöhnlichem Fensterglas zu umreißen. Ein oder zwei Stunden verbrachten sie mit dem abwechselnden Lesen dieses Manuskripts: zunächst las Jed laut vor, während Sammuel Jonas eine Schachtel mit Urkunden und juristischen Dokumenten durchwühlte; dann las Mr. Jonas eine Weile lang, während Jed den Inhalt einer Truhe mit Briefen überflog. Begeistert von den Schätzen, die sie ausgegraben hatten, entschlossen sie sich, am folgenden Tag wiederzukommen.

So interessant die Arbeit jedoch auch gewesen war, sie hatte gleichfalls durstig gemacht, und das Licht war auch nicht allzu gut gewesen. Also brachten sie am folgenden Tag eine Öllampe, eine Flasche Portwein und zwei Weinkelche mit. Heute jedoch wurde es ziemlich langweilig: Predigten und Landüberschreibungen, irgendwelche uralten Journale, Heiratsurkunden und dergleichen. Anscheinend, dachte Jedidiah verärgert, hatten der Magistrat von Moonstone, der Stadtrat und die Kirche ihre gesamten alten und unbrauchbaren Papiere zur Archivierung in die Zunfthalle geschickt.

Dann hob er einen vergilbenden Traktat auf und blätterte ihn durch. Die ersten Seiten fehlten, und das Manuskript begann mitten in einem Satz. Es endete genauso – als fehlten die letzten Seiten. Aber der Name des Verfassers sowie das Thema des Traktates, die beide sehr klein in verblassender Tinte oben auf jeder Seite standen, zogen Jeds Aufmerksamkeit auf sich und sorgten dafür, daß sich sein Puls beschleunigte: *Iz. Barebones: Ein Diskurs über Panterranische Kunstwerke. Kürzlich entdeckt in der Neuen Welt.*

Jed schenkte sich ein weiteres Glas Portwein nach, setzte sich neben die Öllampe auf die Truhe und machte sich ans Lesen. Je weiter er las, desto begeisterter wurde er, und desto überzeugter war er davon, daß es in Izrael Barebones' Essay um eine uralte Ruine ging, *›erbaut im Panterranischen Stil‹*, die offenbar irgendwo in der Nachbarschaft von Mothgreen Hall stand. »Seht einmal hier«, meinte Jed zu Mr. Jonas. »Seht Euch das doch nur einmal an!«

Der Gnom nahm die Papiere und durchblätterte sie rasch. »Mein lieber Jedidiah!« rief er in heller Aufregung. »Das bestätigt anscheinend die Karte! Und wenn ich jetzt so darüber nachdenke … ich erinnere mich an Geschichten über zerfallene Gebäude – viel zu komplex für das Werk der eingeborenen Bergmenschen –, die die Siedler auf diesem Kontinent entdeckten. Und mir fällt gleichfalls ein, daß ich einmal ein Papier las … vielleicht das Werk dieses Mr. Barebones … das eine Theorie über Panterranische Siedlungen in der Neuen Welt enthielt. Wie dumm von mir, daß mir bei der Entdeckung der Karte nichts davon einfiel!«

Mr. Jonas sah die Papiere weiter durch. »Wie gern ich diese Ruinen untersuchen würde! Wir könnten erfahren – nun, niemand kann sagen, was wir alles erfahren könnten! Aber ich finde keinen Hinweis darauf, *wo* Mr. Barebones sie fand – oder was aus den Kunstwerken, die er dort entdeckte, anschließend wurde. Wir müssen Siegfried Herring und die anderen Gentlemen fragen, was sie von diesen Ruinen wissen. In der Zwischenzeit jedoch …« Mr. Jonas zog den Mantel aus und klopfte den Staub von den Händen, als würde er sich jetzt ernsthaft daran machen wollen, in den Papieren zu wühlen. »… müssen wir versuchen, die fehlenden Seiten zu finden.«

Sie suchten bis tief in die Nacht, kehrten daraufhin nach Hause zurück und fragten Mr. Herring, was er über Mr. Barebones und dessen Theorie einer Panterranischen Besiedlung der Neuen Welt wußte. »O das …«, meinte Mr. Herring nach einem nur flüchtigen Blick auf die Papiere. »Ja, ich erinnere mich an einige dieser phantastischen Behauptungen. Der alte Izrael hatte die Angewohnheit zu rasen und zu toben, doch niemand hörte ihm wirklich zu. Ich fürchte, in dieser Familie ist exzentrisches Benehmen sehr verbreitet«, fügte er mit einem schrulligen Lächeln hinzu. »Mein lieber Sammuel, Ihr solltet das hier nicht für bare Münze nehmen … mit hoher Wahrscheinlichkeit war es nur ein romantischer Traum, den Mr. Barebones zu seinem eigenen Vergnügen träumte.«

Nichtsdestoweniger kehrten Jed und der Gnom am folgenden Tag ins Archiv zurück, und auch am darauffolgenden Tag. Sie stellten beide Räume auf den Kopf, untersuchten jeden einzelnen Brief, jedes Manuskript, jedes juristische Dokument des Archivs – ohne Erfolg. Wie es schien, waren die fehlenden Seiten entweder ein für allemal verloren … oder sie waren achtlos vernichtet worden.

Den Freitagmorgen unterrichtete Sera ihre jüngsten Schülerinnen, lehrte sie Geschichte, Geographie und Benehmen. In der Zwischenzeit waren die ältesten Mädchen mit Miß Barebones und der Köchin unten in der Küche und lernten, Brot zu backen, einen Rosenblatt-Pudding zu kochen oder eine vornehme Mahlzeit aus Hummer und einer Süßspeise zuzubereiten; ansonsten waren sie im Servierzimmer und lernten die Zubereitung von Götterspeise, Likören und Säften. Viele dieser Mädchen entstammten äußerst wohlhabenden Familien und würden nach Schulabschluß niemals mehr eine Mahlzeit zubereiten. Es war jedoch der Leitsatz von Miß Barebones, daß *›es sich stets bezahlt macht, wenn man mehr weiß als seine Diener.‹*

Um ein Uhr, nach dem Mittagessen, gingen die kleinen Mädchen zur Gesangsstunde nach unten (zu einem Lehrer, der von der Musikschule herüberkam), und die Großen kamen in Seras Klassenraum hinauf, um in Mathematik unterrichtet zu werden – obgleich diese unglücklichen Mädchen mit schöner Regelmäßigkeit auch eine Lektion in Haushaltsführung erhielten: Miß Thorn hatte den Hang, ihnen knifflige Aufgaben zu stellen, die stets auch etwas mit der Führung und dem Gebrauch eines Haushaltsbuchs zu tun hatten.

Zum Glück für Sera benötigten die älteren Schülerinnen von fünfzehn oder sechzehn Jahren kaum Überwachung. Sie mußte ihnen lediglich einen kurzen Vortrag halten, ihnen einige Aufgaben stellen, woran sie weiterarbeiten sollten, dann hatte sie frei und konnte den übrigen Nachmittag nach ihrem Gutdünken verbringen.

An diesem besonderen Freitag brachte der Morgen einen kurzen Schneefall mit sich, doch die Wolken zogen weiter, und der Wind ließ am Nachmittag ein wenig nach. Von der Mothgreen Academy war es nur (wie Sera dachte) eine Meile zur Stadt, und die Straße wäre, abgesehen von einigen Stellen, frei. Wenn sie und Elsie sich warm anzögen, wäre es für einen Spaziergang nicht zu kalt – und dann war es auch gut möglich, daß Jed sie heimfahren würde, wenn er sich Mr. Herrings Gespann und den Schlitten ausliehe.

Sera verließ ihre emsig arbeitenden Schülerinnen und ging den Flur hinab zum oberen Salon, wo Elsie und die ›mittleren‹ Mädchen – Schülerinnen im Alter zwischen zehn und zwölf Jahren – mit einer Anzahl netter Aufgaben beschäftigt waren. Ein Mädchen verzierte ein Sticktuch, ein anderes arbeitete an einem Quilt, vier weitere waren mit künstlerischen Dingen zugange: sie schnitten Silhouetten aus, malten eine Landschaft oder klebten getrocknete Blätter zwischen zwei durchscheinende Pergamentseiten, um einen dekorativen Ofenschirm herzustellen. Die lebhafte, rothaarige Luella Battersby (die kaum einmal mehr als fünf Minuten stillhalten konnte, es sei denn, sie hatte ihre kleine Stupsnase in ein Buch gesteckt) las den anderen laut aus einem Gedichtband vor.

»Du kannst Mary Partridge bitten, sie bis zum Abendessen zu beaufsichtigen«, meinte Sera. Mary Partridge war das Stubenmädchen, eine Frau mittleren Alters, Tochter eines hiesigen Fischers. »Ich möchte, daß du mit mir in die Stadt kommst. Die meisten meiner Strümpfe wollen sich nicht mehr flicken lassen, und mir sind mehrere Zähne von meinem Muschelschalenkamm abgebrochen.«

Elsie schüttelte mißbilligend den Kopf, als wollte sie sagen – konnte es aber im Beisein der Mädchen nicht –, daß Sera nicht immer ihre Kämme zerbrechen würde, wenn sie nur endlich lernte, ihre Ungeduld zu zügeln und ihren Kamm nicht auf eine so mitleidlose Weise durch die dunklen Locken zu ziehen. Sie war jedoch mehr als gewillt, Mary Partridge herbeizurufen und mit Sera in die Stadt zu gehen. »Nur müssen wir zunächst Miß Barebones fragen, wie du weißt.«

»Ich glaube kaum, daß etwas dagegen spricht«, erwiderte Sera.

Der Tag war kalt, jedoch sonnig. Sie verließen das Haus und machten sich auf den Weg in die Stadt. Ihr Atem bildete große weiße Wolken in der eisigen Luft, aber mit ihren schweren Stiefeln und den Flanellunterkleidern, den Wollkleidern und Kapuzenmänteln, den Handschuhen und Muffs aus Eichhörnchenfell blieben sie schön warm.

Obgleich Sera Hobb's Church erst ein halbes Dutzend Mal einen Besuch abgestattet hatte – zumeist sonntags –, verspürte sie einen wachsenden Stolz auf die Stadt. Die kopfsteingepflasterten Straßen waren stets sauber gefegt, die Hausfrauen und Kaufleute waren liebenswerte Menschen, die Seeleute und Fischer rauh, jedoch respektvoll; und die alte Kirche der Sieben Schicksalsgötter wirkte gemütlich und wurde von einem würdigen alten Vikar mit dem ganz zutreffenden Namen Benjamin Bliss geführt. Und wenn der Anblick so vieler schiefer und krummer Gebäude Sera noch immer ein leichtes Unbehagen bereitete … nun, sie hatte inzwischen gelernt, daß bislang nicht einmal ein Hühnerstall zusammengefallen war, so daß sie gezwungenermaßen zu dem Schluß kam, daß die übrigen Gebäude möglicherweise sicher standen.

Sera und Elsie umgingen die frostigen Hänge von Spyglass Hill und betraten den Ort. Auf dem Dorfplatz hatten sich einige Leute um die Statue des alten Königs Henry versammelt. Ein Feuer-und-Schwefel-Prediger hatte den Sockel der Statue für sich als Kanzel in Beschlag genommen und beglückte die Menge mit einer Freiluft-Strafpredigt. Die beiden Mädchen blieben stehen, sahen zu und lauschten.

Der Prediger war ein großer, hagerer Mann, der einen flachen Biberhut mit breiter Krempe trug, die den größten Teil seines Gesichts beschattete. Anscheinend war er ein beeindruckender Redner – seine ganze Zuhörerschaft wirkte völlig in sich gekehrt, und einigen der Damen standen tatsächlich Tränen in den Augen, als hätte er sie alle jäh und gewaltsam dazu gebracht, sich der eigenen Unvollkommenheit bewußt zu werden.

Elsie jedoch war die Predigt oder der Prediger völlig gleichgültig. So heftig sprach er, nein, wirklich! Und als er den Hut zog und ihn nachdrücklich schwenkte, stießen sie und Sera gleichzeitig ein überraschtes Keuchen aus.

»Ich glaube wirklich, das ist Reverend Moses Tynsdale aus Lootie's Bay«, sagte Sera, der sich die Wangen röteten.

Elsie zupfte sie am Ärmel. »Ja, ich glaube auch. Aber gehen wir lieber, Sera. Wenn wir sofort verschwinden, erkennt er uns vielleicht nicht!«

Sehr zu ihrem Entsetzen rührte sich Sera nicht von der Stelle. »Er hat uns bereits erkannt – sieh mal, wie er zum Gruß mit dem Kopf nickt! Es würde sehr merkwürdig aussehen, wenn wir vor dem Ende seiner Predigt gingen, ohne ihm einen guten Tag zu wünschen.« In Wahrheit jedoch fand Sera die feurige Rhetorik des Wanderpredigers seltsam aufregend, und sie wollte gar nicht weg. »Wir dürfen nicht so tun, als hätten wir etwas zu verbergen, weißt du.«

Die Predigt war vorüber, die Menge zerstreute sich, und Mr. Tynsdale stieg von seiner Kanzel herab. Er verneigte sich höflich vor Elsie und nahm mit steifer Galanterie die Hand, die Sera ihm entgegenstreckte.

»Ein unerwartetes Vergnügen, Miß Thorn. Ich wußte natürlich, daß Ihr, Euer Bruder und Miß Winter Lootie's Bay verlassen habt, aber ich hatte den Eindruck gewonnen ... ja, ich bin überzeugt, etwas davon gehört zu haben ... daß Ihr Freunde im Norden besuchen wolltet. Hätte ich gedacht, Euch hier in Cordelia vorzufinden, so hätte ich mich vielleicht umgehört und Euch schon längst einen Besuch abgestattet.«

Elsie errötete, doch Sera lächelte ihm zu. »Schon gut, Sir Reverend! Wie Ihr jedoch wißt, stimmt der Klatsch oftmals nicht. Hättet Ihr daran gedacht, *uns* zu fragen, wohin wir fahren, so hättet Ihr unser Reiseziel womöglich erfahren. Doch da wir uns jetzt begegnet *sind*: vielleicht wäret Ihr so gut und würdet uns in der Mothgreen Academy besuchen? Sollen wir sagen, am Sonntag … nach dem morgendlichen Gottesdienst?«

Mr. Tynsdale sagte, es sei ihm ein Vergnügen, entschuldigte sich, verneigte sich und schritt in Richtung auf die ›Sonnenfinsternis‹ davon, wobei sein langer Mantel wie die Flügel einer großen Krähe hinter ihm zusammenschlug.

»Aber warum hast du ihn gebeten, uns zu besuchen?« jammerte Elsie, sobald sich der Priester außer Hörweite befand. »Du – meine Liebe, du *magst* Mr. Tynsdale doch nicht etwa? Ich halte ihn für einen ganz widerlichen Mann.«

Sera dachte erst nach, ehe sie sprach. »Nein, genau genommen *mag* ich ihn nicht«, erklärte sie abwägend. »Aber Mr. Tynsdale interessiert mich. Er spricht mit solcher Leidenschaft über das Laster und die Erniedrigung, daß er anscheinend etwas darüber weiß. Und dennoch ist er, zumindest nach außen hin, das Musterbild moralischer Aufrichtigkeit. Ich halte ihn nicht für einen liebenswürdigen Mann, dennoch muß ich gestehen, daß er eine gewisse Faszination ausstrahlt. Auch wenn er predigt, besitzt sein Blick eine Eindringlichkeit, eine Wildheit, die mich erinnert an …« Sera legte die Hand auf das kleine Stück See-Elfenbein um ihren Hals. »Ich glaube, wenn ich ihn besser kennenlernte, könnte ich vielleicht erfahren …« Sie schüttelte den Kopf und stieß ein merkwürdiges kleines Gelächter aus. »… was dieser wilde Blick *bedeutet* und woher er stammt – das möchte ich womöglich herausfinden.«

Sie schritten weiter über den Platz, blieben jedoch erneut stehen, als eine freudige Stimme sie anrief. »Es ist Jed!« sagte Elsie atemlos und sah sich erfreut um.

Es war Jed, rotwangig und gesund, der aus einer Taverne kam. Er trug einen groben braunen Overall und einen breitkrempigen Biberhut, nicht unähnlich Mr. Tynsdales Hut, obgleich auf Jeds Hut eine Feder prangte. Er begrüßte Sera mit einem brüderlichen Kuß auf eine Wange, nahm die warme kleine Hand, die Elsie aus ihrem Muff gezogen hatte, und küßte sie – wofür er länger benötigte, als es unbedingt notwendig war.

Dann begleitete er die jungen Damen auf allen ihren Besorgungen. Nur vor Mistreß Morgans Geschäft wartete er zusammen mit Elsie, während Sera eintrat, um zwei Paar dunkle Strümpfe zu erwerben.

Nachdem sie ihre Einkäufe beendet hatten, schwand allmählich das Licht des Tages, und die Straßen waren praktisch verlassen. Sie gingen zu Mr. Herrings Haus, um sein Gespann und den Schlitten auszuleihen. Da niemand in der Nähe war, der sie hätte hören können, fragte Sera, was Jed und Mr. Jonas in letzter Zeit alles unternommen hätten.

»Wir haben die Bekanntschaft eines alten Seebären gemacht, eines Captain Hornbeam«, erzählte Jedidiah begeistert. »Er besitzt ein eigenes Schiff, eine kleine, wieder instandgesetzte Kaufmannsfregatte – die *Otter,* so heißt sie –, und sie ist anscheinend genau das, was wir für unser Unternehmen im kommenden Frühjahr benötigen.«

Er berichtete ihnen weiterhin von allen seinen Entdeckungen in der Zunfthalle, von dem faszinierenden Dokument, das der verstorbene Izrael Barebones verfaßt hatte.

Bei der Erwähnung des Hausgeistes von Mothgreen Academy lachte Sera gezwungen auf. »Bitte, Onkel Izrael geht mir allmählich auf die Nerven – oder sollte es zumindest tun, falls er wirklich in der Schule spukt! Du hast keine Ahnung, welches Getue Miß Barebones und der ganze Kreis geistersehender Damen der Stadt um ihn veranstalten! Wenn es keine Geisterbeschwörung ist, dann ist es Teeblätter-Lesen ... wenn es nicht Teeblätter-Lesen ist, dann irgendein anderer Unsinn. Sie reden sogar davon, eine Séance abzuhalten.

Nicht nur, daß das eine ziemliche Zeitverschwendung ist, sondern es ist wohl auch ein schlechtes Beispiel für die Mädchen, die allesamt in einem Alter sind, wo sie sich leicht beeindrucken lassen. Luella Battersby, zum Beispiel, ist ein äußerst nervöses und reizbares Kind, und ich bin davon überzeugt, daß sie wegen dieses Geistergeschwätzes die ganze Nacht über wach bleibt und durch das Haus stromert.«

»Luella Battersby wächst einfach zu rasch«, meinte Elsie. »In ihrem Alter war ich ebenso rastlos und reizbar ... obgleich nicht annähernd so ungezogen. Aus diesem Grund war die arme Mama so sehr davon überzeugt, daß ich an nervösen Beschwerden litt, wenn nicht sogar an einer bedrohlichen körperlichen Krankheit.«

»Sei es, wie es sei«, sagte Sera und schürzte die Lippen. »Ich verstehe nicht, warum die Mütter der Mädchen zulassen, daß sie einem solchen Unsinn ausgesetzt werden.«

Elsie zuckte amüsiert mit den Schultern. »So viele waren doch selbst zu ihrer Zeit Schülerinnen der Academy ... das haben mir die Mädchen zumindest erzählt. Ich glaube, daß jeder an Miß Barebones und ihre merkwürdige Besessenheit gewöhnt ist. Inzwischen ist ihr exzentrisches Benehmen so etwas wie eine lokale Institution geworden.« Sie lächelte sehnsüchtig zu Jedidiah auf. »Ich halte das eher für traurig als sonst etwas. Diese armen alten Damen ... die so verzweifelt versuchen, mit Mr. Barebones ins Gespräch zu kommen – und er ist offenbar ebenso begierig darauf, mit ihnen in Verbindung zu treten, zumindest seinem mitternächtlichen Ächzen und Rumoren nach zu schließen – das du ebenso wie ich gehört hast, Sera, obgleich du lieber die kleinen Mädchen dafür verantwortlich machst! Und dennoch ist irgendwie keine von ihnen in der Lage, den Schleier zu durchstoßen. Trotz des *brennenden* Interesses an – an Geistern, das Miß Barebones und ihre Busenfreundinnen zeigen, besitzt keine von ihnen die Fähigkeit, mit Geistern zu sprechen.«

Sie hatten das Tor vor Mr. Herrings Haus erreicht. Während er es den Damen aufhielt, blickte Jed Sera mit einem seltsam spöttischen Funkeln in den Augen an. »Ist schon merkwürdig, wie du dich weigerst zuzugeben, daß du an Geister glaubst, wo du doch in Thornburg fast durch die Hände eines toten Mannes umgekommen wärest.«

Sera biß sich auf die Lippe. »*Ich* weiß nicht, ob der Mann wirklich tot war. Ich weiß nichts dergleichen. Auf mich wirkte er ziemlich lebendig.«

»Aber *ich* weiß, daß er tot war, und du kannst mich dafür beim Wort nehmen«, beharrte Jed und schauderte bei der Erinnerung, während sie die Stufen zu Mr. Herrings Haustür hinaufstiegen. »Ich sah ihn mit zugenähten Augen im Sarg liegen. So still und kalt lag er da, daß ich ihn zuerst für eine Wachsfigur hielt. Ich dachte … Nun, es spielt wohl kaum eine Rolle, was ich dachte, aber eines sage ich dir: es kam mir nie in den Sinn, daß er sich aus seinem Sarg erheben und umhergehen würde, wie er es tat!«

12. KAPITEL

Welches zwei kurze Szenen umfaßt

Selbst in dem schwachen, fernen Licht der Straßenlaternen am Fuß des Hügels wirkte die Buchhandlung verlassen. Efeu bedeckte die Mauern, hing herab über Fenster und Türen, und auf den zerbrochenen rautenförmigen Scheiben lag eine so dicke Staubschicht, daß sie fast blind waren.

Der Einbrecher ließ einen einzelnen Lichtstrahl aus einer abgeblendeten Laterne über das Gebäude gleiten und musterte es dabei. Die seit vielen Jahreszeiten verschlossene Türe probierte er lieber nicht – ebensowenig versuchte er, sich gewaltsam Zutritt zu verschaffen, obgleich er mit der kräftigen Hand eine eiserne Brechstange fest umklammert hielt. Statt dessen drückte er sich an der Seite des Hauses vorbei, eine schmale Passage zwischen den Gebäuden entlang. Durch eine zerbrochene Scheibe griff er ins Innere, schob einen Riegel auf, hob den Fensterrahmen an und kroch hindurch.

Sobald er sich im Haus befand, drehte er die Lampe weiter auf, und sogleich strömte das Licht stärker heraus. Die Geschäftsräume rochen nach Staub und Schimmel, die Bücher in den vollgepfropften Holzregalen moderten langsam dahin. Durch das zerbrochene Fenster war die feuchte Luft vom Fluß seit mehr als einem Jahr tief in das Gebäude eingedrungen und hatte dort ihr Zerstörungswerk verrichtet.

Die modernden Bücher auf dem Fußboden bedachte der Einbrecher lediglich mit einem einzigen verächtlichen Blick. Er ging an einer mondgesichtigen Großvateruhr am Fuß der Treppe vorüber, stieg die Stufen hinauf, stieß eine Tür auf und betrat ein Zimmer, das ebenso staubig und vollgepfropft mit Regalen und Büchern war wie der Raum darunter. Er legte das Brecheisen beiseite und durchsuchte eilig den Inhalt eines der Regale.

Dies war nur einer von vielen nächtlichen Besuchen, die Peter Schütz der Buchhandlung abgestattet hatte; seit vielen Jahren durchforstete er sie nun methodisch, wenn auch in unregelmäßigen Abständen. Zum Beispiel getraute er sich niemals zu kommen, wenn der volle Mond strahlend am Himmel stand, wenn die Natur sich in einem Zustand der Aufregung befand und die Einwohner von Thornburg mit hoher Wahrscheinlichkeit wach waren ... und wachsam ... und sein heimliches Eindringen vielleicht bemerken würden.

Er kam nur bei Neumond, zur dunkelsten Nachtstunde, wenn die Nachbarschaft friedlich in ihren Betten schlief (oder es zumindest tun sollte). Er war also nur jeweils eine oder zwei Stunden an der Arbeit gewesen und hatte auf diese Weise während des vergangenen Jahres das Erdgeschoß des Geschäfts gründlich und dieses Stockwerk sowie die Wohnbereiche im Dachgeschoß flüchtig durchsucht.

Nun hielt er in seiner Arbeit inne, trat, die Laterne in der Hand, einen Schritt zurück und untersuchte eine uralte Eichengarderobe. Ein großes Vorhängeschloß aus Messing an der Tür versprach anscheinend zumindest *etwas* von Wert, wenn vielleicht auch nicht das, zu dessen Entdeckung er angeheuert worden war. Es stimmte schon: Seine Suche war bislang fruchtlos und entmutigend gewesen und hatte nicht einmal ein Stück eines Silbertellers oder einen Haufen Kupferpfennige erbracht. Nur im Laboratorium hinter dem Geschäft gab es einige Kostbarkeiten, doch wie er so merkwürdige Dinge und Ausrüstungsgegenstände loswerden sollte, das war ihm schleierhaft.

Irgendwo unten quietschte ein Brett; ein kalter Luftzug strich durch den Raum. Ein abergläubischer Mann hätte vielleicht Angst bekommen – wenn ein Gebäude den Eindruck eines von Geistern heimgesuchten Hauses machte, dann diese Buchhandlung –, doch Peter Schütz blieb unerschütterlich an seiner Aufgabe. Er wußte, daß solche Häuser des Nachts immer quietschten, da sie sich setzten.

Er stellte seine Laterne auf den Fußboden neben die Garderobe, packte sein Brecheisen und stemmte die Tür auf, wobei er die rostigen Angeln abbrach. Ein rascher Blick reichte aus, ihm zu sagen, daß der Eichenschrank nicht die von ihm gesuchten kostbaren alten Bände barg. Er enthielt alte Papiere: Überschreibungen, Dokumente mit schweren Wachssiegeln, Briefbündel, die mit ausgefranster Schnur zusammengeknotet waren. Halbherzig durchblätterte er einen Stapel Papiere … bis er eine kleine hölzerne Schachtel entdeckte, die ganz hinten in der Garderobe vergraben war. Das, dachte der Einbrecher, während er die Finger um das Brecheisen schloß, sieht schon beträchtlich vielversprechender aus.

Die Schachtel war ebenfalls verschlossen, doch das billige kleine Vorhängeschloß aufzubrechen bereitete Schütz keinerlei Schwierigkeiten. Im Innern fand er zwei zerknitterte Banknoten und eine Handvoll Silbermünzen. *Nicht gerade erschütternd viel,* überlegte er, als er das Geld einsteckte, aber es war zumindest etwas und stockte den bescheidenen Lohn seines Auftraggebers ein wenig auf.

Die Gestalt im Gehrock betrat das Zimmer so leise, daß Schütz ihr Hereinkommen zunächst gar nicht bemerkte. Als jedoch unmittelbar hinter ihm ein Brett quietschte, blickte der Einbrecher überrascht auf und sah einen alten Mann mit krummem Rücken und einem merkwürdig wächsernen Antlitz, der sich auf ihn stürzte. In einer instinktiven Reaktion griff Schütz nach einem langen Messer, das er im Gürtel stecken hatte.

Aber der Eindringling war überraschend flink und behende. Eine kalte, stahlharte Hand schloß sich um Schützens Handgelenk und hinderte ihn ebenso an seiner Absicht wie ein gleichermaßen kraftvoller Griff um seine Schulter. Das Messer fiel ihm aus den jäh erschlafften Fingern, und ein seltsam betäubendes Gefühl kroch den Arm des Einbrechers hinauf.

»Ich könnte dich umbringen, wenn ich wollte«, sagte der alte Mann mit einem schwachen Akzent. Schütz fuhr angesichts der trüben, dunklen Augen zusammen. Sie sahen ... merkwürdig tot aus, wie die Augen eines Leichnams. »Ich werde es jedoch nicht tun, wenn du meine Frage beantwortest – wenn du nicht versuchst, etwas Dummes zu tun.«

Der Einbrecher nickte verdrossen.

»Du bist schon früher hier gewesen. Wer hat dich geschickt, und was suchst du?«

Schütz gab eine ausweichende Antwort. Er keuchte, als sich diese eisigen Finger fester um seinen Arm schlossen. Im Kopf drehte es sich ihm wie ein Mühlrad, und seine Lungen kämpften heftig darum, genügend Luft zu bekommen. In jäher Panik ging Schütz auf, daß er wirklich dabei war zu sterben – auf irgendeine unnatürliche Weise saugte ihm der Mann tatsächlich das Leben aus –, und er konnte sich nicht einmal dagegen wehren.

Doch dann, gerade ehe Schütz das Bewußtsein verlor, lösten sich die Finger um sein Handgelenk, ließ der Druck auf die Schulter nach. »Deine Loyalität ist auf ihre Weise wohl bewundernswert. Und am Ende habe ich gar nichts davon, wenn ich dich töte ... und du kannst mir vielleicht sogar einen kleinen Dienst erweisen.«

Einen Augenblick lang überlegte der alte Mann anscheinend. »Kehre zu deinem Herrn zurück!« befahl er.

»Kehre zurück und vermittle ein Treffen! Er und ich könnten einander, glaube ich, von Nutzen sein.«

Am folgenden Nachmittag polterte eine große, schwerbeladene, üppig vergoldete und mit Wappenschilden geschmückte Kutsche durch das Große Nordtor in die Stadt Thornburg.

Die Herzogin hob einen Vorhang und spähte zu einem Kutschfenster hinaus. Etwas lustlos betrachtete sie die vorüberstreichenden Häuserreihen. »Nun, es ist schön, wieder daheim zu sein«, meinte sie zu ihrem Begleiter auf dem Sitz gegenüber. »Ich möchte Euch nicht beleidigen, aber ich muß sagen … Euer König und sein Hof sind mir völlig gleichgültig.«

Jarl Skogsrå nahm ihr das nicht übel. »Skullgrimms Hof ist nur wenig anziehend«, gab er zu und gähnte hinter vorgehaltener Hand. »Und dennoch … erreichte die Gnädige Frau nicht alles, was sie erreichen wollte?«

Skogsrå nickte in Richtung der goldhaarigen Gestalt, die neben ihm saß. »Sie wird ziemlich bleich und schlapp, unsere Cecile. Vielleicht sollte sie gleich nach unserer Ankunft gefüttert werden.«

Die Herzogin konnte einen Schauder nicht unterdrücken. »Ihr müßt Euch um sie kümmern, mein lieber Sir. Für mich ist diese Aufgabe eine Qual – außerdem paßt sie wohl wirklich besser zu *Euch.*«

Der Jarl zuckte kaum sichtbar mit den Schultern. Er schlug die Beine übereinander, damit seine glänzend polierten Militärstiefel besser zur Geltung kamen. »Ist mir auch recht. Doch ich finde Euer Widerstreben, Euren tiefgreifenden Ekel völlig unerklärlich. Die Tiere, mit denen wir das Ungeheuer füttern, sind vollkommen gesund, ihr Fleisch ist ganz sauber. Und Ihr … nun, Ihr nehmt jeden Tag Fleisch zu Euch – vielleicht nicht das Fleisch von Mäusen, so doch wenigstens das Fleisch von Vögeln und anderen kleinen Tieren –, und das, ohne dabei mit der Wimper zu zucken.«

»Ja«, meinte die Herzogin ziemlich gereizt. »Aber ich schlachte die Tiere nicht selbst und bereite das Fleisch hinterher auch nicht selbst zu.«

Der Jarl lächelte spöttisch. »Ich gebe zu, diese Aufgabe liegt ein wenig unter Eurer Würde. Obwohl … warum gerade Ihr so zimperlich seid … am Ende ist die Gnädige Frau eine Heuchlerin. Das liegt vermutlich am Leben unter diesen Menschen und Zwergen.«

»Wie Ihr meint«, erwiderte die Herzogin und faßte sich mit einer Hand an die Stirn. Das Rütteln der Berline, die Strapazen einer langen Reise machten ihr allmählich zu schaffen. Ein kurzer Besuch unterwegs auf dem Wichtelberg in Zar-Wildungen hatte nur wenig Ruhe oder Erholung geboten. Der alte Herzog kränkelte … Nun, er war seit Jahren krank gewesen, war immer gebrechlicher geworden, immer verwirrter im Kopf … wie es jetzt jedoch aussah, war er vielleicht bald dahin, ihr guter, alter Gatte so vieler Jahre. In Wahrheit war er halb so alt wie sie, aber die Menschen alterten so rasch! Er war schon senil und welkte dahin, obgleich er nicht viel älter als neunzig Jahre war.

Die Herzogin strich sich mit der Hand über die Augen. Sie wäre vielleicht dort geblieben und hätte ihn gepflegt, aber sie konnte nichts mehr für ihn tun … und die meiste Zeit über hatte er sie kaum erkannt.

»Ich hoffe wirklich«, sagte sie mit sehr dünner Stimme, »daß zu Hause alles wohlauf ist.«

Die Kutsche fuhr vor dem uralten Herrenhaus der Zar-Wildungen vor. Skogsrå nahm Handschuhe und Hut. Kaum hatte der Diener die Kutschtür geöffnet und die Stufen herabgelassen, da war die Herzogin auch schon aus der Berline heraus und stieg die zerbrochenen Marmorstufen zum Haus hinauf, zu ungeduldig, um die Hilfe des Jarl abzuwarten. Sie überließ es Skogsrå, den Golem zu verschleiern und ihm aus der Kutsche zu helfen.

Der Diener eilte der Herzogin voraus und hob den

schweren eisernen Türklopfer. Aber das Personal hatte die Berline ankommen gehört und war bereits eifrig dabei, die Portale zu öffnen und die Gnädige Frau willkommen zu heißen. Ein kleines Etwas huschte herbei, rutschte über den Fußboden und warf sich dann gegen die Rocksäume der Herzogin.

Sie beugte sich herab, nahm den Indigoaffen auf und wiegte ihn in den Armen. »Er sieht gut gepflegt aus, das muß ich dir lassen«, meinte sie zu ihrem stämmigen Zwergenbutler. »Hat sich mein Sebastian während meiner Abwesenheit nicht um mich gegrämt?«

»Wie könnte man das sagen?« entgegnete Skogsrå ziemlich spöttisch, während er das Ebenbild die Stufen hinauf in die marmorne Eingangshalle führte. »Dieser Affe ist von Natur aus traurig.«

Über Sebastians Kopf hinweg warf ihm die Herzogin einen säuerlichen Blick zu. »Kümmert Euch um Cecile, mein lieber Jarl … füttert sie und bringt sie irgendwohin, wo sie niemandem Schaden zufügen kann. Dann verfügt Euch nach oben zu mir in meinen Salon!«

Die eigenen Räumlichkeiten der Herzogin waren, ganz im Gegensatz zum verblaßten Glanz der übrigen Zimmer, vor kurzem rosa- und cremefarben ausgeschmückt worden. Wände und Decken waren mit gutaussehenden bäuerlichen Liebhabern in entweder amouröser oder komischer Pose bemalt worden. Bei Skogsrås Eintreffen hatte die Herzogin ihre Reisekleidung abgelegt und trug jetzt ein loses Negligé aus rosafarbenem Satin. Sie hatte es sich auf einem zerbrechlichen Sofa bequem gemacht, das mit cremefarbenem Brokat bezogen war. Der Affe Sebastian kauerte auf der Rückenlehne, und eine gewaltige Zahl Briefe und parfümierter Visitenkarten lag über das Sofa und den Schoß der Herzogin verstreut. Sie nahm Skogsrås Ankunft kaum zur Kenntnis, so vertieft war sie in die Geschichte Lord Skelbrookes, deren Anfertigung Euripides Hooke soviel Schmerzen bereitet hatte. Dann jedoch kehrte sie zu den nächstliegenden Geschäften zurück und las zum wiederholten Male die Seiten eines Briefs, in dem es um Sera und Elsie Vorder ging.

»Also ...«, sagte sie triumphierend zu dem Troll, »... sind unsere jungen Freunde vielleicht in Nova Imbria zu finden – von allen meinen Spionen ist es der unschätzbare Mr. Hooke, der die Fährte gerochen hat und ihnen dorthin folgte! Ich sagte Euch doch, nicht wahr, daß er der gewitzteste Mann ist, den ich kenne?«

»Ich hätte gedacht, daß der unglückliche Mr. von Eichstätt – inzwischen möglicherweise bereits der verstorbene Mr. von Eichstätt – diese Bezeichnung verdiente«, entgegnete der Jarl und ließ sich dort nieder, worauf sie gewiesen hatte: auf einen vergoldeten Stuhl mit einer bestickten Sitzfläche. Der Jarl hatte gleichfalls die Zeit genutzt, um sein äußeres Erscheinungsbild zu verändern. Statt der Uniform, die ihm so gut stand, trug er ein Sakko aus schimmerndem silberfarbenen Satin, perlgraue Kniehosen und eine Weste aus gerippter Seide. Darüber hinaus hielt er einen sehr hübschen Fächer aus bemalter Hähnchenhaut in Händen. »Und vermutlich – aber natürlich, warum sonst hätte die Gnädige Frau so viele Unannehmlichkeiten für den Erwerb des Ungeheuers Cecile auf sich genommen? – vermutlich werden wir, kaum daheim, unsere Reise bald wieder antreten?«

»Das werden wir, allerdings«, gab die Herzogin zu. »Oder vielmehr«, fügte sie mit einer jähen Geste der Ungeduld hinzu, »nicht sogleich, aber sobald wie möglich. Zu dieser Jahreszeit wäre eine Überfahrt zu gefährlich. Und ich muß mich zunächst um einige Geschäfte kümmern ... So vieles, so gewaltig vieles ist zu erledigen, ehe ich eine derart weite Reise antreten kann.«

Mit diesen Worten erhob sie sich vom Sofa und setzte sich an einen kleinen verzierten Schreibtisch, wo sie während der nächsten anderthalb Stunden eine Anzahl Briefe schrieb. Der Jarl, der nichts weiter zu tun hatte, als seinen Fächer sanft hin- und herzuwedeln, ergriff schließlich ein Buch, das die Herzogin neben dem Sofa liegen hatte, und durchblätterte die Seiten. Zufällig war es ein Gedichtband einer visionären, alchemistischen Art, und als er einen Blick auf die Widmung auf dem Deckblatt warf, erlebte er fast einen Schock.

Er blickte auf und sah, daß die Herzogin ihn anstarrte, ein bitteres Lächeln auf den Lippen. »Ihr erstaunt mich, Sir. Findet Ihr diese Verse nach Eurem Geschmack?«

»Ganz und gar nicht«, erwiderte Skogsrå und legte das Buch beiseite. »Sie sind viel zu blumig. Aber ich muß gestehen, daß Ihr *mich* überrascht habt. Ich hätte nicht gedacht, daß Euch Skelbrookes Geschenk noch immer soviel bedeutet.«

»Wirklich nicht?« Die Herzogin lächelte weiterhin puppenhaft. »Aber in mir schlägt ein warmes Herz, mein lieber Skogsrå, und sobald ich jemandem meine Zuneigung zuteil werden lasse, kann ich dies nicht so leicht wieder rückgängig machen.«

Skogsrå hob fragend eine Braue. »Verstehe ich dann richtig, daß Ihr die Absicht habt, Skelbrooke zu verschonen, wenn Ihr die anderen vernichtet?«

Auf einmal wirkte die Herzogin viel älter. »Nein«, sagte sie heiser, »nein, ich möchte ihn nicht verschonen. Nicht, wenn ich ihn zweimal so geliebt habe. Ich wundere mich, daß Euch noch immer nicht klar ist … Meine Motive haben nichts mit Liebe oder Haß zu tun.«

Sie siegelte gerade den letzten ihrer Briefe, da stolzierte der Butler herein und kündigte einen Besucher an. »Er *besteht* darauf, die Gnädige Frau persönlich sprechen zu wollen, obgleich er durch den Lieferanteneingang gekommen ist«, sagte der Butler und blickte auf die ihm eigene, herrschaftliche Art geringschätzig drein (keine leichte Sache für einen Zwerg). »Und ich muß schon sagen, ein gröberes und schurkischeres Individuum ...«

»Sein Name, mein guter Mugwort, sein Name?« fragte die Herzogin ungeduldig. Nachdem der Zwerg den Namen genannt hatte, überraschte sie ihn mit dem Befehl, den Anstoß erregenden Besucher unten in den Damensalon zu geleiten. »Ich werde sofort kommen. Nein, Lord Skogsrå, Ihr braucht mich nicht zu begleiten«, fügte sie hinzu, als der Jarl Miene machte, sich von seinem Stuhl zu erheben. »Ich möchte den Burschen unter vier Augen sprechen.«

Sie stand langsam auf, hob Sebastian hoch und verließ das Zimmer. Der Jarl ergriff sogleich die Gelegenheit, die sich ihm durch ihre Abwesenheit bot, sprang zu ihrem Schreibtisch hinüber und sah nach, was er aus ihrer Korrespondenz erfahren konnte.

Den Brief, den sie von Hooke erhalten hatte, hatte sie achtlos beiseitegeschoben. Skogsrå hob ihn auf und las ihn mit beträchtlichem Interesse von der ersten bis zur letzten Zeile. Die anderen Briefe, die sie bereits geöffnet hatte, waren offenbar zum größten Teil gesellschaftliche Einladungen oder betrafen ihre endlosen und endlos ermüdenden (wie der Troll darüber dachte) Wohltätigkeitsangelegenheiten. Es erstaunte ihn immer wieder aufs Neue, daß eine so mitleidlose und kraftvolle Frau wie die Herzogin ebenfalls unter diesem grotesken Zwang leiden sollte, ihr Vermögen an schmutzige Bettler und ungewollte Kinder zu verschwenden. Mit nachlassendem Interesse durchblätterte er halbherzig die Briefe, die die Herzogin geschrieben und gesiegelt hatte, und achtete bei jedem auf die Anschrift. Die meisten Namen waren ihm unbekannt, doch bei einem, den er wiedererkannte, zuckte er überrascht zusammen: Lady Ursula Vizbeck.

Der Jarl verschränkte die Hände auf dem Rücken

und starrte nachdenklich zur Decke. Er hatte geglaubt, daß Lady Ursula Vizbeck (*geborene* Bowker, dann Borgmann – der Name ihres nach der schändlichen Heirat sofort hingerichteten Gemahls, einem Straßenräuber) und die Herzogin miteinander in Fehde lagen.

Doch je mehr er darüber nachdachte, desto mehr verwirrte ihn die Sache. Auch wenn es um sein Leben gegangen wäre, er konnte sich nicht vorstellen, welche Rolle die dreiste Lady Ursula in den Plänen der Herzogin womöglich spielen sollte.

13. KAPITEL

In welchem in Hobb's Church allmählich einiges schiefgeht

Siegfried Herring war ein Tischlermeister. Er unterhielt am Fuß des Spyglass Hill eine Werkstatt, wo er und seine beiden Gesellen ihre Handwerkskunst ausübten. Über seine wunderschönen Möbel aus Walnuß, Ahorn und Eiche hinaus verkaufte Mr. Herring auch Besen und Wanderstäbe, alle Arten von gedrechselten Gütern sowie (zu lesen auf dem Schild im Ladenfenster): ›feine Damenhüte: Stroh – Pferdehaar – Biber‹.

Großzügig, wie er war, hatte er Mr. Jonas ein gemütliches Kämmerchen überlassen, so daß der Gnom ein kleines Geschäft als Linsenschleifer und -polierer betreiben konnte. Der nächste Linsenschleifer lebte im weit entfernten Moonstone und hatte mehr als genug zu tun, daß es für das ganze Jahr reichte; es würde ihm überhaupt nichts ausmachen (sagte der Optiker von Moonstone), wenn Mr. Jonas in kleinem Maßstab arbeitete.

Wichtiger jedoch war, daß dem Geschäft eine große Hütte benachbart war. Während des Winters war sie sehr kalt und zugig gewesen, doch da jetzt die Jahreszeit der Schmelze angebrochen und es bis zum Fest der Belebung gerade noch fünf Wochen waren, nahmen Jedidiah und der Gnom Besitz von der Hütte. Sie machten sich dort an die Konstruktion des komplizierten Mechanismus', mit dem sie den Inseltempel zu heben hofften.

Langsam nahm die Maschine Gestalt an: zunächst ein festes Rahmenwerk aus Eiche, dann das komplexe

Gewirr aus metallenen Zahnrädern, Rädern, Rollen und Gewichten.

»Was meint … meint Ihr, Jonas? Wird uns unser Unternehmen zu wohlhabenden und einflußreichen Männern machen?« fragte Jed schüchtern an dem Tag, als die beiden einen großen Bronzespiegel auf die Maschine montierten.

»Wenn wir Erfolg haben, wird uns das Unternehmen einen Schatz von unermeßlichem Wert einbringen«, erwiderte der Gnom. »Natürlich müssen wir dann darauf achten, daß er in die richtigen Hände fällt – wir dürfen diesen Schatz nicht gegen Gold *verkaufen*. Und einflußreich? Ja, einflußreich werden wir vielleicht schon. Weißt du, wir sind dann die beiden größten lebenden Autoritäten auf dem Gebiet der Panterranischen Zivilisation in der heutigen Welt, und das daraus erwachsende Prestige sollte beträchtlich sein.«

»Das habe ich mir gedacht«, meinte Jed und stieß einen so tief empfundenen, entmutigten Seufzer aus, daß sich Mr. Jonas zu der Frage bewegt fühlte:

»Meinst du wirklich, du mußt erst ein großes Vermögen anhäufen, ehe du Miß Winter dazu überreden kannst, dich zu heiraten?«

Eigensinnig preßte Jedidiah die Zähne aufeinander. »Ich kann sie nicht überreden, wenn ich sie nie frage – und ich *werde* sie nicht eher fragen, bis ich ihr etwas mehr anzubieten habe als meinen gegenwärtigen Besitz.«

Mr. Jonas ging zur anderen Seite des Raums hinüber und hob eine der Spulen aus verspiegeltem Glas auf, die die Energie der Mondstrahlen von den Spiegeln zu den Magneten lenken sollten. »Ich hatte keine Ahnung«, meinte er trocken, »daß Miß Winters derart materielle Motive bewegen sollten.«

Jed warf dem Gnom einen raschen, verärgerten Blick zu. »Ihr solltet wissen, daß das nicht stimmt«, sagte er noch hitziger. »Aber Ihr wißt nicht, welches Leben sie damals in Thornburg führte. Ihrem Vater gehörte ein prächtiges Haus – größer und prächtiger als alles, was Ihr jemals in Lootie's Bay oder Hobb's Church gesehen habt. Elsie hat niemals einen Fuß vor die Tür gesetzt, ohne daß Sera und eine der Dienerinnen sie begleiteten, und sie hatte den ganzen Tag über nichts anderes zu tun, als Besuche zu machen und zu Bällen zu gehen, oder zu Teegesellschaften, Picknicks, zum Theater und … Nun, meistens hat sie nichts davon unternommen, weil sie sich so selten wohlfühlte, aber …«

»Aber da irrst du dich völlig«, sagte Mr. Jonas. »*Ich* erlebte Miß Winter immer nur bei bester Gesundheit, und mir will es scheinen, daß ihr das Leben, das sie *jetzt* führt, bewundernswert gut bekommt.«

Jed lächelte sichtlich bemüht. »Für jetzt mag es ja angehen, aber sie wird es schließlich müde werden und alles haben wollen, was sie zuvor gehabt hatte. Und ihre Familie auch – sie würde mich niemals aufnehmen!« Er nahm ein Tuch und polierte wie wild einen der Spiegel. »Bei den Neun Mächten, *sie* weiß von meiner unwürdigen Herkunft, auch wenn es hier sonst niemand weiß. Und ich kann Elsie doch unmöglich von ihren Eltern trennen!«

Mr. Jonas schraubte das Gewinde an. »Aber mir scheint, mein lieber Jedidiah, daß Elsie bereits von ihren Eltern getrennt ist … durch zweitausend Meilen Ozean, und das ist schon ein eindrucksvolles Hindernis, das wirst du zugeben müssen. Auch – entschuldige bitte, ich weiß, daß ich kein Recht habe, mich in deine Angelegenheiten einzumischen, aber ich bin sehr stolz auf dich, mein Junge! – auch beklagt Miß Winter offenbar nicht ihr Schicksal. War sie so eng mit ihren Eltern verbunden?«

Ruckartig schüttelte Jed den Kopf. »Das weiß ich nicht. Es wäre nicht richtig, wenn ich sie danach fragen würde. Das heißt … Ihre Mutter war keine liebenswürdige Person, und ihr Vater war lediglich um das eigene

Wohlbefinden besorgt – doch ich darf wohl sagen, daß Elsie stolz auf ihre Eltern *war.* Eines Tages möchte sie vielleicht zurückkehren, und eines Tages wird sie es vielleicht auch wieder tun können. Aber sie kann nicht nach Hause gehen, wenn sie an mich gebunden ist, der ich kein Vermögen besitze, um meinem bedauerlichen Mangel an Geburt und Herkunft etwas entgegenzusetzen. Elsie unter diesen Umständen zu heiraten …« Jed stieß ein grimmiges kleines Gelächter aus, ballte dann eine Hand zur Faust und schlug damit gegen einen Holzbalken. »… das wäre genau das miese, unangemessene Verhalten, das ihre Eltern von einem niedriggeborenen Halunken wie mir erwarten würden.«

»Deine Gefühle ehren dich«, meinte Mr. Jonas. »Nichtsdestoweniger …«

Die Wände der Hütte quietschten und bebten. Ein mächtiger Schauder durchlief das festere Gebäude, woran sie angefügt war.

»Erdbeben?« fragte Jed noch immer schwer atmend, während er sich an dem hölzernen Rahmen festhielt.

»Das würde mich nicht überraschen. In zwei Tagen haben wir Vollmond, und außerdem wird es wohl eine Mondfinsternis geben. Die Welt der Natur ist in Bewegung«, sagte Mr. Jonas ruhig. Seine großen, breiten Füße verliehen ihm einen wunderbaren Halt und erwiesen sich in solchen Augenblicken als ziemlich nützlich.

Wie sich jedoch herausstellte, war die Erschütterung örtlich beschränkt – genauer gesagt, auf das eine Gebäude.

»Zum Teufel mit diesen verdammten Hobgoblins!« rief Mr. Herring, der in seiner Schürze zur Hütte hinauskam und nachsehen wollte, ob alles in Ordnung war. »Allmählich zerbröseln die Fundamente der ganzen Stadt, und das ist alles ihr Werk! Ja … sie untertunneln nicht nur fortwährend die Stadt, sondern nagen auch noch an den Balken. Und sie stehlen wie die Raben! Eine Dame aus meiner Bekanntschaft sagt, daß sie lediglich eine Garnrolle, einen Federfächer, eine Spitzenhaube irgendwo liegenlassen muß, und am folgenden Tag sind die Sachen verschwunden!« Mr. Herring schnaubte entrüstet. »Man kann doch kaum seinen *gesamten* Besitz unter Schloß und Riegel halten!«

»Habt Ihr versucht, Fallen aufzustellen?« fragte Mr. Jonas hilfsbereit. Ungeachtet des fortwährenden Quietschens des Gebäudes testete er das System aus Gewichten und Rollen, das die Spiegel bewegen und sie ständig in einer Linie zum Mond halten sollte.

»Haben wir«, erwiderte Mr. Herring, während er seine kostbare braune Perücke wild zerzauste, so groß war seine Erregung. »Es waren zum Teil sehr raffinierte Fallen, aber die Hobs sind so gewitzt, daß sie fast unausweichlich eine Methode finden, den Köder wegzunehmen, ohne den Mechanismus auszulösen.«

»In Marstadtt haben wir das Ungeziefer einfach abgeschlachtet, wenn es uns über den Weg lief«, warf Jed mit einem gewissen blutrünstigen Beigeschmack ein. Der Sport des Hobstechens erfreute sich unter den jungen Männern, die entlang der Lunn lebten, beträchtlicher Beliebtheit. »Natürlich«, fügte er ein wenig entschuldigend hinzu, »war das allen gleichgültig, weil die Hobgoblins so häßlich und bösartig sind ...«

»Ja«, meinte Mr. Herring. »Aber wir hier bekommen sie kaum je zu Gesicht, so flink sind sie und so gerissen. Auch schwärmen sie bei Vollmond nicht aus oder laufen Amok, wie sie es manchmal woanders tun.

Wir versuchen es mit Gift und Sprengladungen, die wir in ihre Löcher legen«, fügte er mit einem weiteren verzweifelten Zupfen an der Perücke hinzu. »Man sollte meinen, daß einige dadurch umkommen, obgleich wir die Leichname natürlich nie zu Gesicht bekommen. Aber dadurch sterben nicht *genügend* von ihnen, und so schreitet die Zerstörung unaufhaltsam voran!«

Im Salon der Mothgreen Academy parlierten die Damen miteinander. Oder vielmehr, *Sera* versuchte, sich mit Mr. Tynsdale zu unterhalten, während Elsie im Nachbarzimmer Cembalo übte und Miß Barebones, Miß Eglantine und Miß Fich zu dritt Crabbage spielten. Sie benutzten dazu seltsame alte Karten Yndeanischen Ursprungs sowie ein Brett mit feiner Schnitzarbeit und Steckklötzen aus Elfenbein. Während des Spiels besprachen die drei älteren Damen, was der Schulgeist in letzter Zeit alles wieder angestellt hatte.

Zwischen den zähnefletschenden Messinghunden brannte ein kleines Feuer im Kamin, aber im Raum roch es wie stets nicht nach Rauch, sondern nach Schnupftabak.

Sera saß auf dem Pferdehaarsofa. Sie fühlte sich ungewöhnlich hübsch in einem prächtigen neuen Kleid aus strohfarbenem Satin mit breiten Rüschen aus Spitze an den Ärmeln und am Mieder. Aber sie fühlte sich zugleich auch ein wenig getrieben und gehetzt, weil sie dazu gezwungen war, die Aufmerksamkeit des Predigers von diesem Geschwätz über ›Onkel Izrael‹ dadurch abzulenken, daß sie einen beständigen Strom gescheiter Konversation aufrechterhielt. Hin und wieder warf sie einen Blick durch die Flügeltüren ins Nachbarzimmer, wo Elsie unbeirrt eine muntere Melodie nach der anderen spielte – doch von Elsie war in keiner Weise Unterstützung zu erwarten. Sie mochte Mr. Tynsdale nicht und war sichtlich entsetzt über seine regelmäßigen Besuche; auch fühlte sie sich nicht im geringsten dafür gewappnet, unter dem sengenden Blick des Predigers über religiöse Themen zu sprechen.

»Ein merkwürdiges altes Buch … habt Ihr es niemals gelesen, Sir? Dr. Cornelius vertrat die Theorie, daß die primitive Kirche, indem sie den Ursprung der verschiedenen Tiere und aller vernunftbegabter Wesen jeweils einer der Neun Mächte zuschrieb, eigentlich der Lehrmeinung einer älteren Religion folgte, deren Ursprung …« Über eine Stunde lang hielt Sera tapfer das Gespräch in Gang. Dann traf der Teewagen ein, und Elsie verließ ihr Cembalo, um den Tee einzuschenken und Kekse und Scones herumzureichen. Die Debatte jedoch überließ sie Sera und Mr. Tynsdale.

»Diese Theorie hat in der Tat etwas für sich, aber wenn ich es so ausdrücken darf, Miß Thorn, ich frage mich, wie Eure Familie eine junge Frau, wie Ihr es seid, mit so ketzerischen Gedanken in Berührung bringen konnte … und Ihr seid schließlich noch immer in den Jahren, da man empfänglich ist …« Mr. Tynsdale verfolgte seinen Argumentationsstrang weiter, während er eine Porzellantasse in der einen Hand und einen Teller mit Apfelbeignets in der anderen Hand hielt.

Sera holte entrüstet Luft und gab eine etwas heftige Erwiderung. Sie nahm die Tasse, die Elsie ihr darbot, und setzte sie samt Untertasse auf einer Sofalehne ab.

»Mit allem schuldigen Respekt«, meinte Mr. Tynsdale, »meiner Erfahrung nach lassen sich junge Frauen …«

Sera, die gerade die Teetasse an die Lippen hob, blickte zufällig hinein. Was sie dort sah, ließ sie heftig zusammenfahren. Die Tasse rutschte ihr aus den Fingern und landete in ihrem Schoß. Tee spritzte auf das strohfarbene Satin, und nasse braune Teeblätter verteilten sich über dem Rock. Mit Mühe gewann sie ihre Fassung zurück.

»Wie – wie bemerkenswert ungeschickt von mir«, meinte sie und rieb sich verzweifelt mit Elsies Taschentuch den Rock. »Ich muß wirklich lernen, nicht so hitzig zu sein – die Folgen sind unausweichlich sehr würdelos. Wenn Ihr mich entschuldigen wollt, Sir, so gehe ich jetzt nach oben und mache mich wieder vorzeigbar.«

Im Nu war sie aus dem Zimmer. Elsie folgte einen Augenblick später und fing Sera an der Treppe ab. »Sera, du *hast* etwas in dieser Teetasse gesehen … war es eine Botschaft von Onkel Izrael? Es ist sinnlos, etwas Gegenteiliges zu behaupten, denn ich sah dich aufspringen, nachdem du in die Teetasse blicktest. Und ich wünschte wirklich, du würdest dich mir anvertrauen. Onkel Izrael *hat* versucht, dir etwas zu sagen, nicht wahr?«

Sera stieg weiter die Treppe zum Dachgeschoß hinauf, Elsie ihr dicht auf den Fersen. »Nur einen Augenblick lang glaubte ich, die Teeblätter hätten sich zu einem Wort geformt ... aber das habe ich mir wirklich nur eingebildet. Warum sollte Mr. Barebones ... oder ... oder sonst wer eine Botschaft wie ›Katakomben‹ senden? Das ist doch völlig sinnlos«, meinte Sera. Sie hielt einen Augenblick lang inne und lehnte sich ans Geländer. Um die Wahrheit zu sagen: ihr war ein wenig schwach auf den Beinen. »Es *muß* Einbildung gewesen sein! Gewöhnlich bin ich nicht beeinflußbar, wie du weißt, aber dieses ganze Geschwätz über Teeblattlesen und Tischerücken! Meine liebste Elsie, du willst mir doch nicht etwa erzählen, daß du inzwischen an einen solchen Unsinn *glaubst*?«

»Warum eigentlich nicht?« gab Elsie mit einem ungewöhnlichen Funken Trotz zurück. »Jedidiah sagt, daß *er* daran glaubt. Ja, und er sagt, daß du früher auch daran geglaubt hast, als du jünger gewesen bist. Du hast Dinge in Teetassen und Spiegeln gesehen. Damals, sagt er, war er der Skeptiker, aber da er jetzt weiß ... nun, er weiß etwas über siderische Geister und sublunare astrale Wesen ... er ist davon überzeugt, daß du ein natürliches Talent besitzt, das es dir vielleicht wirklich erlaubt, mit Geistern zu reden. Und denk doch nur, Sera«, fügte sie einschmeichelnd hinzu, »vielleicht hat dir Onkel Izrael etwas von lebensnotwendiger Wichtigkeit mitzuteilen!«

Sera machte einen höhnischen Knicks. Sie hatte keine Ahnung, was sublunare astrale Wesen sein mochten, und sie bezweifelte, daß es ihre Base oder Jed wirklich besser wußten. »Meine liebe Elsie, ich sage *dir*, daß keiner auch nur im geringsten etwas Angenehmes erfuhr, wenn er mit Geistern sprach. Im Gegenteil! Als ich jung war und an so etwas glaubte, wirkte es stets so, als hegte ich irgendwelche morbiden Phantastereien. Ich kann dir kaum sagen, wie jämmerlich und unangenehm das alles war. Ergo habe ich Onkel Izrael nicht das Geringste zu sagen, und ich hoffe inständig, daß er mir auch nichts zu sagen hat!«

Aber nachdem sie die Treppe hinaufgestiegen war und ihr Schlafzimmer betreten hatte, wo sie das seidene Kleid gegen ein einfacheres aus weißem Kambrik wechselte, sprang ihr zufällig ein zerlesenes altes Buch ins Auge, das *irgend jemand* auf ihr Bett gelegt hatte, mitten auf den Quilt. Ärgerlich und angespannt sah Sera mit funkelndem Blick darauf hinab. Sie erinnerte sich nicht daran, das Buch vor zwei Stunden dort gesehen zu haben, als sie heraufgekommen war, um das strohfarbene Kleid anzuziehen. Und die ganze Zeit über hatten die Mädchen ins Spiel vertieft dagesessen oder waren unter den knospenden Obstbäumen im Garten umherspaziert, unter dem wachsamen Auge von Mary Partridge. Wer also konnte dann …?

Zaghaft und äußerst widerstrebend hob sie das Buch auf; denn der Einband war nicht nur zerrissen, sondern auch ziemlich schmutzig – nicht staubig, wie es ein Buch sein mußte, das zu lange auf einem Tisch gelegen oder in einem Regal gestanden hatte, sondern mit frischer Erde bedeckt, als wäre es bis vor kurzem im Boden vergraben gewesen.

Als sie das Buch auf einen kleinen Tisch neben ihrem Bett fallenließ, öffnete es sich. Aus einem Impuls heraus beugte sich Sera vor, damit sie den Namen, der auf dem Innenblatt in verblaßter roter Tinte geschrieben stand, besser lesen konnte: *Izrael Falconer Barebones.*

Aber sie wußte sehr genau, daß das Buch bei ihrem letzten Heraufkommen noch nicht dort gelegen hatte. Wenn sie es übersehen hatte, so hätte sie es bestimmt *riechen* müssen, denn es erfüllte das Zimmer mit dem dunklen, erdigen Geruch nach Gartenhumus.

14. KAPITEL

Vielleicht das kürzeste Kapitel im Buch

Südlich von Thornburg, an der Mündung der Lunn, lag der Seehafen Ilben, ein heiterer kleiner Ort am Rand eines breiten Marschlandes, dessen weißgetünchte Häuser mit blauen Schindeln gedeckt waren. Ein ausgedehntes Netzwerk von Kais und Strandpromenaden, das am Deich begann, führte vom Ort zum Hafen hinaus.

Am neunundzwanzigsten Tag der Jahreszeit des Knospens, einem schönen, jedoch stürmischen Tag, spazierte die Herzogin zusammen mit Jarl Skogsrå und dem Affen Sebastian (an einer edelsteingeschmückten Leine) über eine der wettergegerbten Molen. Am Ende des Piers schaukelte wartend der große Kauffahrer, die *Waxing Moon,* der sie in die Neue Welt davontragen sollte.

Neben ihnen, stumm wie eh und je, gehorsam wie immer – innerhalb ihres beschränkten Horizonts – schritt Skullgrimms künstliches Geschöpf, dicht verschleiert. Es wäre nicht gut, hatte die Herzogin gesagt, wenn das Ungeheuer so nahe an Elsies Geburtsstadt von einem engen Bekannten der Familie Vorder bemerkt und wiedererkannt werden würde. Deswegen war es in viele Lagen schwarzen Tülls dicht eingehüllt.

Während sie die Gangway hinaufgingen, blickte sich die Herzogin unentwegt nach einem vertrauten Gesicht um, von dem sie hoffte, das es sie am Kai oder an Bord erwartete.

»Vielleicht hat er es sich anders überlegt«, meinte

Skogsrå, obgleich auch er einen Blick über die Schulter warf. »Ich gestehe, daß ich in diesem Fall nicht enttäuscht wäre. Mir gefällt unser neuer Reisegefährte nicht. Er bringt den Geruch des Grabs mit sich – verbreitet den Hauch längst begrabener Dinge, die niemals hätten ans Licht kommen sollen.« Der Troll schauderte zusammen. »Er riecht sehr nach Verderbnis.«

Die Herzogin hob den leichten Schleier an ihrem Hut, der ihr außerordentlich gut stand, und stieß einen winzigen Seufzer aus. »Da bin ich durchaus Eurer Ansicht. Und dennoch wird er sich möglicherweise als wertvoller Bundesgenosse erweisen. Zudem ...«, fügte sie leise und eindringlich hinzu, »... hat er als Gegenleistung für Eure Hilfe beim Ausgraben seiner Bücher geschworen, das auszuführen, was Jenk, der Alchemist, versprach, jedoch nicht einhielt: einen lebendigen Homunkulus zu erschaffen, ein kleines, vollkommenes Kind für mich, das ich mein eigen nennen kann. So viele Jahre habe ich darauf gewartet, eine glückliche Mutter zu werden«, ergänzte sie wehmütig. »Ich täte gewiß fast alles, um in diesen gesegneten Zustand zu gelangen.«

»Wenn das so ist«, meinte der Jarl auf jene provozierend prosaische Weise, die er an sich hatte, »könnte die Gnädige Frau ebensogut ein Kind adoptieren.«

Die Herzogin schüttelte nachdrücklich den Kopf. »So etwas hatte ich im Sinn, als ich versuchte, Elsie Vorders Patin zu werden ... und Ihr seht, was dabei herausgekommen ist! Ich wurde übergangen, beleidigt, äußerst brutal vor den Kopf gestoßen! *Das* werde ich nicht noch einmal versuchen, versichere ich Euch.«

Obgleich Skogsrå Arm in Arm mit dem Ebenbild ging und ihm das Ungeheuer gehorsam überallhin folgte, blieb es jetzt jedoch einen Schritt zurück. »Sie verliert an Lebenskraft, sie muß gefüttert werden«, erklärte der Jarl.

»Wir können sie kaum hier in aller Öffentlichkeit auf Deck füttern«, erwiderte die Herzogin und schnitt ein Gesicht. »Ich werde nach unten in Eure Kabine mit Euch gehen.«

In der Kabine des Jarl setzte sich die Herzogin auf den Rand seiner Koje, und der blaue Affe hockte sich ihr zu Füßen hin. Skogsrå holte einen Käfig voller weißer Mäuse aus seinem Gepäck, ergriff zwei, tötete sie, indem er ihnen einfach den Hals brach, und schlitzte sie mit einem kleinen Messer auf. Der Golem, der ihm dabei zuschaute, wurde allmählich unruhig, sogar lebhaft, und ihm stiegen wimmernde Laute tief aus der Kehle.

Der Jarl holte eines der warmen, blutigen Mäuseherzen heraus und legte es zierlich zwischen die rosigen Lippen des Ungeheuers.

»Ihr erstaunt mich wirklich«, meinte die Herzogin, während sie ein kleines, spitzengesäumtes, nach Zibet und Vetiveröl duftendes Taschentuch herausholte, mit dem sie unter ihrer Nase wedelte. »Ihr zeigt eine solche Besorgnis um diese Kreatur, Ihr behandelt sie so ... so sanft. Ihr seid wohl fast stolz auf sie!«

»Dieses Spiel spiele ich für mein Leben gern«, erwiderte der Jarl mit wildem Blick. »Ich ergötze mich an der harmlosen Vorstellung, daß unsere Cecile eine Kreatur ist wie ich selbst, daß ihre Gier in Augenblicken wie diesem ein Abbild meines eigenen Hungers ist, meiner eigenen Besessenheit. Auch ich habe ein Recht auf Spaß, nicht wahr?

Und sie ist ... ein hübsches Spielzeug«, fügte er so leise hinzu, daß sich die Herzogin nicht sicher war, ob er zu sich selbst oder zu ihr sprach. »Weitaus attraktiver, als es jede Trollfrau sein könnte.«

Die Herzogin war schockiert und mehr als nur ein wenig empört. »Mein lieber Jarl! Ich fürchte, Ihr habt eine unheilige Zuneigung zu ihr gefaßt! Ihr müßt Euch doch darüber im klaren sein, daß das Ungeheuer nicht wirklich lebendig ist, daß es nichts weiter, wirklich nichts weiter als eine belebte Puppe ist!«

»Diese Gefahr besteht wohl kaum«, erwiderte der Jarl, während er sich die blutbeschmierten Hände in einem Waschbecken wusch. »Wie denn auch? Sah ich nicht die Tonfigur, aus der Skullgrimm sie erschuf? Auch bin ich nicht so dumm, so einfältig, wie die Gnädige Frau gern behauptet.«

Er führte das Ebenbild in eine Ecke der Kabine und ließ es dort stehen.

»Aber wir Trolle ... wir sind eine einsame Rasse«, fuhr er in einem jähen Ausbruch von Vertraulichkeit fort. »Wie Ihr wißt, können wir einander nicht einmal gut leiden. Warum also sollte ich nicht ein wenig ... stolz ... auf diese Cecile sein, sie sogar zu einem Schoßtier machen, wie Ihr Euch den Affen Sebastian zu Eurem Liebling gemacht habt?«

Von dem Vergleich beleidigt fuhr die Herzogin auf und nahm den kleinen Affen vom Schoß. »Wenn Ihr weiterhin einen so widerwärtigen Unsinn redet, werde ich Schritte unternehmen müssen, Euch vor dieser ... ja, dieser ungeheuerlichen Zuneigung zu bewahren«, sagte sie, wobei sie Sebastian das lange, indigofarbene Fell glättete. »Ich werde mich selbst um Cecile kümmern müssen – was mir, ich gestehe es, gar nicht gefallen würde –, oder, noch besser, sie an Mr. Kelly übergeben.

Und warum auch nicht?« fragte sie rhetorisch. »Ich glaube, die beiden passen ausgezeichnet zueinander, denn sie *sind* Kreaturen fast der gleichen Art. Sie sind beide mehr tot als lebendig.«

Sie anfunkelnd hob Skogsrå den Käfig auf und stellte ihn in einen kleinen Schrank, der in der Wand oberhalb seiner Koje eingebaut war. »Die Gnädige Frau amüsiert sich auf meine Kosten. Aber daraus wird nichts. Wenn ich weiterhin Schachfigur in Euren Plänen sein soll, so darf ich mich wenigstens diesem einen Vergnügen hingeben.«

Die Herzogin hob eine Braue. Soviel Mut zu zeigen, sah dem Jarl ganz und gar nicht ähnlich. Wenn gelegentlich Rachegefühle bei ihm aufblitzten, so zeigten sie sich eher auf nette, untergründige Weise und nicht in offenem Widerstand.

»Oh, sehr schön ... warum nicht?« meinte sie mit einer wegwerfenden Geste. »Schließlich kostet es mich nichts. Und wenn es Euch eine gewisse, verdrehte Befriedigung verschafft – warum sollte ich dann Euch gegenüber nicht Nachsicht zeigen?«

Der Jarl lächelte, wobei er die Zähne zeigte. »Die Gnädige Frau ist die Großzügigkeit in Person.«

15. KAPITEL

Welches für unseren Helden ein gewisses Auf und Ab mit sich bringt

An den Küsten des Sees Valentina, in dem bergigen Fürstentum von Schwannstein, lagen dicht an dicht viele feine Gaststätten, Hotels und Pensionen. Der juwelengleiche See, die zerklüftete alpine Szenerie ... all dies brachte Künstler und Naturliebhaber aus allen Teilen Euterpes hierher. Darüber hinaus lag der Valentina-See an einer der Hauptdurchgangsstraßen der Alpen. Insbesondere ein seltsamer Gasthof, eine überreich verzierte Sennhütte im Zuckerbäckerstil, war ein bevorzugter Rastplatz für den reisenden Adel.

Ein solcher Gast, der für nahezu vierzehn Tage hier Rast eingelegt hatte, war ein gewisser Imbrianischer Gentleman mit exzentrischen Angewohnheiten, denn er kam und ging zu allen Stunden des Tages und der Nacht und reiste anscheinend ohne Diener – eine überraschende Unterlassungssünde bei einem so vornehmen Gentleman. Andere Gäste fanden ihn höflich, jedoch distanziert, eingesponnen in die eigenen Angelegenheiten, obgleich weder sie noch der Sennwirt noch die Diener je erfuhren, worin diese Geschäfte wohl bestanden; der Junge jedoch, der die Stiefel putzte (und dafür bekannt war, überall Gespenster zu sehen), posaunte überall herum, daß ihm bei mehr als einer Gelegenheit ein starker Hauch Schießpulver an dem eleganten kleinen Gentleman aufgefallen war.

Eines Morgens um zehn Uhr schlenderte der Gentleman in den Gasthof – er wirkte sehr fein in rosafarbenem Samt und cremefarbener Spitze, und die Satinweste war mit einem Weidenmuster in ganz blassem Blau verziert. Makellos war er wie eh und je, obgleich er die ganze Nacht über im Freien verbracht hatte. Er verursachte einen Aufruhr, weil er nach dem Wirt schickte und seine Rechnung verlangte. »Denn mein Besuch ist leider, leider zu einem Ende gekommen.« Den Inhaber durchfuhr eine beträchtliche Enttäuschung; denn kein Wort war zuvor über die Dauer des Aufenthalts gefallen. Alle hatten angenommen, daß der Imbrianische Gentleman die ganze Saison lang bleiben würde. Da er es jedoch nicht ändern konnte, stellte der Inhaber die Rechnung aus.

Der Gentleman ging zum Kofferpacken nach oben. Eine halbe Stunde später trat der Stiefelputzer ein und fand ihn dabei, wie er gerade die Riemen an seiner letzten Tasche schloß.

»Wie du siehst, benötige ich deine Hilfe nicht, obgleich du wirklich sehr gefällig bist«, sagte der Gentleman, wobei er sich die Finger mit einem Taschentuch abwischte, als sei das Zusammenpacken seiner Habseligkeiten eine ziemlich schmutzige Arbeit.

»Entschuldigt bitte, Mr. Carstares, Sir«, sagte der Junge. »Diese Briefe an Euch sind gestern während Eurer Abwesenheit eingetroffen.« Geziert nahm Mr. Carstares die Briefe entgegen. Beide waren tatsächlich an ihn adressiert, einer davon in einer Handschrift, die ihm wohlbekannt war. »Sehr gut, mein Junge. Die Kutsche trifft gegen Mittag ein, nicht wahr? Du kannst nachher heraufkommen und meine Taschen nach unten tragen.«

Der Junge neigte respektvoll den Kopf und zog sich zurück. Mr. Carstares öffnete eines der Schreiben und trug es zum Fenster, um es dort zu lesen. Der Brief war im Code der Glasmacher verfaßt und kam vom Zwerg Trithemius Ave. Mr. Carstares überflog ihn bis zum letzten Absatz:

Caleb Braun und Eirena geht es sehr gut, und ich erwarte, daß sie eine kleine Zeitlang bei mir bleiben. Der Page ist gegenwärtig auf dem Weg Orania. Herzog Azimet ist für die Zammarcaner einfach verschwunden – was in der Erhabenen Republik ja häufig vorkommt –, aber Baron Onda versicherte mir, daß sein Vetter Zeuge der Hinrichtung war, und es besteht keinerlei Zweifel daran, daß der Schurke tot ist. Zwei seiner Oranianer gaben zu – unter welchem Druck, kann man sich nur ausmalen –, Komplizen bei den verräterischen Plänen des Herzogs gewesen zu sein, und sie wurden in der Lagune ertränkt. Was aus den anderen wurde, teilte Baron Onda nicht mit – ich denke jedoch, daß Ihr Euch für die Voraussicht beglückwünschen dürft, diesen Jungen in Sicherheit gebracht zu haben. Da er einer der Lieblinge Azimets war, wäre es ihm am Ende wohl schlimm ergangen, und er läge jetzt vielleicht zusammen mit den anderen Unglücklichen auf dem Grund der Lagune.

In einer jähen Bewegung zerknüllte Mr. Carstares den Brief und warf ihn in den Kamin. Mit drei raschen Schritten durchquerte er das Zimmer und ließ sich in einen Sessel fallen. Auf seinem Gesicht zeigten sich rasch nacheinander die widerstreitendsten Gefühle, während die vielen Persönlichkeiten, die den einen Körper bewohnten, um die Vorherrschaft stritten. Dann durchlief seine drahtige Gestalt ein Schauder, die kleinen weißen Hände ballten sich zur Faust, lösten sich ... und der elegante Mr. Carstares kam wieder zum Vorschein.

Er griff in seine Westentasche, zog seine Dose mit dem Schlafstaub hervor, nahm eine großzügig bemessene Portion und inhalierte. Dann entsann er sich des anderen Briefs, den er in seine Manteltasche gestopft hatte.

Dieses Schreiben war ebenfalls in Geheimschrift verfaßt, und zwar in einem Code, den nur er selbst und der andere kannten.

Mein sehr geschätzter Francis … oder sollte ich sagen Robin oder Simon? (schrieb Hermes Budge) *Vor kurzem erhielt ich eine Nachricht von unseren Freunden in Thornburg, daß eine gewisse Große Dame (zusammen mit ihrem beständigen Begleiter, einem Gentleman mit unnatürlichem Appetit) eben heute nach Nova Imbria in See stach. Ich bin überzeugt, daß diese Neuigkeit …*

Mr. Carstares las den ganzen Brief zweimal mit sehr gemischten Gefühlen durch, obgleich die Reaktion lange nicht so stark war wie zuvor. Nachdem der Aufruhr in seinem Innern vorüber war, hatte er sich zumindest für eine gewisse Zeit wieder ganz unter Kontrolle.

Seit mehreren Tagen hatte er schon Angst davor gehabt, daß etwas Derartiges drohte, und zwar seit der Zeit, da *seine* beständigen Gefährten, die Bluthunde der Herzogin, verschwunden waren. Alles in allem konnte das nur eines bedeuten: die Herzogin hatte irgendeinen Hinweis auf den Aufenthaltsort von Sera Vorder und ihrer Base Elsie erhalten und war in die Neue Welt gefahren, um die Verfolgung der beiden aufzunehmen.

So schlimm dies jedoch war, so verspürte er gleichzeitig auch eine Woge der Erleichterung. Er hatte seine eigene Reise nach Nova Imbria etwas länger als ein Jahr hinausgezögert, damit die Herzogin oder ihre Agenten ihm nicht dorthin folgen sollten. Aber auf die Suche nach Sera zu gehen, *nachdem* Marella ihre Spur aufgenommen hatte … das war eine ganz andere Sache. Mr. Carstares stieß einen tiefen Seufzer aus. Welches auch immer die Folgen wären, diese Nachricht hatte ihm die Freiheit geschenkt, dem Ruf seines Herzens zu folgen.

Doch zunächst mußte er sich noch um eine kleine geschäftliche Sache in Thornburg kümmern.

Sieben Tage später sah man einen jungen Mann mit frischem Gesicht, der wie ein Herr gekleidet war, zögernd an der Türschwelle eines gewissen anrüchigen Etablissements am Ufer der Lunn verweilen. Das Haus war ein erstklassiges Bordell, bekannt als ›Des Sultans Schatzkästlein‹, und diejenigen, die den jungen Herrn vom Lande beobachteten, konnten ein amüsiertes Lächeln nicht unterdrücken: offensichtlich besaß der Ort eine starke Anziehungskraft, und ebenso offensichtlich hegte der Herr panikartige Fluchtgedanken.

Am Ende jedoch triumphierte die Geilheit (oder vielleicht nur die Neugier) über das Diktat des Gewissens. Der junge Herr straffte die Schultern und betrat das anrüchige Haus.

Ein geschminkter Junge mit Ohrringen begrüßte ihn am Eingang und bat ihn, seine Wünsche zu äußern. Mit brennend roten Wangen erwiderte der junge Herr, daß er oben zum Essen eingeladen sei.

»Zweites Stockwerk, auf der Rückseite des Hauses«, sagte der Junge und fügte mit einem häßlichen, höhnischen Grinsen hinzu: »Aber wenn Ihr später ein Mädchen haben wollt, solltet Ihr die nötigen Arrangements am besten jetzt schon treffen.«

Der Besucher errötete noch schmerzlicher als zuvor und stammelte eine Erwiderung, daß er sich in dieser Hinsicht noch zu keiner Entscheidung durchgerungen habe. Der Junge erklärte, es stünde ihm völlig frei zu tun, wie ihm beliebe, und winkte in Richtung auf die Treppe.

Zum Glück zog es der Junge vor, auf seinem Posten beim Eingang zu bleiben, denn nachdem der junge Gentleman die ersten beiden Treppen emporgestiegen war, ging er zwei weitere Treppen hinauf.

Ganz leise schob er sich an der Tür oben am Treppensatz zum Ende des Korridors entlang, wo sich eine weitere Tür auf einige frisch geschmückte, luxuriöse

Zimmer hin öffnete: die Privatwohnung des Eigentümers, ein gewisser Mr. Jagst.

Er fand diese Zimmer leer vor – wie vielleicht so früh am Abend zu erwarten stand –, und bemerkte anerkennend, daß die dazwischenliegenden Stockwerke diese Räumlichkeiten vom Gröhlen und Lärmen unten im Haus abschotteten. Nun traf der junge Gentleman einige kleinere Vorbereitungen, stellte einen gemütlichen Sessel an die Wand neben der Tür, durch die er hereingekommen war, setzte sich nieder und wartete.

Mehr als eine Stunde verstrich, ehe sich die Tür öffnete und Mr. Jagst in das Zimmer schlenderte. Er hatte die Tür hinter sich geschlossen und den Raum halb durchquert, da erregte ein winziges Geräusch, ein leises Klicken seine Aufmerksamkeit. Er fuhr herum und stand seinem unerwarteten Besucher gegenüber.

Den Eindringling, der es sich in dem vergoldeten Sessel so gemütlich gemacht hatte, erkannte er nicht sogleich wieder, denn es waren seit ihrer letzten Begegnung viele Jahreszeiten verstrichen, und das letzte Zusammentreffen war gezwungenermaßen sehr kurz verlaufen. Es fiel ihm jedoch überhaupt nicht schwer, das Objekt in der Hand des Besuchers zu erkennen: zweifelsohne eine gespannte Pistole. Mr. Jagst, der eher zur Blässe als zur Röte neigte, verlor rasend schnell das wenige an Farbe, was er besaß.

»Lord Skelbrooke … Ihr *seid* Lord Skelbrooke?« fragte der Lude.

Der junge Herr – der nicht mehr ganz so jung wirkte; er hatte, seitdem er das Zimmer betreten hatte, auf wunderbare Weise etwa sieben oder acht Jahre zugelegt – lächelte ein einzigartig beunruhigendes Lächeln. »Allerdings, Mr. Jagst. Ihr seht mich hier völlig unversehrt und genau so, wie mich mein Schöpfer schuf.«

Mr. Jagst räusperte sich unbehaglich. »Diese Sache

mit der Kastration ... wißt Ihr, ich kam darauf wegen Eurer Drohung Lord Krogan gegenüber.«

Lord Skelbrookes Blick wurde härter, der Griff um die silbern ziselierte Pistole fester. »Und das heiße Eisen, womit Ihr meine Fußsohlen traktiert habt? Was – wenn man fragen darf – hat Euch dazu inspiriert?«

»Eine Sache der Zweckdienlichkeit«, entgegnete Mr. Jagst. »Eure Lordschaft wird die Notwendigkeit gewißlich einsehen.«

Seine Lordschaft lächelte weiterhin ihr schreckliches Lächeln. »Ihr entschuldigt gewiß, wenn mich ein gewisser Vorbehalt daran hindert.« Er winkte mit der Pistole. »Auf diesem hübschen Lacktischchen hinter Euch werdet Ihr eine Waffe finden, geladen und scharf. Sie ist das Gegenstück zu der, die Ihr in meiner Hand seht.«

Mr. Jagst glitt hinter den Tisch, wobei er sich mit dem Handrücken die Stirn wischte. »Dann wollt Ihr mich zum Duell herausfordern?«

»Genau«, sagte Skelbrooke und erhob sich langsam aus seinem Sessel. »Selbst ein Schweinehund wie Ihr verdient wohl seine Chance.«

Der Lude beäugte die Pistole auf dem Lacktisch mit offensichtlichem Widerwillen. Erneut räusperte er sich. »Ich muß Euch sagen, wenn Ihr Euch irgendwelchen Illusionen über Fair-Play hingebt, so seht Ihr mich in dieser Lage völlig im Hintertreffen.«

»Ihr könnt kaum von mir erwarten, daß ich Euch auch nur ein Wort abkaufe«, erwiderte Skelbrooke kalt. »Abgesehen davon bin ich auch nicht gerade ein Kunstschütze. Ich habe die Angewohnheit, auf kurze Distanz zu schießen.«

Mr. Jagst lächelte schwach. »Aber angenommen ...« Er trat einen Schritt auf den Tisch zu. »... angenommen, ich weigere mich, Eure Herausforderung anzunehmen?«

»Dann bringe ich Euch trotzdem um. Ich sagte, Ihr

verdient eine Chance. Doch wenn ich sie anbiete, und Ihr verweigert sie, so hätte ich keinerlei Bedenken, Euch gleich hier und jetzt ins Jenseits zu befördern. Meine eigenen Untaten sind wie nichts«, sagte Seine Lordschaft mit härter werdendem Blick, »im Vergleich zu dem Elend, das Ihr in diese Welt gebracht habt. Wenn ich an die zahllosen unschuldigen Mädchen und jungen Frauen denke, die Ihr entführt und zu einem Leben in Erbärmlichkeit und Entwürdigung verdammt habt ...«

Ohne Warnung griff Mr. Jagst nach der Pistole, hob sie auf, zielte und feuerte. Im selben Augenblick schoß Lord Skelbrooke.

Skelbrookes Schuß fuhr an Jagsts Ohr vorbei, doch der Lude hatte das leichtere Ziel gehabt. Die Kugel traf Skelbrooke in die Schulter, weswegen er mit einem Aufschrei zurücktaumelte und in dem Sessel neben der Tür zusammenbrach.

»Wie ich mir gedacht hatte, seid Ihr ein Lügner«, sagte Seine Lordschaft schwach, während sich unter seinem Mantel Feuchtigkeit ausbreitete und die Wolle dunkelrot färbte.

»Und wie ich mir *nicht* gedacht hatte, habt Ihr die Wahrheit gesagt«, meinte Jagst, der sich diebisch freute und die abgeschossene Pistole mit einem Knall auf den Tisch warf. »Ihr seid bestimmt kein Kunstschütze.« Für einen Mann, der noch vor kurzem vor Angst fast gestorben wäre, war er wunderbar ruhig geworden. Er ging zur Tür, um seine Bediensteten herbeizurufen.

»Bedauerlicherweise bin ich dies nicht«, murmelte Skelbrooke, das Chamäleon, und griff mit der gesunden Hand in die Tasche. »Und genau deswegen trage ich stets eine zweite Pistole bei mir.« Und die Hand tauchte wieder auf. Sie hielt ein Exemplar mit langgezogenem Lauf. Kühl schoß er dem erstaunten Mr. Jagst aus kürzester Entfernung zwischen die Augen.

Draußen vor der Apotheke in der Blue Phoenix Lane – eine Straße, die so schmal war, daß die überhängenden Stockwerke der altertümlichen Gebäude zu beiden Seiten einen dämmrigen Tunnel bildeten – baumelte eine Laterne, die zu allen Tages- und Nachtzeiten in einem willkommenen grünlichen Schein strahlte.

Es war in der Tat sehr spät, als die kleine, eulenäugige Apothekerin Mistreß Sancreedi von einer Mission der Barmherzigkeit zurückkehrte. Sie trottete die Straße zwischen den Gebäuden herab und blieb vor ihrer Tür stehen, wo sie in dem Korb herumkramte, den sie bei sich trug, bis sie einen großen Messingschlüssel gefunden hatte. Wie sie jedoch überrascht bemerkte, stand die Tür bereits einen Spaltbreit offen, und als sie das Schloß überprüfte, sah sie, daß es mit einem schweren Gegenstand wie einem Stein oder einer Eisenstange zerschmettert und aufgebrochen worden war.

Mistreß Sancreedi zögerte. Aber sie war inzwischen zu alt und zu sehr ihren Gewohnheiten verhaftet, sagte sie sich grimmig entschlossen, um jetzt die Nerven zu verlieren. Sehr langsam schob sie die Tür auf; sehr vorsichtig betrat sie den Laden. Eine einzelne Kerze auf der Theke erhellte den Raum: die Regale voller Flaschen, Schachteln, Krüge und Töpfe, die Mohnblumen und Kräuterbündel, die an Schnüren von der Balkendecke herabhingen, den großen Kessel am Kamin, worin sie kürzlich eine Portion nach Rosen duftender Seife gekocht hatte.

Ein schwacher Duft nach Rosenblüten lag in der Luft. Sie setzte ihren Korb auf der Theke ab, hinter eine Reihe großer Krüge voller Zitronendrops, Leinsamen, Schafgarbe und Hustenbonbons, und hob die Kerze hoch.

Eine schwache Stimme rief sie vom Nachbarraum. Dies war die kleine Küche, wo sie sich die Mahlzeiten bereitete und einige ihrer Heiltränke braute. Sie nahm die Kerze, hob mit einer Hand die Rocksäume und eilte in die Küche. Dort stieß sie einen gequälten Schrei aus, als sie die blutgetränkte Gestalt erkannte, die in einem Stuhl neben dem Herd zusammengesackt war.

»Francis Skelbrooke … mein armer Junge! Was ist Euch denn zugestoßen?«

»Eine Pistolenkugel in die Schulter … wird kaum tödlich sein … und ich habe den Blutfluß bereits gestoppt. Aber die Kugel selbst entfernen …« Lord Skelbrooke lächelte schwach. »… diese heroische Anstrengung geht über meine Kräfte.«

»Das glaube ich wahrlich auch«, meinte die kleine weißhaarige Frau und stellte die Kerze auf den Tisch. Nachdem sie Hut und Wollschal abgelegt hatte, machte sie sich sogleich ans Werk. Sie half ihm, den Mantel ausziehen, und untersuchte seine Wunde. Diese war häßlicher, als er sie hatte glauben lassen wollen. Dann holte sie den Korb herein, der ihre Lanzetten und Bandagen enthielt.

Sie holte ihm einen Becher Brandy. »Trinkt das aus! Ich werde Euch beträchtliche Schmerzen zufügen.«

Seine Lordschaft gehorchte. Anschließend machte sich die Apothekerin schweigend an die Arbeit und entfernte die Kugel, die ziemlich tief saß, und stoppte dann einen erneuten Blutstrom. Sie bestäubte die Wunde mit Basilikumpulver und verband sie schließlich sauber und geschickt mit mehreren Metern Scharpie. Skelbrooke erduldete das alles mit weißem Gesicht und zusammengebissenen Zähnen, aber nachdem sie fertig war, sackte er etwas tiefer in den Stuhl zusammen.

»Wenn Ihr nicht hergetragen worden seid«, meinte sie, »werdet Ihr wohl gehen können?«

»Mit Eurer Hilfe … glaube schon.« Sie legte ihm einen Arm um die Taille und stützte ihn so. Es ging eine kurze Treppenflucht zu ihrem Schlafzimmer hinauf, wo sie ihm dabei half, sich aufs Bett niederzulassen.

»Wenn Ihr so gut sein wollt ... In einer Tasche meines Mantels befindet sich eine kleine Dose, eine kleine goldene Dose mit Perlen ...«, sagte er nur wenig lauter als flüsternd.

Mistreß Sancreedi verließ das Zimmer und kehrte kurz darauf mit seinem blutgetränkten Mantel zurück. Doch als sie die Dose öffnete und das feine Kristallpulver erkannte, bedachte sie ihn mit einem scharfen, mißbilligenden Blick. »Ihr habt das Pulver bei Euch ... seid Ihr vom Staub abhängig?«

Da dies jedoch kaum der angemessene Augenblick für eine Lektion war, schüttete sie sich eine große Portion der Droge auf die Handfläche, legte ihm einen Arm unter die Schulter und hob ihn an, so daß er das feine Pulver inhalieren konnte.

»Vielen Dank«, sagte er und drückte sich mit einem Keuchen wieder in die Kissen. »Jetzt werde ich leichter ruhen.«

Als er am folgenden Morgen – vielleicht war es auch der folgende Nachmittag – erwachte, saß sie auf einem Schaukelstuhl neben dem Bett. Ein blasses Licht kroch von der Straße her durch das Fenster, und eine brennende Öllampe hing von der Decke herab. In dem Kreis aus goldenem Lampenlicht wirkte die winzige Apothekerin fast durchscheinend – und beträchtlich zarter, als er sie in Erinnerung hatte.

»Wäre es eigentlich sehr aufdringlich von mir, wenn ich Euch nach Eurem wirklichen Alter fragte?« meinte er mit einem ganz schwachen Lächeln.

Mistreß Sancreedi zeigte keinerlei Überraschung, von einem Mann angesprochen zu werden, den sie für schlafend gehalten hatte. »Das wäre es ... aber ich gebe Euch trotzdem Antwort.« Sie verschränkte die wunderschönen weißen Hände im Schoß ihres altertümlichen Samtkleids. »Ich nähere mich der Vollendung meines zweiten Jahrhunderts. Ihr wollt doch hoffentlich nicht sagen, daß Ihr erstaunt seid, dies zu hören.«

Er lachte leise. »So seht Ihr gar nicht aus … aber ich bin nicht überrascht. Ihr seid das ätherischste Geschöpf, das mir je im Leben begegnet ist – ihr übertrefft sogar noch die Herzogin.«

Sie betrachtete ihn weiterhin mit ihrem wohlwollenden Blick. »Ja, wir Mischlinge sind einfach unvorhersagbar. Marella Carleon ist zu drei Vierteln Fee und ich nur zur Hälfte … dennoch ist mir unsere gemeinsame Herkunft viel deutlicher anzusehen. Dann wiederum gibt es andere, die überhaupt keine Ähnlichkeit mit Feen aufweisen – oder mit Menschen, arme Ungeheuer! Gewisse Eigenschaften jedoch springen dem ins Auge, der nach ihnen zu suchen weiß …«

Seine Lordschaft warf die Hand in die Höhe, als wollte er sie anflehen, nicht weiterzureden, aber die Dame sprach nichtsdestoweniger mit ihren tiefen, lieblichen Stimme weiter. »Ihr *sollt* mir zuhören, Francis. Mein armer Junge, ich weiß sehr genau, daß Ihr vor sechs Jahren eine Verletzung erlitten habt … weitaus schlimmer als der Schmerz, der Euch vergangene Nacht herbrachte, denn die frühere Verletzung war eine psychische Wunde und ging unendlich viel tiefer. Seitdem …«

»Ich bedauere, Euch widersprechen zu müssen«, unterbrach Seine Lordschaft, »aber nicht *ich* war es, der vor sechs Jahren gelitten hat, in – in keinster, auch nicht außergewöhnlicher Weise. Andere, viel Unschuldigere, litten dank meiner kriminellen Schwäche entsetzlich – und deswegen …«

»Entschuldigt, bitte«, sagte Mistreß Sancreedi, »aber ich wollte lediglich sagen, meiner Ansicht nach wart Ihr schon lange zuvor unglücklich. Nicht so erbärmlich unglücklich wie jetzt, aber ein Mann, der im Frieden mit sich selbst lebte, wäre bis zu einem gewissen Grad imstande gewesen, die eigenen Fehler zu entschuldigen. Seiner Selbstwertschätzung hätte das kaum einen derartigen Tiefschlag versetzt. Und, Francis, wenn Ihr wieder gesund werden wollt, müßt Ihr schließlich die Natur Eurer Beschwerde erkennen.«

Seine Lordschaft schnitt ein Gesicht. »Da Ihr es so haben wollt, Madame, so teilt mir doch bitte die Natur meiner Beschwerde mit!«

»Es ist eine Beschwerde, die Marella Carleon und – in kleinerem Ausmaß – ich selbst sehr gut kennen«, meinte Mistreß Sancreedi, streckte die Hand aus und drückte ihm tröstend den gesunden Arm. »Kommt, Francis, Ihr wißt, was ich Euch sagen möchte, aber Ihr weigert Euch, es zu glauben. Ist es möglich, daß Ihr ein Vorurteil gegen solche meiner Art in Euch tragt?«

Skelbrooke runzelte die Stirn und schüttelte den Kopf. »Ich bin nicht bigott, aber ...« Mit einer Hand zupfte er unbehaglich an der Decke herum. »Eigentlich sollte mir der Gedanke gefallen, eines Tages vielleicht wieder ... gesund zu sein. Aber wenn das, was Ihr sagen würdet, zufällig der Wahrheit entspräche, dann werde ich niemals mehr gesund sein, nicht wahr?«

Mistreß Sancreedi machte eine Geste der Hoffnungslosigkeit. »Vielleicht sollten wir später davon sprechen, wenn Ihr Euch stärker fühlt. Statt dessen will ich Euch etwas Tröstliches sagen. Die Kugel hat den Knochen gestreift, aber nur geringfügig, und Ihr werdet nicht auf Dauer außer Gefecht gesetzt sein. Doch vielleicht brauche ich das Euch nicht zu sagen.«

Er lächelte wehmütig zu ihr auf. »Auf diese Weise werde ich nicht ganz so häufig verwundet, wie Ihr anscheinend vermutet, meine liebe Dame.« Er mühte sich ins Sitzen, und sie verließ ihren Schaukelstuhl, um die Kissen unter seinem Kopf und den Schultern neu zu arrangieren.

»Ich spielte natürlich auf die Jahre an, die Ihr mit dem Medizinstudium in Lundy verbrachtet«, sagte sie. Sie legte sich einen grauen Wollschal um die Schultern und setzte sich wieder auf ihren Stuhl. »Ihr erzählt mir jetzt vielleicht, wer Euch angeschossen hat und unter welchen Umständen.«

»Ich hatte ein Duell mit ... mit einem Mann ausgetragen, der mir einstmals großes Unheil zufügte.«

Sie seufzte schwer, als sei ihr eine große Last von der Seele genommen worden. »Dann war es ein fairer Kampf? Ihr werdet nicht – nicht von der Wache abgeholt?«

»Unwahrscheinlich, daß die Wache mich in Gewahrsam nimmt. Mein Feind ist tot, und niemand weiß, daß ich ihm vergangene Nacht einen Besuch abstattete.« Seine Lordschaft zuckte zusammen, als er im Bett zurechtrückte. »Ich bedauere zu sagen, daß es ... kein ganz fairer Kampf war. Ich vergaß wohl zu erwähnen, daß ich zwei Pistolen besaß, und er nur eine.«

Er sah, daß er sie schockiert hatte – und sehr wahrscheinlich auch enttäuscht –, obgleich sie sich bemühte, das Ausmaß ihrer Bestürzung zu verbergen. »Zwei Pistolen, und er nur eine? Und was ist das für ein Benehmen, sagt mir das doch bitte!«

Er blickte mit einem verletzten, versonnenen Lächeln zu ihr auf. »Gewiß nicht das Benehmen eines Gentlemans – eines Mannes von Ehre. Obgleich ich das ursprünglich vorhatte«, sagte er ruhig. »Also eine Tat – wert eines Meuchelmörders.«

Die alte Frau schüttelte mißbilligend den Kopf, doch ihre Stimme blieb sanft. »Ein Meuchelmörder ... aha. Und das seid also Ihr, Francis Love Skelbrooke – so wollt Ihr weitermachen? Ich glaube, mich an eine Zeit zu erinnern, da Euer Ehrgeiz auf weitaus edlere Ziele gerichtet war.«

Seine Lordschaft beschattete sich die Augen, als wollte er sie vor dem Licht schützen. »Es ist reichlich spät für mich ... jetzt ... an einen Berufswechsel zu denken. Ich hege die große Furcht, für eine andere Arbeit nicht mehr geeignet zu sein.«

16. KAPITEL

In welchem Jedidiahs und Mr. Jonas' Vorhaben einen Aufschub erleidet und Sera sich verfolgt fühlt

Die Jahreszeit des Tauwetters war fast vorüber, und die Tage eilten dem Fest des Wiederaufblühens entgegen. Rings um Hobb's Church schoben die ersten grünen Schößlinge von Krokussen und Schneeglöckchen die Köpfe durch den Boden, pelzige Blütenkätzchen erschienen an den Zweigen der Birken, und in einem Wäldchen aus Kastanienbäumen draußen vor den Toren der Mothgreen Academy explodierten förmlich die rotgoldenen Knospen. In der Stadt gesellten sich Schwärme von Wanderdrosseln zu den Seemöven und Spatzen und suchten auf dem Marktplatz nach Nahrung; und die Bergulmen, die die kleine weiße Kirche beschatteten, waren auf einmal bedeckt mit winzigen, weinfarbenen Blüten.

Inzwischen bereitete sich ein jeder auf den nahenden Festtag vor. Mädchen flochten Kränze aus Zweigen, Stroh und rotem Garn – die an Vogelnester erinnern sollten – und hängten sie über die Türen ihrer Zimmer oder brachten sie auf ihren Hüten an. Hausfrauen kochten Eier und buken winzige Kümmelkuchen. Und ihre Ehemänner stiegen auf die Dächer und holten alle Wetterhähne herunter. Am Abend des Festtags würden sie diese wieder anbringen, frisch gestrichen in leuchtenden Farben und geschmückt mit Bändern.

In Hobb's Church begann der Festtag in aller Frühe mit einem Freudenfeuer (genährt von neun verschiedenen Holzsorten) auf einem kahlen Landstrich außerhalb der Stadt. Am gleichen Nachmittag wurde auf dem Dorfanger ein Pfahl errichtet und getanzt, und der Tanz währte viele Stunden. In Moonstone jedoch war alles noch viel farbenprächtiger. Alle Gilden nahmen an einer Prozession teil, und die Glasmacher beider Städte hielten eine besonders beeindruckende Zeremonie in der Mitte des Ortes ab.

Zuvor hatte man eine prächtige Weidenhütte errichtet. Wie ein riesiger Vogelkäfig sah sie aus, und darin hockte eine Vielzahl künstlicher Vögel, gefertigt aus Tuch und leuchtenden Federn. Zu Mittag traten die Glasmacher in ihren prachtvollsten Gewändern und mit den gepuderten Perücken aus ihrem Zunfthaus. Auf den Schultern trugen sie riesige Tiere aus Weidengeflecht, geschmückt mit Blumen und bunten Bändern, die sie durch die Straßen zur Mitte der Stadt trugen und dort als Opfergaben im Haus der Zweige absetzten. Dies war, wie alle wußten, eine uralte Zeremonie: In einem bösen und gewalttätigen Zeitalter, nach dem Fall von Panterra und vor der gegenwärtigen Aufklärung, waren die Vögel und Tiere lebendig gewesen – Blut- und Knochenopfer an schreckliche heidnische Gottheiten. Einige der heutigen Zuschauer konnten einen Schauder beim Gedanken an diese uralten Schrecken sowie an die Schreie und den Gestank nicht unterdrücken, wenn der Käfig entzündet wurde und die armen Tiere verbrannten.

Jetzt aber war alles anders. Die Glasmacher hatten ihre Geschöpfe mit essentiellen Ölen getränkt, und als die Weidenbehausung brannte, loderten die Flammen in wunderschönen, edelsteingleichen Farben empor und erfüllten die Luft mit dem Duft nach Blumen.

Nach dem Ende des Festtags gingen die Bürger beider Ortschaften wieder ihren üblichen Geschäften nach. Aus diesem Grund kehrte Moses Tynsdale zwei Tage nach dem Fest, nach einer mehrwöchigen Reise, in eine sehr nüchterne und hart arbeitende Gemeinschaft zurück.

Die Sonne war gerade untergegangen, da ritt er in Hobb's Church ein, ließ sein Pferd in einem öffentlichen Stall zurück und ging auf das ehrwürdige Gasthaus zu, dessen Besitzer ein ehrbarer Zwerg war, und mietete mehrere Zimmer. Die Straßenlaternen an den Ecken brannten bereits, aber dazwischen erleuchtete lediglich bleiches Mondlicht seinen Weg. Beim Überqueren der Gooseberry Lane traf er Jedidiah Thorn und Mr. Jonas.

»Reverend Tynsdale, Sir. Wir hatten geglaubt, Euch niemals wiederzusehen«, meinte Jedidiah mit einer gewissen Freundlichkeit, die im Gegensatz zu der Feindseligkeit in seinem funkelnden Blick stand. Der Geistliche fragte sich amüsiert und verächtlich, ob sich der junge Thorn tatsächlich der Illusion hingab, seine gelegentlichen pastoralen Besuche der Akademie seien von dem Wunsch motiviert, einer der beiden jungen Lehrerinnen den Hof zu machen. Tynsdale verneigte sich feierlich. »Ich bin draußen in den westlichen Siedlungen gewesen. Dort lebt ein rauhes, aber gottesfürchtiges Volk. Meine Talente werden also hier in Cordelia von größerem Nutzen sein.«

Sie tauschten einige weitere unaufrichtige Höflichkeiten aus. Dann verbeugten sich der Junge und der Gnom und setzten ihren Weg fort. Tynsdale sah ihnen mit einem höhnischen Grinsen im Gesicht nach. Die beiden waren schon ein einzigartiges, überhaupt nicht zueinander passendes Paar: der junge Thorn so groß und breitschultrig, und der kleine, vierschrötige Gnom, der neben ihm dahinstapfte. Sie bemerkten anscheinend nicht, daß Tynsdale ihnen folgte. Er hielt sich zumeist in den Schatten und bewegte sich nur leisen Schritts.

Die beiden verschwanden in der ›Sonnenfinsternis‹. Tynsdale wartete einen Augenblick oder zwei, ehe er die Taverne betrat. Sobald er einmal drin war, lungerte er in den Schatten nahe der Tür herum und durchsuchte den Raum mit seinem leuchtenden Blick, bis er seine Opfer in einer Nische im hinteren Teil des Gastraums entdeckte, in einiger Entfernung zu den anderen Tischen. Sie waren tief in ein Gespräch mit einem alten Mann verstrickt, der eine grobe Jacke und eine eng sitzende Mütze trug, was ihn als Seemann auswies.

Einen Augenblick lang geriet Tynsdale in Verzweiflung. Er hatte angenommen, daß sich der junge Thorn und seine weiblichen Verwandten zumindest für eine oder zwei Jahreszeiten in Cordelia niedergelassen hatten. Wenn das nicht der Fall war, wenn sie eine Seereise planten, ausgerechnet jetzt …

Der Geistliche schmuggelte sich zur Bar hinüber, bestellte einen Krug Porterbier und setzte sich auf einen dreibeinigen Hocker, der gerade um die Ecke der Nische herum stand und von wo aus er den größten Teil des leise geführten Gesprächs hören konnte.

»Die Reparaturen an der *Otter* dauern länger, als wie ich *erwartet* habe«, sagte der alte Seebär gerade. »Es is' auch nich' so einfach, genau die Leute anzuheuern, die Ihr haben wollt.« Er senkte die Stimme noch weiter, und Tynsdale mußte sich zur Nische hinüberlehnen, um ihn zu verstehen. »… un' dann geht's los, un' die Fracht is' kaum der Rede wert, un' zu einem unbekannt Ziel, un' überhaupt keine Erklärung, was das alles soll … natürlich haben die Männer Fragen. Ich hoff', die Gentleman nehmen mir das nich' übel, wenn ich so gerad'heraus sprech'. Wir hier sin' ehrbare Seeleute, un' wir wollen keine Piraten oder Freibeuter. Ja, un' die vertrauenswürdigen Leute, die den Mund halten und diskret sin', wie Ihr sie haben wollt … nun, das sin' gerad' diejenigen, die die meisten Fragen stellen, ehe sie anheuern.«

»Ich versichere Euch, Captain Hornbeam, daß wir nichts dergleichen im Sinn haben«, sagte Mr. Jonas. »Wir planen ein ehrliches Unternehmen, obgleich wir es geheim halten wollen. Die Waren, die wir einkaufen wollen … Nun, Ihr müßt verstehen, daß unsere … Konkurrenz … Männer ohne jegliche Skrupel sind und jede Information, die sie bekommen, zu unserem Nachteil ausnutzen können. Wie Ihr wißt, ist das oft so im Geschäft.«

»Mag sein«, erwiderte Captain Hornbeam. »Nun … ich weiß, es is' oft so, und ich geb' Eure Beteuerungen ja an die Männer weiter. Aber was is' mit Eurer Maschine da, die Ihr an Bord bringen wollt? Ich kann mir keinen Reim drauf machen, was Ihr mir da gezeigt habt, und die Männer würden's auch nich' verstehen. Was sie nich' verstehen, dem sin' sie mißtrauisch gegenüber. Ihr mögt sagen, daß wir Seeleute eine abergläubische Bande sin', aber so is' es halt: wir versuchen unser Glück nich'.«

Mr. Jonas räusperte sich. »Vielleicht könntest du, Jedidiah, die Sorgen des Captain beschwichtigen. Ich sollte Euch sagen, Captain Hornbeam, daß Mr. Thorn einstmals unter Fischern und seefahrenden Männern lebte und ihm die – Tiden und Elemente besonders vertraut waren. Würdest du, Jedidiah, unseren Apparat als Unglücksbringer einschätzen?«

»*Wart* Ihr Seemann, Mr. Thorn?« fragte der Captain. Tynsdale reckte den Hals und achtete genau auf die Antwort; davon hatte *er* ganz bestimmt noch nichts gehört.

»Ich arbeitete auf einem Boot … auf einem Fluß … nicht weit von der See«, erwiderte Jedidiah achtsam. »Mir ist der Aberglaube der Seeleute in großem Ausmaß bekannt, und ich hege den allerhöchsten Respekt vor dem Scharfsinn von Seeleuten wie Euch. Ihr mögt meine persönliche Versicherung entgegennehmen, daß der magnetische Apparat, den wir an Bord bringen wollen, dem Glück der Mannschaft in keinster Weise abträglich ist.«

Captain Hornbeam druckste ein wenig herum, aber

nachdem ihn der junge Thorn mit einem halben Dutzend Geschichten ergötzt hatte, die alle den Stempel der Echtheit trugen und unter ›den Seeleuten meiner Geburtsstadt‹ in Umlauf waren, hielt ihn der Captain für glaubwürdig, war zufriedengestellt und sagte, daß er mit den Männern sprechen und versuchen würde, sie zu ermutigen.

Daraufhin stand der Captain auf und nahm seinen Abschied. Moses Tynsdale, der von Jedidiah oder Mr. Jonas nicht erkannt zu werden wünschte – insbesondere nicht als Lauscher an der Ecke –, kam zu dem Schluß, daß es für ihn Zeit zum Gehen war, und er verließ die Taverne ein wenig überstürzt.

»Immer diese Verzögerungen«, meinte Jedidiah beim Verlassen der ›Sonnenfinsternis‹ zu Mr. Jonas. Sie gingen eine von Laternen erhellte Straße in Richtung auf Mr. Herrings Haus hinab. »Wenn wir zu lange hier verweilen, werden Sera und Elsie immer ärgerlicher. Sie wollen weiter. In der Tat *sollten* wir weiter, aus Gründen der Sicherheit für alle Beteiligten. Anders können wir der Herzogin kaum entkommen.

Ich sollte meine Fahrt wieder aufnehmen«, fügte er traurig hinzu. »Ich versprach Mr. Owlfeather, daß ich umherreisen und ihm von Zeit zu Zeit eine Nachricht zukommen lassen würde, worin ich ihm alles mitteile, was ich über die Glas- und Porzellanherstellung der Neuen Welt erfahren habe. Jetzt bin ich schon mehr als ein Jahr hier, und ich habe kaum etwas gelernt.«

»Mein lieber Jedidiah«, sagte Mr. Jonas, nachdem sie das Tor zum Haus durchschritten hatten und die Treppen hinaufstiegen, »wenn er wüßte, was wir entdeckt haben, müßte dein Mr. Owlfeather zustimmen, daß deine Tätigkeit hier, also daß du mir hilfst, äußerst wichtig für die Gilde ist – und deshalb indirekt auch für Mr. Owlfeather. Mithin ist es wichtiger als alles, worum er dich bat, ehe du Thornburg verlassen hattest.«

»Ja, vielleicht«, meinte Jed, der im Mondlicht vor der Tür stand und unbehaglich von einem Fuß auf den anderen trat. Er wollte verzweifelt gern bleiben und die Sache zu einem Ende bringen, die lebhafte Neugier befriedigen, die die Karte und das geheime Pergament erregt hatten. Eine lange Minute kämpfte dieser mächtige Drang gegen das erbärmliche Gefühl der Schuld, daß er weiterreisen sollte.

»Ich glaube, Ihr habt recht«, sagte er schließlich. »Wenn es sich als notwendig erweisen sollte, können wir Elsie und Sera noch immer vorausschicken. Aber mein Platz muß, zumindest jetzt, an Eurer Seite sein.«

In Mothgreen Hall bereitete sich Sera höchst erregt auf das Zubettgehen vor. Die Bemühungen von Izrael Barebones' Geist – oder *irgend jemandes* Bemühungen –, einen Kontakt herzustellen, waren geradezu in eine Verfolgung ihrer Person ausgeartet.

Sie verhängte den Spiegel mit einem Tuch, für den Fall, daß eine mysteriöse Hand ein weiteres Mal etwas darauf schrieb; sie staubte die letzten Krümel Gartenerde (oder Grabstaub, wie Miß Barebones immer zu sagen pflegte) von ihrem Quilt; und sie schaute unter ihrem Kopfkissen nach, welches Geschenk Onkel Izrael ihr heute abend zugedacht haben mochte. Mit einer Grimasse entfernte sie eine Handvoll feuchter Teeblätter und warf sie aus dem Fenster.

Wenn ich je herausfinde, welches der Kinder hierfür verantwortlich ist …! Insgeheim hatte Sera die energische Luella Battersby und ihre böswillige Freundin Patience Armitage in Verdacht, doch da sie ein starkes Gerechtigkeitsgefühl besaß, widerstrebte es ihr, eines der Mädchen ohne Beweis zu beschuldigen.

Jemand klopfte leise, die Tür öffnete sich, und Elsie in ihrem weißen Flanellnachthemd stakste auf Zehenspitzen ins Zimmer. Dann blieb sie stehen und blickte auf den Fußboden hinab, als sie mit den bloßen Füßen den Sand auf den Dielenbrettern spürte.

»Oh, meine arme Sera ... nicht noch mehr *Schmutz*?« rief sie aus – leise, damit sie die Kinder nicht störte, die weiter den Flur hinab schliefen. »Ich wünschte wirklich, daß Onkel Izrael etwas sauberer wäre!«

Sera musterte sie wachsam. »Du findest das wohl sehr amüsant. Wenn wir vielleicht die Zimmer für die Nacht tauschen und du diejenige wärst, die am Morgen mit Staub und Steinchen in deinem Bett aufwacht ... oder sogar in Bettzeug, das mit Schnupftabak verschmiert ist ...!«

»Nun, wir können es versuchen, wenn du magst, aber ich bezweifle, daß es etwas nutzen würde«, erwiderte Elsie und ließ sich am Fuß des Betts nieder. »Und weißt du, es ist bis zu einem gewissen Grad wirklich deine Schuld. Onkel Izrael war damit zufrieden, dich mit alten Büchern, Handschuhen und anderen erfreulichen Sachen zu überhäufen, bis du alle seine Geschenke *verbrannt* hast.

Nun, was ist denn das hier?« fragte sie unschuldig, beugte sich herab und hob etwas vom Fußboden auf.

Es war eine altertümliche Taschenuhr mit Goldbronzedeckel. Elsie drehte die Uhr um und las den auf dem Gehäuse eingravierten Namen laut vor. »*Izrael Falconer Barebones.* Ich an deiner Stelle würde sie nicht einschmelzen«, meinte sie mit tanzendem Blick. »Denn es ist zweifelsohne ein wertvolles Familienerbstück, und Miß Barebones wäre tödlich beleidigt.«

Sera setzte sich neben Elsie aufs Bett und breitete zappelnd ihre Unterkleider aus. »Kamst du bloß her, um dich über mein Unglück lustig zu machen?«

Elsie lachte fröhlich. »Du bist ein wenig melodramatisch, weißt du? Ich wäre bestimmt die allerletzte, die sich lustig machen würde, wenn dir wirklich ein Unglück zugestoßen wäre. Nein«, sagte sie, jäh nüchtern geworden. »Ich bin aus einem ganz anderen Grund hergekommen.«

Einen Augenblick lang dachte sie nach und fragte dann listig: »Sera … meinst du, daß mich Jed *jemals* fragt, ob ich ihn heirate?«

»Nein«, erwiderte Sera prompt. »Das wird er wohl nie tun. Nein …«, setzte sie eilig hinzu, denn Elsie war sichtlich betrübt. »… *nicht,* daß er dich nicht fast bis zum Wahnsinn liebt, da bin ich mir absolut sicher! Es ist nur so, daß Jed auf lächerliche Art zu bescheiden ist, um sich in den Vordergrund zu stellen.« Sera zögerte und verknotete die Finger im Schoß. »Die wirkliche Frage ist, meine Liebe, wie sehr *du* Jed liebst.«

Elsie sah sie entrüstet blinzelnd an. »O Sera … mußt du wirklich *fragen*? Ich mochte Jed immer lieber als jeden der Gentlemen, denen ich begegnete. Weil – weil sie allesamt so affektiert waren, und weil Jed immerzu so wunderschön natürlich war … so groß, so warm und so von Herzen freundlich.

Erinnere dich, Sera, denn du hast diese Männer doch selbst verachtet!« sagte Elsie, die sich an dem Thema erwärmte. »Ihnen war nichts weiter wichtig als der Schnitt ihrer Jacken, die Sauberkeit ihrer Schuhe, ihr frivoles Vergnügen und …« Elsie hielt inne und schlug sich mit der Hand vor den Mund. »Liebe Sera«, sagte sie zerknirscht. »Du weißt, daß ich nicht Lord Skelbrooke meinte. Natürlich war er stets so wunderbar gekleidet und besaß so liebenswürdige Manieren … aber es gab so viele *andere* Dinge, die er …«

»Ja, wirklich«, meinte Sera bissig. »Wie zum Beispiel die Herzogin betrügen und ihr Pergament stehlen und wegen seiner rätselhaften Aufgaben von einem Ende Euterpes zum anderen rennen – was sogar sein Freund Mr. Budge mißbilligte – und sich den Leuten unter einer Vielzahl falscher Namen aufdrängen. Elsie, Elsie, glaub mir, was es auch immer war, das in mir Gefühle der Zuneigung zu Lord Skelbrooke erregte, es war niemals seine Tugend.«

»Ja«, fragte Elsie vernünftig, »was erregte dann deine Gefühle?«

»Genau das weiß ich nicht«, erwiderte Sera, löste die Hände und starrte darauf nieder. Dann zuckte sie mit den Schultern und stieß ein gereiztes kleines Gelächter aus. »Am wahrscheinlichsten ist ein Aufstand gegen die Vernunft, denn eine andere Ausrede dafür, daß ich mich in ihn verliebt habe, will mir einfach nicht einfallen! Aber wir sprechen von dir und Jed. Wenn du ihn wirklich *liebst,* sagst du es ihm besser und bittest ihn, dich zu heiraten. Sonst wirst du ihn niemals heiraten!«

»O ...«, meinte Elsie und wurde rot bei dem Gedanken. »Ich glaube, das werde ich nie schaffen. Das wäre so schrecklich unbescheiden – von *meiner* Seite aus. Ich fürchte, Jed wäre äußerst schockiert.«

»Aller Wahrscheinlichkeit nach wäre er schockiert«, stimmte Sera zu. »Denn zusätzlich zu seinen sonstigen Tugenden kann er auch ausgesprochen puritanisch sein ... Na schön, er muß es wohl sein, zum Ausgleich für seine bescheidene Herkunft sowie die Jahre, die er damit verbrachte, Leichen aus dem Fluß zu holen und von den Grabbeigaben zu leben, als er so arm war. Aber wenn er schockiert ist, so wird er bald darüber hinwegkommen. Und er liebt dich viel zu sehr, um schlecht von dir zu denken – auch nur einen Augenblick lang.«

Sie nahm Elsies Hand und drückte sie tröstend. »Meine Liebe, ich glaube, du wirst dich schließlich entscheiden müssen, was dir wirklich etwas bedeutet: Jed heiraten ... oder deine jungfräuliche Bescheidenheit wahren.«

17. KAPITEL

In welchem viele seltsame Dinge ans Licht gebracht werden

Der komplizierte Apparat, an dem Jedidiah und Sammuel Jonas so viele Wochen lang gearbeitet hatten, stand jetzt vollendet da: ein Wunder für diejenigen, die ihn sehen durften, verblüffend für alle außer Jed und dem Gnom. Es war eine beeindruckende Konstruktion mit ihren Bronzespiegeln, Bleigewichten, Eschenholz- und Stahlrädern, riesigen Magneten und schimmernden Spulen aus versilbertem Glas. Ein System aus Zink- und Silberscheiben, eingezwängt zwischen Schichten von Filz, der mit Sole getränkt war, erzeugte, wenn durch einen Kupferdraht untereinander verbunden, eine rätselhafte elektrische Ladung. Weitere Drähte leiteten diesen Strom zu den Spiegeln und von dort aus zu den Magneten. Aus gewachstem Segeltuch gefertigte Schläuche sowie ein komplexes System aus Messingröhren leiteten flüssigen, nativen Schwefel (ein ›belebendes Prinzip‹) zu allen Teilen der Maschine. Doch hatten Jed und der Gnom gleichfalls die Zeit für einige Verzierungen gefunden: Wasserspeier aus Messing an allen vier Ecken, prächtige eiserne Klauenfüße, die dem Eichenrahmen zugleich Stabilität verliehen, und obenauf eine in Zinn gegossene Wetterfahne von der Gestalt eines geflügelten Schicksalsgottes.

Weil Captain Hornbeam soviel Schwierigkeiten dabei hatte, sein Schiff reparieren zu lassen und eine Mannschaft zusammenzubekommen, konnten sie unmöglich wie geplant vor dem nächsten Vollmond in See stechen. Da sie also nichts weiter mit sich anzufangen wußten, überlegten Jed und Mr. Jonas, womit sie ihre Zeit anderweitig sinnvoll verbringen konnten.

»Wir könnten vielleicht versuchen, Mr. Izrael Barebones' Panterranische Ruinen zu finden«, schlug Jed eines Tages vor. »Er hat sie in allen Einzelheiten beschrieben, und ich kann einfach nicht daran glauben, daß alles nur Einbildung war! Mr. Herring oder einen der anderen Glasmacher zu fragen, hat keinen Zweck, denn wir haben sie wieder und wieder befragt. Aber *irgend jemand* irgendwo in der Stadt sollte die Stelle wiedererkennen.«

Also bewaffneten sie sich mit einigen Skizzen und Diagrammen, die sie anhand Mr. Barebones' sorgfältiger Beschreibungen angefertigt hatten, und gingen in die Stadt, wo sie die Skizzen herumzeigten und Fragen stellten. Sie bemühten sich insbesondere, die älteren Einwohner aufzusuchen, allerdings erbrachten Besuche am ersten Tag bei einem halben Dutzend älterer Damen lediglich vollständig entmutigende Ergebnisse. Jed und der Gnom schwappten fast über von dem ganzen Tee, den sie hatten trinken müssen, aber die Damen wußten nicht das geringste über Panterranische Ruinen oder Kunstwerke. Am folgenden Tag jedoch blieben sie zu einem Plausch bei einem uralten Hufschmied stehen, der vor der Schmiede seines Enkels auf einer Bank saß, wo er die Nachmittagssonne genießen und zugleich ein scharfes Auge auf die Vorgänge in der Nachbarschaft werfen konnte.

Er hörte zu, während Jed aus Barebones' Papieren vorlas, ließ sich von Mr. Jonas die Skizzen zeigen, kratzte sich daraufhin am Kopf und verkündete: »Ihr redet da anscheinend von diesen phantastischen Fußböden in der alten Kapelle auf dem Berg.«

»Die alte Kapelle? Ich weiß nicht genau …?« fragte Mr. Jonas.

»Die Kapelle oben auf dem Seemannsfriedhof von Spyglass Hill«, sagte der alte Schmied. »Das Dach ist während des großen Bebens eingestürzt – wann war das? –, es muß etwa sechzig Jahre her sein, und die See ist über die Mauern 'rein, daß wir dachten, die ganze verdammte Stadt würde überflutet. Ich glaube, von damals sin' nich' mehr viele am Leben, abgesehen von ein paar Zwergen auf der anderen Seite der Stadt … un' was haben Zwerge mit Schiffen und seefahrenden Kaufleuten zu schaffen?«

Jed und der Gnom tauschten eifrige Blicke aus, doch Mr. Jonas erwiderte nur ruhig und höflich, daß er sich das auch schon gefragt habe. Aber zur Kapelle zurückkehren …?

Der Schmied holte eine langstielige Tonpfeife aus der Jackentasche und schob sie sich zwischen die Zähne. »Als junger Bursche war ich mal oben an der Kapelle … zehn, zwölf Jahre war ich da alt … da ist ein Onkel von mir, ein Seemann, gestorben und oben auf dem Hügel begraben worden. Das war ein mächtig feiner Gottesdienst, und ich erinnere mich, wie ich diese Bilder auf dem Fußboden bewundert habe. O ja, sie waren wunderschön. Ich fragte meinen Opa, wie sie sich diese hübschen Kachelböden – wie nennt man sie? … Mosaike, ja, ich hab' das Wort wohl schon mal gehört –, ich fragte, wie sie sich diese hübschen *Mosaikfußböden* leisten konnte, eine so kleine Kirche, und in der Gemeinde nur einfache Leute.«

»Und was hat Euer Großvater erwidert?« drängte ihn Mr. Jonas, der schon beim leisesten Stocken des Schmieds Ungeduld zeigte.

Der Schmied rückte auf seiner Bank hin und her. »Opa sagte, diese Böden waren ein heidnisches Relikt … von diesen heidnischen Wilden hinterlassen, als die hier lebten. Und da die Seeleute mehr als halbe Heiden sind (sagt man) – sie und ihr Aberglaube –, sagte er, es hätt' wohl nich' geschadet, daß man beim Bau der Kapelle diese eleganten Fußböden benutzt hatt'.«

Eine Weile lang rauchte er vor sich hin, einen nachdenklichen Ausdruck auf dem wettergegerbten Gesicht. »Obwohl ... von den anderen Sachen, nach denen Ihr gefragt habt, davon weiß ich nichts, nur von diesen hübschen Fußböden oben am Hügel«, sagte er schließlich.

Aber er hatte genug verraten, um in Jed und Mr. Jonas das Begehren er erwecken, die erstaunlichen Fußböden selbst in Augenschein zu nehmen. »Sie sind vielleicht tief unter dem Geröll oben am Hügel vergraben, und wir müssen vielleicht ebenso viel ausheben wie graben«, meinte Mr. Jonas. »Vielleicht sollten wir ein paar Arbeiter anheuern, zum Helfen.«

Gleich am nächsten Morgen stiegen sie den Hügel zu dem alten Kirchhof hinauf, begleitet von zwei kräftigen Arbeitern, die Picken und Schaufeln trugen. Jed hatte sich für diese Gelegenheit in schwarze Kniehosen, hohe Schuhe und eine abgenutzte blaue Jacke gekleidet, was ihm, zusammen mit seinem üblichen braunen Zopf, etwas Seemannshaftes verlieh. Insgesamt gesehen wirkte er wie eine schmuckere Version des alten Jedidiah, der früher mit seinem Onkel Caleb an der Lunn gearbeitet hatte, ehe ihn die Zwerge aufgenommen und ihn zu einem Gentleman gemacht hatten. Über eine Schulter trug er einen Spaten.

Mr. Jonas hatte gleichfalls einen alten Anzug angezogen, doch ging er barfuß und trug anstelle eines Spatens einen Picknickkorb. Seine breiten Füße mit den prächtigen Krallen waren wunderbar zum Graben geeignet.

Es war nicht weiter schwierig, die Ruinen der Kapelle zu finden, und sie machten sich gleich an die Arbeit. Es war eine harte, schmutzige, rückenbrechende Arbeit, und es dauerte mehrere Tage, bis sie auch nur eine kleine Ecke des Mosaikfußbodens freilegen konnten.

Die Arbeiter traten zurück, während Mr. Jonas hinabstieg und die letzten losen Schmutzkrümel beiseitefegte. Daraufhin wusch er die Fliesen mit einer Bürste und etwas Seifenwasser ab. Er legte nur ein kleines Stück am Rand frei, das Abbild goldener Sterne und feuerköpfiger Kometen auf einem reichen, blauen Hintergrund, aber Jed war ziemlich verblüfft von den erstaunlich leuchtenden Farben.

»In der Tat«, bemerkte der unerschütterliche Mr. Jonas. »Bemerkenswert gut erhalten, wenn man berücksichtigt, daß diese Fliesen vielleicht mehr als dreitausend Jahre alt sind. Wirklich, die Panterraner und Evanthianer waren zu den erstaunlichsten Dingen fähig. Wie wir wissen, waren sie eine Rasse großer Zauberer und Philosophen – wobei die Panterraner mehr zur Chemeia und Naturphilosophie neigten, während sich die Evanthianer vorwiegend schändlichen Zaubereien widmeten. Unsere Glasmacher und die spagyrischen Alchemisten errichteten ihre gesamte Tradition auf winzigen Bruchstücken der uralten Panterranischen Mysterien – während die Scoletischen und Mephistophelianischen Bruderschaften behaupten, ihre dekadenten Rituale basierten auf den dämonischen Riten des Dunklen Evanthum.«

In höchstem Ausmaß begeistert von dieser Entdeckung setzten sie ihre Grabung fort. Währenddessen waren ihre Tätigkeiten Ursache für umherschwirrende Gerüchte unten in der Stadt. Und als die Nachricht Mothgreen Academy erreichte, war insbesondere Miß Barebones völlig entzückt, denn natürlich zeigte diese Dame lebhaftes Interesse an allem, was auch nur im entferntesten mit ihrem verstorbenen Onkel Izrael in Verbindung gebracht werden konnte.

Nun war es gewöhnlich so, daß die Dienstage in der Akademie religiöser Unterweisung (Sera und Miß Eglantine), Frivolitätenarbeit und Spitzenherstellung (Elsie und die Leiterin) sowie Fremdsprachen (Miß Fitch) gewidmet waren. Am Montagabend jedoch verkündete Miß Barebones, daß der folgende Dienstag zu einem Feiertag erklärt werden sollte.

»Wir werden oben am Kirchhof picknicken – es sollte lehrreich sein, die Ruinen anzuschauen, und ich wage zu behaupten, daß die Mädchen daraus ebensoviel Nutzen ziehen werden wie wir. Und dann werden wir den Nachmittag mit einem Spaziergang am Strand verbringen und Muscheln und Seesterne sammeln … wir haben unsere Naturphilosophie ziemlich vernachlässigt, fürchte ich.«

Also verstauten sie die notwendigen Vorräte auf einem Ziegenkarren und machten sich um elf Uhr morgens zu Fuß auf in Richtung Spyglass Hill. Nachdem sie alle am Fuß des Hügels eingetroffen waren, verlangten die Mädchen nach ihrem Lunch. Also ließen sie sich hier und dort im Gras nieder und aßen. Dann trotteten alle den Hang hinauf, um einen Blick auf die Ausgrabungen zu werfen.

Als Miß Barebones den Rand mit den Sternen und Kometen zu Gesicht bekam, war sie förmlich überwältigt. »Ja, ja, ich erinnere mich, daß Onkel Izrael mir einmal etwas Ähnlichers beschrieben hat«, sagte sie, setzte sich auf einen Haufen alter Steine und Balken, entkorkte ihr Riechfläschchen und roch an dem belebenden *sol volatile.* Sie war nicht mehr jung, und obgleich ein Gang in die Stadt erträglich war, hatte der Aufstieg den Hügel hinan sie ziemlich erschöpft.

»Damals«, fuhr sie fort, »verstand ich natürlich nicht ganz, *wovon* er sprach, denn ich fürchte, der arme, teure Onkel Izrael wurde allmählich etwas unklar, um nicht zu sagen, unverständlich, wenn es um Themen ging, die ihn *wirklich* interessierten. Das war ein Grund, weswegen ihn die Leute nicht recht ernst nahmen.«

Jed übernahm die Aufgabe zu erklären, daß das von ihnen freigelegte Bild anscheinend eine Himmelskarte war. »Aber was ist dies?« fragte Sera, wobei sie auf eine phantastische Figur deutete, offenbar eine Art Gondel, die mit einem Paar riesenhafter Schwingen zwischen den Planeten und den Wolken umhersegelte.

»Ein Panterranisches Himmelsschiff«, erklärte Jed sehr gewichtig. »Zumindest glauben wir das. Und seht einmal hier drüben ...« Er wies auf ein weiteres Bild. Es zeigte eine große, mondfarbene Kugel, die in einem Netz gefangen und an einem Korb befestigt war und so *aussah* wie ein Transportmittel, das Panterranische Vergnügungssüchtige zu den äußeren Planeten trug. »Ein Heißluftballon!«

Sera und Elsie wechselten einen Blick reinen Erstaunens. »Aber konnten sie wirklich in derart luftarme Höhen aufsteigen?« fragte Sera.

»So sieht es aus«, meinte Mr. Jonas blinzelnd. »Obgleich wir ihnen vielleicht eine gewisse künstlerische Freiheit zugestehen müssen.«

Wie jedoch zu erwarten war, konnte ein zwei Quadratmeter großer Abschnitt eines Mosaikfußbodens die Aufmerksamkeit junger Mädchen nicht allzulange fesseln. Sie wurden bald ungeduldig und wollten zum Strand hinab, den die Ebbe jetzt freigelegt hatte. Miß Eglantine und Miß Fitch boten an, die Mädchen zum Strand zu geleiten, so daß Sera, Elsie und Miß Barebones die fortschreitende Freilegung beobachten konnten.

»Aber keines darf in die Tiefen Höhlen, verstanden?« schärfte Miß Barebones den beiden ältlichen Lehrerinnen ein. »Dort unten geht man sehr leicht verloren, und die Höhlen stellen bei der Rückkehr der Flut eine entsetzliche Gefahr dar. Eine Anzahl Leute sind dort unten bereits ertrunken. Und *haltet* bitte ein besonders scharfes Auge auf Luella und Patience!« fügte sie hinzu.

»Ihr könnt vollstes Vertrauen zu mir haben«, meinte Miß Eglantine grimmig, und Luella und Patience strengten sich an, besonders sittsam dreinzuschauen. Nachdem also die Angelegenheit zu aller Zufriedenheit geregelt war, gingen Miß Eglantine, Miß Fitch und die Mädchen davon.

Die Männer arbeiteten eine Stunde lang weiter, sie gruben, sie bewegten Steine, Ziegel und Balken und kratzten den Dreck ab. Dann legten die Werkenden eine Verschnaufpause ein.

»Wenn Ihr wollt«, sagte Jed zu Elsie, während er sich die Hände an einem alten Tuchfetzen sauberwischte und in seine Jacke schlüpfte, »können wir einen kleinen Spaziergang über den Friedhof machen. Da gibt es eine Anzahl merkwürdiger alter Grabsteine, und vielleicht findet Ihr einige der Inschriften amüsant.«

»Das würde mir sehr gefallen«, meinte Elsie, deren Pulsschlag sich beschleunigte, denn es kam jetzt nicht mehr sehr häufig vor, daß sie und Jed zusammen spazierengingen.

Sie schlenderten über den Friedhof, wobei Elsie ihren Arm durch Jeds Arm schob. Sera und Miß Barebones, deren Röcke und Bänder in der Seebrise flatterten, waren gleichfalls an den Inschriften interessiert, gingen jedoch in Richtung des Meeres, um dem jungen Paar einige private Augenblicke zu gestatten.

Obgleich es noch immer sehr früh im Jahr war, wuchs das Gras bereits in langen, grünen Stengeln zwischen den Grabsteinen, und wilde Blumen steckten ihre Köpfe aus dem Boden: Gänseblümchen und Löwenzahn, Klee und Klettertrompete. Der Kirchhof, dachte Elsie entschlossen, wäre ein ebenso hübscher Ort für einen Heiratsantrag wie jeder andere, den sie sich vorstellen konnte. Sie war sich gleichfalls bewußt, daß sie sehr vorteilhaft wirkte: sie trug ein Kleid aus blasser Yndianischer Baumwolle, das hinten zusammengesteckt war und ein geblümtes Unterkleid zeigte, darüber hinaus einen besonders feschen Hut, gesäumt mit rosafarbenen Seidenrosen – und obgleich sie nicht eitel war, trug das Wissen um ihr gutes Aussehen doch dazu bei, ihrem Selbstvertrauen einen Stoß zu versetzen.

»Jedidiah«, sagte sie, allen ihren Mut zusammennehmend, um etwas anzukündigen, »Jed … wir kennen uns doch schon seit sieben Jahren. Deswegen wirst du mir bestimmt diese Vertraulichkeit vergeben, da wir so alte Freunde sind …« Sie hielt inne, jäh außer Atem gekommen, und mußte sich erst wieder sammeln, ehe sie fortfahren konnte. Das fiel ihr nicht leicht, weil Jed mit einem so schmerzlich fragenden Ausdruck auf sie hinabsah, was sie sehr verwirrte. »Was ich sagen wollte … Jed … ist, daß du hoffentlich nicht schockiert bist, wenn – wenn ich so frei und offen spreche …

… o du lieber Himmel!« unterbrach sie ihre Ansprache. »Was liegt denn dort drüben neben dem Grabstein?«

Jed ließ Elsies Arm fallen und folgte der Richtung, die ihr ausgestreckter Finger wies. Er trat einen Schritt näher und ließ sich auf ein Knie nieder, um eine winzige, nackte Gestalt mit dünnen Gliedmaßen näher in Augenschein zu nehmen, die an einen Marmorstein gekauert dalag. Offensichtlich war es ein junger Hobgoblin, der fest schlief.

Jed erhob sich wieder und fragte, um den Kobold nicht aufzuwecken, Elsie ins Ohr: »Soll ich umkehren und eine Schaufel holen, um ihn zu töten?«

»O nein, bitte, tu das nicht!« bat Elsie und umklammerte fest seinen Arm, als wollte sie ihn daran hindern. »Siehst du denn nicht die winzigen Klauen an den Füßen und die niedlichen kleinen Hörner … abgesehen von den Schuppen sieht er einem kleinen Gnom sehr ähnlich. Ich könnte es nicht *ertragen*, wenn er getötet würde.«

Vielleicht hatten die Stimmen den Hobgoblin geweckt, denn er regte sich schwach. Er versuchte vergebens, den Kopf anzuheben, kroch ein Stück weiter und brach dann erneut zusammen – ein erbärmlicher Haufen mißgestalteter Gliedmaßen. »Jemand hat das arme Ding verletzt! Sera … Miß Barebones … kommt einmal her und seht, was wir gefunden haben!« rief Elsie leise.

Die beiden Damen eilten durch das hohe Gras heran. »Mögen die Mächte uns beistehen!« meinte Miß Barebones und trat beim Anblick des Hobs einen Schritt zurück.

Sera jedoch setzte sich unmittelbar neben die winzige, zusammengekauerte Gestalt ins Gras. »Wir dürfen ihn den Arbeitern nicht zeigen, sonst werden sie ihn zu töten versuchen. Ich habe nie zuvor einen *lebendigen* Hobgoblin gesehen, aber ich bin mir sicher, daß dieser nicht so *entsetzlich* grün aussehen sollte. Seht einmal, wie er zittert und wimmert! Er muß krank oder verletzt sein.«

»Wenn wir einfach weitergehen und ihn hierlassen, wird er sowieso sterben«, erklärte Jed. »Langsam und grausamer als durch einen Schlag mit einer Schaufel auf den Kopf. Und gebt Euch bitte nicht dem absurden Gedanken hin, ihn nach Hause bringen und gesund pflegen zu wollen«, fügte er ernst hinzu. »Zum einen wüßtet ihr nicht, wie ihr das anstellen solltet. Und wenn es die Runde macht – was gewiß der Fall wäre –, daß ihr der Kreatur Obdach gewährt, wäre die halbe Stadt außer sich vor Entrüstung!«

Seras Augen funkelten, und ihr Busen wogte. »Wir sollten uns gewiß nicht von der Meinung der ›halben Stadt‹ (und auch nicht der angesehensten Leute) abhalten lassen, das zu tun, was wir für das Richtige halten«, sagte sie höhnisch. »Es wäre entsetzlich grausam, das arme Ding im Stich zu lassen … und erst recht grausam, es zu töten!«

Dennoch mußte sie eingestehen, daß die Heilung des Hobgoblins außer ihrer Macht stand. »Schließlich wissen wir so wenig von ihnen. Nun, wenn wir versuchten, ihn zu füttern oder ihm irgendeine Arznei zu geben, würden wir das arme Ding möglicherweise vergiften – oder auch nicht.«

Instinktiv legte sie eine Hand an das Halsband und wünschte sich, Francis Skelbrooke wäre da. Sie *wollte* ebenso sehr, daß er bei ihr wäre, wie sie es die ganzen, langen, langsam verstreichenden Jahreszeiten seit ihrer letzten Begegnung nicht mehr gewollt hatte. Er wußte vielleicht ebenfalls nicht, wie man den Hobgoblin fütterte, aber er verstand wenigstens etwas von Wunden und Krankheiten, und trotz allem, was sie zu Elsie gesagt hatte, besaß er eine ihn rettende Tugend: ein anscheinend grenzenloses Mitleid für die Jungen, die Leidtragenden und die Hilflosen.

»Wir müssen etwas unternehmen«, meinte Elsie händeringend.

»Gewiß müssen wir etwas unternehmen«, stimmte Miß Barebones, ebenfalls händeringend, zu. Jeder, sogar Jed, blickte Sera an, ob ihr nicht eine Lösung einfiele.

Sera dachte angestrengt nach, sie zermarterte sich den Kopf auf der Suche nach der richtigen Lösung. »Nun dann ... hinter dem Uhrturm ist ein Hob-Loch – zumindest war am Sonntag eines dort, und wir müssen hoffen, daß es seitdem niemand zugeschüttet hat. Wir können die Kreatur wohl dorthin tragen, nachdem die Arbeiter zum Abendessen heimgekehrt sind ... wir lassen sie in unserem Picknickkorb hinab ... so daß sie im Tunnel bleibt und andere von ihrer Art sie finden. Auf diese Weise hat sie vielleicht eine gewisse Überlebenschance. Zumindest ... wenn sich die Hobgoblins um solche ihrer Art *kümmern.*«

Unterdessen waren Mr. Jonas und die Arbeiter an ihr Werk zurückgekehrt. Jed hätte zu ihnen gehen sollen, aber er konnte die Damen inmitten eines solchen Dilemmas nicht im Stich lassen. Er holte tief Luft, ließ sie langsam entströmen und starrte zum Himmel hinauf.

»Wenn wir ihn aufheben und zu bewegen versuchen«, meinte er schließlich, »wird er uns mehr als wahrscheinlich beißen.«

»Nein, sie beißen *nicht*«, sagte Miß Barebones entschieden. »Das heißt: ich habe nie gehört, daß jemand in Hobb's Church oder Moonstone je von einem Hobgoblin gebissen wurde.«

»Ich weiß von vielen Leuten, die in … dort, wo meine Schwester und ich geboren wurden, von Hobgoblins gebissen wurden«, sagte Jed stirnrunzelnd. »Diese Hobs hier sind vielleicht zahmer … oder es ist vielleicht so, daß in diesem Teil der Welt bislang noch niemand versuchte, einen in die Hand zu nehmen.«

Miß Barebones zupfte ungeduldig an ihren Röcken. »Doch, doch, ich glaube, von so etwas gehört zu haben! Onkel Izrael zeigte stets großes Interesse an diesen Kreaturen. Er war es, wißt Ihr, der nachdrücklich die Idee vertrat, daß sie wirklich Wesen mit Bewußtsein seien und nicht wie Ungeziefer behandelt werden sollten.

Das war lange, bevor die Untertunnelung so schlimm wurde und die Leute damit anfingen, Schießpulver und Gift in ihre Löcher zu stopfen«, fügte sie seufzend hinzu. »In jenen Tagen waren die Hobs scheu, aber nicht so schwer faßbar wie gegenwärtig, und es war manchmal möglich, einen zu fangen und zu zähmen. Nicht, daß das sonst jemand versucht hätte … aber Onkel Izrael hielt mehrere, glaube ich. Er vertrat die Theorie, daß die Hobgoblins eine eigene Sprache entwickelt hatten, und er versuchte noch kurz vor seinem Tod, diese Sprache zu erlernen.

Ihr glaubt doch nicht etwa«, fügte sie in einer jähen Inspiration hinzu, »daß Onkel Izrael etwas mitteilen will, das er über die Natur der Hobgoblins erfahren hat?«

Sera beispielsweise glaubte gar nichts in dieser Richtung. Und sie machte sich, zumindest im Augenblick, weitaus mehr Sorgen um den Zustand der jungen, bedauernswerten Kreatur, die zitternd neben ihr im Gras lag. »Sie sieht nicht so aus, als könne sie wirklich Schaden anrichten … sie ist viel zu schwach und krank. Und selbst wenn sie beißen würde – nun, Hob-Bisse sind nur leicht giftig, und wir wissen sehr gut, wie sie zu behandeln sind. Rosenwasser und Nelkenöl.«

»Ja, du hast gut reden – du erwartest doch bestimmt von mir, daß ich das eklige Vieh aufhebe und trage«, knurrte Jed unterdrückt. Dennoch verspürte auch er eine Regung des Mitleids, als er auf die verdrehte kleine Gestalt hinabblickte.

Schließlich überredeten sie ihn, Seras Plan zu folgen. Mittlerweile gingen die Arbeiter, Werkzeuge in Händen, den Hügel hinab, und Mr. Jonas ging mit, um ihnen den Lohn auszuzahlen.

Dann schwärmten die kleinen Mädchen vom Strand herauf, mit bloßen Köpfen und windzerzaust. Sie wirkten jedoch sehr zufrieden mit sich und den Muscheln, dem Moos und den leuchtend gefärbten Kieselsteinen, die sie in ihren Hüten trugen. »Ich sollte wohl mit Rosabelle, Sophia und den Kindern heimgehen«, meinte Miß Barebones. »Es würde sehr seltsam aussehen, wenn ich es nicht täte, und ich darf Euch wohl darin vertrauen, daß Ihr das tut, was getan werden muß.«

Jed begleitete sie den Hügel hinab und kehrte kurze Zeit später mit dem leeren Picknickkorb zurück. Der Hob war offenbar eingeschlafen, erwachte jedoch, als ihn Jed in Seras Schal einhüllte und in den Korb legte. Die Kreatur kämpfte und hackte mit den winzigen Klauenfüßen nach ihm, versuchte jedoch nicht, ihn zu beißen.

»Jetzt müssen wir ein wenig warten; erst in einer Stunde wird es dunkel. Schließlich soll niemand sehen, was wir vorhaben«, sagte Jed, während er seine Kratzer behandelte. »Hoffentlich sind ihre Klauen nicht so giftig wie ihre Bisse«, fügte er mürrisch hinzu. »Rosenwasser und Nelkenöl, sagtest du?«

Sera, die ohne ihren Schal ein wenig im auffrischenden Wind zitterte, nickte erschöpft. »Wenn du willst, gehe ich hinunter und besorge etwas davon.«

Bei Einbruch der Nacht trugen sie den zugedeckten Korb in die Stadt hinab, besorgten sich aus Mr. Herrings Laden ein Seil (Mr. Jonas hatte ihnen auf ihre Bitte hin den Schlüssel geliehen) und senkten den Korb samt Hobgoblin und allem anderen in das Loch neben dem Uhrturm hinab. Dann kehrten sie für ein leichtes Abendessen in die ›Sonnenfinsternis‹ ein.

Eine Stunde später kamen sie zu der Stelle zurück. Jed holte den Korb hoch und konnte anhand des Gewichts sogleich sagen, daß es dem kleinen Hob entweder gelungen war, aus dem Korb zu kriechen, oder daß er von anderen Hobgoblins weggetragen worden war.

»Wie dem auch sei«, meinte Sera trübsinnig, während sie in das Loch hinabschauten, »wir haben alles getan, was wir tun konnten.«

18. KAPITEL

Welches Lord Skelbrooke auf Hoher See vorfindet

Zwei Tage von Ilben entfernt pflügte das Schiff *Elephant* mit einem starken Wind von achtern durch die Wogen. Da der Tag schön war, spazierten die meisten Passagiere an Deck umher und genossen das klare Wetter und den kräftigenden Einfluß der Salzluft.

Unter diesen Passagieren befand sich Lady Ursula Vizbeck, eine ins Auge springende Schönheit, mit ihrem unreifen jungen Gatten. Die Lady trug einen bildschönen Hut und einen Sonnenschirm; ihr Lord prunkte mit einem scharlachroten, goldgesäumten Jackett und einem Zweispitz mit gestreifter Kockade, was ihm (wie er sich zumindest stolz einbildete) ein wenig das Erscheinungsbild eines Admirals auf Visite verlieh. Lady Ursula warf gähnend gezierte Blicke ausgesprochener Langeweile umher … bis einer dieser Blicke zufällig auf einem äußerst eleganten Gentleman in mausgrauem Samt hängenblieb, der, einen Arm unbeweglich in einer schwarzen Seidenschlinge, über das Deck schritt.

»Mein *lieber* Lord Skelbrooke!« rief die Lady aus. »Wir hatten ja keine Ahnung, daß wir *Euch* an Bord vorfinden würden.«

Lord Skelbrooke bedachte sie mit einem überraschten, argwöhnischen Blick. Er gewann jedoch rasch die Fassung wieder, lächelte leutselig und machte eine sehr hübsche Verneigung – für einen Mann mit einem unbeweglichen Arm. »Das hättet Ihr auch keinesfalls wissen können. Meine Abreise aus Marstadtt war notwendigerweise von einem gewissen Grad an Geheimhaltung geprägt. *Euch,* Lady Ursula, brauche ich wohl nicht zu erzählen, welche Maßnahmen man ergreifen muß, um den Zudringlichkeiten aufgebrachter Kaufleute zu entgehen.« Er verneigte sich erneut. »Bitte helft mir dabei, diese unschuldige Tarnung aufrechtzuerhalten, indem Ihr mich von nun an als Mr. Hawkins ansprecht!«

»Aber natürlich«, sagte die Lady und klapperte auf die ihr eigene faszinierende Art mit den Lidern. »Schockierend, nicht wahr, wie entsetzlich *dreist* diese Kaufleute geworden sind! Wir selbst befinden uns nicht gerade in einer *schwierigen* Lage (obgleich ich nur zu gut weiß, welche Entwürdigungen die Armut mit sich bringt). Aber für Lord Vizbeck und mich *ist* es gerade erst ratsam geworden, den Kontinent zu verlassen und in die Neue Welt zu reisen, wo man dem Vernehmen nach recht *preiswert* leben kann.«

»In der Tat haben wir schon länger über diesen Schritt nachgedacht«, fügte Lord Vizbeck hinzu. »Aber Lady Ursula konnte sich nicht dazu entschließen. Jedesmal, wenn ich das Thema anschnitt, fand sie einen Grund für die Verschiebung unserer Abreise. Und dann verkündete sie eines Tages ganz plötzlich, daß sie unsere Passage bereits gebucht habe.«

Die Lady lächelte scheu, schob ihre Hand durch die Beuge von Lord Skelbrookes gesundem Arm und schritt neben ihm her. »Ah, ja … schließlich bin ich das *launischste* Geschöpf auf dem Antlitz der Erde.«

Taktvoll enthielt sich Skelbrooke jeglicher Bemerkung. Er wußte, daß Lady Ursula eitel, selbstgefällig und von ihren Leidenschaften beherrscht war, doch launisch – niemals! Zurückliegende Erfahrung hatte ihn gelehrt, daß die Lady stets genau wußte, was sie wollte, und es auf die rascheste, um nicht zu sagen, rücksichtsloseste Weise auch erhielt.

Darüber hinaus schrieb sich die Lady auch noch eine Vielzahl hübscher, törichter Fehler zu, die sie in Wahrheit gar nicht hatte, und warf dabei Lord Skelbrooke, der nicht reagierte, die ganze Zeit über schmachtende Blicke zu. Mylord hatte allmählich den Verdacht, daß Lady Ursula sich um seinetwillen so flatterhaft gab, und zwar in der irrigen Annahme, er fände so etwas anziehend.

Zweifelsohne war ihr Verhalten das Vorspiel zu einem kleinen Flirt oder gar einer Affäre, wobei sie mit einem Auge darauf schielte, ob ihr Gatte auch gehörig eifersüchtig war. Daß es etwas anderes bedeuten könnte, darauf kam Skelbrooke gar nicht – dergleichen war in den sozialen Kreisen, worin sie verkehrten, mehr als üblich.

Die nächsten Tage waren sehr nervenaufreibend, da Lady Ursula in ihren Bemühungen fortfuhr, sich die Reise mit einem angenehmen kleinen Flirt zu verschönern, während Lord Skelbrooke sich ebenso sehr anstrengte, genau dies zu vermeiden. Er bewunderte die Lady nicht, er war (wie er hoffte) auf dem Weg zu einer Begegnung mit der Frau, die seine Liebe und Bewunderung *wahrhaftig* hervorrief, und er verspürte keinerlei Wunsch, in dem netten, wenn auch etwas einfältigen Lord Vizbeck den quälenden Stachel der Eifersucht hervorzulocken, den Lady Ursula anscheinend so eifrig herauskitzeln wollte.

Deswegen blieb er, so lange er es ertrug, während der nächsten anderthalb Wochen eingeschlossen in seiner Kabine. Im allgemeinen ging er nur frühmorgens an Deck, ehe Lady Ursula aus dem Bett stieg, und manchmal auch spätnachts.

Als ihn jedoch eines Nachmittags die Nachricht erreichte, man habe in der Ferne eine Walherde ausgemacht, schlug er alle Vorsicht in den Wind und eilte an Deck, da er versuchen wollte, einen Blick auf diese Behemoths des Meeres zu erhaschen.

Oben an der Reling sah er nicht viel, lediglich eine Art Schleier dunkleren Blaus am Horizont. »Hier, Sir, damit seht Ihr sie besser«, sagte der Bootsmann zu ihm und reichte ihm ein Fernglas. »Sie kommen nie allzu nahe heran, die nicht! Seht Ihr, sie sind auf der Hut vor Walfängern und wunderbar klug.«

»Ich danke Euch«, meinte Skelbrooke und ließ, als er das Fernglas entgegennahm, ein Lächeln aufblitzen. »Ja, ich weiß etwas von ihren Gewohnheiten und ihren Wanderungen, aber sie wirklich zu sehen … dieses seltene Privileg weiß ich gewiß zu würdigen!«

Er senkte das Fernglas zum Horizont ab, justierte die Linsen (er hatte vor kurzem die Schlinge abgelegt) und bekam dadurch eines der wandernden Ungeheuer klar und deutlich in den Blick. Er holte tief Luft. Obgleich er Bilder gesehen hatte – Holzschnitte und Lithographien –, hatte ihn nichts auf die großartige Wirklichkeit vorbereitet: die metallisch schimmernden Schuppen und juwelengleichen Augen; die verzierten, ziemlich heraldisch wirkenden Finnen sowie der Schwanz; und das Wasser, das wie eine dampfende Fontäne aus dem Blasloch spritzte – es mußte wenigstens fünfzehn Fuß hoch in die Luft steigen!

»Wahrlich ein Wunder«, staunte Seine Lordschaft und reichte das Fernglas zurück. Er blieb noch eine Weile länger stehen, um Seegeschichten mit dem Bootsmann auszutauschen, und wollte dann in seine Kabine zurückkehren, ehe ihn Lady Ursula zu Gesicht bekäme.

Aber als er auf die Luke zuging, taumelte einer der Seemänner vorüber, stolperte und brach zu Skelbrookes Füßen zusammen.

»Würde mich nicht wundern, wenn er betrunken ist«, meinte einer der anderen Passagiere hochnäsig, der zufällig gerade vorüberkam.

Skelbrooke kniete nieder, fühlte dem bewußtlosen Seemann den Puls und legte ihm eine Hand auf die Stirn. »Nicht betrunken, sondern gefährlich krank, glaube ich. In diesem Mann wütet das Fieber. Jemand sollte den Arzt herbeirufen.«

Wenig später traf der Schiffsarzt ein, untersuchte den Seemann etwas sorgfältiger und stellte dann eine grimmige Diagnose: »Das Gelbfieber … daran besteht kaum Zweifel. Wie Ihr seht, bilden sich bereits die Pusteln.« Ängstlich die Stirn runzelnd wandte er sich an Seine Lordschaft. »Da Ihr Euch bereits einem gewissen Risiko ausgesetzt habt, Sir, würdet Ihr mir vielleicht dabei helfen, den Mann in eine abgeschlossene Kabine zu bringen? Die Krankheit ist in höchstem Maße ansteckend, und sie verläuft, ich bedauere es zu sagen, allzu oft tödlich.«

»Ich weiß ein wenig über diese Krankheit«, erklärte Skelbrooke. Mit Hilfe zweier betroffener Kabinengefährten des Seemanns trugen sie den Mann hinab und machten es ihm in einer Kabine, die unmittelbar neben dem Quartier des Arztes lag, so bequem wie möglich.

Alle an Bord waren in den nächsten Tagen voller Anspannung. Einen nach dem anderen streckte das Gelbfleckfieber die engsten Gefährten des ersten Seemanns nieder; dann steckten sich zwei Passagiere mit der Krankheit an. Panik ergriff das Schiff. Von wenigen Ausnahmen abgesehen verlangten die übrigen Passagiere ihren Anteil an den Vorräten und verkrochen sich in ihren Kabinen; der Captain und die verbliebene Mannschaft (die nach Kampfer roch, denn es hieß, dieser sei gut gegen Ansteckung) erledigten ihre Arbeit so gut weiter, wie sie konnten; und der Arzt kümmerte sich zusammen mit Francis Skelbrooke bis zur Erschöpfung um die bereits Erkrankten.

Wie Skelbrooke bald erfuhr, war der Doktor ein Arzt alter Schule, fest davon überzeugt, daß Aderlasse und Abführen die überlegene Behandlungsmethode darstellten, gleichgültig, um welche Krankheit es ging, und er behandelte seine Patienten mit Froschlaich und Krötenzungen (›äußerst wirksam gegen Fleckfieber‹), bis sein Vorrat zur Neige ging.

»Wenn ich einen Augenblick Eurer Zeit in Anspruch nehmen dürfte«, sagte Seine Lordschaft eines Tages mit Sorge im Blick, während er zusah, wie der Arzt eine Vene öffnete. »Ich teilte Euch meines Wissens nach mit, daß ich am Hospital der Heiligen Mächte in Lundy studierte ... Mr. Hay war einer meiner Professoren. Er behauptete stets, ein Aderlaß sei wirksam, wenn es darum gehe, den Körper von giftigen Dünsten zu befreien, er sei jedoch *nicht* angesagt, wenn der Patient bereits im Sterben liege. Darüber hinaus bringt die Anwendung von Schröpfköpfen im Zustand der Entwässerung, verursacht von einem hohen Fieber ...«

Doch der Doktor schimpfte nur über diese revolutionären Theorien und zog es vor, beim Altbewährten zu bleiben. Er arbeitete weiter mit seinen Lanzetten, Schröpfgläsern und Blutegeln und flößte seinen Patienten gewaltsam widerliches Gebräu ein. Obgleich Skelbrooke helfen wollte, konnte er sich guten Gewissens für keine dieser Praktiken hergeben. Doch Gerstenschleim, das älteste und einfachste Heilmittel, das der Doktor den Koch in großen Mengen zubereiten ließ, wirkte beruhigend, linderte den rasenden Durst der Kranken und war vielleicht sogar ein ganz klein wenig nahrhaft.

Auf diese Weise arbeitete Skelbrooke weiter: er reichte Gerstenschleim, verteilte kleine Portionen seines eigenen Schlafstaubs an Patienten im Delirium, wusch Blut, Erbrochenes und Fäkalien von Betten und Kleidern jener Patienten, die der Doktor zur Ader gelassen hatte, und rieb sie mit einer Salbe ein, die der Koch aus den in der Bordküche vorhandenen Ingredienzen in einem großen Topf gekocht hatte.

»Wenn Ihr Narbenbildung bei dieser Frau verhüten wollt«, sagte der Doktor, der blutbespritzt und erschöpft auf der Schwelle stand und ihn finster beobachtete, »müßt Ihr sie in gelbes Flanell hüllen, so daß sie die Krankheit durch die Poren ihrer Haut ausschwitzen kann. Aber wir haben kein Flanell ... wenigstens nicht in der nötigen Menge … und Ihr tätet besser daran, mir bei der Rettung ihres Lebens zu helfen, anstatt ihrer Eitelkeit dienlich zu sein.«

»Entschuldigt bitte«, erwiderte Skelbrooke mit größtmöglicher Höflichkeit – unrasiert, ungewaschen und stinkend, wie er war. »Ich wollte ihr lediglich den schrecklichen Juckreiz lindern und ihr dadurch vielleicht etwas mehr Ruhe verschaffen. Selbst Ihr müßt zugeben, daß der Schlaf die beste Medizin der Natur ist.«

Am folgenden Tag brach der Doktor im Gang unter der Luke zusammen. Der Captain rief Skelbrooke zu sich.

»Das Gelbfleckfieber … hat ihn ebenfalls erwischt«, sagte der Captain, ohne die Diagnose Seiner Lordschaft abzuwarten. »Zwei Männer sind gestorben, zwei Männer und eine Dame stehen dicht davor, und die anderen blicken einem ähnlichen Schicksal entgegen.« Er befahl strikte Quarantäne, was heißen sollte: alle von der Krankheit Befallenen wurden im Frachtraum unten zusammengetrieben oder dorthin getragen und mit einem knappen Vorrat an Proviant sich selbst und dem Tod überlassen.

»Mehr können wir für sie nicht tun«, sagte der Captain und gab Anweisung, den Frachtraum zu versiegeln.

»Mit Eurer Erlaubnis«, meinte Seine Lordschaft, der diesen Vorgängen mit hohlem Blick zugesehen hatte. »Ich würde mich gern dort unten im Frachtraum um sie kümmern. Vielleicht bin ich imstande, *einige* von ihnen zu retten … und wenn jemand, der noch immer auf zwei Beinen steht, mit größter Wahrscheinlichkeit die Krankheit in sich trägt, dann gewiß ich.«

Doch der Captain weigerte sich. Er war kein harter Mann, nicht ohne Mitgefühl, aber nach so vielen schlaflosen Nächten war er erschöpft, zu Tode erschrocken über die Seuche, und ihm fiel nichts Besseres mehr zu tun ein. »Wenn Ihr dort runtergeht, seid Ihr so gut wie tot, Mr. Hawkins. Geht in Eure Kabine, wie die anderen ... so wird es uns nicht weiter schaden, wenn die Krankheit bei Euch ausbricht. Ihr habt Euer Bestes getan, die ganze Zeit über – obgleich das keine Aufgabe für einen Gentleman wie Euch war –, und wir sind Euch äußerst dankbar. Wir werden Euch gut mit Proviant versorgen.«

Skelbrooke wischte sich mit dem Ärmel seines schmutzigen und schweißgetränkten Hemds die Stirn. Er war einmal, verletzt und krank, gewaltsam auf einem Schiff festgehalten worden, und auf eine Wiederholung dieses Erlebnisses war er nicht allzu begierig. »Nichtsdestoweniger würde ich lieber mein Glück unten im Frachtraum versuchen, wo ich vielleicht wirklich etwas Gutes bewirken könnte«, beharrte er.

»Ich möchte dem Doktor nichts Übles nachsagen«, fügte er mit zusammengekniffenen Lippen hinzu. »Aber ... er war etwas konservativ in seinen Methoden. Vielleicht – ich betone: vielleicht! – bin ich imstande, dort zu helfen, wo er nicht helfen konnte. Sollte ich dazu jedoch nicht in der Lage sein ... so wird zumindest jemand dort sein, der die letzten Qualen der Sterbenden ein wenig lindert.«

Obgleich er nur allzu bereit war, darüber zu streiten, gestattete der Captain schließlich, daß Skelbrooke seinen Willen bekam, und versorgte ihn sogar mit mehr Nahrung und Wasser, mehr Decken und Matratzen, als er zunächst beabsichtigt hatte. Während die Sachen in den Frachtraum hinabgelassen wurden, kehrte Seine Lordschaft in seine Kabine zurück und holte ein kleines Kästchen, das mehrere Phiolen mit Schlafstaub enthielt.

Dann stieg er in den dunklen Frachtraum zu seinen Patienten hinab und diente ihnen, so gut er es eben konnte. Zwei Seeleute nagelten hinter ihm die Luke zu und schotteten ihn somit ab.

19. KAPITEL

In welchem es in Hobb's Church weiterhin schlimm aussieht

Der kleine Ort befand sich in Aufruhr. Zum großen Entsetzen und Unbehagen der Einwohner brachen fortwährend Gebäude zusammen, während sich der Boden unter ihnen bewegte. Glas und Porzellan fielen von den Regalen und zerschmetterten auf dem Fußboden; Spiegel und Bilderrahmen stürzten jäh von den Wänden und zerbrachen unwiederbringlich; Türen und Fensterrahmen fielen knallend zu; in einem Haus spritzte brennendes Öl aus einer achtlos befüllten Lampe und entfachte ein kleines Feuer; und ein anderes Haus entging nur knapp einer ähnlichen Katastrophe, als ein brennendes Scheit aus einem Kamin rollte und nur aufgehalten werden konnte, indem man es mit einer Feuerzange packte und in den Kamin zurückwarf. Es war wie das Leben in einem dauernden Erdbeben.

Dann läuteten in einer schrecklichen Nacht die Glocken im Uhrturm zum erstenmal seit Jahren, denn das gesamte Gebäude bebte, schwankte und brach schließlich zusammen, wobei es zwei Männer unter einer Lawine herabfallender Ziegel begrub.

Schockiert über die so jäh zu Tode gekommenen Männer riefen am folgenden Tag wütende Einwohner ein Komitee ins Leben, das sich schwor, die tunnelgrabenden Hobgoblins ein für allemal zu vernichten. Viele Pläne wurden entworfen, doch keiner davon konnte unmittelbar in die Tat umgesetzt werden. In der allgemeinen Hysterie machten sich inzwischen andere Einwohner daran, selbst Tunnel zu graben, um damit an die Hobs zu gelangen, oder sie feuerten Pistolen in bereits bestehende Hob-Löcher hinab. Jemand organisierte sogar eine Eimerkette von der Stadt bis zum Loch am Uhrturm, weil er hoffte, die Kreaturen ertränken zu können ... ein ganz vergebliches Unterfangen, denn das Loch führte in dermaßen tiefe und ausgedehnte Tunnel, daß man bezweifeln durfte, ob auch nur ein einziger Hobgoblin bei dieser Aktion nasse Füße bekam.

Von dieser allgemeinen Aufregung blieb Mothgreen Hall völlig unberührt. Allenfalls unbestimmte Gerüchte über die getroffenen Maßnahmen trafen ein. Die Damen erfuhren erst am Sonntag etwas davon, als sie ihre kleine Schar die Straße hinab zur Morgenmesse in die Stadt führten.

Die Mädchen sahen auch sehr lieb und bescheiden aus, wie sie da in zwei langen Reihen den Ort betraten. Alle trugen die gleiche Kleidung: weiße Musselinkleider, pastellfarbene Halstücher, und auf die Spitzenhäubchen hatten sie breitkrempige Strohhüte gesetzt. Zwanzig Paar Hände in gelben Handschuhen waren züchtig über den Gebetbüchern geschlossen. Sobald Miß Barebones die aufgewühlte Menge zu Gesicht bekam, die sich in den Straßen versammelt hatte, mußten die Mädchen stehenden Fußes umkehren, und sie, Miß Eglantine und Miß Fitch brachten die Schar zur Akademie zurück.

Sera und Elsie jedoch blieben im Ort und stellten sich zu einer großen Menge Menschen vor der Kirche der Sieben Schicksalsgötter. Sie hörten Moses Tynsdale bei einer weiteren seiner Freiluftpredigten zu. Seltsam genug schien ihnen, daß der Prediger mit dem wilden Blick die Ansicht verbreitete, daß nicht die *Hobgoblins* für den gegenwärtig unglückseligen Stand der Dinge zu verantworten waren.

»Nein, bei den Neun Mächten, nein!« schwadronierte er, während Sera und Elsie nähertraten, um ihn besser verstehen zu können. »Es ist die Schlechtigkeit der Leute, die den Zorn des Schöpfervaters auf sich herabzieht! Und wenn ihr auf euren bösen Wegen fortfahrt, wird er weiterhin seine Göttlichen Boten schicken, die euch züchtigen!«

Viele Leute ließen die Köpfe hängen und scharrten mit den Füßen, da sie sich jäh ihrer heimlichen Sünden bewußt wurden. Und Tynsdale schlug weiter auf sie ein. Sie waren eitel (sagte der Prediger), sie waren verdorben. Die Einwohner von Hobb's Church suhlten sich – jawohl! suhlten sich! – in ihrer Gier und ihrem Luxus, und sie machten aus allem, was heilig war, ein Gespött.

»Also das finde ich nun überhaupt nicht«, flüsterte Elsie Sera ins Ohr. »Die Leute hier in Hobb's Church sind kaum das, was *ich* böse nennen würde. Wenn Mr. Tynsdale Eitelkeit, Verderbtheit, Gier und Luxus zu sehen wünscht, muß er lediglich irgendeiner großen Stadt jenseits des Meers einen Besuch abstatten und das Benehmen der Vornehmen Gesellschaft beobachten. Die Leute *hier* sind ausreichend gottesfürchtig.«

»Ja«, meinte Jed, der hinter ihr auftauchte. »Aber Männer wie Prediger Tynsdale behaupten stets, daß es die Guten sind, die Er am heftigsten heimsucht. Er überläßt es einfach den Bösen, sich selbst das Grab zu schaufeln.«

Elsie belohnte ihn mit einem ganz schwachen Lächeln. Ihr Gesicht hatte die natürliche Färbung verloren, und ihre Augen waren trübe und schwer. Jed schoß Sera einen fragenden Blick zu, aber Sera erwiderte diesen Blick nur mit einem kurzen Kopfschütteln. Während der letzten zehn Tage hatte Elsie des Nachts keinen Schlaf gefunden, war lediglich am frühen Morgen für eine oder zwei unruhige Stunden eingeschlafen oder hatte am Nachmittag ein kurzes Nickerchen gehalten. Und sie hatte plötzlich eine unerklärliche Furcht vor der Dunkelheit entwickelt. Sera, die den größten Teil ihrer Jugend Elsies Pflege gewidmet hatte – damals in den schlimmen Tagen, als ihre Kusine fast stets krank gewesen war –, war beträchtlich mehr in Angst und Schrecken versetzt, als sie sich eingestehen wollte.

Da Elsie anscheinend so völlig von der Predigt eingenommen war, ergriff Sera die Gelegenheit und zog Jedidiah beiseite. »Ihr ist es jetzt seit fast zwei Jahren so gut gegangen, und sie war so stark«, flüsterte Sera drängend. »Ich kann mir einfach nicht erklären, was diesen offensichtlichen Rückfall ausgelöst hat.«

»Vielleicht ist es der Geist«, schlug Jedidiah, ebenfalls sehr leise, vor. »Vielleicht hat Onkel Izrael es aufgegeben, dich zu plagen, und quält jetzt statt dessen die arme Elsie.«

»Onkel Izrael schenkt mir wie eh und je seine ganz besondere Aufmerksamkeit, vielen Dank!« zischte Sera. »Er verbringt soviel Zeit damit, mir überallhin zu folgen, daß ihm keine Zeit mehr für Elsie bleibt, davon bin ich überzeugt! Abgesehen davon fürchtet sie sich kein bißchen vor Onkel Izrael – oder vor demjenigen, der nun wirklich hinter dem ganzen Unsinn steckt. Sie findet seine Auftritte stets sehr unterhaltsam. Oder wenigstens – sie lachte darüber, ehe sie so krank und nervös wurde.«

Elsie, die ihren Namen aufgeschnappt hatte, warf einen kurzen Blick in Seras Richtung. Jed zog Sera von der Kirche weg, und sie gingen auf die Statue in der Mitte des Platzes zu.

»Es ist schon komisch, aber wir drüben bei Mr. Herring haben uns anscheinend unseren eigenen Geist eingefangen«, sagte Jed. »Er widmet sich nicht dem Pochen und Stöhnen wie dein Onkel Izrael, sondern rückt Dinge umher … und auch nicht jene Dinge, die den Hobgoblins so gefallen. Bislang nur einige Bücher oben auf meinem Zimmer, aber …«

»Bücher?« fragte Sera angespannt. »Was für Bücher?«

Jedidiah sprach noch leiser. »Die Bücher, die wir aus Thornburg mitbrachten, die Bücher aus dem Sarg.«

Sera faßte ihn beim Arm und zog ihn noch weiter von der Menge weg, damit sie freier sprechen konnten. »Jed, hier geschehen zu viele seltsame Dinge. Ich fürchte, daß Mr. Tynsdale in gewisser Hinsicht recht hat. In Hobb's Church ist irgendein unheiliger Einfluß am Werk. Und es ist wirklich an der Zeit, daß wir weiterziehen.

Oh, natürlich können wir nicht sofort los«, fügte sie als Antwort auf Jedidiahs finsteren Blick hinzu. »Denn wenn Elsie und ich die Akademie vor dem Ende des Schuljahres verließen, wäre das äußerst gemein, nachdem Miß Barebones so freundlich zu uns war. Aber wenn das Schuljahr endet ...«

»Dann müssen du und Elsie gewiß gehen«, stimmte Jed mit einem besorgten Stirnrunzeln zu. »Bestimmt finden wir Freunde der Gilde, die euch aufnehmen ... irgendwo. Mein Platz jedoch, Sera, ist hier bei Mr. Jonas. Die Karte ... die Insel ... Du mußt einsehen, daß ich zum Hierbleiben verpflichtet bin. Eure Herzogin wird doch nicht mich suchen kommen ... nun, ich wette jede Summe mit dir, daß sie nicht einmal von meiner Existenz weiß.«

Sera sah ihn ganz verblüfft und mit offenem Mund an. »Und deshalb sollen Elsie und ich, ganz auf uns allein gestellt, zu einem unbekannten Ziel abreisen? Nun ... du weißt, ich war ursprünglich dagegen, dich mitzunehmen, dich so schrecklich zu entwurzeln, wo es dir in Thornburg doch so gut ging. Aber sobald die Sache einmal geregelt war, sobald wir fremden Boden betreten hatten, stimmten wir darin überein – in der Tat, *schworen* wir einander –, daß wir zur gegenseitigen Unterstützung und zum gegenseitigen Schutz beisammen bleiben würden, bis wir alle wieder heimkehren könnten.

Ich weiß nicht, weshalb ich dich daran erinnern muß«, fuhr sie verstimmt fort. »Denn ich bin mir gewiß, daß du dich ebensogut daran erinnerst wie ich. Und sieh mal, die arme Elsie ist am Rand des Zusammenbruchs. Jedidiah! Du willst doch nicht nur wegen deiner komischen Karte und deiner imaginären Insel die arme Elsie sitzenlassen?«

Jedidiah ließ den Kopf hängen. »Es is' … es ist nicht so, als … als wollte ich sie sitzenlassen. Sera, ich weiß, es war ein Fehler zu erlauben, daß Elsie allmählich eine gewisse Zuneigung zu mir entwickelte, obwohl doch keine Möglichkeit auf Erden besteht …« Er ballte die großen Hände zu Fäusten. »Ich halte es für besser, wenn Elsie und ich eine Zeitlang getrennte Wege gehen, wenn wir weder miteinander sprechen noch einander schreiben. Ansonsten könnten wir in Versuchung geraten, eine … Dummheit zu begehen.«

»Schön«, entgegnete Sera, verärgert die Nase rümpfend. »Wenn du mit ›eine Dummheit begehen‹ das Heiraten meinst, dann sehe ich keinen Grund, weshalb ihr nicht heiraten solltet – ausgenommen vielleicht aus falschem Stolz heraus und … ja, oder wegen der Tatsache, daß ihr beide, du und Elsie, noch sehr jung seid. Aber machst du dir wirklich Gedanken darum, ob du Elsie gegenüber das Rechte und Richtige tust – oder suchst du nur nach einer Ausflucht, in Cordelia zu bleiben? Bitte sieh mir in die Augen, Jedidiah, und laß nicht den Kopf hängen, als hättest – als hättest du etwas zu verbergen!«

Gehorsam begegnete Jed ihrem Blick. Und da geschah es, daß sie ihn zum erstenmal seit vielen Wochen wirklich ansah, sein Gesicht musterte, wie sie es zuvor noch nicht getan hatte. Was sie dort sah, beunruhigte sie zutiefst.

Denn Jed hatte sich verändert. Der Blick aus den braunen Augen war so offen wie eh und je, aber die Augen brannten etwas heller, und das übrige Gesicht …

das war gleichfalls anders, obgleich Sera nicht genau zu sagen vermochte, auf welche Weise. Vielleicht war es nur eine Sache des Gesichtsausdrucks, dieser rastlose Eifer, den es zuvor nicht gegeben hatte.

»Jed …«, sagte Sera, die jäh eine entsetzliche Vorahnung verspürte. »Jed … was hoffst du wirklich auf dieser Insel zu finden?«

»Nicht das, woran du denkst«, erwiderte Jedidiah. »Ich möchte nicht in die Fußstapfen deines Großvaters treten … auch nicht in die Fußstapfen meines Onkels Caleb! Ich bin kein Opfer der Gier nach dem Stein Seramarias geworden – oder irgendeiner anderen alchemistischen Dummheit. Das kann ich dir versprechen!«

»Vielleicht nicht«, meinte Sera mit einem harten kleinen Lächeln. »Aber du bist vielleicht einer Besessenheit zum Opfer gefallen, die genauso gefährlich ist. Du hegst vielleicht ein Verlangen, das ebenso unmöglich ist wie der verdammte Fluch, der auf unserer Familie lastet!

Du hast genau denselben Ausdruck wie mein Großvater damals, kurz vor dem Ende«, fügte sie bitter hinzu, »als er und dein Onkel Caleb hinter den verschlossenen Türen des Buchladens ihre entsetzlichen Experimente mit toten Körpern und Dingen durchführten. Und ich wünschte mir, du würdest innehalten und darüber nachdenken, was du tust, Jed … ehe du dich von dieser Besessenheit ebenfalls vernichten läßt!«

20. KAPITEL

In welchem der Leser ermuntert wird, über Angelegenheiten der Medizin, der Besserung und der Gerechtigkeit nachzudenken

Mehr als vierzehn Tage, nachdem er ihn betreten hatte, verließ Francis Skelbrooke den dunklen und stinkenden Frachtraum. Er blinzelte ein wenig im strahlenden Sonnenlicht, war bleich, und ihm zitterten die Beine vor Erschöpfung, weil ihn die Pflege der Kranken soviel Kraft gekostet hatte. Ansonsten jedoch war er hinnehmbar guten Mutes. Nahezu die Hälfte seiner Patienten hatte überlebt, den Doktor eingeschlossen, den lediglich eine abgeschwächte Attacke der Seuche gepackt hatte, und es war offensichtlich, daß sich das Gelbfleckfieber schließlich totgelaufen hatte.

Natürlich konnte er sich nicht gewiß sein, persönlich einen der Kranken gerettet zu haben. So wenig hatte er für seine Patienten tun können, und wer nicht gleich zu Beginn seiner Pflegetätigkeit gestorben war, mochte sehr wohl eine kräftigere Konstitution besessen haben. Dennoch *hatte* er vielleicht einige von ihnen einfach dadurch gerettet, daß er dort war, ihnen Wasser den Schlund hinabschüttete und sie somit am Leben erhielt, während die Natur alles übrige erledigte.

Nachdem er dafür gesorgt hatte, daß seine Rekonvaleszenten bequem in den oberen Kabinen untergebracht worden waren, ging er, noch immer schmutzig und zerzaust, an Deck und wohnte der ernsten, kurzen Zeremonie des Captain für die Toten bei. Ein notdürftiger Sarg nach dem anderen wurde den Tiefen übergeben. Er war zwar todmüde, aber ihm schien dennoch, daß er bei der Zeremonie anwesend sein sollte.

Anschließend jedoch fühlte er sich so frei, in die eigene Kabine hinunterzusteigen, wo er eine größere Dosis des Schlafstaubs inhalierte, als er sich sonst über Wochen hinweg gestattete, sich auf die Koje warf und anderthalb Tage lang schlief.

Er erwachte erheblich erfrischter, steckte den Kopf in den Gang hinaus und verlangte von einem vorüberkommenden Seemann heißes Wasser. Kurz darauf traf eine große Schüssel mit heißem Wasser ein, die Lord Vizbecks Kammerdiener trug, der gleichfalls duftende Seife, ein scharfes Rasiermesser und eine Botschaft von Lord Vizbeck überbrachte. Lady Ursula hatte ihren Lord darum gebeten, Mr. Hawkins ihre Grüße zu übersenden. Sie würde ihn wohl vor dem Anlegen nicht wiedersehen. Sie besaß nicht die kräftigste Konstitution und befürchtete eine verspätete Ansteckung. Lord Vizbeck wäre jedoch erfreut, an eben diesem Abend Mr. Hawkins zu einer Feier mit einem Glas Wein in seiner Kabine zu empfangen.

Gebadet, rasiert, gekämmt und in sauberes Leinen gekleidet, fühlte sich Seine Lordschaft wieder mehr wie er selbst. Er legte einen lilafarbenen Taftanzug an und setzte einen gefiederten Dreispitz auf. Hinzu kamen schwarze Gamaschen und ein Paar Schuhe mit Schnallen aus Bergkristall. Dann ging er an Deck und schöpfte zum erstenmal seit drei Wochen einen Atemzug frischer Luft.

Er war in den Frachtraum hinabgestiegen und hatte sich damit abgefunden, eventuell sterben zu müssen – ohne zuvor an die Unausweichlichkeit des eigenen Todes gedacht zu haben wäre es ihm unmöglich gewesen –, und in gewisser Hinsicht war er wie neugeboren ans Licht und an die Luft zurückgekehrt. Wie er da an der Reling stand und über das tanzende blaue Wasser hinausblickte, kam ihm dies wie eine passende Gelegenheit vor, eine Rückschau auf das eigene vergangene Leben zu halten.

Nicht alle seine Abenteuer waren ihm angenehme Erinnerungen. Viele erwiesen sich im nachhinein als überraschend beschämend – denn um gefährliche Männer zur Strecke zu bringen, war er gezwungen gewesen, einige ihrer Methoden zu übernehmen: lügen und tricksen, um sich ihr Vertrauen zu erschleichen; die Unschuldigen wie auch die Schuldigen täuschen; ja ... er hatte sich sogar soweit erniedrigt, Meuchelmorde zu begehen – und nicht nur die Bösen hatten darunter zu leiden gehabt. An welchem Punkt ... fragte er sich in einer jähen Woge von Selbsthaß ... an welchem Punkt würde der selbsternannte Polizist, der selbsternannte Agent der Rache aufhören, ein Instrument der Gerechtigkeit zu sein, und einfach nur zu einer weiteren Verkörperung des Bösen werden – schließlich also genau das, was er am meisten verabscheute und verachtete? Und sobald ein Mann diese Grenze überschritten hatte ... welche Chance auf Wiedergutmachung bekäme er dann?

Skelbrooke wandte sich von der Reling ab und schlurfte in seine Kabine zurück, wobei er diese dunklen und beunruhigenden Fragen noch immer in seinen Gedanken wälzte. Wie klar und rein war im Gegensatz hierzu sein ursprünglicher Ehrgeiz gewesen, Arzt zu werden, die Kranken zu heilen und den Hilflosen beizustehen. Eine Erinnerung brannte hell-lodernd in seinen Gedanken, ein gewisses Gespräch mit Sera Vorder vor zwei Jahren, bei dem sie ausgerufen hatte: *»Aber ich glaube, Ihr wäret ein guter Arzt geworden!«*

Nicht, daß er aus den Reihen der Gesellschaft kräftigen Beifall erhielte, wenn er erneut den Kurs des Mitleids einschlüge – ebensowenig hatte ihm ja seine eigene Familie Beifall gespendet, als er den Familiensitz verlassen hatte und zum Medizinstudium nach Lundy gegangen war. Ein wohlhabender Edelmann in der Rolle eines Arztes ... das war unüblich und schockierend, fast schockierender als sein gegenwärtiger Beruf. Was jedoch Sera Vorder betraf …

Er hatte den starken Verdacht, daß er eine bessere Chance hätte, ihr Herz zu gewinnen, wenn er als bescheidener Arzt mit dem Hut in der Hand zu ihr käme und nicht wie ein Raubvogel auf sie niederstieße und sie im bombastischen Stil eines edlen Meuchelmörders einfach hinwegtrüge.

Viele hundert Meilen entfernt, in der Mothgreen Academy, *sehnte* sich Sera nach einem verdienstvollen Arzt, obgleich sie keinerlei Absicht hatte, ihn zu heiraten. Elsies Gesundheitszustand hatte sich fortwährend verschlechtert, und Sera dachte immer häufiger daran, die Dienste eines renommierten Arztes in Anspruch zu nehmen. Doch falsche Ärzte hatten Elsie in der Vergangenheit soviel Schaden zugefügt, daß Sera zögerte und nicht gewillt war, einfach *irgendeinen* Arzt zu konsultieren.

»Der Arzt in Moostone ist hoch angesehen«, meinte Miß Barebones auf Seras Frage hin. »Er ist keiner Eurer jungen Männer mit allen möglichen neuen, überraschenden Methoden, und auch kein alter Mann, dessen Behandlungsmethoden hoffnungslos veraltet sind. Er ist genau das, was ich einen Mann mittleren Alters nennen würde.«

Elsie zu einem Besuch bei diesem Dr. Bell zu veranlassen, das wurde jetzt Seras Ehrgeiz. Nach vielem Überreden erhielt sie schließlich Elsies Zustimmung, schrieb an den guten Doktor und bat um einen Termin (nach den offiziellen Sprechstunden) und überredete Mr. Herring, sie und Elsie nach Moonstone zu fahren.

Der Tag war sonnig, jedoch kühl, und von der See her blies eine Brise. Eingemummelt in unzählige Schals und Tücher, die sie auf Seras Drängen hin angelegt hatte, saß Elsie in Mr. Herrings Gig. Obgleich sie in der sanften Brise zitterte, brannten ihre Wangen heiß.

Die Fahrt war weder lang noch mühselig. Elsie hatte wenig zu sagen, und Sera war stark von den eigenen Gedanken in Anspruch genommen, aber der Kunsttischler schien bemüht, einen stetigen, fröhlichen Gesprächsstrom aufrechtzuerhalten, während sie durch die grüne Landschaft fuhren. Sie rollten über die breite Straße, die sich, um den Sumpf zu umgehen, nach Osten schwang, und erreichten schließlich den größeren Ort.

Auf der Hauptstraße von Moonstone kamen sie an einer düsteren Kutsche vorbei, einem prächtigen, jedoch wie eine Beerdigungskutsche wirkenden Kupee, das mit großen Bannen aus schwerem, schwarzem Krepp verhüllt war. Beim Vorüberfahren glaubte Sera zu sehen, daß sich einer der schwarzen Vorhänge bewegte, als spähte jemand von innen heraus, obgleich es unmöglich war, einen Blick entweder auf das Innere des Kupees oder dessen Passagiere zu erhaschen. »Mein Gott, wer kann das sein?« fragte Sera unwillkürlich schaudernd. »Diese Kutsche ähnelt so sehr einem Leichenwagen, daß ich beim Vorüberfahren fast glaubte, einen Hauch von – von Einbalsamierungsflüssigkeit gerochen zu haben.«

»Es werden wohl die Witwe und ihr Bruder gewesen sein, die vor kurzem Stillwater Hall draußen im Sumpf verlassen haben«, meinte Mr. Herring und lächelte über das, was er für eine scherzhafte Bemerkung hielt. »Man sagt, sie komme selten in die Stadt und sei stets dicht verschleiert. Niemand hat ihren Bruder zu Gesicht bekommen, obgleich sie ihn mehr als einmal erwähnte.«

Als Mr. Herring vor dem großen Haus des Arztes vorfuhr, verdrängte Sera die Kutsche und ihren rätselhaften Eigentümer aus dem Sinn. Mr. Herring half Elsie von der Kutsche herab, und Sera führte sie in das Behandlungszimmer.

Dr. Bell entsprach genau Miß Barebones' Beschreibung: kräftig, väterlich und mittleren Alters. Er hatte eine sanfte, besorgte Art, die auf Sera beruhigend wirkte. Er untersuchte Elsie gründlich und stellte eine große Anzahl von Fragen. Dann nahm er Sera, die er für die Ältere und für Elsie Verantwortliche hielt, für einige Worte unter vier Augen beiseite.

»Ich finde nichts Bestimmtes, das Eurer Freundin fehlt, dennoch ist sie gewiß sehr krank. Es sind anscheinend die Nerven ... vielleicht der Anflug eines Gehirnfiebers. Obgleich wir stets gern so tun«, erklärte Dr. Bell, »wissen wir in Wirklichkeit so wenig über die Ursachen menschlichen Leidens. Wir können gebrochene Leiber zusammenflicken, was jedoch die Krankheiten betrifft, die sie heimsuchen ...«

Obwohl Sera natürlich entzückt war, nach all den furchtbaren Quacksalbern, die sich in der Vergangenheit um Elsie gekümmert hatten, auf einen ehrlichen Arzt zu treffen, stimmten die Worte sie jedoch kaum zuversichtlich.

»Ich werde ihr ein Tonikum aus Katzenminze, Mädesüß und Ringelblume verschreiben, zur Kräftigung des Bluts, sowie eine gute, einfache Diät zur Verbesserung ihrer Konstitution ... das wird die Symptome behandeln, jedoch nicht die Krankheit«, sagte Dr. Bell. »Gestattet ihr darüber hinaus nicht, über das zu brüten, was sie bedrückt. Wenn ihre täglichen Pflichten nicht zu anstrengend sind, sorgt dafür, daß sie ihnen weiter nachgeht! Und Ihr denkt über eine Reise nach, habt Ihr gesagt? Das steht außer Frage. In ihrem gegenwärtigen nervösen Zustand braucht sie die vertraute Umgebung zur ständigen Beruhigung.«

Da diese Worte offenbar gründlich überlegt waren, konnte Sera ihnen nichts weiter entgegenhalten – obgleich der Arzt ihren Plänen ein Ende gesetzt hatte, Elsie bei der erstbesten Gelegenheit aus Hobb's Church wegzubringen.

»Worüber hast du mit dem Doktor gesprochen – und

warum habe ich es nicht hören dürfen?« fragte Elsie, als sie wieder die Kutsche bestiegen.

»Wir sollen noch wenigstens eine Jahreszeit lang in der Mothgreen Academy bleiben«, erwiderte Sera kurz angebunden, während sie eine Decke um die Kranke feststeckte. Es war zwecklos, über etwas zu murren, wogegen man nichts tun konnte.

»Das freut mich«, meinte Elsie mit einem kleinen Seufzer der Erschöpfung. »Ich bin das Umherziehen so müde. Als es mir gut ging, war alles so aufregend und abenteuerlich, aber jetzt fühle ich mich so müde und nervös ... Sera, halte mich nicht für einen Feigling, aber – aber ich wünschte, wir könnten uns einfach irgendwo niederlassen und dort eine lange Zeit bleiben.«

Ohne der so bedrohlich aussehenden Kutsche nochmals zu begegnen, fuhren sie aus der Stadt, aber während sie die Straße am Sumpf entlangrollten, erinnerte sich Sera jäh wieder des düsteren Kupees.

»Stillwater Hall ist ein verrücktes altes Gebäude«, erwiderte Mr. Herring auf Seras Frage. »Einige sagen, eine ungesunde Lage. Und das Haus, das sechzehn Jahre leer gestanden hat, ist weitestgehend verfallen ... auseinandergefallen durch den Dunst und die Vernachlässigung.«

»Warum möchte dann irgendwer dort leben?« fragte Sera aufgebracht.

»Ein Wunsch nach Abgeschiedenheit, könnte ich mir vorstellen. Der Ort ist abgeschieden und die Straße so schwierig, daß unwillkommene Besucher sich gern davon abschrecken lassen. Und die Frau ist schließlich vor kurzem Witwe geworden. Vielleicht findet sie ihre Umgebung sehr passend.«

Doch für Sera hörte sich das alles so dumpf und bedrückend an, daß sie einen Schauder nicht zu unterdrücken vermochte.

Während Sera und Elsie über den neuen Besitzer von Stillwater Hall sprachen, waren sie gleichzeitig Gegenstand eines Gesprächs der Passagiere des großen schwarzen Kupees. Die Kutsche war von der Hauptstraße abgebogen und fuhr jetzt den schwierigen Weg nach Stillwater Hall hinab, ein Weg, der so holprig und schlammig war, daß die Herzogin und ihr neuer Begleiter, Thomas Kelly, auf eine unangenehme, ihrer Würde höchst abträgliche Weise hin- und hergeschleudert wurden. Aber ein Blick, den sie auf Elsie erhascht hatten, hatte ihrem Gespräch eine höchst angenehme, zufriedenstellende Richtung gegeben, die dazu beitrug, daß die Fahrt nicht zu unangenehm wurde.

»Die junge Frau sah gewiß kränklich aus«, meinte Kelly mit einem eiskalten Lächeln.

»Ja, wirklich«, stimmte die Herzogin freudig zu. Ein Schleier und eine Perücke aus kastanienbraunem Haar lagen neben ihr auf dem Sitz. Die eigenen bleichen Locken hingen ihr lose um die Schultern. Aber sie trug noch immer ein Paar hohe Holzschuhe, die sie stets vor einem Besuch der Stadt überstreifte, damit sie nicht so winzig erschien.

Da sie so weit in das Sumpfland vorgedrungen waren, daß es höchst unwahrscheinlich schien, gesehen oder wiedererkannt zu werden, zog die Herzogin die Vorhänge zurück. »Es ist die Nähe ihres Ebenbildes, die ihr das Leben entzieht. Und der arme Skogsrå ist begeistert: je schwächer Elsie wird, desto lebendiger wird das Ungeheuer. Er ist davon überzeugt, daß die grotesken Laute, die sie jetzt von sich gibt, tatsächlich Sprechversuche sind. Ich glaube nicht«, fügte sie mit einem nachdenklichen Stirnrunzeln hinzu, während sie sich wieder in ihren Sitz zurücklehnte, »daß Skogsrå richtig klar wird, daß dieser angenehme Zustand nicht lange währen kann. Wenn Elsie Vorder stirbt, muß seine süße Cecile zusammen mit ihr dahingehen.«

Kelly legte die Fingerspitzen aneinander und ließ das Kinn darauf ruhen. »Ich muß gestehen, daß *ich* nicht verstehe, weswegen Ihr diesen komplizierten Racheplan ersonnen habt«, meinte er. »Ihr seid eine Frau mit einigen Mitteln … warum heuert Ihr nicht einen Mann an, der den Wegelagerer spielt und beide junge Frauen erschießt? Das wäre der sicherste Weg der Rache, und ich hege keinerlei Zweifel daran, daß … zum Beispiel Mr. Hooke … diese oder eine ähnliche Aufgabe freudig übernehmen würde.«

Angewidert reckte die Herzogin das Kinn. »Das versteht Ihr in der Tat nicht, denn Ihr wißt nichts über die Kniffligkeiten der Elfenjustiz. Ein Gnom könnte das vielleicht verstehen«, fügte sie nachdenklich hinzu. »Aber wohl kaum ein Wesen wie Ihr.«

Das Lächeln auf Kellys Gesicht erstarrte. »Ihr erstaunt mich. Ich hatte keine Ahnung, daß die Rasse der Gnome sich je geneigt fühlte, die Kunst der Rache auszuüben.«

»Natürlich tun sie das nicht«, meinte die Herzogin mit aufflammendem Blick. »Gnome brüsten sich mit ihrer Würde, besitzen jedoch nicht einen Bruchteil dessen, was *ich* Stolz nenne. Sie bauen jedoch Fallen und verkaufen diese an Menschen und Zwerge. Ihre Fallen sind zudem sehr kompliziert, aber es gibt wenigstens einen Weg hinaus. Gnome glauben an das Fair Play, ebenso wie Feen und Halbfeen, und ein richtiger Racheplan in der großen Tradition der Feen muß ebenso kompliziert gebaut sein wie die Falle eines Gnoms.«

Die Herzogin wickelte eine blasse Haarsträhne um einen Finger. »Seht Ihr, meine Opfer müssen selbst an ihrer Vernichtung mitwirken … Ich locke sie vielleicht in die Falle, übertölpele sie, veranlasse sie sogar zur Mitarbeit, aber ich darf keinerlei körperliche Gewalt gegen sie anwenden. Es reicht nicht aus, sie lediglich zu vernichten … Nein, ich muß auch noch *gerissener* als sie sein, mich als überlegen erweisen. Auf diese Weise erringe ich einen moralischen Vorsprung.«

»Und dieser moralische Vorsprung …«, meinte Kelly noch immer mit dem erstarrten Lächeln, das aussah wie das eines Leichnams. »Der macht Euch … glücklich, wie ich annehme?«

»Glücklich?« fragte die Herzogin zurück und lachte gezwungen, und Kelly überlegte, weswegen sie so überrascht wirkte. »Ich weiß nicht, ob er mich glücklich macht … aber er dient wenigstens dazu, mich zufriedenzustellen.«

21. KAPITEL

In welchem sich ›abwesende Freunde‹ letztlich als gar nicht so abwesend erweisen

Am zweiunddreißigsten Tag der Jahreszeit der Blätter erhielt Sammuel Jonas eine Nachricht von Captain Hornbeam, worin ihn dieser zu einem Treffen in der ›Sonnenfinsternis‹ bat. Natürlich waren der Gnom und Jedidiah völlig aus dem Häuschen, erwarteten sie doch gute Nachrichten. Sie trafen eine gute halbe Stunde zu früh in der Taverne ein und warteten ungeduldig auf das Erscheinen des alten Seebären.

Und Captain Hornbeam enttäuschte sie auch nicht, als er schließlich auftauchte. »Die *Otter* is' tadellos in Schuß, und wir können zu jeder von Euch gewünschten Zeit losfahren, Gentlemen. Und ich habe die vertrauenswürdigste und erfahrenste Mannschaft an der ganzen verdammten Cordelianischen Küste für uns angeheuert!«

»Ausgezeichnet!« sagte Mr. Jonas. »In vierzehn Tagen haben wir Vollmond. Gebt uns eine Woche für die letzten Vorbereitungen, und dann segeln wir los.« Und da die Sache solchermaßen günstig erledigt war, stießen sie mit ihren Bierkrügen auf das Unternehmen an. Daraufhin kehrten Jed und der Gnom wohlgemut zum Schlafen ins Haus zurück.

Als sie jedoch am folgenden Morgen die Hütte hinter Mr. Herrings Geschäft betraten, bot sich ihnen ein entsetzlicher Anblick. »Verdammt! Das ist ja nur noch ein Haufen Schrott!« schrie Jed und wurde leichenblaß, während er den Blick über die Trümmer der komplizierten Maschine schweifen ließ, für deren Konstruktion er und Mr. Jonas soviel Mühe und Sorgfalt aufgewendet hatten.

Mr. Jonas hob ein Zahnrad und ein zerknülltes Stück Kupferdraht hoch. »Das war kein Unfall … jemand hat unsere Schöpfung böswillig zerstört. Aber wer – oder, genauer gefragt, weshalb?«

Sie holten Siegfried Herring herbei, um den Schaden zu begutachten, und dieser hatte bereits eine Antwort. »Hobgoblins!« sagte er und rümpfte die Nase, denn im Raum stank es nach nativem Schwefel. »Wer sonst könnte es gewesen sein?«

»Aber nicht doch«, entgegnete Mr. Jonas und untersuchte wehmütig ein Stück gewachsten Segeltuchschlauch, das entweder abgenagt oder auf unbeholfene Weise abgehackt worden war. »Diese Kreaturen neigen ganz bestimmt nicht zu böswilliger Zerstörung. Nur weil sie unsere Stadt in zunehmendem Ausmaß untertunnelten und benagten, richteten sie bisher soviel Unheil an. Die Schäden sind nur das unglückliche Ergebnis dessen, nichts weiter.«

Mr. Herring biß sich auf den Daumen und dachte angestrengt nach. »Wegen der vielen Hobfallen, die man dieser Tage im Ort sieht, haben sie vielleicht geglaubt, daß der Apparat zu ihrer Vernichtung bestimmt war.«

»*Geglaubt?*« fragte Jed mit harter Stimme und tauschte mit Mr. Jonas einen entsetzten Blick aus. Mr. Herring besaß den Anstand, bis unter seine pomadisierte Perücke hinauf zu erröten – denn hatte er nicht von Anfang an, und zwar sehr lautstark, behauptet, daß die Hobgoblins unmöglich Wesen mit Bewußtsein sein konnten und deswegen als Ungeziefer eingeordnet und behandelt werden müßten?

Mr. Jonas war bis ins Allerinnerste seines ehrwürdigen Wesens schockiert. »Wenn sogar Ihr den Hobs nicht bloß bewußte Überlegung, sondern sogar einen gewissen Grad an Voraussicht zugestehen wollt …«, meinte er und setzte sich jäh auf einen der Hocker, »... dann muß Euch gewiß klar sein, daß die völlige Ausrottung ihrer Art nichts weniger – mein guter Siegfried! – nichts weniger als ein Genozid wäre!«

Wirklich hatten die drei Rassen von Mensch, Zwerg und Gnom nur deswegen so lange und harmonisch miteinander gelebt (und die anderen Rassen getrennt voneinander, wenn auch mehr oder weniger friedlich), weil jede Handlung strikt untersagt war, die man vielleicht als systematische Ausrottung der einen Rasse durch eine andere hätte auffassen können. Dieses Prinzip zu verletzen war undenkbar ... einfach obszön!

»Ihr habt völlig recht«, sagte der schamesrote Mr. Herring. »Zu unrecht beschuldigte ich die Hobs dieses Werks. Sie hätten keinen Grund für die Zerstörung Eurer Maschine gehabt.«

Aber wie die Zerstörung auch vonstatten gegangen sein mochte, ohne den Apparat war es für Mr. Jonas und Jed unmöglich, ihren Plan weiter zu verfolgen.

»Innerhalb einer Woche können wir keinen anderen Apparat bauen ... nein, in den uns verbleibenden sechs Tagen«, sagte Mr. Jonas, während er traurig einen Haufen aus Glas und zersplittertem Eichenholz durchwühlte. »Wir werden wenigstens vierzehn Tage benötigen, wenn wir so rasch arbeiten, wie wir können, denn einige der Einstellungen sind äußerst empfindlich – ganz zu schweigen von der erneuten Harmonisierung der Magneten. Und dann werden wir einen weiteren vollen Mondzyklus abwarten müssen!«

Etwas prickelnd Aufregendes hatte sich über Mothgreen Academy gelegt, denn Miß Jamaica Barebones traf endlich, endlich alle Vorbereitungen für die Abhaltung einer Séance mit Abendessen. Alle mystisch veranlagten Damen der Stadt hatten die Einladungskärtchen mit Goldrand erhalten, und alle hatten die Einladung angenommen. Miß Barebones wollte ihnen einen prächtigen Festschmaus servieren. »Denn so etwas darf man einfach nicht auf billige oder schäbige Weise abhandeln, wißt ihr! Das wäre eine außerordentliche Beleidigung unserer überweltlichen Gäste.«

Das angenehme Gefühl der Erwartung betraf natürlich nicht Sera, die die Vorbereitungen mit zunehmendem Entsetzen beobachtete. Sie war davon überzeugt, daß die Sache für die arme Elsie nur Unheil bringen konnte. Aber Miß Barebones wollte davon nichts wissen. »So etwas kann ihr doch keinen Schaden zufügen – und das um so weniger, als Ihr sie davon überzeugt habt, nicht einmal daran teilzunehmen.

Abgesehen davon«, fuhr die Leiterin entschlossen zuversichtlich fort, »wenn Elsie von nächtlichen Schrecken heimgesucht wird, besteht eine gute Hoffnung für uns, daß wir einige der eher freundlich gesonnenen Geister dazu bringen, die Schrecken zu bannen.«

Als würde, dachte Sera mit einem Schauder des Widerwillens, während sie in ihr Klassenzimmer hinaufging, *ein Mann wie Izrael Barebones (wie unheilverkündend dieser Name ist!), ein zu Lebzeiten ehrbarer und angesehener Mann, jetzt nach seinem Tod all seinen Sinn für Anstand verlieren und vor einer Versammlung alternder Spökenkieker erscheinen, ohne auch nur seine sterbliche Hülle zu bedecken!* Sera fröstelte allein schon beim Gedanken, mit Geistern zu sprechen.

Noch schlimmer war, daß Miß Barebones' Vorbereitungen Sera stark an jene schockierende Travestie einer Hochzeit erinnerten, der sie und Elsie in Thornburg beigewohnt hatten. Damals war Lady Ursula Browker die Braut gewesen, und eine schreckliche Wachsfigur, die den kurz zuvor hingerichteten Gatten der Lady dargestellt hatte, hatte als Bräutigam gedient.

Glücklicherweise beanspruchten sowohl Sera als auch Elsie in der Zwischenzeit eine Anzahl gesunder und Fingerspitzengefühl erfordernder Aufgaben. An diesem Nachmittag hielten sie gemeinsam in einem großen, sonnendurchfluteten Raum eine Stunde Benimmregeln ab.

Doch die kleinen Mädchen zeigten mehr Interesse am kommenden Abendessen als an ihrer nachmittäglichen Stunde. »Ich finde es wirklich gemein, daß wir nicht eingeladen worden sind«, sagte Luella Battersby, während sie ein Buch auf dem Kopf balancierte – diese Übung sollte die Haltung verbessern. »Wir alle würden bestimmt gern mit einem oder zwei Geister-Gentlemen vornehm zu Abend speisen.«

Ihre Freundin Patience Armitage gab ihr eifrig recht. »Onkel Izrael bringt gar nichts. *Er* ächzt und klappert nur und rückt Dinge umher ... und folgt Miß Thorn auf Schritt und Tritt. Ich glaube, er ist scharf auf sie!«

Merkwürdig genug, daß nicht Sera diese schockierende Unverschämtheit bestrafte. Ehe sie ein Wort sagen konnte, war Elsie bereits mit seltenem Zorn und brennend rotem Gesicht über Patience und Luella hergefallen. Sie verbannte die beiden Mädchen für den restlichen Nachmittag in ihre jeweiligen Schlafräume.

Am Abend der Séance schickten Sera und Elsie ihre Schützlinge ungewöhnlich früh zu Bett. Dann ließ Sera Elsie mit einem Buch und einer Kanne Tee – damit sie beschäftigt war – in ihrem Schlafzimmer allein und ging zum Umkleiden auf ihr eigenes Zimmer.

Natürlich wollte Sera eigentlich nicht an dem Abendessen teilnehmen. Sie hatte die Absicht gehabt, die Einladung auszuschlagen. Aber Miß Barebones, Miß Eglantine und Miß Fitch hatten allzu ausdrücklich auf ihrer Teilnahme bestanden. »Weil Onkel Izrael ein solches Interesse an Euch zeigt«, zwitscherte Miß Fitch. »Und wir haben eine viel größere Erfolgschance, wenn Ihr dabei seid.«

Was anders ausgedrückt heißen soll: wenn ich nicht *dabei bin und nichts geschieht (was natürlich der Fall sein muß) … nun, dann werden sie halt* mir *die Schuld dafür geben und die ganze törichte Übung zu einem späteren Zeitpunkt wiederholen wollen,* dachte Sera.

Widerstrebend betrat sie zur angegebenen Stunde das Eßzimmer. Der Tisch war bereits mit dem feinsten Geschirr, dem feinsten Silber und Kristall gedeckt. Es gab Plätze für Miß Barebones, Miß Eglantine, Miß Fitch und Sera; Plätze für die alten Damen aus dem Ort; ein elegantes Gedeck am Kopf der Tafel wartete auf Onkel Izrael, und eine Anzahl weiterer Gedecke und leere Stühle war für die ›Geister abwesender Freunde, ob im Himmel oder auf Erden‹ bestimmt.

Sehr fein gekleidet in raschelnde Kleider aus Satin oder Taft, betraten die Damen das Zimmer, und sie tränkten die Luft mit dem Geruch nach Parfüm oder Pomade; Miß Eglantine und Miß Fitch hatten sich sogar das Haar gepudert. Keine sagte etwas, nachdem sie eingetreten war, aber alle nahmen auf ein stummes Zeichen Miß Barebones' hin auf ihren Stühlen Platz. Zu Seras großem Schrecken schlüpfte Elsie ins Zimmer und ließ sich mit den anderen nieder.

Sera machte ein entsetzlich finsteres Gesicht und schüttelte den Kopf. Elsie formte stumm mit den Lippen eine Entschuldigung, blieb jedoch sitzen. Inzwischen nahm Miß Barebones eine Prise Salz und ließ sie feierlich auf den Teller vor sich fallen. Eine weitere Prise war für den leeren Teller neben ihr bestimmt, dann reichte sie den Salzstreuer an die nächste Dame weiter. Vor Aufregung zitternd wiederholten die Damen eine nach der anderen diese Geste. Als der Salzstreuer ihren Platz erreichte, preßte Sera die Zähne zusammen und tat es den anderen Damen nach.

Aber das war noch längst nicht alles: es folgten das Ritual des Brotbrechens, eine umständliche Zeremonie über dem Wein … dann hob Miß Barebones mit priesterlicher Würde den Deckel von der ersten der vielen bedeckten Platten, und der eigentliche Festschmaus begann.

Nie zuvor war Sera mit so vielen Menschen zusammen in einem Raum gewesen und hatte eine so schweigsame Mahlzeit eingenommen. Kein Laut war zu hören, außer dem gedämpften Klirren von Silber oder Porzellan, dem leisen Plätschern von Wein, der in einen Kristallkelch gegossen wurde, dem Klappern eines silbernen Deckels, der auf eine Warmhalteplatte zurückgesetzt wurde. Das Mahl bestand aus mehreren Gängen: Rindfleisch, Lamm, Fisch und Geflügel mit Erbsen, Gemüseeintopf, Sülze und Konfekt als Beilage. Aber es geschah nichts weiter Ungewöhnliches, bis der Nachtisch – gekochter Pudding – eintraf.

Der lange, solide Eichentisch kippte jäh von einer Seite zur anderen. Er schlingerte derart, daß die Teller hin- und herrutschten, und richtete sich dann wieder auf. Unter den Fußbodendielen ertönten kräftige Klopfgeräusche. Jemand unterdrückte ein Keuchen, ein erstickter, furchterfüllter Aufschrei ertönte. Aber die alten Damen besannen sich darauf, daß Schweigen angesagt war, und so sprach niemand ein einziges Wort – obgleich sie alle Blicke des Triumphs und des Entsetzens wechselten.

Dann sprang Miß Barebones von ihrem Stuhl auf, streckte eine zitternde Hand aus, und Sera blickte wie alle übrigen in die angewiesene Richtung. Ein sehr alter und sehr schöner, jedoch bislang ganz gewöhnlich wirkender, vergoldeter Spiegel hing über dem Sideboard; auf der Oberfläche des Spiegels formte sich langsam ein schwaches, umwölktes Abbild. Vor Aufregung hatten alle die Augen weit aufgerissen, während das Abbild entstand … bis ein Schrei Elsies, der das Blut in den Adern gefrieren ließ, aller Blicke in ihre Richtung zog.

Im Stuhl neben Elsie sah man deutlich die nebelhafte Gestalt eines Mannes, die nach und nach immer solider wurde und deutlich wiedererkennbare Züge annahm. Oder vielmehr war es so, daß Sera (der das Blut in den Schläfen pochte und deren Atemzüge immer rascher kamen) das Phantom ganz *gewiß* wiedererkannte, und Elsie mußte es ebenfalls wiedererkannt haben, denn sie sprang von ihrem Stuhl auf, stolperte zwei Schritte in den Raum hinein und brach dann wie tot auf dem Fußboden zusammen. Die Gestalt des Mannes verflüchtigte sich.

In dem folgenden allgemeinen Aufruhr stürzten Stühle um, wurden Kerzen ausgelöscht, und die geladenen Gäste flohen Hals über Kopf aus dem Zimmer. Nur Miß Barebones und die respektheischende Miß Eglantine blieben und halfen Sera, Elsie hinauszutragen.

Eine Stunde später lag Elsie auf ihrem Bett oben im Dachgeschoß. Sie hatte ein feuchtes Tuch auf der Stirn, und ein Schal war wie eine Decke über sie gebreitet. Mit tränenerstickter Stimme sagte sie zu Sera: »Du hast ihn auch wiedererkannt. Es war Jarl Skogsrå. Und es konnte kein Trick gewesen sein, denn hier weiß niemand etwas von ihm … niemand außer dir und mir.«

»Nein, es kann kein Trick gewesen sein.« Sera sank neben ihr auf das Bett. »Doch was das zu bedeuten hat, das weiß ich nicht. Es sei denn … es sei denn, Jarl Skogsrå ist tot und gekommen, dich heimzusuchen. Nachdem ich Zeugin der Szene dort unten geworden bin«, fügte sie bitter hinzu, »muß ich jetzt wohl zugeben, daß so etwas möglich ist.

Wenn du entdeckst«, fügte sie mit einem wütenden Gelächter hinzu, »daß das, was du stets gewußt hast – aber um nichts in der Welt glauben wolltest – am Ende doch die Wahrheit ist, dann ist das ganz schön entmutigend, da kannst du dir sicher sein!«

»Nein, er ist nicht tot«, seufzte Elsie, deren Gesicht auf dem Kissen sehr weiß aussah. »Miß Barebones sagte, Geister abwesender Freunde, ob lebendig oder tot, stimmt's?«

Stirnrunzelnd dachte Sera darüber nach. »Aber lebendig *oder* tot ist Haakon Skogsrå keiner deiner Freunde … oder meiner.«

»Ja, aber er … er *war* fast mein Gatte.« Elsie sank in sich zusammen. »Wir standen gemeinsam vor dem Altar, die Zeremonie hatte bereits angefangen. Sera … glaubst du, daß ich und Lord Skogsrå irgendwie miteinander … miteinander *vereinigt* wurden, in einer Art spiritueller Ehe?«

»Gewiß nicht«, beharrte Sera. »Wir unterbrachen die Hochzeit lange, bevor so etwas hätte geschehen können.« Dann fügte sie jedoch mit einem scharfen Seitenblick auf Elsie hinzu: »Warum fragst du? Meine Liebe … gibt es etwas, das du mir bisher verschwiegen hast?«

Elsie protestierte, doch nach einigen schmeichelnden Worten enthüllte sie schließlich, daß sie ›des Nachts die merkwürdigsten Träume‹ gehabt habe. Träume von einem gesichtslosen Mann, der ihr Schlafzimmer betreten und ihr Liebkosungen ins Ohr geflüstert hatte, der sie mit großer Zärtlichkeit geküßt und gestreichelt hatte …

»… wie ein dämonischer Liebhaber«, schloß Elsie errötend. »Zunächst schämte ich mich und hatte Angst … obgleich es nur ein Traum war … dann aber *sehnte* ich mich nach seiner Gegenwart. Nur daß es vielleicht am Ende kein Traum war, und ich … ich … Sera, was habe ich *getan*?« fragte sie und öffnete vor Entsetzen weit die Augen.

»Es muß ein Traum gewesen sein«, sagte Sera. Alles andere wäre zu schockierend, und sie würde der armen Elsie so etwas niemals zutrauen. »Vielleicht kein gewöhnlicher, natürlicher Traum, sondern … o Elsie, du hättest den Unterschied *erkennen* müssen, wenn es kein Traum gewesen wäre. Jemand hat dir diese – diese bösen Halluzinationen aufgedrängt.

Doch was es auch sonst zu bedeuten haben mag«,

fügte sie hinzu und sprang auf, »es muß gleichfalls heißen, daß Skogsrå und die Herzogin in Hobb's Church sind und nach uns suchen … oder irgendwo in der Nähe. Und deswegen sind wir nicht mehr in Sicherheit. Wir dürfen keinen weiteren Tag mehr warten, sondern müssen den Ort auf der Stelle verlassen – was Dr. Bell auch immer sagen mag.«

Doch Elsie beharrte darauf, daß ein Weggang aus dieser Umgebung nichts einbringen würde. »Weil … wenn ich irgendwie spirituell an Haakon Skogsrå gebunden bin – wie es der Fall sein muß, wenn er mich auf eine solche Weise aus der Entfernung erreichen und berühren kann … wo auf Erden könnte ich dann wirklich in Sicherheit sein?«

22. KAPITEL

In welchem Mr. Carstares sehr beleidigt wird

Die Glasmacherzunft in Hollifax – ein ländlicher Ort von bescheidener Größe, etwa zweihundert Meilen nördlich von Hobb's Church – war eine Gruppe kongenialer Seelen. Den Gentlemen reichten die dreimal jährlich stattfindenden Festlichkeiten im örtlichen Zunfthaus nicht aus, so daß sie sich wenigstens einmal alle vierzehn Tage in den eigenen Häusern trafen.

An einem bestimmten Abend waren sie in der Bibliothek eines eleganten Stadthauses versammelt, das einem gewissen wohlhabenden Mr. Alcock gehörte, als ihnen ihr Gastgeber einen Glasmacher-Bruder von Übersee vorstellte. »Gentlemen, dies ist Mr. Carstares!«

Der Neuankömmling zog den Hut und verneigte sich sehr tief. Da Besucher aus Euterpe vergleichsweise selten waren, scharten sich die Gentlemen eifrig um ihn und suchten seine Bekanntschaft zu machen. Aber dieser Mr. Carstares sah auch kaum wie jemand vom Kontinent aus: er trug das helle Haar ungepudert und ungelockt, abgesehen von einer leichten natürlichen Welle. Auf dem Gesicht war nicht die geringste Spur eines Schönheitspflästerchens zu sehen, und obgleich er zweifelsohne ein Gentleman war, wirkte er sehr schlicht gekleidet.

»Ich bin nach Hollifax gekommen«, sagte Mr. Carstares, wobei er den Hut wieder aufsetzte, »um gewisse junge Freunde zu suchen, die sich vielleicht in der Gegend niedergelassen haben. Sie hätten Empfehlungsschreiben der Glasmachergilde von Thornburgan-der-Lunn bei sich gehabt – und sind möglicherweise unter ihren eigenen Namen eingetroffen, vielleicht aber auch nicht: Mr. Jedidiah Braun und die Misses Seramarias und Elsie Vorder.«

Die Glasmacher-Gentlemen schüttelten allesamt den Kopf und äußerten ihr Bedauern. Solche Personen waren in Hollifax nicht aufgetaucht, keine zwei jungen Damen in Begleitung eines jungen Herren mit Empfehlungsschreiben hatten um den Schutz der Gilde ersucht.

»Aber wartet einmal …«, meinte Mr. Alcock und neigte den Kopf. »Der eine Name erinnert mich an etwas. Nun, was war's denn gleich?«

»Es war die Schachtel«, sagte ein anderer Gentleman, nahm eine Prise Schnupftabak und bot daraufhin Mr. Carstares eine an. »Vergangenes Jahr, oder? – während der Jahreszeit der Reife?«

»Ah, ja«, sagte Mr. Alcock. »Genau das war's. Eine kleine Schachtel, wie ein Schmuckkästchen, Sir, mit der Aufschrift ›Seramarias‹ in Gold darauf – also war vielleicht der Name einer Dame gemeint und nicht der mystische Stein von unschätzbarem Wert. Wir sollten es von einer Loge zur nächsten weiterreichen, bis es schließlich in die rechten Hände gelangte.«

Mr. Carstares hielt inne, die Prise Tabak zwischen Daumen und Zeigefinger. »Ich kenne das Kästchen. Ich war es, der es schickte. Aber wißt Ihr, was daraus wurde … wißt Ihr, ob es jemals in die Hände der jungen Dame gelangte?«

»Wir schickten das Kästchen nach Philodendria, wo es sie offenbar *nicht* fand, denn es kehrte fast unmittelbar darauf zu uns zurück«, erwiderte Mr. Alcock. »Danach ging es nach Birch Corners, mit demselben Ergebnis, obgleich die Rückkehr länger dauerte. Danach … wartet einen Augenblick …« Mr. Alcock dachte eine Weile lang nach.

»Lootie's Bay«, drängte ihn der Gentleman mit der

Schnupftabaksdose. »Wir schickten es nach Lootie's Bay.«

»Stimmt«, meinte Mr. Alcock nickend. »Wir schickten es tatsächlich nach Lootie's Bay. Und danach sahen wir es nie wieder.«

Mr. Carstares nahm seine Prise Tabak und schneuzte in ein großes, schlichtes Taschentuch, das er dann in seine Jackentasche zurücksteckte. »Hat die Dame dann möglicherweise meine Gabe in Lootie's Bay erhalten?« fragte er.

»*Möglicherweise* hat die junge Dame es dort für sich in Anspruch genommen«, erwiderte Mr. Alcock. »Möglich ist ebenfalls, daß Mr. Bullrush das Kästchen nur an eine andere Loge weiterschickte. Dennoch könntet Ihr Dümmeres tun, als dorthin zu fahren und nachzufragen. Und wenn Ihr wollt, gebe ich Euch ein Schreiben an den dortigen Bürgermeister mit.«

Die Postkutsche zwischen Philodendria im Süden und Lootie's Bay im Norden traf erst am folgenden Morgen in Hollifax ein. Statt den restlichen Tag in dem Gasthaus zu bleiben, wo er untergebracht war, entschloß sich der Besucher zu einem nachmittäglichen Spaziergang durch die schattigen Straßen der Stadt.

Während er die Oakapple Lane hinabschlenderte, überraschte ihn eine vertraute Stimme, die ihn beim Namen rief. Er wandte sich um und erblickte eine Schönheit mit kastanienbraunem Haar, die rehfarbenen Satin und einen weißen Federhut trug und gerade einer Sänfte entstieg.

»Mein lieber Lord Skelbrooke – oder sollte ich Mr. *Hawkins* sagen ... was für eine entzückende, unerwartete Überraschung!« sprudelte es aus Lady Ursula heraus.

Seine Lordschaft biß die Zähne zusammen, erwiderte höflich, es sei tatsächlich eine Überraschung, und beugte sich über die Hand, die sie ihm reichte. Er hielt es nicht der Mühe wert, ihr mitzuteilen, daß er jetzt den Namen Carstares trug. »Ist es denn die Möglichkeit, Madame, daß Ihr und Lord Vizbeck Euch gerade in dieser Stadt niedergelassen habt?«

»Allerdings, ja«, entgegnete sie, eifrig mit den Wimpern klimpernd. »Und Ihr, Sir, habt Ihr …?«

»O je, nein!« erwiderte Skelbrooke mit soviel Galanterie, wie er aufbringen konnte. »Ich bleibe nur wenige Tage.«

»Ist es dann nicht ein glücklicher Zufall, daß wir uns trafen? Es sieht fast so aus – nicht wahr? –, als hätten sich die Schicksalsgötter verschworen, uns zusammenzubringen«, sagte sie mit einem Lächeln, das scheu und flirthaft zugleich sein sollte. Seine Lordschaft antwortete lediglich mit einer stummen Verneigung. Da die Lady keinerlei Anstalten dazu traf, und die Träger es anscheinend auch erwarteten, fühlte sich Skelbrooke dazu verpflichtet, ihre Sänfte zu bezahlen. Daraufhin schob Lady Ursula vertraulich ihren Arm durch den seinen, und sie gingen weiter die Straße hinab.

»Wußtet Ihr schon? Ich erkannte Euch beinahe nicht wieder, so sehr habt Ihr Euch verändert«, erklärte sie und blickte ihn verführerisch an. »Dennoch muß ich gestehen, daß Euch dieser nüchterne Stil ziemlich gut steht. Ich hatte Euch stets für einen Mann von kleiner Statur gehalten, aber jetzt erscheint Ihr … nun, gewiß nicht *größer,* aber doch so – so viel kräftiger!«

Skelbrooke dachte wehmütig an die vergangenen Tage ihrer Reise zurück, als Lady Ursulas fortwährende Furcht vor Ansteckung ihm ihre Gesellschaft erspart hatte. Heute jedoch hatte sie ihn voll und ganz erwischt, und was er mit ihr anfangen sollte, das wußte er wirklich nicht.

Er wollte sie nicht nach Hause begleiten – selbst wenn er eine Vorstellung davon gehabt hätte, wo das war –, weil er Angst hatte, von ihr eingeladen zu werden. Auch getraute er sich nicht, sie auf sein eigenes

Zimmer oben im Gasthof einzuladen – die Schicksalsgötter allein mochten wissen, wozu das führen würde! Am Ende machte er das Beste aus einer schlimmen Lage, führte sie zu einem Straßencafé neben dem Park mitten in der Stadt und setzte sich mit ihr an einen kleinen Tisch mit geblümtem Tischtuch.

Über Kuchen und Schokolade wurde Lady Ursula sentimental. »Ich frage mich, wann einer von uns Thornburg jemals wiedersehen wird?« sagte sie mit einem Seufzer und einem sinnenden Lächeln. »Aber wißt Ihr, wie es scheint, sind viele unserer Bekannten in letzter Zeit emigriert. Ihr werdet niemals erraten, wen ich gerade neulich traf.«

Mylord, der gerade eine Tasse Schokolade an die Lippen hob, bat sie fortzufahren.

»Miß Sera und Miß Elsie Vorder ... ja, wirklich! Und das *war* eine große Überraschung, denn ich erinnere mich an den Skandal bei ihrem Verschwinden. Niemand hatte auch nur eine *Vorstellung* davon, wohin sie gegangen waren. Ich möchte hinzufügen, daß sie anscheinend gar nicht darüber erfreut waren, mich zu treffen.«

Skelbrooke setzte seine Tasse so jäh ab, daß die Schokolade auf das geblümte Tischtuch spritzte. »Und wo war das, Lady Ursula?« fragte er absichtlich beiläufig. »Nicht hier in Hollifax?«

»O nein«, erwiderte die Lady, während sie ein Stück Zuckerkuchen auf dem Teller zerbröselte. »Ich besuchte Freunde in Cordelia, in einem drolligen kleinen Ort namens Hobb's Church. Ich muß schon sagen, die beiden jungen Damen sahen ziemlich gut und glücklich aus, was gleichfalls überraschend war. Ich hatte gehört, daß die eine oder die andere mit irgendeinem furchtbaren jungen Rüpel durchgebrannt sei, der am Fluß gearbeitet hatte.« Skelbrooke versteifte sich, und seine Pupillen wurden weit, aber die Lady bemerkte offenbar nichts davon und fuhr fort: »Obwohl – weshalb *beide* mit ihm fortgerannt sein sollen … nun, wenn das stimmt, dann ist es wirklich äußerst schockierend!«

»Allerdings«, meinte Seine Lordschaft kühl. Er zog seine Taschenuhr hervor – ein kunstvoll gearbeitetes Ding, etwa von der Größe und der Form eines Hühnereies – und sah ostentativ nach der Uhrzeit. »Wäre wirklich etwas daran wahr, so wäre es schockierend. Aber Gerüchte sagen so häufig nicht die Wahrheit. Ihr denkt wohl an Miß Seras Pflegebruder, einen ehrbaren Jungen, der einstmals einen gewissen professionellen Bezug zum Fluß hatte – und ein besonderer Freund von mir ist.«

Lady Ursula lächelte honigsüß. »Dann sind meine Neuigkeiten anscheinend keine Neuigkeiten für Euch, denn Ihr wißt bereits alles darüber.«

»Nein«, erwiderte Skelbrooke noch immer ein wenig eisig. »Ich wußte nicht, wo sie lebten, aber soviel ist gewiß …« Er schlug das Gehäuse seiner Taschenuhr entschlossen zu. »Wo immer sie sich aufhalten – und in wessen Gesellschaft –: Miß Sera und Miß Elsie werden sich zweifelsohne wie die vollendeten Damen verhalten, die sie schließlich auch sind!«

23. KAPITEL

In welchem Mothgreen Academy eine Invasion erlebt

In Mothgreen Hall waren Miß Barebones und ihre Anhängerinnen ebenso erfreut wie verblüfft über den Erfolg ihrer Séance, denn keiner der vorhergehenden Versuche einer Kontaktaufnahme mit der Welt der Geister hatte je so spektakuläre Ergebnisse erbracht … oder sogar überhaupt irgendwelche Ergebnisse.

»Ich bin davon überzeugt, daß Ihr eine natürliche Begabung besitzt«, meinte die Leiterin zu Sera. »Von nun an müßt Ihr an allen unseren Geisterbeschwörungen teilnehmen.«

»Entschuldigt bitte, aber genau das werde ich bestimmt nicht tun«, erwiderte Sera und stapfte ziemlich unverschämt aus dem Zimmer.

Dennoch gab es ein günstiges Ergebnis. Elsie vertraute Sera an, daß der Phantomliebhaber ihr nicht mehr den Hof machte. Sie schlief des Nachts besser, und ihr Gesundheitszustand besserte sich ebenfalls leicht, obgleich sie noch immer keine Farbe und wenig Appetit hatte.

Mit dem Ende des Schuljahres, am letzten Tag der Jahreszeit, fuhren die kleinen Mädchen für acht Wochen in die Ferien nach Hause. Zwei Tage lang war es im Haus seltsam friedlich, bis zu einer jähen Invasion – nicht durch Geister oder Schülerinnen, sondern offenbar durch Hobgoblins.

Weitaus störender als Onkel Izraels Klopfen und Poltern waren die Geräusche in den Wänden, ein Tappen winziger Füße über das Dach, das die ganze Nacht über währte ... und Nathaniel, der Junge, der im Garten arbeitete, entdeckte ein Hobloch unter einem Strauch Rosen ... zumindest waren es einmal Rosen gewesen, lachsfarbene Rosen, doch die Äste waren allesamt bis fast auf den Boden abgenagt.

Und Dinge verschwanden, Dinge, für die Onkel Izrael unmöglich einen Nutzen finden konnte: ein Tischtuch, ein Samtvorhang, ein spitzenbesetzter Kissenbezug. Miß Barebones schloß daraus, daß die Hobs die ganze Strecke vom Ort bis hierher untertunnelt hatten, eine Entfernung von nahezu einer Meile!

»Vielleicht erweisen sich am Ende die meisten der ›geisterhaften Manifestationen‹, die uns von Anbeginn an belästigten, lediglich als Tricks der Hobgoblins«, schlug Elsie zweifelnd vor. Die Damen hatten sich zur Inaugenscheinnahme des Lochs und des zerstörten Rosenstrauchs versammelt. Überall waren Rosenblüten und grüne Blätter verstreut, als hätten die Hobs nur am Holz Interesse gehabt.

»Wenn das so wäre, wenn sie also gleich von Anfang an hier waren, warum sollten sie jetzt plötzlich tätiger sein?« fragte Sera, verwirrt die Stirn runzelnd.

»Warum sollten wir überhaupt plötzlich von ihnen heimgesucht werden?« fragte Miß Fitch, die ihren beigefarbenen Rock raffte, als befürchtete sie, jemand könne jäh danach schnappen. »Und ich habe nie zuvor gehört, daß Hobgoblins Hausbewohner seien oder innerhalb von Mauern lebten.«

»Das rührt vielleicht daher, daß in der Stadt überall gegraben, zerstört und gesprengt wird ... die Kreaturen sind wahnsinnig vor Angst geworden«, schlug Miß Barebones kopfschüttelnd vor. »Vielleicht sind sie hergekommen, weil sie sich hier sicherer fühlen. Wir haben diesen Kleinen da gerettet, wißt ihr: Miß Thorn, Miß Winter und ich. Oder einige erinnern sich vielleicht daran, wie freundlich Onkel Izrael zu ihnen war, und sie sind gekommen, um Schutz zu suchen.«

»Mr. Barebones ist seit fünfzig Jahren tot«, fühlte sich Sera verpflichtet hinzuweisen. Sie beugte sich herab, hob eine Handvoll Rosenblätter auf und ließ sie langsam durch die Finger zu Boden rieseln. »Leben Hobgoblins so lang?«

Miß Barebones stieß einen Seufzer aus. »Kaum wahrscheinlich. Aber sie erzählen vielleicht Geschichten von ihm – o du meine Güte, das würde einen gewissen Intelligenzgrad bei ihnen voraussetzen, nicht wahr? Und dann der Gedanke, daß die Leute sie ausrotten!«

»Weswegen sie hergekommen sind, ist ziemlich unwichtig«, meinte Miß Eglantine ernst. »Die Frage ist: was wollen wir mit ihnen anfangen?«

»Aber ich halte das *nicht* für unwesentlich!« protestierte Miß Barebones, während sie zum Haus zurückgingen. »Wenn die armen Kreaturen ein gewisses Zutrauen zu uns gefaßt haben, wenn sie hier Zuflucht suchen, erscheint es schrecklich herzlos, sie zu …«

»Wir sollten gewiß alle Mitleid beim Anblick einer Ratte in einer Falle verspüren«, unterbrach Miß Eglantine auf ihre entschiedene Art. »Oder beim Anblick einer armen kleinen Maus in den Krallen einer Katze. Unter solchen Umständen fühlen wir alle uns vielleicht – wie Ihr jetzt – geneigt, die Kreatur zu retten. Aber wenn hinterher das Haus von Ratten und Mäusen heimgesucht wird, werden wir kaum so wahnsinnig sein, sie zum Bleiben aufzufordern.«

Sie setzten die Diskussion über dem Frühstück im Salon fort. Miß Barebones verkündete fest, daß sie in Mothgreen Hall Fallen oder Gift nicht dulden wollte. »Obwohl … wenn jemand entschlossen ist, sich eine Katze anzuschaffen und bei sich im Zimmer zu halten – zum Schutz der Heiligkeit des Schlafraums –, so mag er so frei sein und dies tun.«

»Also ich«, sagte Miß Eglantine, »ich werde mir *zwei* Katzen anschaffen.«

Inzwischen waren die Einwohner des Orts völlig uneins, wie sie mit dem Problem der Hobgoblins umgehen sollten – denn trotz der Invasion in Mothgreen Hall plagten die Aktivitäten der Goblins den Ort weiterhin. Und in Hobb's Church standen die härtesten Methoden zur Diskussion.

Fallen ... Gift ... Sprengstoff: man hatte alles ausprobiert, und alles hatte sich als unwirksam erwiesen. Also importierte man eine Armee von Wieseln und ließ diese in allen vorhandenen Hoblöchern frei. Da kein Wiesel je wieder ans Tageslicht zurückkehrte, waren die Einwohner zu der Annahme gezwungen, daß die Hobs, die gewöhnlich niemals größere Verfolger angriffen, sich der Wiesel auf blutige Weise entledigt hatten. Das war selbst einigen der Einwohner zuviel, die sich bislang als mitleidiger gezeigt und zunächst zu maßvollem Vorgehen geraten hatten. Eine große Fraktion jedoch, aufgepeitscht vom tyrannischen Moses Tynsdale, verkündete weiterhin lautstark, die Raubzüge der Hobgoblins seien ein deutliches Zeichen göttlichen Mißfallens. Diese Leute hielten lärmende Gottesdienste ab, die den größten Teil der Nacht hindurch währten, forderten die Entfernung aller Etablissements, die innerhalb der Stadtgrenzen Gin oder geistige Getränke verkauften, und darüber hinaus die Entfernung allen sündhaften Luxus – wie Samtkissen und Predigerhocker – aus der Kirche.

Lautstarke Diskussionen entzündeten sich zur Zeit der Verfinsterung ... zwei Prügeleien zwischen Seeleuten sowie eine Anzahl von Duellen zwischen Gentlemen wurden nur mit Mühe und Not verhindert. Daraufhin ging das Gerücht um (und niemand wußte, wer die Geschichte in die Welt gesetzt hatte), daß die Damen der Academy tatsächlich ›den ekligen kleinen Kreaturen Zuflucht boten‹.

Als Sera wegen einer Besorgung in den Ort kam, warf ein Junge mit Steinen nach ihr und verschwand daraufhin in einer Gasse, und sie hörte die Leute wütend hinter sich schimpfen, während sie über die kopfsteingepflasterten Straßen ging. Sera wollte es scheinen, daß sogar die Aushängeschilder, die anstelle von Inschriften über die Türen der Geschäfte genagelt waren, sie mit offener Feindseligkeit beäugten. Sie verknotete die breiten gelben Bänder ihres Strohhuts fester unter dem Kinn, zog mit einem Hauch von Trotz die Handschuhe zurecht und marschierte festen Schritts die Straße hinab.

Zum Unglück für Seras Würde stellte sich bald heraus, daß die Kinder von Hobb's Church ebenfalls miteinander im Krieg lagen, fast genauso heftig wie die Erwachsenen. Sie bog um eine Ecke und sah voller Entsetzen, daß Luella Battersby mit einer Anzahl kleiner Jungen in eine wilde Rauferei verstrickt war. Ohne auf das Kleid, den Hut und die Handschuhe Rücksicht zu nehmen schob sich Sera mitten unter sie, zog Luella mit einer Hand heraus und benutzte die andere Hand dazu, einen häßlichen kleinen Gnom am Hosenboden in die Höhe zu heben.

Während sie so beschäftigt war, sah sich Sera auf der Suche nach möglichen Verbündeten unter den glotzenden Zuschauern um und begegnete zufällig dem Blick eines blonden Gentlemans, der ihr mit offensichtlicher Anerkennung zusah. Völlig überrascht erkannte sie Francis Skelbrooke wieder.

Schließlich jagte Sera die Jungen davon. Dann holte sie ein Tuch aus ihrer Handtasche und machte sich daran, Luella den Schmutz aus dem Gesicht zu wischen. Lord Skelbrooke trat näher heran. Mit heißen Wangen und leuchtenden Augen blickte sie auf, bemüht, das an Würde zu wahren, was noch möglich war.

Kein Wunder, daß sie so überrascht gewesen war, denn er trug sehr konservative Kleidung: eine salbeigrüne Jacke, lederfarbene Kniehosen und einen weichen Filzhut mit hochgestellter Krempe. Bislang hatte ihn Sera nur dann zu Gesicht bekommen, wenn er gepudert war und Schönheitspflästerchen sowie raschelnde Seide und herabwallende Spitze trug. Und jetzt, da sie darüber nachdachte, war sie sich nicht einmal sicher, ob sie früher schon gewußt hatte, welche Haarfarbe er besaß.

Er lüftete den Hut und verneigte sich tief. »Wie entzückend, Euch zu sehen, Miß … entschuldigt bitte mein schlechtes Gedächtnis! Mir will anscheinend Euer Name nicht einfallen, obgleich ich mich an *Euch* sehr gut erinnere.«

»Sera Thorn«, sagte sie wegen Luella und der glotzenden Nachbarschaft. *Wie typisch,* dachte Sera, *daß mich Lord Skelbrooke, wenn er schließlich ankommt, in einer so peinlichen Lage trifft!*

Und wenn sie seine leidenschaftlichen Worte während ihrer letzten Begegnung und zugleich die Zeit bedachte, die inzwischen verstrichen war … daß er sie jetzt so kühl und so völlig beherrscht grüßen konnte – das war einfach empörend!

»Natürlich … Miß Thorn«, murmelte er, und Sera besänftigte es etwas zu spüren, daß seine Hand ganz leicht zitterte, als sich ihre Finger berührten und er ihre Hand an seine Lippen hob.

»Ein Vergnügen, Euch wiederzusehen, Lord …«

»Einfach nur Robin Carstares«, unterbrach er glatt, hielt ihre Hand dabei jedoch noch immer fest. »Nein … Ihr braucht Euch nicht zu entschuldigen. Wie ich mich entsinne, war man bei unserer letzten Begegnung allgemein der Ansicht, mein Vater läge auf dem Sterbebett und ich hätte alle Aussichten, seinen Titel zu erben. Glücklicherweise erholte er sich, und sehr wahrscheinlich werden noch viele Jahre verstreichen, ehe Ihr mich als Lord … Wyvernwood anreden könnt.«

»Mr. Carstares, ja«, stieß Sera zwischen den Zähnen hervor. Sie fragte sich, ob er diese Ausflüchte, die ihm so leicht von den Lippen flossen, beim Sprechen erfand, oder ob er sie im voraus eingeübt hatte. Nachdem sie ihre Hand wieder zurückgezogen hatte, fügte sie hinzu: »Vielleicht seid Ihr so gut und begleitet mich. Ich habe Euch soviel zu berichten.«

»Ich stehe Euch völlig zur Verfügung«, meinte Seine Lordschaft.

Während sie fortwährend Höflichkeitsfloskeln austauschten, begleiteten sie Luella nach Hause und gingen dann die lange, verlassene Straße in Richtung auf Mothgreen Academy entlang. Es war ein warmer, schöner Tag, die Luft roch nach Gras und Apfelblüten. Skelbrooke überraschte sie jäh, indem er herausplatzte: »Es ist wohl noch ein wenig früh, wenn ich Euch bitte, mich zu heiraten?«

Wie angewurzelt blieb Sera mitten auf der Straße stehen und rang heftig nach Luft. »Zu früh?« brachte sie heraus, als sie wieder zu sprechen imstande war. »Mein lieber Lord ... mein lieber Mr. Carstares, seit unserer letzten Begegnung sind nahezu zwei Jahre vergangen, und die ganze Zeit über ...«

»Es ist länger gewesen«, meinte er. »Es war ... eine Ewigkeit.«

Und er setzte zu einer langen Erklärung an, weswegen er sie nicht sofort suchen gekommen war, wie er der Herzogin in die Neue Welt gefolgt war und im folgenden ihre Spur verloren hatte. »Auch war es nicht so leicht, Euch zu finden, wie ich ursprünglich gedacht hatte«, fuhr er ernst fort, als sie wieder losgingen. »Ich hätte Euch bestimmt nicht so bald gefunden, wenn nicht Lady Ursula gewesen wäre.«

»Lady Ursula?« fragte Sera, die allmählich das Gefühl bekam, für diesen Tag genug unangenehme Überraschungen erlebt zu haben. »Lady Ursula *Bowker*? Aber was hat sie denn damit zu tun?«

Seine Lordschaft verunstaltete seine Alabasterbrauen durch ein winziges Stirnrunzeln. »Lady Ursula – jetzt mit Lord Vizbeck verheiratet – erzählte mir, sie sei Euch hier in Hobb's Church begegnet.«

»Stimmt überhaupt nicht«, erwiderte Sera. »Das heißt … möglicherweise ist sie hier gewesen, aber sie hat bestimmt kein einziges Wort mit mir gewechselt. Und sie wird wohl eher *nicht* hier gewesen sein«, fügte Sera nachdenklich hinzu. »Denn sie hätte nicht herkommen können – sie könnte überhaupt nirgendwohin kommen, wißt Ihr –, ohne daß es unter den männlichen Einwohnern einen Aufruhr gegeben hätte.«

Abgesehen davon, daß Lady Ursula eine überwältigende Schönheit war, hatte sie auch so ihre Art, ihre Anwesenheit spüren zu lassen, wie Lord Skelbrooke als erster zugeben mußte. Sein Stirnrunzeln wurde stärker. »Dann kann ich mir nicht im geringsten vorstellen, weswegen sie so getan hat, als *wäre* sie hier gewesen. Es sei denn … es besteht durchaus die Möglichkeit, daß Lady Ursula im Sold der Herzogin steht und ausgeschickt wurde, mich hierherzulocken.«

Er dachte weiter über diese Sache nach, während er mit den Händen auf dem Rücken dahinschritt und den Blick auf die Straße gerichtet hielt. »Ja, wenn es so war, dann haben sie es ziemlich ungeschickt angestellt! Sie muß gewußt haben, daß Ihr leugnen würdet, sie gesehen zu haben – und was sie auch sonst sein mag, Lady Ursula ist keinesfalls ein Dummkopf.«

Ihm wollte nur eine Lösung einfallen. »Nun, vielleicht engagierte die Herzogin sie dazu, mich auszuspionieren und die Kenntnis weiterzugeben. Aber es ist ihr nicht völlig gelungen, die Loyalität der Lady zu erkaufen«, überlegte er. »Dann wäre es kein Fehler, sondern eine freundliche Warnung, daß wir vor einer drohenden Gefahr die Augen offenhalten sollen.«

»Ja«, meinte Sera und hob ihre Rocksäume ein wenig, da die Straße einen leichten Hang hinaufführte. Sie hatte sich mittlerweile wieder völlig gefaßt, worauf sie stolz war. »Meiner Ansicht nach gibt es nur wenig, was Lady Ursula nicht für Geld täte ... Aber mir ist kein Grund bekannt, weswegen sie Elsie oder mir ernsthaften Schaden zufügen sollte.«

Lord Skelbrooke blickte auf und lächelte schwach. »Ich fürchte, die Lady hat einen unbedeutenden Grund, mir böse zu sein.« Doch dann fiel ihm ein, daß Lady Ursula von ihm vielleicht nicht mehr angezogen war, als er von ihr – daß ihre Flirtversuche lediglich eine Methode waren, sich ihm zu nähern, ohne ihre wahren Absichten zu enthüllen. Das war gewiß ein Schlag für seine Eitelkeit, von dem er sich jedoch bald erholen würde.

»Vielleicht ist es so«, meinte Skelbrooke, »daß die Herzogin besser als ich informiert war und deswegen eher in Cordelia eintraf – und daß es ihren Zwecken dient, uns alle hier zu versammeln.«

»Ich habe Grund zu der Annahme, daß sich die Herzogin und Jarl Skogsrå nicht weit von hier entfernt aufhalten«, erzählte Sera und zuckte leicht zusammen, weil sie wußte, daß unweigerlich eine Debatte folgen würde.

Jetzt war Seine Lordschaft damit an der Reihe, wie angewurzelt stehenzubleiben, diesmal im Schatten einer ausladenden Eiche. »In diesem Fall müßt Ihr und Miß Elsie Cordelia in aller Eile verlassen, und zwar so rasch wie möglich.«

Aber Sera erläuterte alles, was mit Elsies Traum zusammenhing, den geisterhaften Jarl und die Schlüsse, die sie und Elsie anschließend gezogen hatten. »Elsie und ich können anscheinend nirgendwohin gehen, ohne daß uns die Herzogin und Skogsrå nicht dorthin folgen würden«, sagte Sera, während sie wieder rasch in Richtung Mothgreen Hall schritten. »Und um Euch die Wahrheit zu sagen, Sir«, ergänzte sie verteidigend über seinen jähen, heftigen Protest hinweg, »obgleich es anscheinend ein ausgezeichneter Plan war, Thornburg zu verlassen, wollen wir keinesfalls den Rest unseres Lebens umherreisen.«

Sera war ein wenig davon überrascht, diese Worte aus dem eigenen Mund zu vernehmen. Bis jetzt hatte sie sich stets dazu gezwungen, den praktischen Standpunkt einzunehmen, hatte sich geweigert, auf das zu hören, wozu ihr Herz sie drängte.

»Wenn wir uns schließlich der Herzogin entgegenstellen müssen«, fügte sie ein wenig verärgert hinzu, denn es war wirklich die Höhe, daß er nach all der Zeit hier plötzlich auftauchte und glaubte, er könne augenblicklich das Kommando übernehmen, »halte ich es für wesentlich besser, wenn wir hier die Stellung halten, wo Elsie und ich Freunde haben und die Herzogin nicht.« Obgleich Skelbrooke bemüht war, Sera vom Gegenteil zu überzeugen, mußte er am Ende die Vergeblichkeit seiner Anstrengungen einsehen. »Dann laßt mich Euch wenigstens warnen«, sagte er ernst, als sie draußen vor den Toren von Mothgreen Academy stehenblieben. »Ihr dürft nirgendwohin mehr allein gehen. Überschreitet nicht einmal Eure eigene Türschwelle ohne einen vertrauenswürdigen Freund zur Begleitung … am besten irgendeinen Gentlemen wie Jed oder mich selbst.

Ich überlege«, fügte er hinzu, während er einen Flügel des schmiedeeisernen Tors öffnete und beiseitetrat, damit Sera hindurchgehen konnte, »ob es Euch etwas ausmachen würde, wenn ich behauptete, mit Euch verwandt zu sein – oder vielleicht besser mit Elsie, das wäre überzeugender –, und mich zu einem ausgedehnten Besuch einladen würde?«

»Das dürft Ihr wirklich gerne tun«, erwiderte Sera und ging die baumbestandene Auffahrt voran. »Das heißt«, fügte sie errötend hinzu, »ich glaube nicht, daß Miß Barebones groß etwas dagegen hätte. Und Elsie fände Eure Anwesenheit beruhigend.«

»Und Ihr selbst?« fragte er mit einem ernsthaften Blick.

Sera vermied es, diesem beunruhigenden Blick aus den grauen Augen zu begegnen. »Ich würde, gerade in diesen Zeiten, gleichfalls gern einen gewissen Trost im Schutz eines Gentleman suchen.«

»Ah, ja«, meinte Skelbrooke ein wenig enttäuscht. »Nun dann … wenn ich Euch einen Dienst erweisen kann, und sei es auch ein noch so geringer, dann werde ich es natürlich gern tun.«

24. KAPITEL

In welchem Zwietracht in Stillwater Hall herrscht

Obgleich einstmals ein sehr prächtiges Haus, wirkte Stillwater Hall jetzt verfallen und klamm. Die Löwen am Tor waren mit nassem grünen Moos überzogen und wirkten dadurch nahezu kontur- und gesichtslos. Weiden, Lorbeerbäume und dunkle Eiben säumten die Zufahrt und bildeten eine dichte Mauer aus wildem Blattwerk. Und der Vorbau war ebenso wie die neun Stufen, die zu ihm hinaufführten, vom gleichen grünen Moos überzogen und dadurch glatt und glitschig. Obgleich die Erbauer einen gewissen Grad an Voraussicht gezeigt und die Mauern aus Schiefer errichtet hatten, litten die Holzfußböden und das Schindeldach unter der Feuchtigkeit ebenso wie die Fensterbretter, Türen und Türschwellen; und jeder Metallbeschlag im Haus war entweder blutrot von Rost oder blau-grün von Grünspan.

In einem großen, düsteren Zimmer, das durch verrottende Vorhänge vor dem Fenster noch dunkler und bedrückender wirkte – ein Raum, der so groß und kühl war, daß selbst ein brüllendes Feuer im Kamin nur wenig zu seiner Erwärmung beitrug, und drei Kerzenleuchter nicht ausreichten, ihn zu erhellen –, in eben jenem traurigen Zimmer saßen die Herzogin und Thomas Kelly auf hochlehnigen Ebenholzstühlen und vertrieben sich die langen Stunden zwischen Sonnenaufgang und Bettzeit.

»Warum zögert Ihr?« fragte die Herzogin, ärgerlich den Kopf schüttelnd. »Habe ich Euch nicht ein Laboratorium sowie jegliche eventuell von Euch benötigte Ausstattung beschafft? Mit großem finanziellen Aufwand, möchte ich hinzufügen – und das um so mehr, da die ganze Sache unter äußerster Geheimhaltung ablaufen muß. Dennoch mißachtet Ihr unsere Übereinkunft und unternehmt nicht das geringste zur Erschaffung eines lebendigen Homunkulus.«

»Wir hatten eine Übereinkunft«, erwiderte Kelly, dessen wächserne Haut schwach im Kerzenschein glänzte. »Ich wollte Euch bei der Ausübung Eurer Rache helfen, ich wollte Euch gleichfalls den Homunkulus erschaffen ... aber Ihr wolltet mir dabei helfen, meine Bücher zurückzubekommen. Bei der Durchführung des ersteren war ich Euch wohl von einigem Nutzen ... und ich sehe nicht ein, weshalb ich noch etwas tun sollte, ehe ich für die bereits geleisteten Dienste eine angemessene Bezahlung erhalte.«

Die Herzogin sah ihn mit zusammengekniffenen Augen an. »Ich frage mich ...«, sagte sie. »Ja, ich frage mich allmählich, ob Ihr die Formel tatsächlich im Kopf habt oder nicht – Ihr habt Euch immerhin alle Mühe gegeben, mich davon zu überzeugen. Oder ist es vielmehr so, daß Ihr die Bücher zurückhaben müßt, ehe Ihr auch nur anfangen könnt?«

Kelly machte mit einer knochigen Hand eine Geste. »Ich weiß alles, was ich wissen muß«, erwiderte er.

Dennoch betrachtete ihn die Herzogin weiterhin argwöhnisch. Wenn Kelly *außerstande* war, ohne seine Bücher Fortschritte zu erzielen, wenn er die Formel nicht in- und auswendig kannte ... wozu wäre Kelly dann ohne die Bücher gut – und welchen Nutzen hätte er (in dieser Sache), sobald sie die Bücher in der Hand hielte?

Zu ganz und gar nichts wäre er gut, entschied sie, und ihr Mund schloß sich zu einer harten Linie. *Weil ich, wenn* ich *die Formel und die entsprechende Ausrüstung besitze, die Zaubersprüche selbst anwenden kann.*

Kelly rutschte unbehaglich auf seinem Stuhl hin und her, als erriete er, welche Richtung ihre Gedanken nahmen. »Ihr seid auf einmal so ausgesprochen ungeduldig … seltsam ungeduldig für eine Frau, die die Zerstörung der Maschine in Auftrag gab, die Jedidiah Braun und der Gnom Sammuel Jonas konstruierten. Hättet Ihr das nicht getan, so hätten wir vielleicht schon längst den Zweck der Maschine herausgefunden. Aber Ihr seid so auf Eure Rache fixiert, darauf fixiert, alle Schauspieler für Euer kleines, nettes Drama zusammenzubekommen …«

»Im Augenblick habe ich mehr im Sinn als meine nette kleine Rache – wie Ihr sie zu benennen beliebtet.« Mit einem ärgerlichen Ruck erhob sich die Herzogin von ihrem Stuhl und schritt zum Feuer. Als hauptsächlich aus den Elementen Feuer und Luft erschaffenes Wesen ertrug sie zwar die gelegentlichen Ausdünstungen des Flusses in Thornburg, aber die beständige Feuchtigkeit dieses nassen Klimas verursachte ihr ernsthaftes Unbehagen. »Und ich habe eine sehr gute Vorstellung davon, wozu die Maschine dient. Wie *Ihr* wohl auch, obgleich Ihr so zu tun wünscht, als wüßtet Ihr es nicht«, sagte sie über die Schulter hinweg. »Ich möchte den Apparat in Funktion sehen, was ich aber nicht kann, wenn die daran beteiligten Parteien ihre Maschine einladen und irgendwohin ins Unbekannte davonsegeln. Deswegen ordnete ich die Zerstörung der Maschine an – so daß mir genügend Zeit bleibt, eigene Vorkehrungen zu treffen, ehe die Maschine verschwunden ist.«

»Warum dann«, fragte Kelly ungeduldig, »schickt Ihr nicht in der Zwischenzeit Mr. Hooke aus, meine Bücher zu stehlen? Diese Bücher bedeuten mir mehr, als Ihr Euch vielleicht vorstellt. Sie und ich, wir sind vom Schicksal aneinander gekettet … vereint durch die stärkste Magie.«

»In diesem Fall«, erwiderte die Herzogin süß,

»könnt Ihr leicht noch ein wenig länger auf sie warten, da Ihr wißt, daß sie schließlich zu Euch zurückkehren werden. Was bedeuten eine Woche oder zwei … ja, was bedeuten ein Jahr oder ein Jahrzehnt für solche wie Ihr und mich?«

Sie kehrte dem Feuer den Rücken zu. »Und ich möchte meine Karten nicht zu früh aufdecken … möchte nicht, daß meine jungen Freunde den Verdacht bekommen, daß man entweder Euch oder mich in Cordelia finden könnte.« Sie kniff die Augen zusammen. »Ja, mein guter Sir, ja, ich muß Euch warnen! Unternehmt nichts, was mich am Erreichen meiner Ziele behindert, oder ich könnte mich dazu entschließen, ohne Euren Beistand weiterzumachen.«

Die Herzogin rauschte aus dem Zimmer, doch Thomas Kelly blieb reglos auf seinem Stuhl sitzen. Er fragte sich, was die Herzogin täte, wenn ihr klar würde, wie sehr er diese Bücher benötigte. Obgleich sein Gehirn weiterhin mit derselben alten Präzision arbeitete, obgleich er sich mit größter Klarheit an den Sinn und Zweck seines Tuns erinnerte, waren ihm nur Erinnerungsbruchstücke an den größten Teil seines früheren Lebens verblieben – und er entsann sich nicht einer der Formeln mehr, die er gewußt hatte, ehe er den Übergang vom Leben zum Tod und die halbe Strecke zurück überlebt hatte. Um die Sache noch schlimmer zu machen, verfaulte sein Körper nach und nach, zerfiel langsam … ein Prozeß, von dem er nicht wußte, wie er ihn wirksam zum Halten bringen konnte, so lange er das Wissen nicht besaß, das diese Bücher enthielten – oder die Quellen einer *noch* älteren Überlieferung. Deswegen hatte er bereits (ohne Kenntnis der Herzogin) versucht, seine Macht über die Bücher zu gebrauchen und sie zu sich zurückzuholen … ein Versuch, der nicht allein fehlgeschlagen war, sondern vielleicht sogar den jetzigen Besitzern seine Anwesenheit offenbart hatte.

Und er fragte sich … was die Herzogin unternähme, falls sie wüßte, wieviel er bereits vom Zweck der Maschine bei Mr. Herring erraten hatte – und daß dieser wundersame Apparat so genau mit seinen eigenen Plänen und Ambitionen in Übereinstimmung zu bringen war.

Am folgenden Nachmittag stattete Thomas Kelly dem Troll Jarl Skogsrå einen Besuch in dessen zugigem Schlafzimmer ab. Der Raum war mit einem großen Kamin ausgestattet, der jedoch unbestückt war, als würde Skogsrå die Energie fehlen, Holz herbeizuschaffen, ja, als würde ihm sogar die Kraft fehlen, von einem Diener diesen Dienst zu verlangen – wie ihm offensichtlich jetzt ebenfalls die Kraft fehlte, sich aus seinem Ohrensessel zu erheben oder seinem Besucher einen anderen Sessel anzubieten.

Kelly nahm dennoch auf einem Sessel Platz, der zufällig neben dem leeren Kamin stand.

Die letzten drei Wochen waren nicht freundlich mit Skogsrå umgesprungen. Er hatte den früher für ihn so charakteristischen gepflegten, wohlgenährten Eindruck verloren. Aber es war mehr als das, dachte Kelly und fragte sich dabei, an welchen Krankheiten der Troll wohl leiden mochte. Er war nur in die Kniehosen und ein schmutziges Kambrikhemd gekleidet, das dunkle, glänzende Haar hing ihm schlaff um die Schultern, und er wirkte dadurch müde, krank und zerzaust.

Kelly bemerkte mit mildem Interesse, daß sich das Ungeheuer Cecile, das reglos in einer Ecke stand, in einem ähnlich unbekleideten Zustand befand. »Schlaft Ihr eigentlich mit ihr?«

»Was ich mit ihr tue, geht Euch nichts an«, erwiderte der Troll träge. Er rückte leicht im Stuhl zurecht, wobei der plumpe Huf an seinem Bein über die Dielenbretter kratzte. Es war ein deutliches Zeichen dafür, daß etwas ernstlich nicht stimmte, wenn Skogsrå seine Verstümmelung vor Kellys Augen nicht mehr zu verbergen suchte.

»Ich frage lediglich aus intellektueller Neugier«, meinte der Magier mit einem sehr höhnischen Lächeln auf dem hageren Gesicht. »Die Kreatur hat gewiß ihre körperlichen Reize ... Aber selbst von einem Troll hätte ich angenommen, daß etwas mehr dazu gehörte.«

Der Jarl starrte auf seine Hände. »Sie ist dumm, die Cecile, sie ist langweilig und sanft ... ich jedoch, ich bin nicht mehr jung. Wie es heißt, waren unsere Rassen, Menschen und Trolle, einstmals dieselben. Bei Eurer Art kommt es wohl häufig vor, daß ein Mann in meinen Jahren eine solche Zuneigung faßt ... zu einer hübschen, jungen Frau mit einem sanften Temperament und einer vernachlässigbaren Intelligenz.«

»Mag sein«, erwiderte Kelly, dessen Lippen geringschätzig bebten. »Eigentlich verstand ich selbst damals nichts davon, als ich noch richtig lebendig war, und jetzt ...« Er verschränkte die Hände im Schoß. »Ich begreife zumindest, daß Euch das Ungeheuer etwas wert ist. Und vielleicht ... vielleicht wißt Ihr nicht, daß im Falle von Elsie Vorders Tod auch ihr Ebenbild sterben wird.«

Der Jarl versteifte sich. »Das glaube ich Euch nicht. Warum sollte ich Euch glauben? Die Herzogin sagt nichts dergleichen.«

»Wenn Ihr meinen Worten nicht glaubt, so müßt Ihr die logische Schlußfolgerung selbst ziehen. Wenn Ihr dazu imstande seid«, meinte Kelly. »Wie Ihr wißt, erhält der Golem sein Leben dadurch, daß er Miß Vorders Essenz teilt. In gewisser Hinsicht sind sie dieselbe Person.«

Der Troll saß da, hatte den Kopf zur Seite geneigt und dachte anscheinend über diese Worte nach. »Ja«, sagte er schließlich. »Das würde ... gewisse, kürzlich gemachte Erfahrungen erklären.«

»In diesem Fall müßt Ihr verstehen, daß bei Elsie Vorders Tod das Ungeheuer in seinen ursprünglichen Zustand zurückkehrt, ein konturloses Ding aus unbelebtem Ton wird. Natürlich«, fügte der Zauberer beiläufig hinzu, »kann es auf gleichartige Weise dadurch wiederbelebt werden, daß man Blut aus einer anderen Quelle benutzt. Aber dann muß es einen völlig anderen Wesenszug annehmen. Und das ... das würde Euch nicht so befriedigen, denke ich.«

»Nein«, meinte der Jarl und rückte nachdenklich im Sessel umher. »Das würde mich nicht befriedigen. Sie soll genauso bleiben, wie sie ist. Aber so sagt mir doch vielleicht, was ich Eurer Erwartung nach in dieser Hinsicht unternehmen soll? Ihr müßt etwas erwarten, sonst wärt Ihr nicht hergekommen.«

Kelly winkte in Richtung auf die Gestalt, die schweigend in der Ecke stand. »Ihr könntet vielleicht Eure Cecile mitnehmen und fliehen. Dann würde Elsie Vorder wieder gesund und stark werden, die Herzogin müßte andere Mittel und Wege finden, das unglückselige Mädchen in ihre Falle zu locken, und Cecile befände sich in Sicherheit ... zumindest eine Zeitlang.«

»Das tue ich vielleicht, ja«, sagte Skogsrå träge. »Aber das würde leider, leider mehr Unternehmungsgeist erfordern, als ich anscheinend besitze. Einstmals ... einstmals hätte mir die Unverfrorenheit eines so gewagten Unternehmens gefallen. Jetzt aber habe ich keine Kraft mehr. Ich bekomme wohl nicht genügend Blut.«

Skeptisch hob Kelly eine Braue. »Ich sah Euch gewaltige Portionen Fleisch und Blut vertilgen.«

Der Jarl schüttelte traurig den Kopf. »Rindfleisch, Schweinefleisch und Lamm – es ist nicht dasselbe. Es stärkt nicht genügend. Aber die Herzogin gestattet mir nicht, von den jungen Frauen in Moonstone oder Hobb's Church Gebrauch zu machen. Sie fürchtet das daraus entstehende Gerede.«

Kelly grinste ihn höhnisch an. »Ihr seid abergläubisch, bedauere ich sagen zu müssen. Für Euch kann die Herkunft des Bluts doch unmöglich eine Rolle spielen.«

Der Troll regte sich schwach. »Meint Ihr? Aber was wißt Ihr schließlich davon! Ihr erachtet Euch wohl als weise, aber Ihr seid nicht von meiner Rasse. Ich weiß, was ich benötige: eine Frau, in der die Lebenskraft stark und leidenschaftlich rinnt, eine Frau, die mit mir zusammen das Ritual durchläuft. Es ist zu lange her, seitdem ich mir eine Braut nahm.«

Erneut verzog Kelly die dünnen, blauen Lippen zu einem höhnischen Grinsen. »Schön, schön, Ihr seid wirklich zu bemitleiden! Aber vielleicht … wenn Ihr zu schwach und feige seid, um etwas gegen die Herzogin zu unternehmen, dann bin ich möglicherweise in der Lage, etwas für Euch zu arrangieren.«

Der Zauberer lehnte sich in seinen Sessel zurück. Alle seine Bewegungen waren so klein und irgendwie leblos, daß sich diejenigen, die ihn kannten, leicht daran erinnern konnten, daß er eigentlich ein belebter Leichnam war. »Vielleicht verhelfe ich Euch zu einer Braut. Voraussetzung ist allerdings, daß Ihr anschließend genügend Kraft in Euch findet, mit dem Golem zu entfliehen.«

Der Troll starrte ihn mit einem gewissen leichten Argwohn an. »Und warum würdet Ihr dies tun? Was drängt Euch zu diesem großzügigen Angebot?«

»Selbstinteresse«, erwiderte Kelly. »Ich glaube, daß mich die Herzogin jetzt für entbehrlich hält … wenn nicht sogar für einen Klotz am Bein. Ich meinerseits möchte unser Bündnis zumindest eine gewisse Zeitlang aufrechterhalten. Und die Herzogin muß jemanden haben, der ihr dient. Wenn Ihr verschwunden seid, steigt mein Wert, und die Herzogin wird mich weniger gern loswerden wollen … ebenso, wie sie sich Eure Cecile erbarmungslos vom Hals schaffen will.«

Doch der Troll blieb argwöhnisch. »Aber warum solltet Ihr die Herzogin fürchten ... Ihr, der Ihr praktisch unbesiegbar seid, Ihr der Ihr mit einer einzigen Berührung töten könnt? Warum ... schafft Ihr Euch nicht die Herzogin vom Hals?«

»Vielleicht werde ich noch soweit getrieben«, erwiderte Kelly kalt. »Aber wie ich Euch sagte, wünsche ich das Bündnis noch eine Weile lang aufrechtzuerhalten. Ich glaube, daß die Herzogin für mich von beträchtlichem Nutzen ist.

Zudem«, fügte er hinzu, »kann ich wie das Ungeheuer Cecile an der Essenz anderer teilhaben – was in meinem Fall mit der Macht einhergeht, mittels einer Berührung zu töten. Aber ein Gefäß kann nur eine bestimmte Menge aufnehmen – und man muß dann gleichfalls noch die Stärke der Wand in Betracht ziehen. In gewisser Hinsicht bin ich stärker als zu der Zeit, da ich sterblich war. Ich bin unempfindlich gegenüber Feuer, Gift und den meisten Verletzungsarten, dennoch hat diese menschliche Gestalt ihre Grenzen. Die Herzogin ist jedoch trotz ihrer äußerlichen Zerbrechlichkeit aus einer stärkeren, untergründigeren Materie gemacht. Ich werde mich ihr nur dann widmen, wenn man mich dazu zwingt.«

Skogsrå starrte ihn weiterhin mit trübem, entmutigtem Blick an. »Ich verstehe Euch nicht.«

Kelly erhob sich aus seinem Sessel, baute sich vor dem Troll auf und blickte mit schlecht verhohlener Verachtung auf ihn herab. »Als ich Gottfried Jenk seine letzten verbliebenen Jahre entzog, empfand ich das stärkend. Und die paar Wochen oder Jahreszeiten, die ich von seiner Enkelin Sera erhielt, als ich sie in den Klauen hatte, hatten eine ähnlich wohltuende Wirkung. Aber die Herzogin ...«

Kelly zuckte beiläufig mit einer Schulter. »... bei diesen Mischlingen kann man nie genau sagen, wie lange sie leben werden. Erwartungsgemäß sollte die Dame, wenn alles natürlich verläuft, noch vielleicht … zwei Jahrhunderte weitermachen. Und sollte ich den Versuch unternehmen, ihre gesamte Lebensspanne auf einmal einzusaugen, so könnte das mehr sein, als dieses menschliche Gefäß aufnehmen kann, ohne dabei zu zerbrechen.«

25. KAPITEL

In welchem die Wahre Liebe auf ihrem Kurs ins Schlingern gerät

Obgleich Sera Lord Skelbrooke der Hausgemeinschaft unter jedem Namen vorstellen wollte, den er sich aussuchen mochte, weigerte sie sich, dies auch bei Miß Barebones zu tun. Vielmehr hielt sie es für an der Zeit – und schon darüber hinaus –, reinen Tisch zu machen und der Leiterin den eigenen sowie Elsies Namen und ihre gegenwärtige Lage mitzuteilen.

Es mochte sein (sagte Sera zu sich), daß Miß Barebones sie beide hinauswerfen würde – wozu sie gewiß jedes Recht hätte. In diesem Fall müßten sie halt einen neuen Ort zum Leben finden, und zwar einen, wo sie die Gastfreundlichkeit ihrer Gastgeberin *nicht* mit Lügen und Ausflüchten mißbrauchen würden.

Aber natürlich hätte sich Sera keine Sorgen machen müssen; Miß Barebones drückte lediglich ihr Interesse und Mitgefühl aus. »Ihr müßt so lange hierbleiben, wie Ihr wollt, und Ihr sollt Euch so nennen, wie es Euch beliebt«, meinte Miß Barebones. »Und wenn man bedenkt, daß Ihr die ganze Zeit über falsche Namen benutzt habt – wie romantisch das doch ist! Und die Gefahr, in die wir anderen uns möglicherweise begeben … nun, es ist recht unwahrscheinlich, daß uns etwas zustößt, aber es ist gut, daß Ihr mich gewarnt habt.«

Skelbrooke hatte sie sogleich für sich eingenommen. Sie war bezaubert von seiner feinen Lebensart und den feinen Manieren. Elsie stellte ihn den anderen Damen, Miß Fitch und Miß Eglantine, als ihren Vetter Mr. Carstares vor.

»*Doktor* Carstares ... ich bin praktischer Arzt, wißt Ihr«, korrigierte Seine Lordschaft sie mit einem schelmischen Funkeln in den Augen. »Da ich mich in der Nachbarschaft von Hobb's Church aufhielt und von Miß Thorn erfuhr, daß meine Kusine an einer rätselhaften Krankheit leidet, entschloß ich mich sofort zu einem Besuch in Mothgreen Hall, um ihren Zustand in Augenschein zu nehmen.«

Und sogleich hatte er Miß Eglantine und Miß Fitch ebensosehr für sich eingenommen, wie es bei Miß Barebones der Fall war. Beide Damen waren erfreut, einen Arzt im Haus zu haben – insbesondere einen Arzt, der ein so schmeichelhaftes Interesse an allen ihren Klagen zeigte, mochten es nun wirkliche oder eingebildete Klagen sein.

»Schämt Ihr Euch eigentlich nicht über Euer eigenes Verhalten?« schimpfte ihn Sera bei einem Spaziergang im Garten am folgenden Nachmittag aus.

»Aber meine liebe Miß Thorn, ich glaube, Ihr selbst sagtet einmal zu mir, daß ich einen Fehler beging, als ich die praktizierende Medizin aufgab«, erwiderte Seine Lordschaft, sie absichtlich mißverstehend. »Wie ich mich entsinne, seid Ihr bei diesem Thema sehr nachdrücklich geworden.«

Sera zog scharf den Atem ein. »Ganz bestimmt habe ich niemals auch nur etwas halb so Impertinentes gesagt«, erklärte sie mürrisch. »Obgleich ich tatsächlich vielleicht äußerte, daß Ihr ein guter Arzt wäret.«

»In der Tat waren dies Eure Worte – was habt Ihr für ein bewundernswertes Gedächtnis, Miß Thorn! Und daher möchte ich genau dies tun«, sagte Seine Lordschaft. »Ich hatte meine Studien fast beendet, als ich die Universität verließ, wißt Ihr, und ich hatte weitreichende praktische Erfahrungen am Hospital der Heiligen Mächte gesammelt. Viele praktizierende Mediziner sind bei weitem weniger qualifiziert als ich.«

Unter einem Laubengang mit üppigem Blattwerk

blieben sie stehen. »Ich sollte schließlich noch ein oder zwei Jahre als Assistent bei einem Medizinprofessor absolvieren«, fügte er hinzu, »aber das mußte wegen drängenderer Angelegenheiten warten. Jetzt jedenfalls bleibe ich in Cordelia und ... Sera, werdet Ihr mich morgen auf einen Besuch zu Jedidiah mitnehmen? Ich bin insbesondere an der Maschine interessiert, die er baut. Auch ... muß ich ihm ein oder zwei Dinge mitteilen.«

Während sie einen mit Platten ausgelegten Pfad hinabschlenderten, erging sich Seine Lordschaft in einer kurzen Beschreibung seiner Abenteuer in Zammarco sowie seiner Begegnung mit Caleb Braun und der rätselhaften Eirena.

»Caleb Brauns *Tochter*?« fragte Sera und lächelte ungläubig. »Aber das scheint kaum ... Vielleicht könnt Ihr mir sagen, Sir, wer denn die Mutter des Kindes sein soll?«

»Offenbar«, erwiderte Skelbrooke, »*hat* sie keine Mutter und hat auch nie eine Mutter gehabt. Sera, entschuldigt bitte, denn es wird Euch wohl kaum gefallen, was Ihr jetzt hört. Nichtsdestoweniger glaube ich, daß Ihr es erfahren müßt. Ehe ich den Kontinent verließ, überredete mein Freund Trithemius Ave Caleb schließlich, sein Geheimnis (das ich allmählich erahnt hatte) preiszugeben und zuzugeben, daß Eirena – weit entfernt davon, auf gewöhnliche Weise geboren zu sein – in Wahrheit ein Homunkulus ist, im Laboratorium erschaffen durch Euren Großvater und Caleb Braun. Sie benutzten geheimnisvolle Materialien und eine gewöhnliche Alraunenwurzel.

»Ohne Zweifel«, fügte Seine Lordschaft hinzu, »werdet Ihr mir jetzt sagen, so etwas sei unmöglich.«

»Im Gegenteil«, entgegnete Sera, besorgt die Stirn runzelnd. »Ihr vergeßt, daß mein Großvater eine entscheidende Rolle bei meiner Erziehung spielte. Ich glaube, so etwas kann *vielleicht* getan werden ...

manchmal. Die Frage ist, ob es getan werden *sollte.* Und selbst wenn – wenn das Ergebnis harmlos genannt werden kann … wenn man die Kosten sowie die hohe Wahrscheinlichkeit eines Fehlschlags in Betracht zieht, eines Fehlschlags, der in den Ruin treiben kann … wäre zu überlegen, ob der Versuch überhaupt angegangen werden sollte.

Aber Ihr … Ihr habt die Kreatur tatsächlich gesehen«, meinte sie. »Seid Ihr Euch ganz, *ganz* sicher, daß Caleb die Wahrheit sprach?«

»Das bin ich«, sagte er mit einer tiefen Verneigung. »Denn sobald mir die Idee in den Sinn gekommen war, paßte alles dazu, was ich über Eirena wußte. Vielleicht erinnert Ihr Euch ebenfalls ein wenig an die letzten Tage im Buchladen Eures Großvaters …?«

Mit zusammengezogenen Brauen und einem fernen Ausdruck in den dunklen Augen dachte Sera eine Weile lang nach. »Ja …«, gab sie widerstrebend zu. »Ja, ich erinnere mich – oh, zu dieser Zeit ergab nichts einen Sinn. Ein winziger Zipfel, ein Wort, das Caleb Braun fallenließ …

Aber falls diese unglaubliche Sache tatsächlich wahr sein sollte«, fügte sie hinzu, »dann muß Eirena – in gewisser Hinsicht – ebenso gut ein Kind meines Großvaters wie Calebs Kind sein.«

Skelbrooke räusperte sich und verbrachte einige Augenblicke damit, die einfachen Bänder an seinem Handgelenk zu richten. »Was das betrifft … so möchte ich Euch lieber die Einzelheiten ersparen, aber die Umstände der Erschaffung Eirenas waren so … Kurz gesagt, sie kann eine Verwandtschaft mit Caleb und Jed für sich in Anspruch nehmen, jedoch keinesfalls mit Euch.«

Sie schritten weiterhin Seite an Seite dahin, gingen durch die duftenden Gänge, zwischen Beeten mit blühendem Lavendel, Rosmarin und Melisse. Sera war sehr still, denn Skelbrooke hatte ihr sehr viel Stoff zum

Nachdenken gegeben. Aber als sie ein niedriges Törchen erreichten und in den Obstgarten traten, fragte sie jäh: »Als Arzt gesprochen, Sir … wollt Ihr mir sagen, so etwas sei möglich?«

»Als *Arzt* gesprochen, Miß Thorn, müßte ich eigentlich verneinen. Aber als Magiker und Glasmacher gesprochen«, erwiderte Skelbrooke, »bin ich ganz und gar davon überzeugt.«

»Als Magiker …« Seras Augen wurden noch dunkler. »Aber natürlich müßt Ihr ein Magiker sein. Ihr seid tief in den Rat der Gilde vorgedrungen, nicht wahr?«

Jäh umfing er sie mit den Armen und beraubte sie dadurch einen Augenblick lang des Atems. Obgleich überrascht und ziemlich aus der Fassung gebracht, machte sie keine Bewegung, sich wieder zu lösen. »Liebe Sera«, sagte er, plötzlich sehr ernst geworden. »Diesen Teil meines Lebens kann ich kaum leicht oder augenblicklich fallenlassen. Aber wenn du lieber … nicht die Frau eines Magikers sein willst, sondern die eines gewöhnlichen Arztes, so kann ich lediglich versprechen, daß ich danach *streben* werde …«

Unglücklicherweise tauchte just in diesem sehr interessanten Augenblick Miß Fitch am Ende des Pfads auf, und Skelbrooke war gezwungen, Sera loszulassen. Heftig errötend löste sie sich aus seiner Umarmung. Obgleich dieses Thema nicht weiter verfolgt werden konnte, verschaffte Seras weicherer Gesichtsausdruck ihrem Bewerber Grund zur Hoffnung.

Doch später am Abend, nach dem Essen, gingen Seine Lordschaft und die Damen ins Gesellschaftszimmer – die alten Damen und Elsie ließen sich zu einem Spiel Whist nieder, während Skelbrooke eine lässige Pose am Kamin einnahm. Er hatte einen Arm auf den Kaminsims gelegt, um Sera besser beobachten zu können, die ein Paar Handschuhe flickte. Da beging Mylord einen groben Schnitzer. Er griff nach seiner

Schnupftabaksdose und holte statt dessen die Dose mit dem Schlafstaub hervor.

Augenblicklich begriff er seinen Irrtum und schlug den Deckel zu. Aber Sera hatte die kleine, goldene Dose mit den Einlegearbeiten aus Perlen und Elfenbein bereits ebenso wiedererkannt wie das feine, kristalline Pulver, und sie war außerstande, ihren Ärger zu verbergen. Wie er sah, war ihr seit langem klargeworden, weswegen er dem Staub gegenüber immun war. Leicht errötend steckte er die Dose in die Tasche zurück.

Es schien nicht die geeignete Stunde, ihr Gespräch aus dem Garten fortzusetzen.

Müde und sehr durcheinander, verwirrt und im Innern aufgewühlt, ging Sera früh in ihr Schlafzimmer hinauf, angeblich, weil sie sicherstellen wollte, daß ihr Kleid und ihr Hut für den Kirchgang am folgenden Morgen vollendet saßen.

Ihre Stimmung verschlechterte sich weiter, da sie das kleine Halsband aus See-Elfenbein und Gold nicht finden konnte, das sie tags zuvor abgelegt hatte – aus was für einem merkwürdigen Impuls heraus war ihr nicht klar … vielleicht, damit Seine Lordschaft nicht annehmen sollte, er habe sie so gut wie in der Tasche. Am heutigen Morgen hatte sie nicht mehr daran gedacht, es anzulegen. Sie glaubte, es sorgsam in eine Schublade gelegt zu haben … und fest davon überzeugt, daß sie die Lade unmittelbar darauf geschlossen hatte … aber sie mochte ihre Handschuhe, Taschentücher und Strümpfe durchwühlen, wie sie wollte, das Halsband blieb verschwunden.

Sera trat von der Kommode zurück und versuchte, sich zu erinnern. Vielleicht hatte sie es in eine andere Schublade gelegt? Das schien kaum wahrscheinlich, denn sie besaß stets ein gutes Gedächtnis für derlei Dinge. Nichtsdestoweniger durchsuchte sie die anderen Schubladen, durchsuchte jede Kommode und jedes

Schränkchen in ihrem Zimmer, ja sogar – allerdings ein wenig hektisch – Elsies Zimmer, falls das Halsband zufällig dorthin geraten war, als sich Elsie einen Spitzenschal oder ein Paar Handschuhe geborgt hatte … erfolglos.

Mit Tränen der Enttäuschung in den Augen setzte sich Sera hart auf die Kante von Elsies Bett. Hatten Hobgoblins das Halsband weggenommen, weil das Gold so glitzerte? Aber die Hobgoblins öffneten keine Schubladen oder Schränkchen. Sie nahmen nur das mit, was die Leute achtlos herumliegen ließen, als verspürten sie tatsächlich Gewissensbisse, etwas zu stehlen, das andere unter Verschluß hielten. Deswegen war Sera so sorgfältig darauf bedacht gewesen, das Halsband in eine Schublade zu schließen.

Sie klatschte in die Hände. Hobgoblins *öffneten* keine Schubladen, doch nahmen sie vielleicht etwas aus einer Lade, die bereits offenstand? *Hatte* sie die Lade früher am Tag offengelassen, als sie etwas herausgeholt hatte? Sie erinnerte sich ganz bestimmt nicht daran, aber sie war vielleicht einen Augenblick lang abgelenkt gewesen, hatte das Schmuckstück aus Elfenbein nicht mehr im Sinn gehabt …

Eines war gewiß, dachte Sera traurig. Wenn die Hobs ihr Halsband mitgenommen hatten … Skelbrookes Geschenk … dann war es unwiderruflich verloren.

26. KAPITEL

In welchem Jed und Mr. Jonas Besucher empfangen, willkommene wie auch unwillkommene

In der Werkstatt hinter Mr. Herrings Geschäft waren Jed und Mr. Jonas hart an der Arbeit und bauten eifrig ihre wunderbare Maschine wieder zusammen. Sie hatten während der letzten Tage so fleißig gearbeitet, daß sie ihre Aufgabe fast beendet hatten. Auch hatte sie keine weitere mutwillige Zerstörung zurückgeworfen, vielleicht (dachten sie), weil Mr. Jonas eine Falle über der Tür installiert hatte, die sie jedesmal in Gang setzten, wenn sie des Abends heimgingen.

Als am Vordereingang des Geschäfts jemand heftig rüttelte, tauschten Jedidiah und der Gnom verwirrt Blicke aus. Sie hatten niemanden erwartet, und Mr. Herring besaß natürlich selbst einen Schlüssel. Aber Jed legte seinen Hammer und die Nägel hin und ging zur Tür. Einige Augenblicke später kehrte er sehr erhitzt und empört zurück, im Schlepptau Moses Tynsdale.

Mr. Jonas begrüßte den Eindringling stirnrunzelnd – einen Ausdruck, den man auf seinem breiten, gutmütigen Gesicht selten zu sehen bekam. Zusammen mit den geschwungenen Hörnern war die Wirkung überraschend furchteinflößend.

»Er besteht darauf – *äußerst* lautstark –, daß er nicht heimgehen würde, ehe er einen Blick auf die ›infernalische‹ Maschine erhielte, die wir hier bauen«, erklärte Jed kurz.

Wenn er nicht gerade eine heftige Strafpredigt hielt, verhielt sich der Geistliche stets völlig korrekt, und bei dieser Gelegenheit war es nicht anders. »Das stimmt«, sagte er mit einer steifen Verbeugung und einem düsteren Blick. »Und der Mechanismus sieht aus wie vom Bösen Geist geschaffen.«

Jed lehnte sich an eine Mauer und verschränkte die Arme vor der Brust, als müsse er diese großen, rührigen Gliedmaßen unbedingt verbergen, damit sie nicht wild um sich schlugen. Mr. Jonas jedoch machte sich wieder an die Justierung der empfindlichen Instrumente.

»Wenn Ihr diesen Eindruck habt, so möchte ich Euch sagen, daß Ihr Euch entschieden irrt«, erwiderte der Gnom trocken. »Ihr mögt ihn vielmehr einen himmlischen Mechanismus nennen.«

Tynsdale umkreiste die Maschine, wobei er sie unablässig mit einem nachdenklichen Blick fixiert hielt. Er blähte die Nasenflügel, als er einen Hauch Schwefel roch. »Vermutlich hat er irgendeine Verbindung zu den heidnischen Ruinen auf dem Hügel?«

»Da besteht eine schwache Verbindung«, erwiderte Mr. Jonas, der gerade den Abstand zwischen zweien der Magneten vermaß. »Und wir graben keine heidnische Ruinen auf dem Spyglass Hill aus, sondern die Überreste einer Kapelle, die den Neun Jahreszeiten geweiht war.«

»Ich nehme alles zurück«, meinte Reverend Tynsdale und blieb stehen. Er legte die Hände auf den Rücken und schaukelte auf den Sohlen seiner Schuhe hin und her. »Und vielleicht seid Ihr gleichfalls geneigt zu erklären, was Ihr mit diesem Apparat genau vorhabt?«

Bei diesen Worten konnte Jedidiah seine Entrüstung nicht länger im Zaum halten. »Da hört sich doch alles auf! Er hat kein Recht, herzukommen und uns so auszuquetschen, der unverschämte Kerl! *Er* ist nicht der Vikar, und *wir* sind nicht dazu verpflichtet, ihm Rede und Antwort zu stehen!«

»Nein, das sind wir nicht«, meinte auch Mr. Jonas. »Obgleich ich vermute, daß seine Berufung in gewisser Hinsicht seine Neugier rechtfertigt – zumindest seiner eigenen Meinung nach. Der Apparat ist harmlos, Mr. Tynsdale, dessen kann ich Euch voll und ganz versichern. Und seine genaue Funktion … ich werde Euch nicht mit einer Erklärung belästigen, denn er ist sehr kompliziert, und Ihr würdet nicht die Hälfte davon verstehen.

Und ich muß um Eure Nachsicht bitten«, fügte er mit einer eigenen kleinen steifen Verneigung hinzu. »Mr. Thorn und ich beenden gerade unsere Arbeit. Der Tag ist weit vorangeschritten, und wir sehnen uns danach, ins Bett zu kommen. Wenn Ihr also so freundlich wäret …?«

Äußerst aufgebracht stolzierte Mr. Tynsdale hinaus, gefolgt von Jedidiah, der die Tür verriegelte.

Als Jed in den Anbau zurückkehrte, sah er Mr. Jonas auf einem Hocker neben dem Apparat sitzen und sein Werk, nachdenklich die Stirn runzelnd, betrachten.

»Es gehen Gerüchte um«, sagte Jed und steckte die Hände in die Taschen. »Was wir hier tun, ist kaum mehr ein Geheimnis. Und wir werden vielleicht noch zur Rechenschaft gezogen. Hätte ich bloß meine Zunge im Zaum gehalten oder wenigstens versucht, höflicher zu sein! Der Gemütszustand der Stadt ist wegen des Ärgers und der Sorge um die Hobgoblins dieser Tage ziemlich in Wallung geraten, und wir haben gesehen, wie erfolgreich dieser Bursche Tynsdale den Mob aufzupeitschen vermag.«

»Nichtsdestoweniger«, sagte Mr. Jonas. »Bis wir öffentlich dazu aufgefordert werden, Rechenschaft abzulegen – was wir noch immer umgehen können –, müssen wir die größtmögliche Geheimhaltung wahren. Es würde nichts einbringen, wenn wir unsere Absichten öffentlich herausposaunten.«

Am folgenden Morgen ging Sera an Francis Skelbrookes Arm zur Kirche. Wie gewöhnlich war jedermann bezaubert von Seiner Lordschaft – und wie es sich so ergab, besuchte eine große Anzahl Leute den Morgengottesdienst in der kleinen weißen Kirche der Sieben Schicksalsgötter, die alle unbedingt die Bekanntschaft eines so eleganten Gentlemans machen wollten.

Sera mußte zugeben, daß er sehr fein aussah. Er trug einen Anzug aus blaßgelbem Satin, hielt dazu ein Malakkaspazierstöckchen in der Hand und hatte einen Dreispitz mit Federbusch aufgesetzt. Sein Haar war makellos gepudert, und er hatte sich ein winziges Pflästerchen in der Form eines fünfzackigen Sterns unter ein Auge gesetzt.

Neben ihm kam sich Sera in ihrem kirschrot gestreiften Popelinkleid und dem Strohhut sehr schäbig und provinziell vor.

Nach dem Gottesdienst führte ihn Sera an den Grabsteinen vorbei auf die Kuppe des Spyglass Hill, damit er die Fußböden der zerstörten Kapelle zu sehen bekäme. Der größte Teil des Schutts war beiseitegeräumt und die Fliesen darunter schienen sauber geschrubbt worden zu sein. Abgesehen von dem Saum aus Sternen und Kometen, den vergoldeten Schiffen und Ballonen voller Planetenreisender hatten sie eine Seelandschaft mit fremdartigen Pflanzen und phantastischen Meereswesen entdeckt, von denen einige (laut Mr. Jonas) gar keine natürlichen Kreaturen waren, sondern vom Ursprung her gewiß mechanisch.

Lord Skelbrooke holte einen Kneifer aus der Tasche und untersuchte ein Gemälde – es sah aus wie ein silbern besetzter Wal mit Rädern und Luken –, das (laut Mr. Jonas) nur ein Unterwasserfahrzeug sein konnte.

»Meine Liebe«, meinte Seine Lordschaft, eine Braue hebend, »ich kann mir einfach nicht vorstellen, wie man dies hier je für das Werk von Wilden hatte halten können.«

Verwirrt die Stirn runzelnd sah ihn Sera an. Zusammen mit seiner feinen Kleidung, seinem Haarpuder und seinem Duft hatte er gleichfalls wieder etwas von seinem alten, affektierten Gehabe angenommen. Wie schon so oft zuvor wußte Sera nicht so recht, was sie von ihm zu halten hatte.

Sie verließen den Friedhof, gingen den Hügel hinab und weiter über den Dorfplatz zu Mr. Herrings Haus hinüber, wo sie Jed und Mr. Jonas treffen wollten. Wie zumeist des Sonntags schwang Moses Tynsdale am üblichen Ort, zu Füßen der Statue von Henry IX., eine Rede. Der gütige und fromme Pfarrer der ›Kirche der Sieben Schicksalsgötter‹, Mr. Bills, weigerte sich standhaft, seine Kanzel mit dem Aufruhr erregenden Tynsdale zu teilen.

Als sie der Marmorstatue näherkamen, versteifte sich Skelbrooke jäh. »Dieser Mann, Miß Thorn … Ihr kennt ihn?«

»Na, ja«, erwiderte Sera, die sich fragte, weswegen er so scharf gesprochen hatte und den Geistlichen so grimmig anstarrte. »Das ist Reverend Moses Tynsdale … der Wanderprediger.«

Seine Lordschaft runzelte weiterhin die Stirn. »Sein Name ist nicht Tynsdale, er lautet Hooke«, sagte er grimmig. »Wie ich glaube, *war* er einmal ein Geistlicher, wurde jedoch ebenso rasch seines Amtes enthoben, wie er geweiht worden war. Er ist als Bündnispartner für Euch kaum die richtige Person.«

Sera lächelte ungläubig. »Weil er vorgibt, jemand zu sein, der er nicht ist?« Sie senkte die Stimme. »Aber wie es scheint, nehmen wir alle heutzutage andere Namen an … es ist fast allgemein üblich geworden. Vielleicht versucht er – wie wir –, sich zu verstecken.«

Seine Lordschaft nahm sie fest beim Arm und führte sie eine Straße hinab – zufällig in die völlig falsche Richtung, aber Sera achtete auch nicht weiter darauf, da sie von seinem bestimmten Auftreten überrascht wurde, das ihr wesentlich besser gefiel als zuvor seine Pose träger Eleganz.

»Wenn ich mir überlege, was für einen schlechten Ruf er noch bei unserer letzten Begegnung bei den Behörden hatte, fällt mir die Vorstellung nicht schwer, daß er sich verbergen will«, sagte Skelbrooke kochend. »Eigentlich erstaunt es mich, ihn so frisch und munter vor mir zu sehen – ich hätte ihn eher in einer Gefängniszelle erwartet. Weswegen ich wiederhole, daß er ein gefährlicher Mann und kein geeigneter Umgang für Euch ist!«

Sera verschluckte die offensichtliche Erwiderung und fragte statt dessen neugierig: »Dann seid Ihr mit diesem Hooke oder Tynsdale gut bekannt?«

»Zu meinem Bedauern gab es eine Zeit, da wir sehr eng miteinander befreundet waren«, erwiderte Skelbrooke schroff.

»Aber Ihr seid nicht … zufällig … durch Blutsbande vereinigt?«

Seine Lordschaft war ganz augenscheinlich überrascht davon, mit dem dunkelhäutigen Tynsdale in einen Topf geworfen zu werden. »Bei den Heiligen Mächten, nein! Wollt Ihr mir etwa sagen, daß Euch eine gewisse Ähnlichkeit auffällt?«

»Nein … keine Ähnlichkeit der Züge oder der Gestalt«, erwiderte Sera langsam. »Aber manchmal … des Ausdrucks.«

Skelbrookes Griff um ihren Arm hatte sich nicht gelockert. »Euripides Hooke und ich teilten einstmals einige bemerkenswerte und schmerzliche Erfahrungen miteinander. An diese Zeit meines Lebens will ich mich nicht gern erinnern. Man nimmt jedoch an, daß solche Erfahrungen Spuren hinterlassen.«

Seine Stimmung hob sich beträchtlich, als ihn Mr. Jonas und Jedidiah zur Besichtigung der Maschine in ihre Werkstatt mitnahmen. Er untersuchte den Apparat durch seine Brille und freute sich sichtlich darüber. Und er stellte eine große Anzahl Fragen – Fragen, die sich Jed und Gnom mehr als glücklich schätzten zu beantworten, denn sie hielten es für natürlich, daß Seine Lordschaft ein persönliches Interesse an dem Unternehmen hatte … schließlich war es Skelbrooke selbst gewesen, der das Pergament der Herzogin gestohlen und es den Glasmachern übergeben hatte. Auf dem anschließenden Rückweg nach Mothgreen Hall fragte Sera, ob er beabsichtige, an der ›Schatzjäger-Expedition‹ von Jed und Mr. Jonas teilzunehmen.

»Ganz gewiß«, antwortete Seine Lordschaft. »Aber natürlich … Das heißt, wenn ich es recht verstehe, kommt Ihr und Miß Elsie ebenfalls mit.«

»Ja«, sagte Sera seufzend. »Wir haben wohl etwas in dieser Richtung versprochen.«

Daraufhin schwieg Mylord eine Weile lang nachdenklich. »Euch gefällt das Unternehmen nicht«, meinte er schließlich. »Kein Wunder, wenn man Eure Familiengeschichte berücksichtigt. Ihr würdet diese Sache vermutlich viel lieber als abgedrehten Unsinn von Euch weisen, statt das Risiko einzugehen, daß Euer eigenes Interesse durch eine leidenschaftslose Untersuchung des Ganzen angeregt würde«, vermutete er scharfsinnig. »Was erneut kein Wunder ist. Aber wenn ich es so ausdrücken darf, und ich möchte wirklich niemanden beleidigen, war Euer Großvater vielleicht nicht sehr weise in der *Art*, wie er sich den Mysterien näherte.«

Es war ein schwüler Tag, und Sera streifte sich die Handschuhe ab und warf sie ungeduldig in ihre Handtasche. »Mein Großvater … mag sein, daß er sich am Ende ja eines Erfolgs bei der Erschaffung eines Homunkulus erfreute … mein Großvater verschleuderte nicht bloß sein gesamtes Vermögen – bescheiden, aber ausreichend – auf der Suche nach dem mystischen Stein Seramarias. Wie es scheint, ist darüber hinaus auch sein jäher Tod ein unmittelbares Ergebnis seiner lebenslangen Jagd nach verborgenem Wissen. Nichtsdestoweniger war er kein junger Mann, und er hatte einen guten Teil des Lebens und der Welt gesehen! Für mich stellt sich hier die Frage, ob Ihr wirklich soviel weiser seid, als er es war?«

Lord Skelbrooke hob den sorgfältig gepuderten Kopf. »Euer Großvater war ein geheimniskrämerischer Mann und zu stolz, den Rat anderer Männer anzunehmen, und zwar den von Männern, die bereits erfolgreich eben jenen gefährlichen Pfad bereist hatten, dem er folgen wollte.«

Sera schwieg. Sie dachte an Mr. Budges Worte, daß Lord Skelbrooke gleichfalls ein stolzer und geheimniskrämerischer Mann sei.

»Nein, ich behaupte nicht, weiser als Euer Großvater zu sein«, fuhr Seine Lordschaft fort, während die Straße durch einen schattigen Birkenhain führte. »Aber ich höre gelegentlich auf den Rat von Freunden, die jene Weisheit *besitzen* ... Männer wie Mr. Owlfeather, Mr. Jonas und Meister Ule.

Und was das Verschleudern meines Vermögens betrifft ... mit aller gebührenden Bescheidenheit: an meinem Vermögen ist nichts bescheiden. Ich müßte mich schon ganz schön dumm anstellen, wenn ich auch nur die Hälfte davon verschleudern wollte. Wenn Ihr mich heiratet, Sera, so wird es Euch niemals an etwas fehlen, das kann ich Euch versprechen.«

Sera errötete und erblaßte abwechselnd. Es war eine ärgerliche Angewohnheit seinerseits, beständig zu erklären, daß er sie heiraten wolle, ihr die Heirat jedoch niemals wirklich *antrug.* Und sie entsann sich schließlich, weswegen sie ihn einstmals nicht hatte leiden können. Er rief etwas in ihr hervor, das ihr nicht angenehm war, und das war dieser entsetzliche Zustand, worin ihr der Puls hämmerte und das Herz flatterte *(wie einem Mädchen in einer schwülstigen Liebesgeschichte,* dachte Sera) … oder vielmehr, sie wußte, daß sie diesen Zustand nicht angenehm finden *sollte,* und das war so ziemlich dasselbe.

»Und was hat Euch auf die Idee gebracht … Mr. Carstares … daß ich einen wohlhabenden Mann zu heiraten wünsche?«

Die Straße führte sie wieder in den Sonnenschein hinaus. »Na ja, auf jeden Fall glaube ich, Ihr seid viel zu sensibel, um an eine Heirat mit einem Mann zu denken, der sich wahrscheinlich ruinieren wird. In dieser Hinsicht möchte ich Euch nochmals beruhigen. Und ich glaube nicht, daß es Euch wirklich *mißfiele,* die Frau eines Barons zu sein und ein bequemes Leben zu führen. Ich nenne ein feines altes Landhaus mein eigen, drüben in Imbria, und auch ein Haus in Lundy.«

Sera warf ihm einen ängstlich fragenden Blick zu. Wahrlich, er war ein derartiges Bündel an Widersprüchen, daß sie ihm nur schwer zu vertrauen vermochte. »Ich dachte, Euer Plan sei es, Eure Studien wiederaufzunehmen und auf dem Kontinent Calliope Medizin zu praktizieren?«

»Allerdings, ja. Eine gewisse Zeitlang. Um dann anschließend heimzukehren und auf meinen alten Besitztümern eine Familie zu gründen … vorausgesetzt, dieser Plan findet Eure Zustimmung.«

»Und Eure gegenwärtige …« Sera zögerte und wickelte sich die Riemen ihrer Handtasche fest um die Finger. »Man könnte sie wohl Beschäftigung nennen … wollt Ihr also diese Beschäftigung ebenfalls beibehalten?«

»Ganz und gar nicht«, erwiderte Skelbrooke. »Ich denke vielmehr, daß ich dieses Geschäft bereits aufgegeben habe.«

Sera seufzte tief. »Dennoch habt Ihr den Schlafstaub noch immer bei Euch.«

Seine Lordschaft mied bewußt ihren Blick. »Ich habe ihn nicht einzig zu dem Zweck bei mir, meine Gegner auf der Stelle bewußtlos zu machen. Und er ist … wirklich eine recht harmlose Angewohnheit.«

»Ja, das sagen alle, die selbstzerstörerischen Angewohnheiten frönen«, meinte Sera mit einem bitteren Lächeln. »Sie versuchen stets, sich einzureden, es sei keine großartige Sache.«

27. KAPITEL

In welchem die Herzogin einen herben Verlust erleidet und Jarl Skogsrå Hochzeitspläne schmiedet

In Stillwater Hall kämpfte die Herzogin tapfer darum, jene Annehmlichkeiten des Lebens aufrechtzuerhalten, die sie von Thornburg und Wichtelberg in Zar-Wildungen gewohnt war. Und ein Kampf war es wahrhaftig: nicht nur war ihr die Lage des Hauses zuwider, sondern auch alle von ihr in Moonstone angeheuerten Diener wirkten schlampig und träge. Kein ehrbarer Hausmeister oder Butler, ebensowenig ein Zimmermädchen wollte auch nur einen Fuß in ein so feuchtes und heruntergekommenes Gebäude wie Stillwater Hall setzen.

Nichtsdestoweniger gab die Herzogin ihr Bestes. Sie schlief bis weit in den Morgen, trank eine Tasse Schokolade am Mittag, spielte etwa eine Stunde lang mit Sebastian, kleidete sich daraufhin an (mit Unterstützung einer der Kammerzofen, die sie von Wäldermark mitgebracht hatte) und stieg etwas nach zwei Uhr die Treppe zum düsteren Salon hinab.

Heute brannte bereits ein Feuer im Kamin, Anzeichen dafür, daß jemand vor ihr herabgekommen war. Die faulen Diener gaben sich niemals Mühe, ein Feuer anzuzünden oder die Vorhänge zurückzuziehen, außer auf unmittelbare Anweisung. Sie fand eine Handvoll Briefe auf dem Schreibtisch im Salon und nahm sie zu einem ausgeleierten Samtsofa neben dem Feuer mit.

Sie las noch immer den ersten dieser Briefe, da trat Thomas Kelly ein. »Wie ärgerlich!« meinte sie, ohne aufzusehen, obgleich sie ihn zu einem Sessel hinüberwinkte. »Captain Kassien schreibt, er habe beträchtliche Schwierigkeiten, das Schiff nach meinen Wünschen herzurichten. Was mir seltsam vorkommt, denn meine Anweisungen waren einfach und klar. Ich fürchte, einer von uns muß nach Turtle Bay hinauffahren, mit ihm sprechen und herausfinden, worin genau das Problem besteht.«

Jetzt hätte ihr Kelly sagen können, daß es keine Probleme gab – daß der Brief eine Fälschung war –, aber natürlich tat er dies nicht. Auch glaubte er ebensowenig, daß Captain Kassien sie eines Besseren belehren und jegliche Kenntnis des Briefs leugnen würde, wenn ihn die Herzogin damit konfrontierte. Der Zauberer wußte (wie es die Gnädige Frau nicht wußte), daß der gute Captain an der Flasche hing und sich nicht immer an alles *erinnerte,* was er getan oder nicht getan hatte.

»Ich werde wohl oder übel selbst fahren müssen«, fügte sie hinzu und warf den Brief beiseite. »Ich traue dem armen Skogsrå nicht zu, mit der Sache richtig zurandezukommen … im Augenblick taugt er zu nicht viel. Mr. Hooke ist anderweitig beschäftigt, und Ihr – nun, Euch hält anscheinend *nicht* viel beschäftigt, doch nichtsdestoweniger …«

»Richtig. Andere Leute finden meine Anwesenheit nicht … beruhigend«, erklärte Kelly. »Ihnen ist in der Tat unbehaglich zumute, wann immer ich in der Nähe bin. Ja, Ihr kümmert Euch am besten persönlich um die Angelegenheit.«

Die Herzogin nahm einen weiteren Brief und schlitzte ihn mit einem winzigen Messer auf. Sie hatte erst eine Zeile oder zwei gelesen, da schrie sie entsetzt auf. Sie las ihn weiter bis zum Ende, holte daraufhin ein geblümtes Spitzentaschentuch hervor und wischte sich die Augen. Kelly bemerkte interessiert, daß ihre Lippen zitterten und daß ihr echte Tränen die Wangen netzten. Er hatte geglaubt, der Herzogin wäre es unmöglich, Gefühle derart offen zu zeigen.

»Der Herzog ist tot … wenn man bedenkt, daß er die

ganze Woche schon tot war … und ohne daß ich etwas davon gewußt hätte, war ich im wahrsten Sinne des Wortes eine Witwe!« sagte sie. »Wie ich ihn vermissen werde!«

Kelly hob skeptisch eine Braue. »Ihn vermissen? Aber vielleicht unterliege ich einem Mißverständnis. Ihr und der Herzog habt doch während der vergangenen zehn Jahre getrennt gelebt, nicht wahr?«

Die Herzogin machte eine winzige Geste. »Zehn Jahre … was bedeutet das? Ich besuchte ihn so oft wie möglich. Und davor, als er noch gesund war … vierzig Jahre lang lebten wir ziemlich gütlich miteinander. Ja, wir waren ein halbes Jahrhundert lang miteinander verheiratet! Keiner meiner anderen Gatten brachte es auch nur annähernd so weit«, fügte sie, wehmütig den Kopf schüttelnd, hinzu, »obgleich der Herzog bei unserer Heirat kein junger Mann mehr war.«

Trotz ihres Kummers sah sie Kelly mit einer Spur von Trotz an. »Ich war ihm ergeben, wißt Ihr, trotz all meiner Seitensprünge.«

Kelly hatte nicht die Absicht, darüber zu streiten, denn die Sache interessierte ihn wirklich nicht. »Und was werdet Ihr jetzt tun?«

Die Herzogin hob eine kleine weiße Hand und wischte sich eine Träne von der Wange. »Ich weiß es nicht genau. Das Haus in Thornburg gehört mir, und mein Anwalt teilt mir mit, daß mir der Herzog eine beträchtliche Summe Geldes hinterließ. Aber der Wichtelberg und der größte Teil seines Besitzes gehen an seinen schrecklichen Neffen. Diesen jungen Dummkopf mochte ich niemals leiden, und inzwischen ist er eher ein alter Dummkopf – also kann ich mir kaum vorstellen, daß er mich fragt, ob ich bei ihm leben will. Die Anwälte werden sich um die Einzelheiten kümmern … und ich werde vielleicht gar nicht nach Wäldermark zurückkehren.«

Sie lächelte zittrig. »Nie zuvor lebte ich so lange an

ein und demselben Ort – die Leute werden so neugierig, wenn man nicht *altert*, und obgleich mein Feenblut kein gut gehütetes Geheimnis ist, wollte ich meine Abstammung auch nicht überall bekanntgeben. Aber ich muß mich ja nicht sofort entscheiden. Ich brauche Zeit zum Nachdenken. Das ist wirklich ein schrecklicher Schlag ...«

Eine Träne tropfte ihr von der Nase herab und fiel ihr in den Schoß. »Eines aber weiß ich: ich werde nicht wieder heiraten. Diese armen, zerbrechlichen Menschen leben einfach nicht lange genug, und mit einem vollblütigen Fee könnte ich niemals glücklich sein ... sie sind so steif, so ernst und so auf ihre Würde bedacht, sie können Tage damit verbringen, über ihren verstaubten alten Ritualen zu brüten oder ihre ermüdenden Genealogien zu studieren.«

Der Zauberer wußte nicht genau, welche Art von Trost sie erwartete. Aber irgend etwas erwartete sie anscheinend, also gab er sich die allergrößte Mühe. »Vielleicht könntet Ihr – nach einer angemessenen Zeit der Trauer, und falls Ihr das Alleinleben unerträglich finden solltet – einen von Eurer eigenen Art heiraten.«

Die Herzogin blickte zu ihm auf, und in ihren Augen schimmerten noch immer die Tränen. »Mein lieber Mr. Kelly, es gibt niemanden wie mich – nicht auf der ganzen Welt. Wir Mischlinge sind jeder für sich einzigartig. Nein, ich fürchte, ich muß mich allmählich an das Alleinsein gewöhnen.«

Sie hob ihr Taschentuch und putzte sich die Nase, eine überraschend prosaische Geste. »Ich beginne mein neues Leben vielleicht damit, daß ich mich hier in den Kolonien niederlasse. Oder in die nördlichen Landstriche von Imbria zurückkehre, wo ich geboren wurde. Dort lebt inzwischen niemand mehr, der sich noch an mich erinnerte. Ja, ich werde heimkehren, zumindest für eine Weile«, fügte sie jäh entschlossen hinzu.

»Sobald alle Schulden beglichen sind, sobald ich

meine rechtmäßige Rache genommen habe, kann ich von Neuem beginnen – in Frieden mit der ganzen Welt.«

Eine Stunde später kam Skogsrå zum Essen hinunter. Er humpelte durch den weiten Speisesaal, sein Hinken war ausgeprägter denn je. Er hatte sich schließlich angekleidet, trug purpurfarbenen Samt und Spitze sowie eine riesige Goldbrosche an der Kehle; er hatte sogar den Versuch unternommen, sich das Haar auf die alte Weise zu legen, und die goldenen Schmachtlocken hingen ihm über die Schulter herab; doch fehlte ihm seine übliche akribische Eleganz, und seine Stiefel bedurften einer Reinigung. Er verneigte sich vor der Herzogin, drehte den Kopf in Thomas Kellys Richtung und nahm am anderen Ende der langen Tafel Platz.

Einer der trägen und schmutzigen Diener aus Moonstone brachte eine zugedeckte Schüssel herein und setzte sie hart vor ihm auf. Der Troll hob den Deckel und beäugte angewidert eine große Portion nahezu rohen Rindfleischs. Sobald er sich jedoch einmal ans Werk gemacht hatte, verschwand das Schulterstück sehr rasch.

Kelly aß sehr wenig – mehr als ein kleines Stück Brot sowie einen Schluck Port- oder Kanarienwein nahm er niemals zu sich. Er gab jetzt aber ein wenig Natron und Melisse in den Wein, um seinen Auflösungsprozeß zu verlangsamen. Die Herzogin rührte das Essen auf ihrem Teller kaum an, zog sich bald zurück, den Indigoaffen auf den Fersen, und überließ den beiden Gentlemen den Portwein, so daß sie vertraulich über alles miteinander sprechen konnten, was ihnen in den Sinn kommen mochte.

»In einem oder zwei Tagen fährt die Herzogin nach Turtle Bay«, sagte Kelly. »Die Reise hin und zurück sowie alle Geschäfte, die sie unterwegs zu erledigen hat, werden sie wenigstens eine Woche lang fernhalten.«

Der Jarl strahlte. »Das habt Ihr arrangiert?«

»Allerdings«, erwiderte Kelly, entkorkte ein Flakon, worin er das Natron aufbewahrte, und schüttete etwas davon in seinen Becher. »Obgleich uns das Glück hold war und heute ziemlich unerwartet ein zweiter Brief eintraf, der die Lady über den Tod des Herzogs von Zar-Wildungen in Kenntnis setzte.«

Skogsrå starrte in sein Weinglas. »Das würde erklären, weshalb die Gnädige Frau so zerstreut wirkte. Eine Erlösung, sollte man meinen, aber anscheinend nicht für die Herzogin. Ich glaube, sie war ihm sehr zugetan.«

»So sagte sie es mir«, meinte Kelly kalt und warf einen Blick aus den harten, dunklen Augen über die gesamte Länge der Tafel. »Einen besseren Zeitpunkt hätte es kaum geben können. Nicht nur, daß die Herzogin wegen des Briefs abreist, den *ich* entwarf und ihr zukommen ließ … sondern ihr Kummer wird sie vielleicht auch einige Zeitlang von der Rückkehr abhalten. Wenn sie zurückkommt und herausfindet, daß Ihr und Euer Ungeheuer verschwunden seid, fehlt ihr möglicherweise die Kraft für eine sofortige Verfolgungsjagd.«

»Allerdings«, meinte Skogsrå und schenkte sich ein weiteres Glas Portwein nach. Er verbrachte einen Augenblick damit, über die bevorstehende Hochzeit zu sinnieren: die Messe … das Kleid … der Pfarrer. Dann verneigte er sich vor dem Zauberer. »Da Ihr aber alles plant und entwickelt – liegt es an Euch zu sagen, wie wir von jetzt an weiter vorgehen.«

»Zunächst müßt Ihr Eure Braut auswählen«, sagte Kelly. »Dazu werden wir wohl nach Moonstone fahren. Ich hoffe, das wird Euch nicht überanstrengen.«

»Ich habe meine Braut bereits auserwählt«, entgegnete der Troll und lächelte zum erstenmal seit Tagen. »Und sie lebt nicht in Moonstone.«

28. KAPITEL

In welchem Sera eine äußerst dringliche Einladung annimmt

Die durch den Einsturz des Uhrturms ausgelöste Aufregung über die Hobgoblins ebbte nach und nach ab, und das Leben in Hobb's Church kehrte langsam (trotz Mr. Tynsdales gegenteiliger Bemühungen) zu seinem gemächlichen Verlauf zurück … bis die Ankunft eines reisenden Musikensembles für ein kurzes Aufflackern von Interesse bei den vornehmeren Bürgern sorgte, die sogleich eine Reihe von ›Kultursoiréen‹ in der Kirche planten.

Zur ersten dieser ›Soiréen‹ erhielten Miß Barebones und die Damen der Mothgreen Academy eine besondere Einladung – vielleicht als Friedensangebot derjenigen Einwohner, die sie während der kürzlichen Unruhen besonders schief von der Seite angesehen hatten.

Natürlich wollten alle daran teilnehmen – doch an diesem Morgen erlitt Elsie einen Anfall von Benommenheit. Sie verbrachte den Nachmittag mit pochenden Kopfschmerzen in ihrem Schlafzimmer auf dem Bett, und obgleich es ihr zur Abendessenszeit besser ging, entschloß sie sich widerstrebend, den Abend lieber daheim zu verbringen. Ganz selbstverständlich wurde Dr. Carstares damit beauftragt, an ihrer Seite zu bleiben, falls sie einen Rückfall erlitte.

Geschieht ihm nur recht! dachte Sera. *So, wie er sich bei jeder Gelegenheit als der sympathische Arzt aufspielt!* Aber Elsie war ebenso wenig glücklich über diese Regelung. Wäre kein Arzt im Hause gewesen, hätte man vielleicht Jed gebeten, bei ihr zu wachen, und sie hätten möglicherweise einen netten Abend zusammen im Salon verbracht, bedient vom Zimmermädchen und dem Gärtnerjungen. Jetzt aber schickte Sera Jed eine Nachricht, daß sie, Miß Barebones, Miß Eglantine und Miß Fitch eine Begleitung in die Stadt benötigten, und ob er nicht …?

Dann ging sie nach oben und zog sich das frisch geflickte, strohfarbene Satinkleid an. Sie hatte einen ganzen Streifen aus dem Rock herausreißen und ihn durch einen neuen Stoff ersetzen müssen … aber das Kleid sah sehr gut aus. Insbesondere in Kombination mit einem Paar Spitzenhandschuhe, einer Kameebrosche und einem breitkrempigen Hut aus schwarzem Stroh mit blaßgelben Bändern zum Festbinden. Alles, was zur Vervollständigung ihrer Aufmachung fehlte, dachte Sera, wobei es ihr einen Stich versetzte, war das Halsband aus Meerelfenbein.

Es versetzte ihr einen weiteren Stich, als bei ihrem Herabkommen Seine Lordschaft den Kneifer in die Höhe hielt und ihr Kleid begutachtete. »Prächtig, Miß Thorn! Ich beneide Euren Bruder um das Privileg, Euch begleiten zu dürfen, und wünschte, ich könnte an seiner Statt mitgehen!«

Jedidiah traf rechtzeitig mit seiner geliehenen Kutsche ein. Er wirkte gleichfalls sehr vorteilhaft in einem Anzug aus flaschengrünem Samt, wirklich, ganz wie ein Gentleman. Er hatte das braune Haar leicht gepudert und seinen Zopf mit einem schwarzen Satinband zusammengebunden.

Jed nahm Sera für ein paar Worte unter vier Augen beiseite und zeigte ihr eine Pistole sowie ein langes Messer, das er bei sich trug. »Gütiger Himmel!« rief Sera mit einer Hand auf dem Herzen, während sie die Pistole mißtrauisch beäugte. Sie wußte ganz genau, daß Jed mit einem Messer umzugehen verstand. »Du willst mich wohl vor der Herzogin schützen, falls notwendig. Aber hast du überhaupt eine

Ahnung, wie man dieses … dieses fürchterliche Ding da benutzt?«

»Allerdings«, erwiderte Jed breit grinsend. »Es ist die Waffe eines Gentleman, weißt du, und ich habe die Gewohnheiten eines Gentleman angenommen. Zudem«, fügte er hinzu, »habe ich eine geladene Vogelflinte unter dem Kutschsitz liegen.«

»Schön«, meinte Sera und richtete ihre Hutfedern ein wenig. »Wie du willst! Aber mir ist aufgefallen, daß sich Lord Skelbrooke trotz aller Vorsicht niemals bewaffnet, wenn er und ich spazierengehen.«

»Nein, das tut er nicht«, stimmte Jed noch breiter grinsend zu. »Das heißt … wenn du die lange Klinge, die in seinem Spazierstock verborgen ist, die Stilett-Krawattennadel, die zwei oder drei kleinen Pistolen an seiner Person und die Sprengstoff-Taschenuhr nicht mitrechnest.«

Was besagte, daß der überwältigende Putz Seiner Lordschaft zumindest Methode hatte – und er war vielleicht (dachte Sera) doch nicht ganz so eitel, wie er wirkte.

»Hört sich an wie ein vollständiges, wandelndes Arsenal«, meinte sie. »Wie mir scheint, waren meine eigenen Vorsichtsmaßnahmen ziemlich unnötig.« Und sie öffnete ihre Handtasche, worin ein säbelförmiger Brieföffner zum Vorschein kam, den sie aus Onkel Izraels persönlicher Habe aussortiert hatte.

Jedidiah warf ihr einen amüsierten Blick zu. »Hast du etwa vor, mit diesem pieseligen kleinen Ding jemanden zu *erstechen*?«

»Genau«, erwiderte Sera mit einem herausfordernden Aufleuchten in den Augen. »Meinst du, dafür habe ich nicht die Nerven?«

Wie sich herausstellte, waren während der Fahrt in den Ort weder Schußwaffen noch Sprengstoffe oder Brieföffner vonnöten. Sie trafen unbeschädigt in Hobb's Church ein, und Jed half den vier Damen aus der Kutsche heraus.

Das Wetter hatte sich geändert, es war außergewöhnlich warm, und alle Türen der Kirche hatte man in der Hoffnung auf eine abendliche Brise weit geöffnet. Dennoch war es bei ihrem Eintritt in die Kirche äußerst stickig. Die meisten Plätze waren bereits besetzt, so daß Jed und die Damen von Mothgreen sich auf verschiedene Bänke setzen mußten.

Die erste Nummer auf dem Programm war das reisende Streichquartett, das pastorale Musik zum Besten gab. Sera saß da, hielt die Hände im Schoß und lauschte mit tiefer Hingabe. Aber als eine halbe Stunde später Madame Castiglione von der Musikschule die Bühne betrat, um Opernarien zu singen, war es in der Kirche so unerträglich heiß geworden, daß Sera der Versuchung nicht widerstehen konnte und hinausschlüpfte, um etwas frische Luft zu schöpfen.

Natürlich war das strohfarbene Kleid schuld – warum hatte sie sich närrischerweise in Seide statt in Mosselin oder Kambrik gekleidet wie die meisten anderen Frauen? Natürlich hatte sie Lord Skelbrooke beeindrucken wollen, ehe sie erfahren hatte, daß er zurückbliebe … und das war jetzt das Ergebnis ihrer schlimmen Eitelkeit. Dennoch hatte sie keine Lust, den ganzen Abend lang bescheiden auf einer Kirchenbank zu sitzen und in ihrem Seidenkleid gebraten zu werden.

Sera warf einen verlangenden Blick zum Spyglass Hill hinüber, denn ihr wollte es so vorkommen, als müßte es dort oben luftiger und deshalb kühler sein. Wenn sie den Mut aufbrachte, allein so weit in die Dunkelheit vorzudringen …

Da fing etwas Kleines und Heimlichtuerisches in den Schatten ihre Aufmerksamkeit ein. Etwa ein Dutzend Meter von der Stelle, wo sie stand, huschte etwas umher, und etwas anderes kratzte an einem der Dachfirste – anscheinend wimmelte es auf dem Platz nur so von Hobgoblins!

Sera verspürte ein Zupfen an ihrem Rocksaum. Sie sah hinab und war äußerst erstaunt über den Anblick eines jungen Hobgoblins, der sich mit einer winzigen Klauenhand an ihr Kleid klammerte und sie mit einem Blick ansah, den man nur als flehend bezeichnen konnte.

Also, dachte Sera, das Wesen schaut so harmlos und verzweifelt aus, daß es kaum eine Bedrohung zu sein scheint. Mit einem Blick zurück über die Schultern, um sicherzugehen, daß niemand sie beobachtete, beugte sich Sera hinab, um mit dem Hobgoblin zu sprechen.

»Du verstehst wohl kaum ein Wort von dem, was ich sage ... aber ich muß dir mitteilen, daß du törichterweise ein ziemliches Risiko eingehst. Verschwinde schleunigst in deinen Tunneln, ehe dich jemand zu Gesicht bekommt und ein Wiesel oder ... oder einen häßlichen kleinen Terrier hinter dir herjagt.«

Doch der Hobgoblin zerrte weiter an Seras Rocksaum und gab winzige, unverständliche Laute von sich, als wollte er unbedingt etwas mitteilen.

»Mein Lieber«, zischte Sera und trat mehrere Schritte von der Kirche weg. »Ich spreche kein Wort deiner Sprache ... das heißt, falls Mr. Barebones sich nicht geirrt hat und du überhaupt eine Sprache *hast.* Aber was immer du mir auch sagen willst ...«

Genau in diesem Augenblick trat ein weiterer Hobgoblin aus den Schatten, an dessen Hand eine Kette und ein kleines, elfenbeinfarbenes Ding herabhing, das er aufreizend hin- und herbaumeln ließ ... und dann sprang er in Richtung auf den Hügel davon.

»Du verdammter kleiner Dieb!« rief Sera aus, die ihr verlorengeglaubtes Halsband wiedererkannt hatte. Sie hob die Röcke und jagte augenblicklich hinterher.

Auf halber Höhe des Spyglass Hill wurde sie wieder vernünftig. Lächerlich die Annahme, sie könne den Hobgoblin einholen und ihm das Halsband entwinden ... und gefährlich, des Nachts ganz allein herumzulaufen. Sera blieb stehen, um wieder zu Atem zu kommen und die Lage zu überblicken. Der Hobgoblin lief einen Augenblick weiter, bemerkte dann anscheinend, daß sie nicht mehr folgte, und blieb ebenfalls stehen.

Nur ein kleiner, ängstlich wirkender Mond leuchtete am Himmel. Aber die Nacht war klar, und tausend strahlend helle Sterne ergaben ausreichend Licht, daß Sera das schuppige Gesicht und die Gestalt des Hobgoblins erkannte, der auf einem Grabstein kauerte und weiterhin ihr Halsband baumeln ließ. Es *konnte* eben jener Hob sein, den sie und die anderen gerettet hatten ... dann wiederum auch nicht. Man wußte nur so wenig über die Hobgoblins und wie sie sich voneinander unterschieden.

Aber er war offenbar überhaupt nicht bösartig ... oder besonders schadenfroh, obgleich er weiterhin das kostbare Halsband so aufreizend in die Höhe hielt.

»Du willst mich zum Hügel hinaufführen ... Wahnsinn, dir zu folgen, denn es könnte sehr wohl eine Falle sein«, sagte Sera mehr zu sich selbst. Doch die Vorstellung, daß die Goblins von Hobb's Church und die Herzogin von Zar-Wildungen vielleicht unter einer Decke steckten, war so völlig phantastisch ... »Na schön, du fürchterliches kleines Biest! Ich möchte das Elfenbeinschmuckstück zurückhaben, und wenn das bedeutet, ich müsse einen Blick auf das werfen, was du mir zeigen willst, dann soll es wohl so sein.«

Und vielleicht war ein anderer kleiner Hob verletzt ... oder befand sich sonstwie in einer Notlage. Vielleicht waren die anderen hergekommen und suchten ihre Hilfe. Sera raffte Röcke und Unterröcke und schritt zielstrebig weiter den Hügel hinauf.

Der Hobgoblin führte sie durch das Gras zwischen den Grabsteinen bis zur zugigen Kuppe und der Ruine der Kapelle hinauf. Sera stieß ein überraschtes Keuchen aus, denn ein Teil des Fußbodens fehlte. Ein großer Teil des Steins war zusammen mit den darauf einzementierten Fliesen einfach angehoben und beiseitegeschoben worden, so daß sich jetzt steinerne Stufen zeigten, die offenbar hinab ins Herz des Hügels führten.

»Haben Jedidiah und Mr. Jonas das hier entdeckt?« überlegte sie laut. »Nein, ich glaube nicht, denn ich hätte ansonsten davon gewußt. Jed hätte die Neuigkeit kaum für sich behalten können. Aber was für eine bemerkenswerte Entdeckung – wohin führt die Treppe wohl? Es wäre töricht, hinabzusteigen ... dennoch, was für eine bezaubernde Aussicht!«

Der wuselige Hobgoblin war in das Loch hinabgetaucht und dann wieder herausgekommen, eine Übung, die das Geschöpf immer und immer wiederholte. Augenscheinlich wollte er, daß sie den Wink verstünde und ihm die Stufen hinab ins Erdinnere folgte.

Sera zögerte noch immer, einen Fuß auf der Treppe, da holte Jed sie schließlich ein. Ächzend und keuchend – denn er war den Hügel hinaufgerannt, ohne einmal innezuhalten und Luft zu schnappen – blickte er sie wild und finster an. Eine volle Minute verstrich, ehe er wieder genügend Luft zum Schimpfen in den Lungen hatte.

»Du altes Spatzengehirn ... Was ist denn in dich gefahren, möchte ich wissen, daß du das Konzert verlassen hast? Sobald ich sah, daß du weg warst ... bin ich auf den Platz hinaus. Und als ich dich dort nicht fand, überlegte ich, ob die Herzogin wohl jemanden vorbeigeschickt hatte, um dich wegzulocken ... bis ich zufällig aufsah und dich hier erblickte, als Silhouette vor den Sternen, wie ...«

»Jed!« schoß Sera zurück. »Sag mal, wie ist es eigentlich möglich, daß du mich ohne Unterbrechung in irgendeiner furchtbaren Flußsprache beschimpfst? Du solltest wirklich ...«

»Zum Glück für *dich*«, unterbrach Jed und schimpfte einfach weiter, »hatt'ste dich nich' in Luft aufgelöst.

Zum Glück für mich auch, denn wie zum Teufel hätt' ich Elsie und Seiner Lordschaft erklären sollen, daß ich dich einfach hab' davonrennen lassen? Wenn du 'n Spaziergang an der frischen Luft gebraucht hast, hätt'ste mich bitten können mitzukommen!«

»Ja, das hätte ich wohl tun sollen. Aber ich wollte eigentlich nicht einmal ein Dutzend Schritte von der Tür weg«, entgegnete Sera. Und sie erklärte ihm über das Zwitschern Dutzender Hobgoblins hinweg, was genau vorgefallen war. »Diese Passage hier führt offensichtlich in die Katakomben hinab. Ich habe keine Angst, ihr zu folgen, aber ...«

»... aber du bis' verdammt noch mal zu vernünftig, den Mächten sei dafür gedankt!, in die Höhlen hinabzugehen, ohne auch nur eine Kerze zum Beleuchten des Wegs dabeizuhaben«, beendete Jed für sie. Einen Augenblick lang überlegte er, wobei er von einem Fuß auf den anderen trat. »Ich sollte wohl heimgehen und eine Laterne und ein Seil holen, während du hier wartest, um ... Nein, das kann ich nicht. Ich kann dich nicht allein hier lassen.«

»Ich werde nicht allein sein«, entgegnete Sera und wies in das dunkle Loch hinab. »Da unten gibt es anscheinend einen Tunnel voller Hobgoblins, und ich glaube, sie sind uns wohlgesonnen. Nein, zeige ihnen nicht deine Pistole ... du erschreckst sie womöglich noch!« protestierte sie, als Jed in seine Jacke griff, um ihr die Waffe anzubieten. »Man hat so oft auf sie geschossen, mit Steinen nach ihnen geworfen, ihnen mit Sprengstoff zugesetzt. Abgesehen davon – wie du weißt, habe ich nicht die geringste Ahnung, wie man mit einer Pistole umgeht. Beeil dich nur, Jedidiah! Es wird allmählich spät. Und es wäre schrecklich, wenn sich die Hobs entmutigen ließen und einfach verschwänden, ohne uns etwas zu zeigen!«

Etwa eine Viertelstunde später kehrte Jedidiah mit einem Seil, zwei Laternen und einem Stück Kreide zurück. Sera kam es natürlich so vor, als habe er sie eine halbe Ewigkeit lang warten lassen.

»Ich hoffe, es macht ihnen nichts aus, wenn ich unterwegs ein paar Markierungen anbringe. Wir wollen uns schließlich nicht verlaufen ... vorausgesetzt, diese Stufen führen *tatsächlich* in die Katakomben«, sagte Jed keuchend, denn er war sowohl den Hinweg wie auch den Rückweg gerannt.

»Wie du willst«, sagte Sera und rüttelte ihn ungeduldig am Arm. »Nur laß uns hier nicht herumstehen und quatschen, sondern zünde sofort die Laterne an!« Denn das Geschnatter und Gekrabbel unten im Loch war schwächer geworden, und Sera hatte Angst, die Hobgoblins hätten sie verlassen.

Jed reichte ihr eine brennende Laterne und zündete eine weitere für sich an. Eilig stiegen sie die Stufen hinab, wobei sie aufgrund ihres Eifers etwas ins Stolpern gerieten. Ein Stück weiter unten entdeckten sie zwei kauernde Hobs, die auf einem schmalen Treppenabsatz warteten, um sie weiterzuführen.

Die Stufen waren nicht bloß feucht, sondern bröckelten auch an den Rändern, so daß sie eine jede davon sehr bedachtsam nehmen mußten. Mehrere Kehren führten sie hinab und immer weiter hinab, und dann endeten die Stufen an einer großen eisernen Tür, die in einen steinernen Bogengang eingelassen war.

Sera zog scharf die Luft ein. »Das muß wohl ein Grab sein. Wozu hätten die ursprünglichen Erbauer des Tempels ihn sonst errichtet?«

»Ich weiß nicht«, meinte Jed und hob seine Laterne hoch, um das rätselhafte Portal ganz zu erleuchten. »Aber so naß, wie es hier unten ist ... eigentlich sollte nach fast zweitausend Jahren das Tor vom Rost zerfressen sein. Ich wette, auf diesem Eisen liegt ein Zauberspruch.

Ich vermute«, fügte er mit einem Seufzer und einem Seitenblick hinzu, »es hat keinen Zweck, dir zu sagen, daß dies kein geeignetes Abenteuer für eine junge Dame ist? Keinen Zweck, dir anzubieten, dich heimzubringen und später mit Mr. Jonas und Lord Skelbrooke zurückzukommen?«

»Nicht um alles in der Welt, vielen Dank!« erwiderte Sera und warf den Kopf in die Höhe. »Was ich hier angefangen habe, will ich auch zum Ende bringen.«

Die Tür klaffte etwa sechs Inches weit, was gerade ausreichte, daß die Hobs hindurchrutschen konnten. Aber Jed mußte sie deshalb ein wenig weiter aufschieben, damit es genügend Platz für ihn und Sera gab.

Sie betraten einen hohen Raum, offenbar eine natürliche Höhle, die sehr stark vergrößert und verändert worden war. Ohne Zweifel war es eine Grabstätte, und zwar alles andere als eine primitive Grabstätte. Die Stalaktiten und Stalagmiten waren samt und sonders so geschnitzt worden, daß sie stilisierte Säulen bildeten … reich geschmückte Marmorgewölbe zogen sich an den ursprünglichen Wänden entlang … und unten, in der Mitte der Höhle, marschierte eine Prozession mit einem Leichenwagen aus Onyx, und in einigen Wagen lagen die Knochen noch immer in der richtigen Anordnung. Ein zweiter Bogen führte anscheinend in eine zweite, ähnliche Kammer.

»Katakomben!« sagte Jed mit funkelndem Blick. »Und ich müßte mich schon sehr irren, wenn das nicht genau jene Panterranischen Ruinen sind, die der alte Mr. Barebones in seinen Aufzeichnungen beschrieb. Ich schätze, er war nicht so wunderlich, wie die Leute hier gern geglaubt haben.«

»Aber warum hat er das hier niemandem *gezeigt*?« fragte Sera, während sie durch die Kammer spazierten und die rätselhaften Buchstaben und Figuren untersuchten, die reliefartig in die Mauern eingehauen waren. Die Panterraner waren auf überraschend moderne Weise gekleidet: Schwalbenschwänze und lange, enge Hosen für die Männer ... weite Röcke und überraschend tiefe Ausschnitte bei den Frauen, so daß die Brüste gänzlich entblößt waren ... und absurd große Hüte und Perücken für beide Geschlechter. »In diesem Fall hätte gewiß niemand gewagt, an ihm zu zweifeln.«

»Vielleicht führen diese Höhlen in die Tunnel der Hobgoblins«, meinte Jed. »Wenn das so ist, dann wollte er nicht, daß die Leute überall ihre Nase hineinstecken und die Hobs stören. Wie du weißt, war er diesen Wesen sehr zugeneigt.«

»Mag sein«, hauchte Sera. Sie blieb wie angewurzelt stehen und umklammerte Jeds Arm. »Jedidiah! Die Hobgoblins wußten, daß wir an den Ruinen interessiert waren, und sie führten uns absichtlich hierher. Sie müssen ... oh, sie müssen intelligenter sein, als die Leute im allgemeinen vermuten.

Aber wie wollen wir das den anderen oben beweisen?« fragte sie, und der Glanz in ihren Augen erlosch. »Wer wird uns glauben, daß wir nicht zufällig hierher geraten sind und uns dann eingeredet haben, die Hobs hätten gewollt, daß wir das alles finden?«

»Ich weiß es nicht«, erwiderte Jed. »Aber die Hobs haben anscheinend etwas im Sinn. Sieh mal da drüben beim Bogengang ... sieht aus, als hätten wir noch nicht alles gesehen, was sie uns zeigen wollen.«

In der Tat sprangen die beiden Goblins, die sie bis hier begleitet hatten, ungeduldig und wild winkend umher.

»Jed ...«, keuchte Sera. Sie war bislang zu sehr mit den tückischen Stufen und den Wundern der Grabstätte beschäftigt gewesen, um die sie begleitenden Hobgoblins genau in Augenschein zu nehmen. »Jed ... es sieht so aus, als trüge einer von ihnen ... ja, einer von ihnen trägt ein groteskes kleines Gewand – eine

Art Mantel, denke ich! Ich habe bislang noch nie davon gehört, daß die Hobgoblins sich kleiden würden.«

»Ich auch nicht«, entgegnete Jed. »Aber wir wissen bereits, daß die hiesigen Hobs sich von den Hobs bei uns daheim sehr stark unterscheiden.«

»Wie wahr!« rief Sera, die weiterhin seinen Arm umklammert hielt, so groß war ihre Aufregung. »Und wir sind anscheinend gerade dabei, genau zu entdecken, wie verschieden sie sind!«

29. KAPITEL

In welchem unsere Geschichte in einem unterirdischen Gang fortfährt

Jed und Sera folgten ihrer eigenartigen Hobgoblin-Eskorte. Es ging durch eine sich verzweigende Kammer nach der anderen, bis sie auf einen so niedrigen und schmalen Tunnel trafen, daß er kaum für Menschen gedacht sein konnte. Sera brauchte nur den Kopf einzuziehen, doch Jedidiah, der sehr viel größer war, mußte sich tief bücken, um ihn zu betreten, und anschließend ebenso tief gebückt weitergehen.

Die ausladenden Röcke von Seras Kleid streiften beim Gehen die Wand des Durchgangs, und der Saum blieb immer wieder an herausragenden Wurzeln und scharfkantigen Felsen hängen. *Wenn ich hier herauskomme, wird es kaum mehr als ein schmutziger Lumpen sein,* dachte sie mit einem Seufzer. So oder so wäre das Seidenkleid anscheinend hinüber.

Ein schmaler Tunnel nach dem anderen, eine Felskammer nach der anderen öffneten sich auf ihrem Weg. Die meisten der Felskammern waren dunkel, doch in jedem Tunnel sah Sera winzige gewebte Körbe herabhängen, die mit einem phosphoreszierenden grünen Moos vollgestopft waren und somit eine schwache Beleuchtung boten. Die Goblins waren Handwerker, wurde ihr klar, und diese groben kleinen Laternen waren Zeugnis ihrer Handwerkskunst.

»Wenn Hobs wie Katzen und Zwerge im Dunkeln sehen können – und das ist wohl der Fall –, möchte ich behaupten, daß diese Gänge für sie hell genug sind«, meinte sie und blieb dann stehen, damit Jed zu ihr aufschließen konnte.

Sie richtete die Laterne auf die nächstgelegene Felskammer. In allen Fächern und Nischen befanden sich Nester aus Stroh und geflochtenen Zweigen. Eine Art schläfriges Gezwitscher, das zu einem gereizten Plappern anschwoll, deutete darauf hin, daß sie offenbar unabsichtlich die schlafenden Bewohner aufgestört hatte. Sera wandte die Laterne ab, und sie und Jed schritten weiter, folgten ihren Gastgebern, den Hobgoblins.

Irgendwo, nach einer langen Strecke, vernahm Sera ein Brüllen und Donnern wie von einem mächtigen Wasserfall. Da ging ihr auf, daß diese Tunnel sich tatsächlich in die Tiefen Höhlen öffnen mußten, und was sie vernahm, war die hereinströmende Flut, die in den Höhlen und Felskammern hallte und widerhallte. Als jedoch der Tunnel immer weiter abwärts führte, erstarb das Brüllen der Wasser.

Da sie so lange mit gesenktem Kopf und gebeugtem Nacken dahinging, um nicht die Felsdecke zu streifen, verspürte Sera bald Erschöpfung. Doch sie sagte nichts, weil sie sich vorstellte, um wieviel schlimmer es für Jed sein mußte, der ihr halb kriechend folgte. »Bei den Schicksalsgöttern«, hörte sie ihn sagen, »wenn du zu müde wirst oder umkehren willst, so sag nur ein Wort!«

Als wäre ich, dachte Sera entrüstet, eine zerbrechliche und dahinwelkende Frau! »Vielen Dank«, meinte sie, »aber ich komme sehr gut zurecht ... es sei denn, der Tunnel wird noch niedriger. In diesem Fall ... nun, dann sehe ich nicht, wie ich, behindert von all den Unterkleidern, noch allzu rasch weiterkommen könnte.«

Beim Weitergehen kam es Sera vor, als wären diese verzweigten Tunnel, die vielen kleinen, anliegenden Felskammern nach einem bestimmten Plan angelegt, und obgleich sie den Plan selbst nicht zu fassen bekam, bildete sich ein schwaches Gefühl für die Gestalt und das Muster in ihren Gedanken aus. Ein Zwerg oder Gnom mochte den Plan verstehen … wie es auch eines Zwergs oder Gnoms bedurfte (dachte Sera), um die gewaltige Anstrengung der Hobgoblins ganz zu würdigen.

»Hier unter dem Hügel muß es Hunderte von Tunneln geben, und falls sie von hier aus weiterführen, auch unter der ganzen Stadt. Es muß tausende Hobgoblins geben, vielleicht zehntausende Hobs«, rief sie aus. »Mögen die Schicksalsgötter uns behüten! Obgleich uns ihre Wohnungen überraschend schlicht erscheinen, glaube ich, wir wandern jetzt durch eine große Stadt der Hobgoblins. Aber wie können sie hier unten leben und überleben? Doch nicht nur von Ratten, Mäusen und Maulwürfen … auch nicht von den kleinen Brocken, die sie oben stehlen – nicht eine solche Vielzahl.«

»Wie wir wissen, sind diese Tunnel zur See hin offen – ein Stück zurück haben wir das Salzwasser gerochen«, sagte Jed hinter ihr. »Sie essen vielleicht Fisch … und die Wurzeln von Pflanzen und Bäumen näher an der Oberfläche. Obwohl das noch immer kaum ausreichend erscheint.« Jed hatte beim Gehen gleichfalls darüber nachgedacht. »Sera, ich hab's! Sie essen altes Holz. Es ist kein Zufall, daß sie oben unseligerweise an den Pfosten in den Fundamenten der Gebäude nagen.«

»Wenn sie Holz essen«, meinte Sera etwas keuchend, denn sie waren schon eine große Strecke gegangen, und die Hobgoblins hatten einen raschen Schritt, »warum stehlen sie dann keine Fußschemel und Wanderstöcke anstelle des Krimskrams, der ihnen so stark zusagt? Ich glaube, es zu wissen … sie *essen* lebende Rosensträucher, wenn sie diese bekommen, aber was altes Holz betrifft: da essen sie wohl Termiten und Holzwürmer (wie es Oranianische Wilde manchmal tun), und sie benagen die Pfähle, um daran zu kommen.«

Schließlich und endlich öffnete sich der Tunnel auf eine hohe, gewölbte Felskammer. Mit einem großen Seufzer richtete sich Sera wieder auf und sah sich um. Ein außergewöhnlicher Anblick bot sich ihr dar, und einen Augenblick lang war sie sprachlos – wie Jed auch, als er aus dem Tunnel kam und sich mit einem Ächzen der Erleichterung aufrichtete.

Diese Felskammer war gewaltig – in einem viel, viel größeren Ausmaß als die Kammern weiter oben. Fakkeln und Scheiterhaufen erhellten sie, und sie gemahnte erstaunlicherweise an nichts so sehr wie an einen überfüllten Marktplatz … Reihe um Reihe von Marktbuden und Geschäften, errichtet aus Zweigen und zusammengedrehten Wurzeln, sowie eine große Anzahl plappernder Hobgoblins, die von einem Ort zum anderen eilten und ihren Geschäften nachgingen.

Beim Versuch, alles zu erfassen, bekam Sera immer größere Augen. Einige Stände hatten weitere der Korblaternen in ihrer Auslage, während andere Haufen des schimmernden grünen Mooses verkauften. Sera entdeckte einen Goblin, der rohe, hölzerne Schüsseln verkaufte, sowie einen weiteren Goblin mit Matten (Dekken? Läufer?) aus geflochtenem Stroh mit eingewebtem farbigen Faden und Garn. Es gab Stände, die Muscheln feilboten, und Hobgoblins, die Federn verkauften, und Geschäfte mit glitzernden Kinkerlitzchen – offensichtlich oben aus der Stadt gestohlen. Es gab einen weniger angenehm anzusehenden Stand, eine Art Goblin-Schlachterei, mit Ratten, Mäusen und kleinen Vögeln (sowie etwas, das verdächtig nach einem enthäuteten Wiesel aussah), die wie gerupftes Geflügel oder Rindfleischhälften von den Balken aus Zweigen herabhingen. In einer nächsten Bude verkaufte eine alte Goblinfrau winzige Kleidungsstücke, die aus den Häuten von Maulwürfen und Erdhörnchen genäht waren.

Und es war jetzt auch völlig klar, daß die Hobs sich

tatsächlich kleideten, und zwar nach ihrer eigenen Mode. Etwa ein Drittel von ihnen lief noch immer nackt umher, aber die übrigen trugen alles mögliche, angefangen von einem einzigen Gewand bis hin zu einem Samtkleid oder Satinanzug – sehr auffällig bunt, zierlich, und geschmückt mit Bändern, Federn und Spitze, mit Perlen, Silberketten und Teilen von Goldtressen. Ein seltsames, gar phantastisches Bild boten diese Kleidungsstücke der Hobs, obgleich Sera einige Ähnlichkeit zum Kleidungsstil von Menschen, Gnomen und Zwergen festzustellen glaubte.

Schließlich fand sie ihre Sprache wieder. »Jed, wenn wir zuvor noch irgendwelche Vorbehalte hatten, so besteht jetzt kein Zweifel mehr daran, daß die Hobs wirklich und wahrhaftig vernunftbegabte Wesen sind!«

»Ja … aber sie haben keinen *ursprünglichen* Sinn für Anstand entwickelt – oder würde sonst die Hälfte von ihnen splitterfasernackt herumlaufen?« entgegnete Jed über das aufgeregte Geschnatter ihrer Hobgoblin-Eskorte hinweg. Die beiden waren ihnen die ganze Zeit über gestikulierend und winkend um die Füße gesprungen, als wollten sie ihre Aufmerksamkeit auf die ausgezeichnete Qualität der Goblin-Waren lenken.

»Nein, sie können keine eigene Sittsamkeit besitzen«, meinte Sera, die sich noch immer umschaute; es gab soviel zu sehen, daß sie gar nicht alles hätte erfassen können, auch wenn sie den Markt tagelang erforscht hätte. »Aber ich glaube, die Liebe zum … zum Schmuck ist einer der Charakterzüge, der bewußte Rassen von den Tieren unterscheidet. Was sagen die Glasmacher, Jedidiah?«

»Ja … ich glaube, so etwas in dieser Richtung gehört zu haben. Und mir fällt noch etwas ein: Zwerge, Menschen und Gnome sind die Handwerker-Rassen – vereint im Entzücken, das sie am Werk der eigenen Hände empfinden. Anscheinend teilen wir dieses Entzücken auch mit den Hobs«, sagte Jedidiah.

Aber dann fügte er hinzu: »Diese Kreaturen haben vielleicht ein schwaches Bewußtsein erlangt, aber wenn sie *Vernunft* besäßen, würden sie dann ihre Stadt hier unten errichten – unter unserer Stadt – und nicht auf dem offenen Land, wo sie unbelästigt leben könnten?«

»Sie ... sie fühlen sich von uns irgendwie angezogen«, entgegnete Sera. »Siehst du, wie sie unsere Kleidung kopieren und unsere Manieren nachäffen?« In der Tat tanzte eine Gruppe von Hobs, männlich wie weiblich, fröhlich zu irgendeiner stummen Musik eine Art Quadrille mitten auf dem Markt. »Jed, ich glaube, sie haben sich *verändert* ... vielleicht zunächst langsam über die Äonen hinweg, doch wesentlich rascher während der letzten Jahrhunderte. Und je zivilisierter sie wurden ... nun, desto mehr fühlten sie sich zu uns hingezogen, trotz der Gefahr.«

Sie erfuhren niemals, wieviel Zeit sie auf dem Markt der Hobgoblins verbrachten, Geschäfte erforschten und die Angebote der Goblin-Handwerker untersuchten. Jed hatte eine Taschenuhr dabei, vergaß jedoch bis zum Schluß, einen Blick darauf zu werfen, und dann entdeckte er entsetzt, daß der große Zeiger auf Mitternacht stand. »Oben sind sie bestimmt in heller Aufregung ... und werden annehmen, daß uns beiden das Schlimmste zugestoßen ist«, befürchtete er und steckte die Uhr wieder in seine Satinweste zurück. Er schob sich das zusammengerollte Seil wieder über Arm und Schulter, hob die Laterne auf und nahm Sera bei der Hand.

»Ja«, sagte sie mit einem Seufzer der Erschöpfung. »Wir kehren wohl besser um. Du hast den Weg markiert, den wir gekommen sind?«

»Natürlich«, erwiderte Jed, als sie wieder zum Tunnel zurückkehrten. »Und mir auch jede Abzweigung gemerkt.«

Diesmal schritt Jedidiah voran, während Sera hinterdrein folgte. Aufwärts ging es langsamer und mühsamer, und beide waren inzwischen erschöpft. Jeds grüner Samtanzug war völlig zerknittert; er hatte seine Schuhe abgestoßen und sah, daß eine Messingschnalle fehlte – ein glücklicher Fund für einen glücklichen Hobgoblin. Seras Kleid war staubig, der Saum zerrissen, und das Kleid insgesamt nicht mehr zu reparieren – dennoch zählte das nicht für sie, denn sie trug jetzt das Band aus Meerelfenbein um den Hals, wo sie es für immer lassen wollte. Der Goblin, der sie damit in die Höhlen gelockt hatte, hatte ihr das Schmuckstück mit einer äußerst schwungvollen Gebärde und einem sehr hinnehmbaren Versuch einer Verneigung zurückgegeben.

»Wir müssen es den Leuten oben sagen«, fand Sera. »Wir müssen einige – denen wir vertrauen können – hier hinunterbringen, damit sie die Goblinstadt mit eigenen Augen sehen können. Mr. Jonas und Miß Barebones und den Vikar. Sie werden verstehen, was das zu bedeuten hat. Und vielleicht – wenn sich jemand vielleicht richtig darum bemüht, mit den Wesen in Verbindung zu treten ... es *muß* eine Möglichkeit geben, wie wir weiterhin Seite an Seite leben können, ohne daß wir einander soviel Kummer und Sorgen bereiten.«

»Wenn wir mit ihnen sprechen *könnten*«, erwiderte Jed mürrisch, denn erschöpft, wie er war, konnte er die Dinge lediglich in einem grimmigen Licht sehen. »Wir wissen nicht, ob wir sie davon überzeugen könnten, das Nagen, Graben und Stehlen sein zu lassen – und auch nicht davon, daß unsere Leute sie besser leiden könnten, sobald sie die Wahrheit wüßten. Wie du weißt, mischen wir uns auch nicht viel unter Feen, Selkies oder Kobolde ... und wir haben unüberwindliche Vorurteile gegenüber Trollen und Riesen, obgleich sie so intelligent (oder fast so intelligent) sind wie wir.«

»Feen, Selkies und Kobolde und dergleichen kümmern sich um ihre eigenen Angelegenheiten, die mit unseren nur wenig zu tun haben«, erwiderte Sera, die mit gesenktem Kopf dahintrottete. »Es wäre wenig sinnvoll für uns, sich bei ihnen einzumischen, oder umgekehrt. Und was Riesen oder Trolle betrifft ... wirklich, Jed, sie *essen* Menschen, wie du sehr wohl weißt. Wohingegen diese Wesen hier lediglich ... lediglich zerstörerisch und, ich bedaure es zu sagen, diebisch veranlagt sind.«

»Aber da hast du es doch!« rief Jed. »Ehrbare Bürger verspüren nicht viel Mitgefühl für ›räuberische Burschen‹, nicht einmal der eigenen Art. Wenn die Leute oben von der Hobgoblin-Stadt erfahren, wenn die Leute akzeptieren, daß Hobs denkende Wesen sind, dann kommen sie vielleicht irgendeines schönen Tags mit ihren Gewehren und Hobstöcken hier herab, treiben ein Dutzend oder mehr Hobgoblins in gestohlenen Sachen zusammen – und hängen sie als Exempel für die übrigen wie andere Taschendiebe oder Einbrecher auf!«

Sie hatten inzwischen wieder die Katakomben erreicht und konnten nun aufrecht Seite an Seite dahinschreiten.

»Wie wahr«, sagte Sera. »Ja, vielleicht tun sie so etwas. Also müssen wir gerade am Anfang sehr vorsichtig damit sein, wem wir es erzählen. Aber Jed«, fügte sie ernst hinzu, »wenn die Macht, die diese Kreaturen erschuf, die Absicht hatte, daß sie an Weisheit und Statur wüchsen, bis sie als Gefährten von Menschen, Zwergen und Gnomen leben können ... dann wäre es unsererseits eine *Sünde* – jetzt, da wir soviel über sie wissen –, wenn wir nicht jede Anstrengung unternähmen, einen Ausgleich zu erzielen.«

»Über Religion möchte ich mit dir nicht streiten«, erwiderte Jed und unterdrückte ein Gähnen. »Um so mehr, weil ich zur Hälfte deiner Meinung bin.

Und anscheinend *sind* wir dazu auserwählt worden, und zwar von den Hobs selbst, als ihre Botschafter in der oberen Welt zu handeln«, fügte er nachdenklich hinzu. »Vermutlich sind wir in gewisser Hinsicht dazu verpflichtet, die Sache weiterzuerzählen. Aber wir werden uns nicht sehr beliebt machen, weißt du, vor allem nicht bei den Leuten, die die Ausrottung gepredigt hatten!«

Aber das Wort ›gepredigt‹ brachte Sera zum Nachdenken. »Weißt du, Jedidiah«, sagte sie, als sie aus dem Loch oben auf dem Hügel in eine sternklare, windige Nacht traten, »eine Anzahl von Leuten wäre vielleicht *sehr* geneigt, allem zuzuhören, was wir zu sagen haben … was wir dem Schwadronieren und der theologischen Pose dieses Scharlatans zu verdanken haben – Hooke oder Tynsdale oder wie er auch heißen mag. Er hat uns möglicherweise unabsichtlich die Bahn geebnet.

Ja«, sagte Sera mit aufkommendem Lächeln. »Vielleicht können wir seinen Sermon sehr gut für unsere Zwecke umfunktionieren.«

30. KAPITEL

In welchem Moses Tynsdale den Schurken spielt

Zu erschöpft, um auch nur die Hälfte ihrer Erlebnisse erzählen zu können, verschoben Jed und Sera die ganze Geschichte auf den nächsten Tag. Dann versammelten sich ihre Freunde im Salon von Mothgreen Hall, und wie Jed vorausgesagt hatte, rief ihre Geschichte die unterschiedlichsten Reaktionen hervor. Mr. Jonas, Miß Barebones und Reverend Mr. Bliss – sie hatten zusammen mit Lord Skelbrooke und Elsie die ganze Geschichte erfahren – waren sowohl mitfühlend als auch begierig, mehr zu erfahren. Ein nächtlicher Besuch in der Hobgoblin-Stadt überzeugte diese freundlichen Seelen davon, sich für die Sache der Hobs einzusetzen. Andere, wie Mr. Herring und die Gentlemen der Gilde, die tags darauf eine weniger ausführliche Variante der Erzählung zu hören bekamen, zeigten Vorbehalte, gestanden jedoch ein, daß man der Angelegenheit gewiß weiter nachgehen mußte.

In der Stadt kursierten bald viele merkwürdige Geschichten, doch erwiesen sich zumindest die Gildenmitglieder als diskret, denn Jeds und Seras Namen wurden nicht mitgenannt. Moses Tynsdale hingegen war in seinem Element und holte alles, was er nur konnte, aus der Situation heraus – was für ein böswilliger Impuls ihn hierzu trieb, vermochte sich Skelbrooke nicht so recht vorzustellen –, im großen und ganzen jedoch waren seine Anstrengungen der ›Hobgoblin-Partei‹ eher nützlich als schädlich, wie Sera vorausgesagt hatte. Was letztlich aus der ganzen

Sache herauskäme, das konnte niemand sagen, denn das Thema war zu umfangreich, um über Nacht abgehandelt zu werden, aber im privaten Kreis waren Sera und Jed der Ansicht, daß die Lage vielversprechend aussah.

»Es war so einfach, die Hobgoblins ›Ungeziefer‹ zu nennen und entsprechend zu behandeln«, erklärte Sera. »Da wir die guten Einwohner von Hobb's Church jetzt jedoch *richtig* zum Nachdenken gezwungen haben, werden sie auch weiterhin nachdenken und Fragen stellen, bis sie die Wahrheit schließlich erfaßt haben.«

Natürlich wurde Sera in Mothgreen Hall auch mächtig ausgescholten, und nur Miß Barebones vertrat den Standpunkt der Minderheit: »Miß Thorn und ihr Bruder befanden sich die ganze Zeit über in Sicherheit, denn zweifelsohne war Onkel Izrael bei ihnen. Und da wir jetzt sein Geheimnis entdeckten, kann der liebe Onkel Izrael in Frieden ruhen.« Womit sie vielleicht recht hatte: in den folgenden Tagen war es in der Akademie so überraschend ruhig, daß es allmählich so aussah, als hätte sich die Sache mit dem Geist (und auch den Hobgoblins) endlich erledigt. Elsie jedoch war völlig außer sich wegen der Risiken, die Sera auf sich genommen hatte – und ließ daran auch keinen Zweifel offen –, während Francis Skelbrooke weniger sagte, sein Mißfallen jedoch schärfer durch die ruhige Eindringlichkeit der wenigen Worte, die er sprach, spüren ließ.

»Ich habe nicht den Eindruck, daß Ihr die Gefahr, in der Ihr jetzt schwebt, ganz erfaßt«, meinte Seine Lordschaft und war sehr weiß um die Lippen. »Oder Ihr hättet Euch eines so verwegenen Verhaltens niemals schuldig gemacht.«

»Ich begreife die Gefahr *sehr* wohl«, gab Sera zurück, »aber ich kann mich doch nicht so … einsperren, so einschränken … nur weil ich Furcht haben muß, daß die Herzogin oder ihre Günstlinge sich jedesmal auf mich stürzen, wenn ich zufällig einen Fuß vor die Tür setze, um frische Luft zu schöpfen!«

»Niemand möchte Euch zur Gefangenen machen – ganz gewiß nicht ich«, erwiderte Skelbrooke. »Ich weiß, Ihr seid an eine gewisse Freiheit gewöhnt – meiner Ansicht nach an mehr Freiheit, als eine junge, konventionell erzogene Dame hätte genießen können. Aber da Jedidiah und ich Euch liebend gern begleitet hätten, wäre es für Euch nicht notwendig gewesen, Euch allein hinauszuwagen.«

Aus Rücksicht auf seine Gefühle – noch mehr aus Besorgnis um Elsie, der es erneut sehr schlecht ging – blieb Sera mehrere Tage lang im Haus und wagte sich, allein oder in Begleitung, nie weiter als bis in den Garten hinaus. Obgleich der Freitag der Mittjahrestag war, spazierte sie lieber nicht in die Stadt hinab, um sich die Festlichkeiten anzuschauen, und am Sonntag blieb sie ihren wohlgemeinten Entschlüssen treu und ging nicht zur Kirche.

Am Nachmittag traf Jed ein und bat um eine private Unterredung mit Seiner Lordschaft. Er und Skelbrooke gingen in den Garten hinaus und ließen sie allein im Salon zurück, was Sera äußerst verärgerte. *Als könnten sie mich besser schützen, wenn sie mich nicht einweihen,* dachte Sera. *Als wäre ich lediglich ein Kind!*

Tatsache jedoch war, daß das zur Diskussion stehende Thema unter den Obstbäumen in Seras Anwesenheit keiner der Gentlemen hätte zur Sprache bringen können.

Jed begann, indem er sich auf beeindruckende Weise räusperte, als wollte er eine sorgfältig einstudierte Rede halten – was tatsächlich der Fall war, obgleich es sich nur um eine äußerst kurze Rede handelte.

»Mylord«, sagte er, »da ich jetzt als Seras Bruder auftrete, halte ich es für meine Pflicht, Euch nach Euren genauen Absichten zu fragen.«

Skelbrooke lächelte freundlich. So etwas Ähnliches hatte er schon seit einiger Zeit erwartet. »Nun, natürlich beabsichtige ich, Sera zu heiraten«, bemerkte er leichthin. »Hat sie Euch das niemals gesagt?«

Jed hob die Schultern. »Ich habe so etwas läuten hören – nicht von Sera«, gab er vorsichtig zu. »Und mir sind Fragen in den Sinn gekommen, weil ... Nun, die Wahrheit lautet, jemand sagte mir vor sehr langer Zeit einmal, daß ihr Frauen nicht leiden könnt. Und schlimmer noch! Daß Ihr das ganze Geschlecht verachtet.«

»Aha«, meinte Skelbrooke und betrachtete nachdenklich die glänzend polierten Schnallen seiner Schuhe. »Das habt Ihr vermutlich von Hermes Budge. In der Tat gab es eine Periode in meinem Leben, da waren meine Gefühle genau so, wie Ihr sie beschrieben habt. Ich sollte Euch sagen, Jedidiah, daß ich in Eurem Alter kurzfristig unter den Einfluß einer sehr bösen Frau geriet. Längere Zeit danach (da war ich wohl nicht ganz richtig im Kopf) erachtete ich Frauen als Quelle allen Übels.«

Er sah auf und blickte Jed scharf ins Auge. »Aber ich bin nicht blind, bin kein Narr. Ich brauchte nicht lange, bis ich bemerkte, daß Frauen in dieser Welt ebenso häufig Opfer wie Täter sind ... bei weitem öfter Opfer, sollte ich sagen. Seitdem habe ich alle Anstrengungen unternommen, mein ehemaliges Vorurteil zu revidieren. Obgleich selbst so«, fuhr er fort, »lange Zeit verstrich, ehe ich mich in die Hände einer Frau begeben wollte, indem ich mich in sie verliebte.«

Stirnrunzelnd betrachtete Jedidiah die adrette kleine Gestalt, die neben ihm einherschritt. »Und was ist Sera Eurer Ansicht nach?« fragte er kurzerhand. »Opfer oder Täter?«

Skelbrooke schüttelte den Kopf. »Wie ich weiß, betrachtet sich Sera wegen ihrer Armut manchmal als Opfer der Umstände, aber sie ist so stark und couragiert, daß sie letztlich alle Hindernisse überwinden muß ... Gleichzeitig wird ihre Ehrlichkeit und Rechtschaffenheit, ihre Großzügigkeit im Denken sie stets davor bewahren, sich die Schwächeren zur Beute zu machen.« Seine Lordschaft lächelte strahlend. »Sera ist weder Opfer noch Täter. Darin liegt meiner Ansicht nach hauptsächlich ihre Anmut.«

Etwas widerstrebend erwiderte Jed das Lächeln. »Anscheinend versteht Ihr sie sehr gut, weil Ihr sie so klar zu sehen vermögt. Aber ...«

»... aber *Ihr*«, sagte Skelbrooke, »wünscht, daß Sera meine Person ebenso klar einzuschätzen weiß. Habt keine Angst, Jedidiah, sie wird mich nicht eher heiraten, bis sie es tut! Sera liebt eine Herausforderung, aber sie verabscheut ein Geheimnis.«

Am Montag war Sera ihrer Beschränkungen so überdrüssig, daß die Niedergeschlagenheit schließlich über ihren Wunsch siegte, jenen, die sie liebte, unnötige Sorgen zu ersparen. Noch dazu nahte rasch die Zeit, da sie alle packen und die *Otter* besteigen würden. Sich einzureden, ohne das Notwendige für die menschliche Existenz diese oder auch eine andere Reise nicht antreten zu können, fiel ihr leicht, und also verkündete Sera, sie müsse und wolle in die Stadt.

Natürlich bestand Lord Skelbrooke darauf, sie zu begleiten. Außerdem wollte er, daß sie die Gig nahmen, mit der Jed vor einer Stunde eingetroffen war, um Elsie einen Besuch abzustatten. Wie es aussah, hatte Jeds Entschluß, mit Elsie zu brechen, dem Lauf der Zeit nicht standgehalten ... oder wenigstens: er hatte nicht dazu beigetragen, seine echte Besorgnis um Elsies sich verschlimmernden Gesundheitszustand zu überwinden.

»Ihr glaubt offenbar, ich werde von einer Postkutsche überfahren, sobald ich auch nur einen Fuß auf die Straße setze«, meinte Sera steif und verteidigend. Aber sie ließ sich von Skelbrooke auf die leichte Kutsche hinaufhelfen und setzte die Füße so, daß sie nicht gegen Jeds altertümliche Vogelflinte unter dem Sitz stießen.

»Bitte seid so gut und sagt mir, welchem Geschäft Ihr einen Besuch abzustatten wünscht!« bat Seine Lordschaft, als sie in die Stadt einfuhren.

Sera (die wirklich kein besonderes Geschäft im Sinn hatte) schaute sich eine Weile um, ehe ihr etwas einfiel, das sie unbedingt besorgen mußte. »Ich würde zunächst gern zu Mistreß Morgans Geschäft, wenn Ihr so gut sein wollt. Ich brauche ganz dringend Haarnadeln – ohne sie kann ich nicht lossegeln.«

»Natürlich«, entgegnete Seine Lordschaft entsprechend liebenswürdig. »Die brennende Notwendigkeit ist verständlich.«

Erst als sie an der Tür stehenblieben, die so einladend offenstand, und Sera unter der Galionsfigur – einer Meerjungfrau – hindurchschritt, bemerkte sie ihren Fehler. Neben Haarnadeln, Bändern und Spitze verkaufte Mistreß Morgan auch Seidenstrümpfe, Strumpfhalter und andere intime weibliche Kinkerlitzchen – dieses Geschäft wurde gewiß nicht sehr häufig von Vertretern des männlichen Geschlechts aufgesucht, und es war auch kein Geschäft, das eine junge Dame gern in Begleitung eines Gentlemans betrat.

Sera errötete, entschied jedoch rasch, daß ein hastiger Rückzug die Sache nur noch unendlich verschlimmern würde. Während Seine Lordschaft sich mit verschränkten Armen an die Ladentheke lehnte und sich mit einer Anzahl sehr angenehmer Phantasien unterhielt, erwarb Sera ihre Haarnadeln, lehnte es höflich ab, sich einige von Mistreß Morgans sonstigen bezaubernden Waren anzusehen, und rauschte aus dem Geschäft hinaus. Skelbrooke amüsierte sich köstlich über ihr Unbehagen und war so geschmacklos, dies auch zu zeigen.

»Und wohin als nächstes, Miß Thorn?« fragte er

fröhlich und tippte an den Hut. »Irgendwo hier im Ort könnt Ihr meines Wissens nach auch Pomade und Haarpuder erwerben ... und man hat mich zuverlässig darüber informiert, daß Spitzenhandschuhe bei Madame Rush zu finden sind.«

Sera tat ihr Bestes, ihm für seine Frechheit den Mund zu stopfen. »Vielen Dank, Mr. Carstares, aber so etwas benötige ich natürlich nicht. Ich möchte jedoch Mr. Jakobsons Buchhandlung einen Besuch abstatten. Mich verlangt nach etwas erbaulicher Literatur.«

»Aber natürlich, Miß Thorn«, erwiderte Seine Lordschaft freundlichst. »Ohne eine ganze philosophische Bibliothek an Bord begebe ich mich selbst auch nicht auf eine Reise.« Und Sera beäugte ihn mißtrauisch und fragte sich, was für ein böser Schalk ihn im Augenblick ritt.

Nach ihrem Besuch der Buchhandlung schlenderten sie die Straße hinab, da rief Sera überrascht aus: »Mr. Carstares ... wie seltsam! Ist das nicht Elsie, die da zusammen mit Mr. Tynsdale geht?«

Die fragliche junge Frau trug ein Kleid aus weißem Tüll über einem blaßblauen Unterkleid, ganz und gar in Elsies Stil, und sie hatte gleichfalls einen Strohhut mit einem Gazeschleier auf, der kaum hinreichte, ihre Züge zu verhüllen. Doch mehr als das: selbst auf diese Entfernung erkannte Sera die Haltung ihrer Kusine wieder, ihre Bewegungen, ihre – nun, einige Charakteristika sind einfach undefinierbar, und Sera waren alle Charakteristika Elsies bekannt. Doch hatte sie Elsie nicht blaß und erschöpft im Garten von Mothgreen Academy zurückgelassen, den besorgten Jed an ihrer Seite ... und war seitdem nicht erst nur eine Stunde vergangen?

Als das Mädchen in Weiß und der Wanderprediger in eine Seitenstraße abbogen, eilte Sera hinterher. Sie wollte die beiden überholen, um einen besseren Blick auf sie zu erhalten, und Skelbrooke kam gezwungenermaßen mit. »Es *ist* Elsie«, sagte Sera, nachdem sie um eine Ecke gebogen waren. »Aber wie kommt sie zu Mr. Tynsdale, dessen Gefährlichkeit und Hinterlist sie genau kennt?«

Sie rief ihre Kusine beim Namen, erhielt jedoch keine Antwort. Ungeachtet ihrer Rufe schritten Elsie und der Geistliche weiter. Sera und Skelbrooke waren bis auf etwa fünfzig Meter an sie herangekommen, da bestiegen Moses Tynsdale und Elsie ein altmodisches, von zwei Pferden gezogenes Kabriolett und eilten mit hoher Geschwindigkeit davon. Aber als das Mädchen in die Kutsche gestiegen war, hatte sie Sera das Gesicht zugewandt, und Sera hatte nicht nur sie, sondern auch den merkwürdigen leeren Ausdruck darauf wiedererkannt.

»Sie sieht genauso aus wie zu der Zeit, da Lord Skogsrå sie hypnotisiert hatte«, meinte Sera, und ihr sank der Mut.

»Ganz offensichtlich«, sagte Skelbrooke und löste seinen Arm aus Seras Arm, »hat Euripides Hooke sie irgendwie in seine Gewalt gebracht ... ebenso offensichtlich ist es, daß wir gerade Zeugen einer Entführung geworden sind. Ich werde sie in Mr. Herrings Gig verfolgen.«

Sera lief hinter ihm die Straße hinab, wobei sie immer wieder einen Blick über die Schulter warf, ob sie nicht einen vorüberkommenden Polizisten erspähte. Natürlich war kein Mann des Gesetzes bei der Hand, wenn man ihn benötigte.

»*Ich* werde mitkommen«, sagte Sera und bestieg neben Seiner Lordschaft die Gig.

»Entschuldigt bitte, Miß Thorn, aber das dürft Ihr nicht tun«, sagte er. »Ich befürchte, wir fahren geradewegs in eine große Gefahr hinein.«

»Meint Ihr, das macht mir etwas aus, da mich Elsie vielleicht braucht?« fragte Sera.

Lord Skelbrooke seufzte tief und ließ die Zügel

schießen. Es war einfach keine Zeit, die Sache durchzudiskutieren.

Während sie jedoch die Straße in Richtung Moonstone hinabrumpelten – das Kabriolett noch immer in weiter Entfernung vor sich –, sagte er: »Sobald es mir gelungen ist, Eure Kusine zurückzubekommen, mögt Ihr ihr auf jede Weise Trost spenden. Aber bis dahin bitte ich Euch – nein, muß ich Euch befehlen –, Euch nicht in meinen Rettungsversuch einzumischen. Obgleich Ihr mir vielleicht helfen wollt, werdet Ihr meine Bemühungen lediglich behindern.«

»Das weiß ich sehr wohl, und ich verspreche Euch, mich nicht einzumischen«, erwiderte Sera atemlos. »Da ich ›nur‹ eine Frau bin, fehlt mir jegliche Erfahrung mit – mit Duellen und Raufereien.«

»Duellen und Raufereien?« Lord Skelbrooke hob eine wohlgeformte Braue und schloß die Hände fester um die Zügel. »Ist das Eure Vorstellung von den Beschäftigungen der Männer untereinander? Müßt Ihr uns aber für arme Tröpfe halten! Oder haltet Ihr nur mich für so – so bedauernswert gewalttätig – charakterlich?«

»Nun …« Sera versuchte, Zeit zu gewinnen. »Ich glaube kaum, daß Jungen wie Jed sehr viel Gelegenheit zu einem derartigen Benehmen erhalten … sie sind viel zu sehr damit beschäftigt, sich den Lebensunterhalt zu verdienen. Vielleicht haben nur die Gentlemen genügend freie Zeit, sich auf diese Weise zu beschäftigen.«

Das Kabriolett war um eine Kurve verschwunden, die an einem kleinen, mit niedrigem Gestrüpp bedeckten Hügel entlangführte. Als sie gleichfalls um die Kurve bogen, sahen sie erstaunt, daß das Kabriolett mitten auf der Straße angehalten hatte und anscheinend auf sie wartete. Lord Skelbrooke zog die Zügel an, und er brachte es fertig, die Gig in sicherer Entfernung zum Stehen zu bringen.

»Die Blenden sind herabgezogen. Das sieht verdammt nach einer Falle aus«, meinte er, zog eine Pistole und legte an. »Seid Ihr Euch ganz gewiß, daß es Eure Kusine *war*? Ich sehe, Ihr seid Euch gewiß – und es würde bestimmt mehr als eines veränderten Gesichts, eines nachgeahmten Ganges bedürfen, um Euch zu täuschen.

Falle oder nicht, wir können Elsie kaum der Gnade ihrer Entführer überlassen«, fügte er grimmig hinzu. »Und meine Ausrüstung reicht wohl aus, es mit Mr. Hooke und jeglichen Bundesgenossen aufzunehmen, die vielleicht versteckt in diesem Kabriolett mitfahren.« Leichtfüßig sprang er auf die Straße hinab und zog dabei eine weitere, größere Pistole. »Ihr dürft mir jedoch unter keinen Umständen folgen und solltet Euch besser damit beschäftigen, die Gig umzudrehen.«

»Ich will die Gefahr nicht erhöhen, indem ich Euch nicht gehorche«, meinte Sera, so ruhig sie konnte. »Aber Mylord ... gebt acht!«

Während sich Skelbrooke dem rätselhaft stillen Kabriolett näherte, stieg Sera ab, nahm das Pferd beim Zügel und redete ihm gut zu, sich in die Richtung umzudrehen, aus der sie gekommen waren. Sie kehrte gerade zu der Gig zurück, da sprangen die Türen des Kabrioletts jäh auf, und Tynsdale kam heraus, gefolgt von zwei grobschlächtig wirkenden Männern in Wildleder, die zwei dicke Holzkeulen bei sich trugen.

Über den breiten Rücken des Pferdes sah Sera, wie Skelbrooke stehenblieb und dann mit seiner Pistole winkte. »Zwei von Euch sind tote Männer«, verkündete er kalt, »wenn Ihr nicht allesamt sofort Eure Waffen zu Boden werft.«

Aus dem Nirgendwo peitschte ein Schuß, traf ihn in die Schulter, wirbelte ihn herum und warf ihn auf die Knie. Die größere Pistole fiel ihm aus den jäh kraftlosen Fingern und knallte harmlos auf die Straße. Während Skelbrooke einen Augenblick lang benommen dalag, kam einer der bärtigen Rüpel heran, schwang seinen Knüppel und ließ ihn auf den Kopf Seiner Lordschaft krachen. Machtlos sah Sera mit an, wie Skelbrooke vornüber aufs Gesicht fiel und sehr still auf dem Boden lag.

Verzweifelt blickte sie sich um und versuchte herauszufinden, woher der Schuß gekommen war. Sie schaute gerade rechtzeitig den Hügel hinauf, um eine dritte Gestalt in Wildleder zu sehen, die in den Büschen stand und den zweiten Lauf ihres Steinschloßgewehrs abfeuerte. Auch dieser Schuß traf sein Ziel. Das Pferd der Gig brach in seinem Geschirr zusammen, niedergestreckt von einer Kugel zwischen die Augen.

Sera kreischte nicht auf – obgleich sie stark in Versuchung war. Statt dessen kletterte sie hastig auf die Gig und holte Jeds Vogelflinte unter dem Sitz hervor. Dann jedoch wurde ihr die Vergeblichkeit des Versuchs klar, mit einer einzigen Waffe vier Männern standzuhalten – insbesondere mit einer Waffe, die nur mit Vogelschrot geladen war. Sie warf daher das Gewehr hin, raffte ihre Röcke und sprang von der Kutsche. Auf der Schotterstraße unten stolperte sie, fing sich wieder und rannte über die Felder in Richtung Mothgreen Academy davon.

Sie war vielleicht eine Viertelmeile weit über verflucht unebenen Boden gerannt, immer wieder gestolpert und gestrauchelt, wobei sie das lange Kleid und Unterkleid mehr als nur ein wenig behindert hatte, da hörte sie Rufe und stampfende Schritte, die rasch zu ihr aufschlossen. Sie lief weiter, ohne langsamer zu werden, immer noch dazu entschlossen, ihren Verfolgern zu entkommen. Selbst als sie das festere Getrappel näherkommender Hufe vernahm und erriet, daß jemand das Lenkpferd der Kutsche befreit hatte und hinter ihr her galoppierte, lief sie starrsinnig weiter, obgleich sie heftig keuchte und spürte, daß sie fast am Ende war.

Ein starker Arm griff nach ihr und fegte sie, die wild

kämpfte, von den Beinen und hob sie auf einen breiten, grauen Rücken. Sera kratzte, biß und krallte nach den Augen ihres Fängers.

»Ich brauche dich nur loszulassen, du erbärmliches Weibsstück, und du wirst dir ohne Zweifel den Rücken oder gar den Hals brechen, wenn du vom Pferd fällst«, zischte Mr. Tynsdale.

Da ihr klar wurde, daß er die Wahrheit sagte, gab Sera ihren Widerstand auf und klammerte sich statt dessen fest an Tynsdales Mantel, während er das Pferd geschickt herumlenkte (sie ritten ohne Sattel) und zu seinen Bundesgenossen zurückritt. Als das Pferd jedoch den Schritt verlangsamte und stehenblieb, als Tynsdale absteigen wollte, wand sich Sera aus seinem Griff – und landete unseligerweise in den Armen eines der bärtigen Grobiane, der nicht nur nach Bärenfett stank, sondern sie darüber hinaus bei seinem Bemühen, sie zu bändigen, auch nicht allzu zart behandelte. Das gelang ihm schließlich einfach dadurch, daß er ihr die Arme scharf auf den Rücken zog und dort festhielt.

In aller Ruhe stieg Moses Tynsdale vom Pferd und ließ den Blick anerkennend über sie gleiten. »Was bist du doch für ein prächtiges Geschöpf!«

Sera, der das Haar lose herabhing und der die rechte Gesichtsseite von einem Schlag mit der offenen Hand heftig schmerzte, deren Kleid zerrissen war, so daß es ihr von den Schultern rutschte, *fühlte* sich nicht prächtig. »Wenn Ihr es wagt, auch nur eine schmutzige Hand an mich zu legen …!«

Tynsdale grinste sie nur auf eine durch und durch unverschämte Weise an. Sein Hut war davongeweht worden, und das dunkle Haar war durch den wilden Ritt völlig zerzaust; die weißen Zähne blitzten in dem sonnengebräunten Gesicht, und er sah ganz und gar nicht wie der Geistliche aus, den sie kannte, sondern wie eine unbekannte, *gefährliche* Urgewalt.

»Eine – gewisse Art von – Vergewaltigung ist wohl

beabsichtigt. Aber, wie jammerschade! Nicht ich bin der vom Schicksal bestimmte Mann, der dich genießen wird. Bring mir rasch das Alraunenwasser, Hancock, ehe sich die junge Dame ernstlich Schaden zufügt!«

»Wenn nicht Ihr es seid, der Elsie und mich zu diesem Zweck entführt hat«, sagte Sera zitternd vor Entrüstung, »wer *ist* dann für diese empörenden Vorkommnisse verantwortlich?«

Erneut blitzte dieses Lächeln auf. »Miß Elsie ist eigentlich gar nicht entführt worden«, erwiderte Tynsdale, während einer der Diener einen stinkenden Tuchfetzen hervorholte. »Und Euch nehme ich auf Geheiß eines Gentlemans, der Euch leidenschaftlichst bewundert, mit nach Stillwater Hall. Ein Gentleman namens Jarl Skogsrå.«

Jemand drückte ihr den Fetzen über das Gesicht, und die Welt wurde an den Rändern grau. Während die Dunkelheit Sera einhüllte, fuhr Tynsdale spöttisch fort: »Stellt Euch bloß vor, Miß Thorn ... oder sollte ich sagen, Miß *Vorder*? Bald werdet Ihr eine Braut sein!«

31. KAPITEL

Welches Sera und Lord Skelbrooke in einer wahrhaftigen Notlage findet

Seh- und Hörfähigkeit kehrten langsam zurück, und damit verbunden war ein Schwindelgefühl – alles drehte sich um sie. Sera lag sehr ruhig da, bis der Raum ringsumher sich wieder beruhigt hatte; dann setzte sie sich langsam und vorsichtig auf und musterte ihre Umgebung.

Sie hatte diagonal auf einem großen Bett mit vier Pfosten gelegen, als hätte jemand sie hergetragen und einfach hineingeworfen. Das Bett stand in einem dämmrigen, hohen, sehr warmen und feuchten Zimmer, und die Samtbettdecke roch stark nach Schimmel. Das einzige Licht fiel durch ein hohes Gitterfenster, das zum größten Teil von dornigen Brombeerranken verdeckt wurde.

»Und Ihr seid also endlich erwacht. Wie geht's, wie steht's, Miß Vorder?«

Die Stimme, so kühl und knapp, war ihr vertraut, obgleich Sera sie nicht sofort einordnen konnte. In den tieferen Schatten auf der anderen Seite des Zimmers erhob sich eine hagere Gestalt aus einem Sessel und kam auf sie zu.

»Thomas Kelly … Ihr *heißt* Kelly, nicht wahr?«

Zur Antwort neigte der Zauberer den Kopf. »Allerdings … vermutlich erzählte Euch dies Caleb Braun nach dem bedauerlichen Vorfall mit dem Schürhaken. Wie mag es Mr. Braun gegenwärtig wohl gehen?«

»Ich habe nicht die geringste Ahnung«, erwiderte Sera und schob eine Strähne des dunklen Haars beiseite, die ihr über das Gesicht gefallen war. »Ich habe ihn seit dem von Euch erwähnten Tag nicht mehr zu Gesicht bekommen. Obgleich es mich natürlich erleichtert zu sehen«, fügte sie bissig hinzu, »daß Ihr mehr über seinen Aufenthaltsort wißt als ich.« Sie unterdrückte das Verlangen, nach Skelbrooke zu fragen und um die Zusicherung zu betteln, daß er noch lebte. Wie sie wußte, hätte ein solches Zeichen von Schwäche keinem von ihnen beiden etwas genutzt. »Also wirklich, Mr. Kelly, das hätte ich nun gar nicht erwartet – obgleich ich es kaum ein Vergnügen nennen kann. Ich hatte es so verstanden, daß ich Jarl Skogsrå treffen sollte.«

Kelly betrachtete sie weiterhin mit diesen merkwürdigen Augen. »Das hat Euch Mr. Hooke gesagt, nicht wahr? Ich hatte keine Ahnung, daß er ein solcher Schwätzer ist. Aber ja, Ihr werdet Jarl Skogsrå gleich sehen. Skogsrå, die Herzogin von Zar-Wildungen und ich haben vor kurzem unsere Kräfte vereinigt … eine nur allzu natürliche Folge unserer gemeinsamen Interessen.

Ich brauche Euch ja wohl kaum zu sagen, daß der Jarl Euch sehr begierig erwartet«, fuhr Kelly fort und legte eine Hand auf den nächstgelegenen Bettpfosten. »Aber zunächst wollte ich mit Euch unter vier Augen sprechen. Der arme Skogsrå wird vermutlich sehr gefühlsbetont werden – man ist fast geneigt zu sagen, irrational – beim Gedanken an Eure kommende Hochzeit. Und wir hatten gehofft, Euch sehr viel eher hier willkommen heißen zu dürfen … es war so taktlos von Euch, zum Mittjahrsfest nicht nach Hobb's Church zu kommen, oder dann wieder am Sonntag zur Heiligen Messe. Ihr habt den armen Skogsrå in ein Fieber der Ungeduld versetzt.«

Mr. Kelly lächelte freudlos. »Dann wiederum brauche ich Euch dies wohl nicht zu sagen. Im Gegensatz zu mir wart Ihr ja bei seinem Versuch anwesend, Eure

Kusine Elsie zu heiraten. Wie man mir mitteilte, waren seine Handlungen bei dieser Gelegenheit ausgesprochen überstürzt. Aber was kann man schließlich von einem Troll erwarten, der sich fest im Griff seiner überwältigenden Leidenschaften befindet?«

»Ich hoffe«, erklärte Sera, während sie die Füße auf den Boden setzte und es fertigbrachte, aufzustehen, obgleich ihre Knie noch immer bedauerlich weich waren, »ich hoffe, Ihr seid hier, um mir zu sagen, was genau ich von dieser Hochzeit zu erwarten habe.«

Kelly reckte den Hals. »Ihr meint damit vermutlich, daß Ihr etwas über die Hochzeitszeremonie selbst zu erfahren wünscht und nicht die Intimitäten besprechen wollt, die Euch anschließend im Brautgemach erwarten. Nun, dann werde ich …«

»… ich *wollte* fragen, was Haakon Skogsrå zu der Vorstellung bewegt, er könne mich soweit beeinflussen, daß ich einer Heirat mit ihm meine Zustimmung gebe?« fragte Sera und streckte die Hand nach einem Bettpfosten aus. Das brachte sie erheblich näher an Kelly heran, als ihr lieb gewesen wäre, nahe genug, daß sie den Geruch nach Balsam und Natron und den darunterliegenden, widerlichen Hauch nach Verderbnis roch. Sobald sie wieder fest auf beiden Beinen stand, trat sie beiseite.

»Ich habe – ich habe das Thema ›Trollhochzeiten‹ studiert, und ich weiß sehr wohl, daß der Ehestand, den Skogsrå im Sinn hat, die Zustimmung der Braut erfordert. Und wie ich glaube, erwies ich mich bereits als immun gegen Jarl Skogsrås Macht der Beeinflussung.

Hoffentlich wollt Ihr mich nicht bedrohen«, fügte sie mit blitzenden dunklen Augen hinzu, »denn die Wahrheit lautet, daß ich viel, viel lieber …«

»… sterben würde. Das ist, glaube ich, die übliche Antwort«, beendete der Zauberer statt ihr den Satz. »Bitte spielt nicht die Heldin, Miß Vorder. Vielleicht *wür-*

det Ihr ja lieber sterben, als die verlangende Umarmung des Trolls zu erleiden, aber ich erinnere Euch daran, daß sich Miß Elsie Vorder ebenfalls in unserer Hand befindet, ganz zu schweigen von Eurem Geliebten, Lord Skelbrooke. Ihr wollt doch nicht, daß einem der beiden etwas zustößt, da bin ich mir eigentlich ganz sicher.«

Sera schüttelte den Kopf – was ein Fehler war, da ihr anschließend wieder ganz benommen zumute wurde, so daß sie erneut nach dem Bettpfosten greifen mußte. »Ich bin mir überhaupt nicht sicher, daß Ihr Elsie *habt,* und Lord Skelbrooke … meines Wissens nach haben ihn Eure Grobiane vielleicht sogar umgebracht.«

»Miß Elsie befindet sich hier, und Lord Skelbrooke wurde bisher verschont. Wir haben bei seiner Gefangennahme äußerste Sorgfalt darauf gelegt, ihn nicht zu töten«, sagte Kelly. »Dafür wenigstens solltet Ihr uns dankbar sein.«

»Nichtsdestoweniger will ich über diese Sache nicht weiter reden«, beharrte Sera, »bis ich zunächst beide lebendig vor mir gesehen habe.«

»Sehr schön … wenn Ihr es so haben wollt«, erwiderte Kelly. Er durchschritt den Raum, öffnete eine Tür, steckte den Kopf nach draußen und erteilte einige unterdrückte Befehle. Inzwischen blickte sich Sera verzweifelt in dem schattigen Schlafzimmer nach etwas um, das sie zur Verteidigung benutzen konnte.

Kelly wandte sich von der Tür ab. »Ihr sucht nach einem schweren Gegenstand, den Ihr mir über den Schädel schlagen könnt. Das wird ein zweites Mal nicht gelingen, denn Ihr werdet nichts Brauchbares finden. Wie Ihr seht, bin ich vorsichtiger geworden. Und Ihr besitzt zwar einen unbezähmbaren Willen, Miß Vorder, aber gerade im Augenblick wohl kaum die notwendige Kraft für einen Fluchtversuch.

Ihr werdet Euch viel besser fühlen, wenn Ihr Euch einfach aufs Bett setzt und die weiteren Ereignisse abwartet.«

Sera erkannte den Sinn seiner Worte und folgte seinem Vorschlag. Eine Minute später öffnete sich die Tür weit für Jarl Skogsrå und Elsie – und einen Augenblick später für einen sehr bleichen und zitternden Lord Skelbrooke. Ihm waren die Hände vor dem Körper gefesselt worden, und im Rücken hatte er den Lauf einer Pistole, die der abgerissen wirkende Mr. Hancock festhielt. Skelbrooke war in Hemdsärmeln, er trug einen Arm in der Schlinge, und Sera sah, daß seine Brokatweste und das Leinenhemd stark mit Blut getränkt waren.

Weil sie durch Tynsdale auf eine mögliche Täuschung aufmerksam gemacht worden war, nahm Sera die junge Frau in Weiß etwas genauer in Augenschein. Schockartig ging ihr auf, daß es doch nicht Elsie war. »Ihr wollt mich täuschen, aber ich kenne meine Kusine besser. Diese Frau ähnelt ihr tatsächlich … in der Tat ist die Ähnlichkeit ziemlich bemerkenswert: sie steht und geht sogar wie Elsie. Und dennoch …«

»… und dennoch sagt Euch Eure Intuition bei näherer Untersuchung, daß sie es nicht ist«, beendete Skelbrooke für sie und lehnte sich erschöpft an die Wand.

Jarl Skogsrå gab einen Laut des Widerwillens von sich. »Ich hab's Euch ja gesagt! Die beiden unterscheiden sich mehr voneinander, Elsie Vorder und meine Cecile, als Ihr und die Herzogin gern geglaubt hättet.«

Mr. Kelly fixierte ihn mit einem harten Blick. »Da ich nicht so intim mit diesem Ungeheuer bin wie Ihr – und da ich Miß Elsie wirklich nur einen kurzen Augenblick gesehen hatte –, werde ich Euch keinesfalls widersprechen.«

Skelbrooke zog den Atem scharf ein. »Dies ist keine Frau, die Ihr mit Hilfe Eurer Kunst verkleidet habt: dies ist Elsies Doppelgängerin, eine Figur aus Ton, und Ihr habt sie mit einigen wenigen Tropfen von Elsies Blut nach ihrem Bildnis belebt. Kein Wunder, Sera, daß Ihr Euch täuschen ließet, wenn auch nur vorübergehend.«

Kelly verneigte sich steif aus der Hüfte heraus. »Ihr seid sehr kenntnisreich, sehr aufmerksam … In der Tat frage ich mich, wie ein so pfiffiger und erfahrener Mann wie Ihr in unsere einfache kleine Falle tappen konnte. Es war wohl eine gesteigerte Zuversicht, die Euch zu Fall brachte.«

Lord Skelbrooke, der Seras ängstlichem Blick begegnete, schüttelte den Kopf. »Vielmehr meine Arroganz«, erklärte er, und das Wissen um den eigenen Fehlschlag machte ihn ganz elend. »Ich kann Euch nicht um Verzeihung bitten, Sera, denn ich verdiene sie nicht. Aber ich entschuldige mich zutiefst dafür, daß ich die Sache so gründlich verpfuscht habe.«

»Bitte, nehmt nicht die Schuld auf Euch, Mylord«, erwiderte Sera mit dem Versuch eines tapferen Lächelns. »Ich gebe Euch in keinster Weise hierfür die Schuld.«

»Sehr anrührend«, höhnte der Jarl und warf sich auf den Sessel, worin zuvor Kelly gesessen hatte. »Oh, wie außerordentlich bewegend! Nun, Ihr habt es erraten – wir haben Elsie nicht in unserer Hand. Euer Liebhaber jedoch … wie Ihr seht, ist er völlig unserer Gnade ausgeliefert. Er wird sterben, wenn Ihr nicht zustimmt, mich zu heiraten.«

»Er lügt«, sagte Skelbrooke. »Sie können mich nicht selbst umbringen. Zweifelsohne bin ich für die persönliche Rache der Herzogin reserviert.«

»Wir handeln nicht auf Befehl der Herzogin«, hielt Skogsrå dagegen, wobei er Kellys Wink zu schweigen übersah. »Die Herzogin wurde weggerufen … ihre Diener sind während ihrer Abwesenheit entlassen worden … wir haben unsere eigenen Männer herbeigeholt …«

»In diesem Fall bin ich so gut wie tot«, sagte Skelbrooke bitter. »Ihr werdet mich kaum am Leben lassen, damit ich der Herzogin erzähle, was Ihr während ihrer Abwesenheit unternommen habt. Sie hat ihre eigenen

Pläne mit Sera, Elsie und mir … die Ihr, denke ich, verderbt.« Er sah zu Sera hinüber, und sein Blick wurde zärtlich. »Liebste, du mußt selbst entscheiden, ob du dein Leben durch eine Heirat mit Lord Skogsrå verlängern willst – und vielleicht später eine kleine Chance zur Flucht erhältst. Aber ich bitte dich, unternimm nichts wegen mir. Ich habe mich mit meinem Tod ganz und gar abgefunden.«

»Ihr seid ein Narr«, meinte Kelly zu dem Troll. »Bitte haltet von jetzt an den Mund und laßt mich die Sache arrangieren, wie ich es versprochen habe. Ihr habt ganz recht, Lord Skelbrooke, Ihr seid auf jeden Fall verloren. Aber die Art und Weise Eures Hinscheidens ist noch immer eine offene Frage. Euer Tod kann rasch und gnädig sein – wenn sich Miß Vorder weise entscheidet –, oder auch lang und qualvoll – wenn sie die Mitarbeit verweigert. Ich persönlich hege keinen Groll gegen Euch, aber glaubt deswegen nicht, daß ich zögern würde, Euch der grausamsten Folter zu unterwerfen, damit ich mein Ziel erreiche. Jarl Skogsrå hingegen … Ihr werdet die Wärme seiner Wertschätzung gewiß verstehen!«

»Sera«, preßte Skelbrooke zwischen den Zähnen hervor. Mit jeder verstreichenden Minute wurde er bleicher, und Schweißperlen traten ihm auf die Stirn. »Was sie mir auch immer antun – achte nicht darauf! Glaube mir, ich habe in der Vergangenheit weitaus Schlimmeres erlitten als alles, was sie mir vielleicht antun wollen.«

»Meint Ihr wirklich?« fragte Kelly. Er griff in die Tasche seiner Weste und holte die kleine Dose heraus, die keine Schnupftabaksdose war. »Aber wir wollen unsere Überredungskünste ja nicht sogleich anwenden. Ja … ich weiß, was diese Dose enthält, und ich weiß gleichfalls ein wenig über die Wirkung der Droge. Wie ich Euch ansehe, vermißt Ihr sie bereits.

Wir können es uns leisten, weitere vierundzwanzig

Stunden zu warten – nicht nur, um Euch und Miß Vorder reichlich Gelegenheit zum Nachsinnen über Euer Schicksal zu geben, sondern auch, weil Euch nach dem Verstreichen dieser Zeit Euer Geist und Körper verraten werden. Eure Wahrnehmungsfähigkeit wird dermaßen verstärkt sein, daß Euch selbst das leiseste Unbehagen überaus stark treffen wird, während die ausgesuchten Foltern, die wir Euch zugedacht haben … nun ja, das überlasse ich Eurer beider Vorstellungskraft.«

Auf Kellys Befehl hin holte der in Wildleder gekleidete Hancock ein weiteres Paar Handschellen hervor und legte sie Sera an. Dann wurden sie und Skelbrooke zwei Treppenfluchten hinab in den Keller und dort in einen Vorratsraum geleitet.

Der Raum war schmutzig und roch nach Feuchtigkeit. Er wurde lediglich von einem vergitterten Fenster hoch in der Wand, zu ebener Erde, erhellt. Auf dem Fußboden lagen eine blutbesudelte Strohmatratze … einige Decken … sowie Skelbrookes Hut und Mantel … gleichfalls stark blutig. Sera begriff, daß es Seine Lordschaft, während sie oben bewußtlos gelegen hatte, hier unten wesentlich weniger gemütlich gehabt hatte.

»Ich wünsche Euch, daß Ihr Euch der Gesellschaft des anderen für die restliche Euch verbleibende Zeit erfreut«, meinte Kelly von der Türschwelle aus. »Tröstet einander in jeder Weise, die Euch am besten erscheint … die Stärke Eurer Zuneigung kann unserem Zweck nur dienlich sein. Aber bildet Euch nicht ein, Lord Skelbrooke, daß Ihr Jarl Skogsrå berauben könnt, wenn Ihr Miß Vorder die Unschuld nehmt, denn ich muß Euch sagen (und Ihr werdet entschuldigen, daß ich so frei heraus spreche), daß der Jarl, obgleich er gewiß die Absicht hat, sie in jedem Sinne des Wortes zu seiner Frau zu machen, einen Scheißdreck um ihre Jungfräulichkeit gibt.«

Seite an Seite saßen Lord Skelbrooke und Sera schweigend auf der Matratze auf dem Fußboden, während das Licht, das durch das vergitterte Fenster hereinströmte, immer schwächer wurde und sich die abendlichen Schatten in dem verriegelten Raum sammelten. Nach etwa einer Stunde trat Moses Tynsdale mit einem vollen Tablett sowie einer brennenden Kerze ein.

Er grinste Sera an. »Euer Bräutigam ist natürlich sehr großzügig.«

»Mr. Tynsdale … das Nachdenken über das Schicksal, welches mich ohne Zweifel erwartet, mag Euch erheitern. Aber Ihr wißt vielleicht nicht, daß sie Lord Skelbrooke *ermorden* wollen. Entführung und arglistige Täuschung sind Euch anscheinend nicht fremd, aber ich hätte Euch niemals für einen angeheuerten Mörder gehalten.«

Mehrere Minuten lang stand Tynsdale auf der Schwelle, den dunklen Blick zweifelnd auf Skelbrookes Gesicht gerichtet. »Ihr habt recht. Ich bin ein Spion, kein Meuchelmörder. Um die angenommene Rolle aufrechtzuerhalten – und wie passend diese Tarnung für meine Tätigkeiten war, mag Euch Seine Lordschaft erzählen –, habe ich viel Unglück bewirkt … dennoch wage ich zu behaupten, daß niemand ernstlichen Schaden erlitt. Wenn Skelbrooke sterben muß, verspüre ich vielleicht – im Lichte unseres ehemaligen Bündnisses – sogar nach seinem Dahinscheiden ein leises Bedauern darüber, daß ich ihn hierherbrachte. Aber das wird mich nicht lange belasten … glaubt mir, ich habe weitaus Schlimmeres auf dem Gewissen. Wäre das nicht so, dann wäre ich noch immer ernsthaft der Geistliche, als den ich mich ausgab. Und wenn Ihr mir jetzt anscheinend vorschlagt, Euch bei der Flucht zu helfen, so muß ich Euch sagen, daß meine Güte nicht annähernd so weit reicht.«

Er setzte das Tablett in der Nähe des unteren Matratzenendes auf den Fußboden, verließ den Vorratsraum und verschloß die Tür hinter sich.

Sera untersuchte das Tablett. Ein mit Wasser gefüllter hölzerner Becher stand darauf sowie ein abgedeckter Teller mit einem recht guten Abendessen: Fleisch, Eier, Brot und Obst. Wie es schien, war Lord Skogsrå tatsächlich großzügig. Es wäre seinen Absichten nicht zuträglich, wenn seine Braut während der Zeremonie vor Schwäche ohnmächtig würde.

»Lord Skelbrooke«, sagte Sera, während sie die Mahlzeit miteinander teilten, »Ihr habt nicht zufällig Eure Taschenuhr oder – oder etwas ähnlich Nützliches bei Euch?« Es widerstrebte ihr, offen zu sprechen, denn sie hatte Furcht, jemand würde an der Tür horchen.

»Nein«, erwiderte Skelbrooke düster. »Ich bedauere zu sagen, daß Euripides Hooke mich von allen diesen … nützlichen Dingen befreite.«

Eine Zeitlang aßen sie schweigend. Dann legte sich Skelbrooke mit einem tiefen Seufzer auf die Matratze zurück.

»Mylord, Ihr seht so bleich aus, und Ihr zittert so heftig«, sagte Sera. »Eure Verwundung macht Euch gewiß schwer zu schaffen!«

»Die Kugel wurde entfernt und die Wunde gesäubert und verbunden, während Ihr oben wart. Sie macht mir nicht sehr zu schaffen. Die Symptome, die Ihr bemerkt, beruhen auf der Wirkung des Schlafstaubs … oder sind vielmehr das Ergebnis der erzwungenen Abstinenz«, sagte Skelbrooke. »Ich bin jetzt seit zwölf Stunden ohne die Droge. Insbesondere während der letzten beiden Jahre machte ich es mir zur Angewohnheit, eine Prise am Morgen und am Nachmittag sowie eine größere Dosis vor dem Schlafengehen zu nehmen. Ich habe die nachmittägliche Menge nicht bekommen, weil – nun, das spielt kaum eine Rolle.«

»Ihr habt heute Nachmittag keine Prise genommen, weil Ihr mit mir zusammen wart, und Ihr wolltet die Dose nicht herausholen, weil Ihr Angst hattet, ich könnte es sehen und mißbilligen«, bemerkte Sera mit bitteren Selbstvorwürfen.

»Dazu hattet Ihr jeden Grund. Es ist eine äußerst schädliche Angewohnheit, trotz meiner gegenteiligen Versicherung.« Er zuckte zusammen, als er seine Lage auf der Matratze veränderte. »Es scheint nur richtig, Euch davor zu warnen, daß sich mein Zustand vor dem Ende wahrscheinlich sehr stark verschlimmern wird. Aber Mr. Kelly hat völlig recht: es muß noch ein weiterer Tag verstreichen, ehe die Halluzinationen und die anderen ... unglücklichen Effekte auftreten. Wenn es soweit ist – wenn diese Zeit kommt, möchte ich Euch darum bitten, daß Ihr alles, was ich vielleicht zu Euch sage, nicht weiter beachtet, sondern als das Rasen eines Wahnsinnigen anseht. Nichts und niemand wird mir wichtig sein – nur ich selbst, da mein ... Bewußtsein meiner selbst ... so stark sein wird. Aber was sie mir auch immer antun werden, worum ich Euch auch immer bitten werde, Ihr dürft nur Eurer Neigung folgen.«

Sera wandte das Gesicht ab, so daß er nicht sah, wie tief seine Worte sie berührt hatten. »Lord Skelbrooke«, sagte sie sehr fest. »Ich werde Euch nicht täuschen. Ich wollte eher sterben, als Lord Skogsrå zu heiraten und mich seinen – wie besonders schrecklich zutreffend dieser Ausdruck ist! – fleischlichen Gelüsten zu unterwerfen. Aber ich werde nicht danebenstehen und zusehen, wie sie Euch foltern, wenn meine Zustimmung Euch Schmerzen erspart. Dafür, Mylord, liebe ich Euch viel zu sehr.«

32. KAPITEL

In welchem Jarl Skogsrå einzigartig überzeugend wird

Rücken an Rücken nebeneinander verbrachten sie eine erbärmlich lange, unruhige Nacht auf der Strohmatte. Einmal erwachte Sera und fand das Bett neben sich leer; vom Fußende der Matratze her vernahm sie eine Bewegung in der Dunkelheit. Als sie seinen Namen aussprach, antwortete ihr Skelbrooke flüsternd mit ein paar tröstenden Worten.

Er legte sich wieder neben sie und sprach ihr ins Ohr: »Ich wollte vorher nichts sagen, aus Angst, daß wir irgendwie überwacht oder belauscht werden würden … vielleicht sollte ich jetzt lieber schweigen, um keine falsche Hoffnung zu erwecken, da ich noch keinen Plan ausgearbeitet habe. Obgleich meine Pistolen, die Taschenuhr und die anderen Waffen verschwunden sind, bleiben noch immer mehrere kleinere Sachen, die in die Säume meines Mantels eingenäht sind. Etwas habe ich herausgeholt und halte es in der Hand. Es ist ein magischer Talisman, der Triune geweiht ist, dem Patron der Gefangenen.

Wie ich ihn zu unserem Vorteil benutzen kann«, flüsterte er, »weiß ich noch nicht. Aber ich bin im Umgang mit Talismanen und den damit verbundenen Zaubersprüchen geübt. Vielleicht erreiche ich etwas. Aber falls nicht …« Sera spürte, wie ihr etwas Kleines und Kaltes in die Hand gedrückt wurde. »… hier ist eine Phiole mit Gift. Sera, aber nichts überstürzen! Du kannst Skogsrå nicht dadurch vergiften, daß du *dies* hier verschluckst, ehe er dein Blut aufsaugt – aber wenn du eine Gelegenheit findest, den Inhalt der Phiole in den Hochzeitsbecher zu schütten, ehe Skogsrå trinkt ...«

»Ja«, erwiderte Sera flüsternd. »Ich verstehe.« Und sie ließ die kleine Glasphiole in ihr Mieder gleiten, gleich neben dem Herzen.

Als das Licht am Morgen allmählich wieder in den Raum kroch, lag Mylord sehr still und schweigsam auf der Matratze und starrte an die Decke. Sein Mund war eine harte, schmale Linie, und die Lippen wirkten sehr weiß.

Sera beugte sich über ihn. »Lord Skelbrooke ... Francis ... kann ich irgend etwas tun, das den Schmerz in Eurer Schulter lindert?«

»Ja«, erwiderte er leise und überraschte sie dadurch, daß er sie am Haar packte und ihr Gesicht zu einem langen, gierigen Kuß zu sich herabzog. Froh, daß sie alles in ihrer Kraft stehende an Trost spenden konnte, erwiderte Sera den Kuß.

»Sera ...«, flüsterte er zwischen den Küssen. »... mir geht es noch nicht so schlecht, wie es vielleicht aussieht. Der Schmerz ist lediglich eine geringfügige Ablenkung. Aber ich muß mich unbedingt konzentrieren ... während ich es noch kann ... meine mentalen Kräfte sammeln, um den Talisman zu aktivieren.«

»In diesem Fall ...«, flüsterte Sera, sich ein wenig zurückziehend, »... werde ich Euch nicht ablenken ...«

Aber seine Finger wühlten weiter in ihrem Haar. »In diesem Fall«, sagte er an ihrem Mund, »magst du mich noch zwei oder drei weitere Male küssen ... und dann damit aufhören, mich so angenehm abzulenken.«

Sie vernahmen ein leises Klicken, das Geräusch eines Schlüssels, der sich im Schloß drehte, und dann öffnete sich quietschend die Tür. Skelbrooke ließ Sera los. Heftig errötend setzte sie sich auf, ehe Skogsrå das Gefängnis betrat.

»Wie ich sehe, befolgt Ihr Mr. Kellys Ratschlag«, bemerkte der Troll. Obgleich er leichthin sprach, runzelte er die Stirn. Offenbar war sein Besitzanspruch an Sera vielleicht doch stärker, als sein Bundesgenosse angenommen hatte.

Er schloß die Tür hinter sich, lehnte sich dagegen und verschränkte die Arme vor der Brust. »Schön, schön, das soll mich nicht weiter kümmern. Eigentlich komme ich, um einen Handel mit Euch abzuschließen, der Euch vielleicht besser gefallen wird als Mr. Kellys Vorschlag. Ihr möchtet Lord Skelbrooke das Leben retten ... ich möchte Euch so bald wie möglich heiraten. Kelly traut sich nicht, Euch das Leben Eures Geliebten zu bieten, aber ich tu's vielleicht – ja, ich tu's vielleicht!«

»Ich verstehe Euch nicht«, entgegnete Sera und richtete die Fetzen ihres Kleides, so gut sie konnte.

»Dann werde ich es erklären. Kelly fürchtet den Zorn der Herzogin, sollte sie bei ihrer Rückkehr entdecken, wie wir ihre Pläne durchkreuzt haben – insofern hat Lord Skelbrooke recht.« Ohne die Arme zu lösen, machte der Troll eine leichte Verbeugung. »Aber ich ... *ich* beabsichtige nicht, bei ihrer Rückkehr hierzusein, also spielt es keine Rolle, was sie denkt. Ich bin – ich bin vor kurzem nicht ganz ich selbst gewesen, und Euer Blut, meine Sera, wird mir als eine Art Medizin dienen, durch die ich meine Kraft zurückerhalte. Danach werden ich und der Golem uns weit weg begeben. Aus diesem Grund kann ich mit Euch verhandeln: seid einverstanden, mich heute nachmittag zu heiraten, und ich werde Lord Skelbrooke gleich anschließend auf freien Fuß setzen.«

Sera sah mit argwöhnisch funkelndem Blick zu ihm hoch. Sie stand nicht auf, sondern blieb mit den Händen im Schoß sitzen, so daß die Ketten von den Falten ihres Rocks verborgen blieben, denn die eisernen Handschellen beschämten sie, machten sie so völlig hilflos. »Trotz Mr. Kelly? Das tätet Ihr wohl kaum. Er ist ein äußerst gefährlicher Mann.«

»Ah«, meinte Skogsrå, beugte sich herab und senkte die Stimme zu einem vertraulichen Halb-Flüstern. »Das stimmt … und nicht bloß gefährlich, sondern auch verräterisch – ich traue ihm nicht über den Weg, nein, gar nicht. Warum, so frage ich mich, zögert er alles immer und immer wieder hinaus? Ja, er möchte ein Experiment mit Lord Skelbrooke machen, möchte zusehen, wie er verfällt, wenn das Verlangen nach der Droge wächst. Aber die Herzogin kehrt vielleicht früher zurück, als wir glauben, und dann muß ich schon längst unterwegs sein … ich muß mich weit außerhalb ihrer Reichweite befinden.«

Der Troll stieß einen langen, zischelnden Seufzer aus. »Das«, sagte Skogsrå, »sollte Mr. Kelly Kopfzerbrechen bereiten, ebenso wie mir – denn falls die Herzogin mich einholt, werde ich ihr dann nicht alles über Kellys Komplizenschaft erzählen? Natürlich muß ich das tun; ich werde nicht die ganze Schuld auf mich nehmen. Dennoch macht sich Mr. Kelly keine Sorgen; Mr. Kelly unternimmt nichts, diese Sache zu einem Ende zu bringen. Es sieht so aus, als wolle dieser Zauberer, dieser wandelnde Tote, weder, daß ich entkomme, noch, daß ich lebend gefangen werde. Wenn die Herzogin zurückkehrt, werden wir alle sterben: ich selbst, Mr. Tynsdale und Ihr beide auch. Dann muß sich die Herzogin allein auf Mr. Kelly verlassen, der das Verdienst für sich in Anspruch nehmen wird, mich aufgrund meines Ungehorsams niedergestreckt zu haben. Scheinbar eine vertrauenswürdige Tat, die jedoch nur das Vorspiel zu weiterem Verrat sein wird, wenn ihm die Herzogin nicht mehr nützlich erscheint.«

Sera raste das Herz beim Gedanken daran, eine Chance zu bekommen – eine sehr, sehr kleine Chance. Aber sie gab sich alle Mühe, ihre Aufregung zu verbergen, damit der Troll nicht bemerkte, wie verzweifelt sie ihm glauben wollte.

»Ich verstehe Euch nicht«, wiederholte sie. »Warum sollte Mr. Kelly die Herzogin betrügen wollen?«

»Das verstehe ich selbst auch nicht ganz«, erwiderte Skogsrå, löste die Arme und wechselte die Stellung. »Hier geschehen Dinge, in die auch mich niemand eingeweiht, aber ich weiß, daß etwas im Schwange ist. Die Herzogin behauptet, sie stehe kurz vor einer großen Entdeckung – Mr. Kelly täuscht Unwissenheit vor, aber ich sah sein Gesicht in einem unbeobachteten Augenblick. *Ich* kenne den Ausdruck eines Mannes, der von etwas besessen ist, und ich glaube, die Herzogin ist über etwas gestolpert, worauf sein Sinnen und Streben sich richtet ... die Sache, wofür er gestorben und wieder lebendig worden ist. Etwas ist schief gelaufen, Miß Vorder, als Euer Großvater ihn wiederbelebte – soviel weiß ich. Und ihm bleibt nicht mehr viel Zeit, diese Sache zu suchen, die er besitzen will, weil er langsam von innen nach außen verrottet. Wie es jetzt aussieht, verfolgt die Herzogin dasselbe Ziel. Also läßt er sie diese Sache suchen, läßt sie ihren Wohlstand und Einfluß zum Kauf von Männern und Schiffen nutzen – und dann, am Ende, will er dazwischentreten, dieser selbstsüchtige Mr. Kelly, und die ganze Beute für sich in Anspruch nehmen.«

Mittlerweile hatte sich Lord Skelbrooke aufgesetzt und hörte ebenso angespannt zu wie Sera.

»Euch liegt vielleicht die Frage auf den Lippen, weswegen er mich belügt und betrügt und vorgibt, mir zu helfen, wenn er eigentlich meinen Tod will?« fuhr der Troll fort. »Vielleicht kann er mich mit einer Berührung töten. Aber er findet mehr Vergnügen daran, uns allesamt zu manipulieren und zu beobachten, wie wir uns verhalten, nachdem er die Sache in Gang gesetzt hat. Für Mr. Kelly sind wir alle philosophische Versuchskaninchen. Und er hält mich für zu dumm, seine Absichten zu erraten, für zu stumpf und verständnislos, um das hintergründige Wirken seines Bewußtseins würdigen zu können. Aber ich bin schlauer, als er und die Herzogin zulassen wollen, und ich durchschaue diesen Plan ganz deutlich. Aus diesem Grund wird es …« Der Troll hielt inne, um Eindruck zu schinden. »… wenn Ihr Euch auf den Handel einlassen wollt, nach unserer Heirat … keinen Mr. Kelly mehr geben.«

Sera holte tief Luft und stieß sie langsam wieder aus. »Aber das ist unmöglich. Das heißt, wenn Ihr ihn umbringen wollt, so sehe ich nicht, wie Ihr das zustandebringen wollt. Wie wir wissen, ist er Feuer und Gift gegenüber immun, körperliche Gewalt wird ihn betäuben, jedoch nicht töten. Wie kann es dann ›keinen Mr. Kelly mehr geben‹?«

Der Troll kam humpelnd zwei oder drei Schritte auf sie zu. »Lord Skelbrooke stattete mich mit Mitteln aus, die Kelly vernichten … Ja, die explodierende Taschenuhr, deren Mechanismus mir Mr. Hooke freundlicherweise erklärte. Haltet Ihr es etwa für wahrscheinlich, daß Mr. Kelly eine Explosion überlebt?«

Sera und Skelbrooke tauschten einen Blick aus. »Nein«, erwiderte Seine Lordschaft. »Das wird er wohl kaum können.«

»Nichtsdestoweniger«, meinte Sera, »selbst wenn Ihr zunächst Thomas Kelly beiseiteschafft, wie können wir darauf vertrauen, daß Ihr Euren Teil der Vereinbarung einhaltet? Ihr verratet die Herzogin … Ihr verratet Mr. Kelly … wie können wir also erwarten, daß Ihr uns gegenüber Euer Wort haltet?«

»Es spielt keine Rolle, ob Ihr mir vertraut oder nicht«, erwiderte Skogsrå. »Ihr müßt einfach den Handel mit mir eingehen, weil … weil Ihr ansonsten kein sicheres Fluchtmittel finden würdet. Sobald ich Mr. Kelly getötet habe, werdet Ihr zumindest wissen, daß meine Absichten ernsthaft sind. Heiratet mich heute nachmittag, Miß Vorder, und sobald ich mit einem Becher Eures Blutes auf unsere Vereinigung angestoßen habe, werde ich nicht nur Lord Skelbrooke freigeben … sondern Euch ebenso.«

Überrascht holte Sera Luft. »Ich werde gleichfalls frei sein? Ihr wollt mich nicht – als Eure Gattin behalten?«

»Das wäre amüsant, aber ich glaube … insgesamt gesehen … gäbe es mehr Schwierigkeiten, als es die Sache wert wäre«, erwiderte der Troll mit einer Verneigung. »Meine liebe Sera, ich habe Euch in der Tat seit langem bewundert. Ursprünglich hatte ich Euch heiraten wollen, hätte die Herzogin nicht statt dessen die arme Elsie für mich ausgewählt. Ihr reizt mich auf einer fleischlichen Ebene (was ich in jedem Sinne des Wortes meine) ungemein, doch sind meine Gefühle bereits anderweitig vergeben.«

»Aber ich wäre nicht *wirklich* frei«, sagte Sera. »Auf gewisse Weise wäre ich noch immer an Euch gebunden, ebenso wie Elsie, die von Euch beherrscht wird. Leugnet Ihr, daß Ihr neulich nachts Elsie in ihren Träumen heimsuchtet?«

»Das war nicht auf ein Band zwischen uns beiden zurückzuführen, glaubt mir. Es war ein Teil meines … Verkehrs mit dem Golem. Die beiden sind in gewissem Sinne dieselbe Person, wißt Ihr. Aber bis zu dem Abend, da Ihr meine Geistgestalt nach Mothgreen Hall riefet, war mir nicht voll bewußt, was damit alles zusammenhing. Ja, ich schwöre es! Darüber hinaus wird Elsie, wenn ich Cecile mit fortnehme, auch einen gewissen Grad an Freiheit erhalten.«

»Warum dann …«, begann Sera. Doch Skelbrooke unterbrach sie drängend: »Du darfst ihm nicht glauben, Sera. Er wird sein Wort nicht halten.«

»Vielleicht nicht«, meinte Sera. Sie wollte ihm nicht in die Augen sehen. »Aber wir müssen uns darauf verlassen, daß er sein Wort hält. Wie er sagt, ist es Eure … unsere … einzige Chance, lebend hier herauszukommen. Was natürlich auch bedeutet, daß Ihr und ich nicht heiraten können ... und ich verstehe schon, wenn – wenn Ihr anschließend mir gegenüber nicht mehr dieselben Gefühle hegt, Lord Skelbrooke. Wirklich, berücksichtigt man die – die schändliche Natur dieser Vereinigung, die ich eingehen werde, so darf ich Euch dies nicht im geringsten übelnehmen.« Bei diesem Worten sackte sie in sich zusammen, und es dauerte einen Augenblick, ehe sie sich wieder soweit gefaßt hatte, daß sie weitersprechen konnte.

»Sehr schön, Lord Skogsrå, ich werde Euch heiraten. Trefft ... trefft alle notwendigen Vorbereitungen!«

Thomas Kelly saß am Kopf der Tafel im Speisesaal und las bei Kerzenschein in einem muffigen alten Buch, das einer der Diener irgendwo im Haus für ihn ausgegraben hatte. Hier und da nahm er einen Schluck Wein oder knabberte an einem Stück Brot.

Ohne großes Interesse sah er auf, als Skogsrå den Saal betrat. »Ihr seid heute morgen ziemlich spät dran. Habt Ihr bei Euch auf dem Zimmer gegessen?« Dann jedoch geriet das Ding in der Hand des Trolls in sein Blickfeld. »Das ist Skelbrookes Taschenuhr, nicht wahr?«

Der Troll lächelte ihn höhnisch an. »Ihr braucht keine Angst zu haben ... Mr. Hooke entfernte den Sprengstoff und entschärfte sie somit. Haltet Ihr mich für so närrisch, daß ich mit einer scharfen Granate spiele?« Er zog sie mit einem winzigen goldenen Schlüssel auf. »Ich will herausfinden, wie der Mechanismus funktioniert ... Er ist wohl sehr kompliziert.«

Kellys dunkle Augen bekamen einen argwöhnischen Schimmer. »Ah ... natürlich, Lord Skogsrå ... zweifellos soll ich ihn Euch demonstrieren?«

Der Jarl wurde zornig, als wäre er zutiefst beleidigt worden. »Vielen Dank, nein. Eurer Ansicht nach sprengt das hier die Grenzen meines Verstandes? Dann will ich Euch sagen, daß ich es müde bin, so behandelt zu werden, als hätte ich überhaupt kein Gehirn im Kopf!« Und er ging zum anderen Ende der Tafel, wobei er noch immer mit der Uhr und dem Schlüssel hantierte.

»Entschuldigt bitte«, murmelte Kelly und widmete sich wieder seinem Buch. »Ich hätte wissen sollen, daß sogar ein so einfacher Kniff über Euren Horizont geht.«

Kurze Zeit später jedoch blickte er auf, weil er ein leises Klicken vernahm, dem ein scharfer Schlag folgte, als die Uhr vor ihm auf der Tafel landete … und er blickte gerade rechtzeitig auf, daß er sah, wie sich Skogsrå am anderen Ende des Saals hinter einen hochlehnigen Sessel duckte, und er sah gerade noch den strahlend hellen Blitz, mit dem die Taschenuhr explodierte.

Der Troll kam hinter seinem Versteck hervor und betrachtete sein Werk mit beträchtlicher Befriedigung. Mr. Kellys Sessel hatte sich in einen Haufen rauchender Splitter verwandelt, ebenso ein großer Teil der Tafel. Und Kelly selbst … überall im Saal waren kleine Knochen- und Fleischstücke verstreut, doch gab es überraschend wenig Blut.

Skogsrå würgte, zog ein Taschentuch hervor und hielt es sich über die Nase. Der Rauch hing dick und schwer in der Luft, und es roch scheußlich: nach einer Mischung aus dem scharfen, ätzenden Geruch nach Sprengstoff und dem Gestank verwesenden Fleischs. Beim Herabblicken entdeckte der Troll einen häßlich aussehenden Fleck auf dem Saum seines Mantels.

Jarl Skogsrå hob die Schultern. Er hatte sich vor der Hochzeit ohnehin umkleiden wollen.

Unten im Keller spürten Sera und Skelbrooke das Gebäude unter der Explosion beben. Kurz darauf waberte der Gestank nach Rauch und Pikrinsäure durch das vergitterte Fenster. »Es wäre wohl zuviel gehofft«, meinte Skelbrooke, wild auflachend, »daß Skogsrå die Reichweite der Explosion unterschätzt und sich dadurch auch selbst zerstört hat.«

Eine Stunde später betraten der Troll und Moses Tynsdale das Gefängnis. Skogsrå führte zwei Pistolen bei sich, und Tynsdale hatte den Schlüssel für Skelbrookes Ketten.

Tynsdale schloß eine der eisernen Handschellen auf und zog grob den verletzten Arm aus der Schlinge. »Legt Eure Arme auf den Rücken!« Mylord gehorchte, und seine Handgelenke wurden wieder zusammengeschlossen. Sera glaubte, einen Blick auf etwas metallisch Schimmerndes zwischen seinen Fingern erhascht zu haben, aber sonst war in dem schwachen Licht anscheinend niemandem etwas aufgefallen.

»Wir haben die Explosion gehört«, meinte Skelbrooke. »Dennoch … Ihr werdet mir vergeben … ist das kein echter Beweis für Thomas Kellys Tod.«

»Er war von Anfang an tot«, erwiderte Skogsrå. Der Troll hatte für seine bevorstehende Hochzeitsfeier die wunderschöne grün und scharlachfarben gehaltene Uniform übergestreift. Am Hals trug er weiße Spitze, an den Stiefeln goldene Schnallen und an jeder goldenen Schmachtlocke scharlachfarbene Bänder. Er wirkte sehr charmant und prächtig. »Aber natürlich dürft Ihr Euch die Überreste ansehen, falls Ihr wollt … viel ist von ihm nicht übriggeblieben, fürchte ich, aber einiges davon erkennt Ihr vielleicht wieder. Allerdings können wir dies wohl meiner Verlobten ersparen. Sie wird Euch vertrauen, daß Ihr die notwendige Identifizierung übernehmt.«

Sera schüttelte sich das Haar aus den Augen. Sie hatte nicht das geringste Bedürfnis, die ›notwendige Identifizierung‹ durchzuführen, aber Skelbrooke sah bereits so krank und schwach aus … »Ich fürchte mich nicht davor ...«, begann sie, doch Skelbrooke unterbrach sie sogleich.

»Ich bin solche Anblicke gewohnt, Miß Vorder«, sagte er leise. »Ich werde mir die Überreste ansehen.«

»Miß Vorder muß sich noch für die Hochzeit umkleiden«, erklärte Skogsrå, als sie den Vorratskeller verließen und die Treppe hinaufstiegen. Im Erdgeschoß teilte sich die Gesellschaft. Tynsdale bekam eine von Skogsrås Pistolen und führte Skelbrooke davon, während der Jarl und Sera weiter hinaufstiegen.

Der Troll warf die Tür jenes Schlafzimmers auf, worin Sera schon zuvor gewesen war. »Wie Ihr seht, wartet Euer Hochzeitskleid bereits auf Euch. Hier ist auch Wasser zum Waschen ... eine Haarbürste ... seidene Schönheitspflästerchen ... und anderer Kleinkram für Frauen. Bitte macht Gebrauch davon; Ihr sollt so gut wie möglich aussehen«, sagte er, schob die Pistole in seine Manteltasche zurück und schloß Seras Handschellen auf. »Tut mir leid, aber es gibt leider keine Frau, die Euch beim Ankleiden helfen könnte. Die Herzogin reist natürlich mit ihrer Kammerzofe, und die arme, liebe Cecile ist ein ziemlich hoffnungsloser Fall ... Aber falls Ihr jemanden benötigt ...«

»Vielen Dank«, erwiderte Sera kalt. »Ich bin es gewohnt, mich selbst anzukleiden. Es wird mir schon gelingen.«

»Dann werde ich Euch allein lassen – und ich möchte Euch warnen, eine Dummheit zu begehen, denn die Strafe hierfür träfe unausweichlich Lord Skelbrooke.« Und mit diesen Worten verneigte sich der Troll und zog sich zurück, wobei er die Tür hinter sich schloß.

Sera tastete nach der kleinen Giftphiole an ihrer Brust. *Ich werde Skogsrå gegenüber mein Wort halten, wenn er seines mir gegenüber hält. Das habe ich versprochen. Aber falls er mich betrügen sollte ... wenn Lord Skelbrooke irgendein Unheil zustieße, werde ich eine Gelegenheit* finden, *von dem Gift Gebrauch zu machen.*

Aus dem Wunsch heraus, gegen weiteren Verrat des Trolls gewappnet zu sein, durchsuchte Sera in aller Eile die Toilettenartikel auf dem wurmstichigen Ankleidetisch nach etwas – irgend etwas –, das sie gegen ihre Fänger benutzen konnte. Aber sie fand nichts. Dann widmete sie sich dem Kleid, das für sie auf dem Bett ausgelegt worden war. Keine Nadel, keine Brosche ... Und ihre eigenen Haarnadeln waren zu nichts nutze, so stumpf waren sie, und der Draht war so weich und dünn. Wenn es soweit käme, erreichte sie vielleicht mehr mit ihren Fingernägeln ...

Sie hörte Skogsrås hinkenden Schritt, wie er über den Treppenabsatz vor ihrer Tür davonging. Er würde bald zurückkehren, und dann mußte sie angekleidet sein ... Sie wollte lieber nicht daran denken, was geschähe, wenn er die Tür öffnete und sie nur halb bekleidet wäre.

Widerstrebend wusch sie sich, bürstete das Haar und kleidete sich für ihre Hochzeit an.

Das Kleid war aus cremefarbenem Brokat und hatte einen tiefen, rechteckigen Ausschnitt – und es war so schwer und unmodern, daß es bestimmt fünfzig Jahre alt sein mußte. Vielleicht war es einstmals weiß gewesen. Das Mieder ging weit auf die Taille hinab und war mit Perlen und mattgeschliffenen Edelsteinen verziert, und das ganze Kleid war mit vielen Metern blasser, spinnennetzartiger Spitze besetzt, die hier und da eingerissen war. Woher es stammte, konnte Sera nicht erraten, aber es war offensichtlich für eine größere Frau angefertigt worden – dieses Kleid hatte niemals die Gestalt der winzigen Herzogin von Zar-Wildungen umschmeichelt, soviel stand fest.

Ihr Bräutigam hatte ihr gleichfalls einen Schleier und einen Kranz aus verstaubten Seidenblumen – die Farben waren grell, er war überhaupt nicht als Brautkranz gedacht gewesen – sowie ein Diamanthalsband und zwei dazu passende Armbänder hingelegt. Diese Schmuckstücke erkannte Sera wieder. Sie streifte sie mit einem Schauder über, denn sie dachte daran, daß sich Lady Ursula damals in Thornburg die Stücke bei dieser Hochzeitsfarce ausgeliehen und getragen hatte.

Da ihr Bräutigam sie offenbar so geschmacklos herausgeputzt haben wollte, bediente sich Sera der Hasenpfote, des Rouges sowie der Schachtel mit den Schönheitspflästerchen. Sie legte ein Stück schwarzer Seide unter einem Auge auf – und ein anderes, dolchförmiges an den Mundwinkel. Diese Hochzeit war ein solcher Hohn und eine solche Farce, daß ihr die Vorstellung gefiel, sich wie eine Schauspielerin oder Operntänzerin zu schminken. Schließlich steckte sie die Schleier und den Kranz fest.

Durch den verstaubten Schleier sah sie alles verschwommen – so daß ihre Umgebung wie eine Landschaft in einem Traum wirkte ... oder einem Alptraum. Wie in Trance schritt sie zur Tür und warf sie auf.

33. KAPITEL

Welches Seras Freunde in einem Zustand äußerster Verzweiflung vorfindet

In Mothgreen Hall saßen die Damen mit Mr. Jonas im Salon (ungeduldig oder tränenüberströmt, je nach Temperament) und warteten darauf, daß Mr. Herring und Jed mit einer Nachricht, irgendeiner Nachricht, von dem verschwundenen Paar einträfen. Als eine Kutsche ratternd die Auffahrt hinauffuhr, sprang Elsie vom Sofa und flog zur Tür hinüber. Traurig und entmutigt traten Jedidiah und Mr. Herring ein. Elsie stieß einen winzigen Laut in der Kehle aus.

»Ihr habt sie nicht gefunden?«

Jed schüttelte wehmütig den Kopf. »Keiner konnte uns mehr als das sagen, was wir bereits wissen: daß sie zu Mistreß Morgan ins Geschäft gingen und anschließend zur Buchhandlung; daß sie die Gig bestiegen und offenbar heimfahren wollten – obgleich sie dort nie eintrafen und auch anschließend nicht mehr gesehen wurden. Etwa fünf Meilen östlich von Moonstone fanden wir die Kutsche … ohne jegliche Spur von Sera, Lord Skelbrooke oder sogar vom Pferd.«

»Dann hat sie die Herzogin erwischt – daran besteht kein Zweifel«, ächzte Elsie und warf sich wieder aufs Sofa. »Unvorstellbar, was sie ihnen Schreckliches angetan hat! Wenn es nur etwas gäbe, das ich … das *irgend jemand* von uns tun könnte!«

»Wenn die Herzogin sie hat, sind sie nicht unmittelbar in Gefahr. Zumindest nicht, bis die Herzogin Euch gleichfalls in Händen hält.« Jed setzte sich neben sie auf das Sofa und nahm zaghaft eine kalte kleine Hand in die seine. »Lord Skelbrooke kennt ihre Gedankengänge, und er war, wie Ihr wißt, davon überzeugt, daß die Herzogin euch alle zusammen am selben Ort haben wollte, damit sie ihre Rache mit einem vernichtenden Schlag ausführen kann. Also bleibt Euch lediglich, hier in Sicherheit zu bleiben, wo sich unsere Freunde um Euch kümmern können. Dadurch verschafft Ihr uns auch die nötige Zeit für die Suche nach Sera und Seiner Lordschaft.«

»Ja, ich weiß«, stimmte Elsie zu und rang die Hände. »Aber es erscheint so kleinmütig. Wie es aussieht, blase ich ewig nur Trübsal und lasse mich von euch verhätscheln. Ich wünschte, ich könnte ebenso tapfer und stark und ... und energisch wie Sera sein.«

Mr. Jonas rutschte von seinem Stuhl herab und stapfte durch den Raum. »Eure gegenwärtige Unfähigkeit«, sagte Mr. Jonas, »ist nicht, wenn ich das so sagen darf, das Ergebnis einer natürlichen Schwäche, sondern die Folge der bösartigen Kräfte, die gegen Euch arbeiten.

Und bei unserer ersten Begegnung, Miß Winter, habt Ihr nicht Trübsal geblasen, sondern für Euren Lebensunterhalt gearbeitet und wart finanziell ziemlich unabhängig. Auch solltet Ihr Euch keinen Vorwurf machen, weil Ihr sanftmütig veranlagt seid«, fügte er freundlich hinzu. »Oder weil Ihr zu klug seid, Eurer Sorge freien Lauf zu lassen, und lieber nicht nach Euren Freunden sucht und sie und Euch dadurch selbst in möglicherweise noch größere Gefahr bringt.«

Elsie brachte ein zittriges Lächeln der Dankbarkeit zustande. »Ich meine«, sagte Miß Barebones, die ein feuchtes Taschentuch in einer Hand zerknüllte, »wir sollten noch immer die Hoffnung haben, daß die liebe Sera sicher zurückkehrt, so lange sie und Dr. Carstares beisammen sind. Er ist anscheinend ein sehr fähiger Mann.«

Jed lächelte ebenfalls, allerdings mit sichtlicher Anstrengung. »Ebensogut könnt Ihr sagen, daß wir auf Lord Skelbrookes sichere Rückkehr hoffen können, solange sich Sera um *ihn* kümmert.«

Das Gefühl, sich in einem entsetzlichen Traum zu befinden, verlor Sera auch dann nicht, als sie mit Jarl Skogsrå die quietschenden Stufen des langen Treppenhauses hinabstieg. Im Erdgeschoß betraten sie ein großes, düsteres Zimmer.

Lord Skelbrooke zwang sich bei ihrem Eintritt ein ermutigendes Lächeln auf die Lippen, aber er sah so erschöpft und hohläugig aus, daß ihr das Herz bei seinem Anblick sank. Mr. Tynsdale stand hinter einem notdürftigen Altar: einem kleinen Tisch, auf dem ein scharlachfarbenes Tuch lag. Darauf hatte jemand ein Paar tropfender Kerzen in einem trüb gewordenen, vergoldeten Kerzenhalter und dazu einen schweren Weinpokal aus ziseliertem Silber gestellt. Daneben lagen ein Gebetbuch sowie – ein ziemlich finsterer Anblick – eine Pistole, die sich innerhalb von Mr. Tynsdales Reichweite befand, und ein Messer mit langem Griff.

Beim Anblick des Messers schauderte Sera zusammen, da sie erriet, wozu Skogsrå es benutzen wollte. Moses Tynsdale sah sehr sauber und korrekt in seinem schwarzen Mantel, dem makellos weißen Leinen und den Klerikergamaschen aus, doch Sera entsann sich dessen, was Skelbrooke gesagt hatte: *»Kaum ordiniert, schon wieder entlassen.«* Sie öffnete den Mund und wollte Protest einlegen, überlegte es sich dann jedoch besser. Was spielte das letztlich für eine Rolle? Mochte sein, daß bei einer Trollhochzeit sogar ein amtsenthobener Geistlicher ausreichte.

Sie war jedoch weiterhin verstört über Skelbrookes abgehärmtes Aussehen, ebenso wie über das heftige Zittern seiner Gliedmaßen. »Lord Skogsrå«, sagte sie, wobei ihre Stimme nur ein ganz klein wenig bebte,

»Ihr sollt Lord Skelbrookes Eisen entfernen und ihm gestatten, eine etwas bequemere Haltung einzunehmen. Gewiß muß ihm die Verletzung an seiner Schulter beträchtliche Schmerzen zufügen, solange er dazu gezwungen wird, die Hände hinter dem Rücken zu halten.«

»Bald wird er es nicht mehr so unbequem haben. Gegenwärtig jedoch ziehe ich es vor, ihn so hilflos wie möglich vor mir zu haben«, entgegnete der Troll. Er sprach ruhig, doch seine Hände zitterten, und er war fast ebenso bleich wie Skelbrooke. Immerhin befand er sich im Griff dieser seltsamen Erregung, die einem rituellen Aderlaß stets voranging.

Er packte Sera grob beim Arm und zog sie zum Altar. In einem Nebel aus Furcht und Ekel vernahm Sera, wie Tynsdale die Hochzeitsmesse las. Sie antwortete mit leiser Stimme und hörte Skogsrå antworten, dessen Stimme vor Aufregung in die Höhe stieg. Auf Befehl des Bräutigams streckte sie pflichtgemäß den Arm aus und sah wie betäubt zu, wie er das Messer nahm und geschickt eine Ader öffnete.

Dann hob er ihr Handgelenk an seinen Mund, küßte es und murmelte einige Worte. »Ein Spruch, der für einen rascheren Blutfluß sorgt. Ich bin kein sehr versierter Zauberer ... aber diesen Spruch kenne ich.« Das Messer ließ er achtlos zu Boden fallen.

Noch immer außerstande, aus eigenem Willen zu sprechen oder sich zu rühren, beobachtete Sera, wie ihr Blut in den silbern ziselierten Pokal tropfte. Hinter dem Altar rückte Mr. Tynsdale unbehaglich hin und her. Vielleicht hatte er bis zum gegenwärtigen Augenblick nicht gewußt, wozu er sich da hatte benutzen lassen.

Als der Kelch nahezu halb gefüllt war und das purpurfarbene Blut aus Seras Ader nur noch träge floß, ließ der Troll ihre Hand fallen. Zitternd vor Begierde hob er den Becher an die Lippen und schluckte den Inhalt in einem tiefen Zug hinab. Sera spürte, wie ihr die

Tränen heiß in den Augen stachen. Ihr wurde am ganzen Körper schwach, so tiefgreifend war das Gefühl der Schändung. *Ich werde nie mehr sauber sein … nicht, so lange Skogsrå lebt.*

Widerstandslos ließ sie sich von dem Troll in die Arme nehmen und nahm es hin, daß er seine blutverschmierten Lippen auf ihre Lippen drückte. »Und jetzt, meine Sera«, sagte Skogsrå und holte die Pistole aus der Jackentasche, »werde ich dich auf immer zu meinem … alleinigen Eigentum machen.«

Er wandte sich vom Altar ab und wollte Skelbrooke das Gehirn aus dem Schädel schießen, da schnappte sich sein Opfer (jäh und rätselhafterweise von seinen Handschellen befreit) das Messer vom Boden, warf sich in den Rücken des Trolls und stach ihn mitten zwischen die Schultern. Mit einem gequälten, schmerzhaften Aufschrei fiel Skogsrå auf die Knie.

Nach einem überraschten Augenblick des Zögerns griff Moses Tynsdale nach der Pistole auf dem Altar. Aber Sera erholte sich rascher von ihrem Schock und der Überraschung, hob den schweren silbernen Kelch und schlug ihm damit hart über das Ohr, wodurch sie ihn kurzzeitig betäubte. Als er die Betäubung abgeschüttelt hatte, hielt sie die Pistole bereits auf seinen Kopf gerichtet.

Sera gestattete sich einen kurzen Seitenblick auf Skelbrooke, der gerade Skogsrå das Messer aus dem Rücken gezogen hatte und dem Troll jetzt gnadenlos und wirkungssicher die Kehle durchschnitt. In einem Schauer aus dunklem, stinkenden Blut sank Jarl Skogsrå zu Boden.

Skelbrooke trat heran und nahm Sera die Pistole aus der Hand. »Wie … wie ist es Euch gelungen, Euch genau rechtzeitig zu befreien?« flüsterte sie. In ihren Lungen war anscheinend überhaupt keine Luft mehr.

»Der Talisman von Triune erlaubte mir, die Handschellen zu öffnen, obgleich es viele Stunden brauchte, dafür ausreichend Kraft zu sammeln. Und rechtzeitig … eigentlich wollte ich dir das Ritual des Aderlasses ersparen«, fügte er mit gesenkter Stimme hinzu und lehnte sich an den Tisch. »Aber ich traute mich nicht, mich zu rühren, so lange Skogsrå das Messer – oder seine Hände – auf dir hatte.«

Zu dem ehemaligen Geistlichen sagte er: »Du hast sehr viel Glück, Euripides, daß ich dich nicht auch töte. Doch ich habe den Eindruck, daß dir die Motive Eurer Verbündeten nicht ganz klar gewesen sind … kurz gesagt, du bist mächtig ins Schwimmen geraten, ohne Land in Sicht. Eine deiner Angewohnheiten, stimmt's?«

»Ebenfalls eine deiner Angewohnheiten«, höhnte Tynsdale, obgleich er noch immer die Pistole vor Augen hatte. »Allerdings muß ich gestehen, daß ich nicht dein Glück habe und die vollen Konsequenzen vermeiden kann.«

Skelbrooke setzte den größten Teil seiner Kraft dazu ein, die Pistole ruhig zu halten. »Ich werde dich hier zurücklassen. Dann kannst du der Herzogin die Ereignisse erklären. Wir werden ja sehen, ob dir dein Glück geneigt war. Wenn du so freundlich wärst, dich dort drüben in dem Sessel niederzulassen … den da mit den Sprossen in der Lehne … und die Arme auf den Rücken. Ja, genau so. Sera, du wirst sehen, daß die Handschellen, die ich trug, von dem Spruch nicht beschädigt sind … sie funktionieren noch perfekt. Bitte hebe sie auf und fessele Mr. Hooke an seinen Sitz!«

Das tat Sera so rasch sie konnte. Sie legte die Ketten um zwei Sprossen des Sessels, ehe sie die zweite Schelle zuschnappen ließ. Seine Lordschaft nahm Tynsdale ein Tuch aus der Tasche und stopfte es dem Gefangenen in den Mund.

»Einen Augenblick!« sagte Sera, und Skelbrooke wartete, während sie ihren Schleier abnahm, ein Stück ihres Unterkleids abriß und sich das Handgelenk verband. Dann eilten sie Hand in Hand aus dem Raum.

Draußen im Korridor verließ ihn jedoch seine Kraft, und Skelbrooke geriet ins Stolpern. Einen Sturz verhinderte er nur dadurch, daß er sich an die Wand des Flurs lehnte. »Eure Wunde blutet … Ihr braucht Ruhe«, meinte Sera.

»Dafür haben wir keine Zeit«, erwiderte er und brachte ein verzerrtes Lächeln zustande. »Wir wissen nicht, ob sich Hookes Handlanger noch immer auf dem Gelände aufhalten. Jeden Augenblick kann einer davon auf der Bühne erscheinen. Ich benötige jedoch deinen Arm zur Unterstützung.«

Sobald sie einmal draußen waren, suchten sie die Ställe. Im Innern fanden sie sowohl das Kabriolett als auch die beiden Pferde. »Das eine mit der Blesse auf der Stirn ließ sich gestern von Mr. Tynsdale reiten … Das ist wohl bei Kutschpferden nicht immer der Fall? Aber ich sehe nicht, wie wir ohne Sattel zurechtkommen sollen … Ihr halb in Ohnmacht, und ich in einem Kleid«, sagte Sera und hob bei diesen Worten einen Sattel vom Ständer.

»Sir, Ihr werdet mir sagen müssen, wie das hier zu bewerkstelligen ist, denn ich bin noch nie zuvor in meinem Leben geritten … das heißt, bis Mr. Tynsdale mich schnappte und vor sich setzte«, fügte sie atemlos hinzu, während sie den Sattel auf den Pferderücken wuchtete. »Elsie war immer zu kränklich, um das Reiten zu lernen, also wollte Kusine Clothilde natürlich nichts davon wissen, daß *ich* ein Pferd bekommen oder reiten lernen sollte.«

Nach Lord Skelbrookes Anweisungen gelang es ihr, das Pferd zu satteln, es aus dem Stall hinaus und auf den Hof zu führen. Unter erheblich größeren Schwierigkeiten bestieg sie es und streckte dann eine Hand aus, um Skelbrooke aufzuhelfen. Er setzte sich hinter sie, legte die Arme um sie und nahm die Zügel in die Hand.

»Du mußt genau achtgeben, wie ich ihn lenke, Sera!

Ich fürchte sehr … daß ich lange vor Erreichen der Mothgreen Academy … nicht mehr in dem Zustand sein werde, ihn zu führen.«

Beim Erreichen der Straße, die von den Sümpfen wegführte, lehnte sich Skelbrooke schwer an Seras Rücken. Er zitterte und schwitzte, murmelte vor Schmerz und im Delirium unverständliches Zeug, und Sera war gezwungen, die Zügel zu übernehmen. Aber der Graue – der vielleicht ihre Unerfahrenheit spürte – wollte sich nicht dorthin wenden, wohin sie ihn lenkte, sondern trabte gemächlich auf Moonstone zu.

»Sehr schön, du erbärmliches Viehzeug!« sagte Sera nach mehreren vergeblichen Versuchen, ihn zur Umkehr zu bewegen. »Dann bring uns statt dessen zu Dr. Bell. Das ist ebenso gut … oder sogar noch besser. Obgleich ich mir nicht vorstellen kann, daß du diesen Einfall selbst hattest oder überhaupt helfen wolltest!«

Der Ritt nach Moonstone war endlos. Die Straße blieb entmutigend leer, sie trafen unterwegs keinen anderen Reiter oder eine Kutsche. Als sie schließlich die Stadt erreichten, ging die Sonne unter, und Skelbrooke murmelte inzwischen nicht mehr vor sich hin, sondern raste und tobte lautstark. Auf den Straßen von Moonstone zog Sera jedoch einen stämmigen Gentleman in einer geblümten Weste zur Hilfe, der sich des Pferds annahm und es gleich vor die Tür des Arztes führte.

Der Gentleman veranstaltete ein Trommelfeuer mit seinem Spazierstock. Eine Minute oder zwei verstrichen, dann öffnete sich die Tür, und Dr. Bell erschien auf der Schwelle. Die beiden Männer nahmen Skelbrooke zwischen sich und schleiften ihn ins Haus.

Sera rutschte ohne Hilfe aus dem Sattel und spürte, wie die Beine unter ihr allmählich nachgaben. Sie, die noch nie zuvor im Leben aus Schwäche in Ohnmacht gefallen war, brach auf der Türschwelle des Arztes bewußtlos zusammen.

34. KAPITEL

In welchem Skelbrooke sein Herz ausschüttet und Elsie frei von der Leber weg spricht

In den folgenden Tagen litt Francis Skelbrooke entsetzlich. Schwitzend und halluzinierend lag er bei Dr. Bell im Bett. Die Verletzung seiner Schulter heilte sauber ab, aber Geist und Nerven brannten wie Feuer, und er empfand jede Unannehmlichkeit hundertfach verstärkt.

»Während eines kurzen lichten Augenblicks bat er mich, ihm keinen Schlafstaub zu verabreichen«, sagte Dr. Bell zu Sera. »Er möchte seine Abhängigkeit von der Droge überwinden. Eine böse Angewohnheit, darf ich wohl sagen ... was ihn anscheinend jedoch prinzipiell beunruhigt, ist ein Schuldgefühl, daß er Euch irgendwie das Schlimmste hätte ersparen können, wenn ihn sein Verlangen nach dem Staub nicht geschwächt hätte.«

Der Arzt musterte Sera scharf, jedoch mitfühlend. »Wenn Ihr wollt, dürft Ihr gern hierbleiben und mir dabei helfen, ihn durch das Schlimmste zu bringen. Meine alte Haushälterin wird dafür sorgen, daß die Sache anständig aussieht. Aber ich muß Euch sagen, Miß Thorn, daß das Leiden – nein, das *Wüten* Eures Freundes – Mr. Carstares oder Skelbrooke oder wie immer er nun auch heißen mag, Euch sehr stark mitnehmen wird. Auch wird er Euch die meiste Zeit über gar nicht erkennen oder Trost aus Eurer Anwesenheit schöpfen.«

»Dennoch werde ich bleiben«, erwiderte Sera grimmig entschlossen. »Wenn er mich nur eine von vierundzwanzig Stunden erkennt, dann will ich da sein.«

Natürlich hatte sie ihren Freunden in Mothgreen Academy sofort eine Nachricht zukommen lassen und ihnen versichert, daß sie in Sicherheit und Skelbrooke in guten Händen war. An ihrem ersten Abend bei Dr. Bell kamen Jedidiah und Elsie herübergefahren. Sie schlossen Sera in die Arme, weinten Tränen der Erleichterung und hörten zu, wie sie die ganze Geschichte der Gefangennahme und der Flucht erzählte. Sie schüttelten den Kopf und erklärten ihr Mitgefühl für Lord Skelbrooke. Obgleich sie beide Sera davon zu überzeugen versuchten, mit ihnen nach Hause zurückzukehren, weigerte sie sich standhaft.

Zwei Tage lang verblieb Skelbrooke im Delirium, gepeinigt nicht nur vom Entzug der Droge, was dazu führte, daß er immer und immer wieder herausschrie, seine inneren Organe stünden unter Feuer, oder Würmer würden sein Fleisch auffressen, sondern auch von Visionen seiner qualvollen Vergangenheit. Sera saß an seinem Bett, hörte ihn toben und weinen und bekam schließlich eine blasse Vorstellung davon, wie diese Vergangenheit verlaufen war … und welche Ereignisse ihn dazu gebracht hatten, einen so gewalttätigen Lebenswandel zu führen. Obgleich sie über vieles schockiert und entsetzt war, was sie hörte, überlegte sie, welche Schande es war, daß die unschuldigen Irrtümer des Jünglings (denn er konnte kaum älter gewesen sein, als sie es gegenwärtig war) zu derart peinigenden Schuldgefühlen beim Mann geführt hatten.

Am dritten Tag klärte sich sein Geist kurzzeitig, und er blickte mit einem deutlichen Ausdruck des Wiedererkennens zu Sera auf. »Liebe, liebe Sera …«, sagte er leise. »Kannst du mir jemals vergeben?«

»Eigentlich, Lord Skelbrooke«, erwiderte sie zittrig, »gibt es meinerseits nichts zu vergeben.«

»Ich glaube schon«, meinte er. »Und außerdem sollte es ›Francis‹ und nicht ›Lord Skelbrooke‹ heißen …

immerhin hast du schon einmal zugegeben, daß du mich liebst.«

Jäh standen ihr die Tränen in den Augen. »Dann Francis, wenn Ihr es so haben wollt.«

Er nahm ihre Hand und küßte sie – auf die Handfläche und auf das Gelenk, wo sich die Narbe befand. »Du bist völlig im Irrtum gewesen, weißt du … Was Skogsrå dir aufzwang, schmälert in keinster Weise meine Hochachtung oder meinen Respekt vor dir. Überhaupt, wie könnte *ich* den Stab über *dich* brechen? Und falls du wirklich jemals seine Braut warst … du bist jetzt seine Witwe … und ich möchte dich so gern zu meiner Frau machen. Aber was denkst du jetzt womöglich von mir …«

»Es freut mich, das von Euch zu hören, Lord Skelbrooke«, sagte Sera, »denn ich bin sozusagen fest dazu entschlossen, Euch zu heiraten.«

Während diese aufwühlenden Ereignisse stattfanden, war es für Jed und Mr. Jonas natürlich völlig unmöglich, ihre Expedition wie geplant vom Stapel laufen zu lassen. Nach dem Ende der Krise war auch die günstigste Zeit zum Hissen der Segel verstrichen. Also mußte die *Otter* im Hafen bleiben, und Captain Hornbeam und seine Mannschaft – ungeduldig wegen der Verzögerung und nicht willens, so lange ohne Beschäftigung zu bleiben – mußten von der Gilde volle vier Wochen lang ihren Lohn erhalten, nur damit sie die Hände in den Schoß legten. Die ganze Zeit über hielt sich die Herzogin offenbar zurück, und Mr. Tynsdale war verschwunden und hatte seine hinterwäldlerischen Genossen anscheinend mitgenommen.

Wie man aufgrund von Jarl Skogsrås Tod erwarten konnte, schlief Elsie jede Nacht friedlich ein. Kaum überraschender war, daß sie in etwas weniger als einer Woche ihre Gesundheit und ihren guten Mut völlig zurückgewann.

»Anscheinend hat die Herzogin den Golem aus ihrer ungesunden Nachbarschaft entfernt«, meinte Mr. Jonas, als er um Rat gefragt wurde. »Ansonsten – aber das zu hoffen wäre zuviel des Guten – ansonsten ist das Ungeheuer, das die Herzogin offenbar in die Obhut Jarl Skogsrås gegeben hatte, an Vernachlässigung ›gestorben‹.«

Schließlich nahm der Mond wieder zu, und Jed, Mr. Herring und Mr. Jonas rollten eines Morgens ihren phantastischen Apparat zum Dock hinab, und mit Hilfe eines Krans sowie einer großen Anzahl Seile hoben sie die mächtige Maschine an Deck.

Das Schiff war mit Proviant versehen und abfahrbereit. Jed, Mr. Jonas, Miß Barebones (die ihren Worten zufolge im Auftrag Onkel Izraels handelte) und Elsie bestiegen es am selben Nachmittag. Sera und Lord Skelbrooke trafen am gleichen Abend in einer Kutsche ein. Skelbrooke war wieder auf den Beinen; sein Körper wirkte noch geschwächt, an Geist und Mut hatte er sich jedoch gut erholt. Als er die Gangway hinaufging, stützte er sich schwer auf seinen Spazierstock.

Sie fanden Jedidiah und den Gnom in Captain Hornbeams Kabine, wo sie, tief ins Gespräch verstrickt, um einen Tisch herum saßen, der mit Karten, Sternkarten und nautischen Instrumenten übersät war. Sie mußten ihren Kurs genau bestimmen, erklärte Mr. Jonas mit der Rubinbrille auf der Nase. Oder wenigstens ... so genau, wie nur irgend möglich, wenn man die in gewisser Hinsicht zweifelhafte Genauigkeit ihrer veralteten Karten der Insel berücksichtigte.

Mit der morgendlichen Flut hißte die *Otter* die Segel. Am späten Nachmittag unternahmen Sera und Skelbrooke einen Spaziergang an Deck, wo der Wind die weißen Segel blähte. Skelbrooke wirkte bereits wesentlich kräftiger, als wäre eine gute Portion Salzwasser alles, was er zur vollständigen Heilung noch benötigte.

»Du magst mich für ungeduldig halten, meine Sera«,

sagte Seine Lordschaft an die Reling gelehnt, »aber ich würde dich gern heiraten, ehe wir nach Hobb's Church zurückkehren. Wenn wir die Insel erfolgreich anheben, könnten wir im Tempel heiraten. Da der Ort auf den modernen Seekarten nicht verzeichnet ist, gilt die Stelle offiziell als auf hoher See gelegen, und der Captain könnte die Zeremonie ganz nach Recht und Gesetz durchführen.«

»Lord Skelbrooke«, erwiderte Sera, wobei ihr der Wind die dunklen Locken in die Augen blies. »Ich verspüre nicht den Wunsch, in einem heidnischen Tempel zu heiraten, vielen Dank! Wenn Ihr mich sofort heiraten wollt – und ich gestehe, daß ich nichts dagegen habe –, so könnt Ihr das ebensogut hier auf dem Schiff tun. Elsie und Jed sind die ganze Familie, die mir in dieser Welt verblieben ist, und sie sind an Bord und können bei der Zeremonie die Trauzeugen sein. Ihr müßt lediglich den Tag bestimmen!«

»Dann morgen, auf der Brücke ... wir werden unser Treuegelöbnis zwischen Himmel und Erde ablegen. Ja, das ist eine schöne Vorstellung, und sie gefällt mir prächtig«, meinte Skelbrooke.

Am folgenden Morgen zog sich Sera für ihre Hochzeit ein Kleid aus gemustertem Musselin sowie einen mit roten Rosen und kirschroten Bändern verzierten Strohhut an. Diese eilig arrangierte Zeremonie an Bord ersparte ihr die schmerzlichen Assoziationen, die ein weißes Kleid, ein Schleier und eine von einem Geistlichen abgehaltene Hochzeit unausweichlich hervorgerufen hätten. Skelbrooke war das natürlich klar, und es erklärte auch seine Eile zu heiraten. Für diese Überlegung war sie ihm dankbar – und seltsamerweise war sie auch den Tränen nahe. Sie hatte jetzt so lange geglaubt, in ihn verliebt zu sein, doch dieses erschütternde Gefühl war etwas völlig Neues.

Zu Mittag versammelten sie sich auf der Brücke.

Elsie war die Brautführerin, Mr. Jonas führte den Bräutigam, und Jed gab Sera her. Natürlich hatten sie keine frischen Blumen bekommen können, aber Miß Barebones hatte von zweien ihrer Hüte und einem Hut Elsies die Seidenblüten abgestreift und daraus zwei äußerst entzückende Buketts hergestellt. Der Bräutigam erschien in einem Anzug aus blaßblauem Satin mit weißer Spitze, hatte jedoch, weil die Zeremonie so einfach gehalten war, auf Puder und Schönheitspflästerchen verzichtet.

»Ihr werdet sie gewiß in allerbeste Obhut nehmen, Mylord«, flüsterte Jed feurig. »Oder Ihr werdet mir Rede und Antwort stehen müssen!«

Skelbrooke lächelte zu ihm auf. »Mein lieber Jedidiah, ich werde diese Dame aus ganzem Herzen und mit ganzer Seele in Ehren halten … aber eigentlich stelle ich mir die Sache so vor, daß Sera schon selbst auf sich aufpassen wird!«

Wenn auch nicht würdevoll, so vollzog der Captain die Zeremonie doch mit rauhem und herzlichem guten Willen. Und also heiratete Sera ihren Francis Skelbrooke zwischen Meer und Himmel, wobei die kirschroten Bänder in einer frischen Salzbrise flatterten, die ihre Wangen mehr als üblich färbten. Captain Hornbeam legte ihre Hand in die Hand ihres neuen Gatten, und Lord Skelbrooke hob ihre Finger an die Lippen.

»Wenn du noch weiter weinst, liebe Sera«, murmelte Seine Lordschaft, »werde ich mich dir bald anschließen müssen!«

Dann wurden Küsse und Umarmungen ausgetauscht (was einige Zeit dauerte, da alle Seeleute, die Zeugen der Zeremonie hatten sein dürfen, darauf bestanden, der Braut die schuldige Anerkennung zu leisten – und Sera, viel zu glücklich, um auf ihrer Würde zu bestehen, war dieses eine Mal gewillt zu gehorchen). Anschließend lud Captain Hornbeam die Hochzeitsgesellschaft zu Kuchen und Wein in seine Kabine ein.

Aber nachdem alle anderen gegangen waren, blieben Elsie und Jedidiah noch auf Deck. Jed war tief in Gedanken verstrickt, und Elsie hatte offenbar gleichfalls etwas im Sinn. Schließlich konnte sie nicht mehr an sich halten.

»Jedidiah Braun, wenn Ihr mich nicht auf der Stelle darum bittet, Eure Braut zu werden, dann ist es meine Pflicht, *Euch* diesen Vorschlag zu unterbreiten!«

»Nicht nötig«, sagte Jed, jäh errötend. »Ich habe auch schon über etwas in dieser Hinsicht nachgedacht, und ich kann die Sache wohl gut selbst erledigen. Soll ich auf ein Knie niedersinken und Euch ganz formell um Eure Hand bitten?«

Elsie biß sich auf die Lippen, um nicht vor Lachen herauszuplatzen. »Du kannst mich stehend, kniend oder auf dem Deck sitzend bitten … so lange du es nur tust!«

»Nun dann … wenn Ihr meint, daß ich Gentleman genug bin, Euer Gatte zu sein, gehe ich die Sache wohl besser so an, wie es ein Gentleman täte«, sagte Jedidiah, nahm die gebräuchliche Haltung ein und blickte schelmisch zwinkernd zu ihr auf. »Miß Vorder … nein, Elsie. Ich hoffe, ich darf Euch bei Eurem Taufnamen nennen? Eurer Aufmerksamkeit kann es kaum entgangen sein, daß die Gefühle der Freundschaft, die früher in meinem Busen geweilt hatten, sich allmählich vertieften und zu etwas Wärmerem … Stärkerem … Tieferem und Dauerhafterem geworden sind. Ja, Miß Vorder, es ist die Liebe, die mich kühn macht! Darf ich darauf hoffen, liebste Elsie, daß Ihr Euer Jawort gebt und mein Weib werden wollt?«

»Meine Güte, wie frech bist du geworden … daß du mich so verspottest, wo ich es doch so ernst meine«, sagte Elsie und schob ihm spielerisch den Hut über die Augen. »Natürlich will ich dich heiraten, du erbärmlicher Schuft, wenn auch nur, um dir den Kopf zurechtsetzen zu können!«

Mehrere Stunden später waren Sera und Skelbrooke allein in der Kabine, die sie von jetzt an teilen würden. Während er den Versuch unternahm, hinter die Kniffligkeiten ihres Korsetts zu kommen, bemerkte er: »Eigentlich frage ich mich, meine Liebe, ob du eine Vorstellung davon hast, was für einen schlimmen Rüpel du geheiratet hast?«

Sera, die barfuß in ihrem Unterkleid vor ihm stand und der die Locken um die Schultern fielen, lächelte ihm in die Augen. »Allerdings, Mylord, hege ich alle Hoffnungen … daß ich es herausfinden werde.«

Skelbrooke brach in ein Gelächter aus. »Meine liebe Sera, was bist du für ein außergewöhnliches Mädchen! Willst du nicht einmal *vorgeben,* du seist angespannt, um des Anstands willen?«

Sera legte ihm die Hände auf die nackten Schultern. Bis auf die Leinenkniehose entkleidet, wirkte er breiter und handfester als in seinem Satin und Samt, dennoch war sie sich seiner schrecklichen Verwundbarkeit bewußt, wie es noch nie zuvor der Fall gewesen war. »Zweifelst du an meiner Tugend, Mylord?« fragte sie mit einem allmählich spöttisch werdendem Lächeln.

»Keinen Augenblick lang«, murmelte er und zog sie in seine Arme. »Aber während ich zugebe, daß mich deine *Anständigkeit* für mich eingenommen hat … so bekenne ich auch, dich in der hoffnungsfrohen Erwartung geheiratet zu haben, daß du dich in meinem Bett als sehr ›schlimm‹ erweisen würdest!«

Die *Otter* traf genau nach Kurs und rechtzeitig am gewünschten Längen- und Breitengrad ein, und dort warf sie den Anker aus. »In weiteren sechsunddreißig Stunden wird der Mond so voll sein, daß er uns bei unseren Bemühungen helfen kann«, sagte Mr. Jonas. »Übermorgen, genau bei Sonnenaufgang, werden wir mit dem Heben der Insel beginnen.«

Am folgenden Morgen jedoch versammelte Captain

Hornbeam die Gentleman in seiner Kabine, ›auf ein Wort unter uns … und um die friedliche Stimmung der Damen nicht zu stören‹.

Jed, Mr. Jonas und Lord Skelbrooke (an diesem Morgen sehr elegant in Schwarz und Silber) setzten sich unter einer Öllampe um den Tisch. Captain Hornbeam ließ sich in einem Armsessel nieder, der am Kabinenboden verschraubt war, und holte eine Stummelpfeife nebst Tabakbeutel hervor.

»Raucht einer von Euch Gentlemen? Nein …? Nun, es wird Euch wohl nichts ausmachen, wenn ich es tue. Tabak klärt die Gedanken, wie es heißt.« Bei diesen Worten stopfte Captain Hornbeam seine Pfeife. »Wohlan … wo fangen wir am besten an? Ihr wißt wohl, daß während der ganze Zeit, da wir dieses Schiff ausrüsteten, Fragen gestellt wurden. Daraufhin herrschte lange Zeit Ruhe. Aber von der Stunde, da wir den Hafen verließen, geriet alles in Bewegung. Ein Schiff folgte uns den ganzen Weg lang – stets gerade in Sichtweite unseres Ausgucks … ebenso wie wir stets in Sichtweite ihres Ausgucks gewesen sein müssen. Es war mir ziemlich gleichgültig, so lange wir den Wind in den Segeln hatten – vielleicht war es irgendein Schiff, das die Küste entlang genau denselben Kurs eingeschlagen hatte, ganz unschuldig sozusagen. Dann jedoch haben wir hier geankert, und verdammt noch mal, da ist dieses andere Schiff einfach ein Stück nach Norden gefahren und hat dort ebenfalls geankert!«

Mr. Jonas – der auf seinem Stuhl stand, nicht saß – beugte sich über den Tisch. »Piraten, meint Ihr? Wir haben nichts von Wert bei uns … nichts, das Freibeuter anziehen würde.«

»Nein, Sir, keine Piraten«, erwiderte der Captain. »Denn in diesen Wassern hier gibt's nicht häufig Piraten. Abgesehen davon glauben einige der Männer, das Schiff wiedererkannt zu haben. Also habe ich an diese von Euch erwähnten Konkurrenten gedacht …«

Bis zu diesem Zeitpunkt hatte es sich als notwendig erwiesen, den Captain sowie die Mannschaft in einen Teil ihres Vorhabens einzuweihen – die Männer hätten vielleicht gegen den Plan protestiert, wenn sie das ganze Unternehmen nicht mehr oder weniger für einen Witz gehalten hätten, für so haarsträubend unmöglich, daß weder etwas Gutes noch etwas Schlechtes daraus erwüchse. Dennoch hatte Captain Hornbeam noch immer den Verdacht, daß hinter der ganzen Geheimniskrämerei ein weiteres Motiv stecken mußte.

»... ja, diese Konkurrenten von Euch – wäre es denn wahrscheinlich, daß sie ein Schiff mieten und hinter Euch hersegeln würden?«

Skelbrooke runzelte die Stirn. Ihm fiel jäh etwas ein, das Skogsrå von der Herzogin erzählt hatte: etwas in der Hinsicht, daß sie Schiffe und Männer anheuerte.

»Das mag wohl sein«, sagte Mr. Jonas. »Und dieses Schiff ... wenn es Eure Männer tatsächlich wiedererkannt haben ... hätten unsere Konkurrenten es leicht anheuern können?«

»Die *Black Bear,* unter Captain Kassien. Ja, das mag sein«, erwiderte Hornbeam und zündete seine Pfeife an. »Captain Kassien, er läßt sich von allen und jedem anheuern, ja, das tut er.«

Skelbrooke versteifte sich in seinem Stuhl. »Die *Black Bear,* sagt Ihr? Ich kenne dieses Schiff. Ich frage mich«, fügte er sinnend hinzu, »ob es einen Unterschied bedeuten würde (falls es zum Kampf käme), daß Mr. Kassien und seine Mannschaft von meiner Anwesenheit hier an Bord der *Otter* wüßten?«

»Falls es zum Kampf kommt, sind wir mächtig in Schwierigkeiten, aber das macht mir keine allzu großen Sorgen«, entgegnete Hornbeam. »Captain Kassien, der versteht es, an Land ganz wie der feine Gentleman aufzutreten, o ja. Sehr schmuck und nüchtern ist er, wenn er die Kaufleute aufsucht, und weil sie ihn nicht kennen, sind sie ganz begierig darauf, ihn anzuheuern und ihre Waren die Küste langsegeln zu lassen. Aber seine Leute kennen ihn allesamt als Trunkenbold und Schlafstaubabhängigen, als einen Mann, der unnötige Risiken eingeht. Im allgemeinen sticht er mit zuwenig Männern in See; zumeist mit einer Mannschaft aus Trunkenbolden und anderem Abschaum, der auf einem ehrbaren Fahrzeug keine Koje bekäme.«

Lord Skelbrooke schüttelte seine Spitze aus und dachte anscheinend über den Effekt nach, den die schwarze Spitze auf der ungewöhnlich blassen Hand ergab. »Bis zu einem gewissen Grad tut es mir leid, dies zu hören. Ich kannte Mr. Kassien, als er Erster Maat bei Troilus Diamond war. Damals war er, wie jetzt, vom Staub abhängig, jedoch stets nüchtern.«

»Ja, Sir«, bestätigte Captain Hornbeam. »Troilus Diamond war ein harter Mann ... grausam hart, und nicht allzu ehrbar ... aber er führte auf seinem Schiff ein straffes Regiment. Er hielt wohl Mr. Kassien von der Flasche fern. Es war keine allzu freundliche Handlung der Schicksalsgötter, Captain Kassien ein eigenes Schiff zu schenken.«

»Nein«, sagte Skelbrooke noch immer mit diesem nachdenklichen Blick. »Ich hatte stets angenommen, daß die Schicksalsgötter bei dieser Tat mein eigenes Wohlergehen im Sinn gehabt hatten.«

35. KAPITEL

In welchem Erde und See ihre Geheimnisse offenbaren

Bei Sonnenaufgang entfernten zwei Seeleute die Segeltuchplane, worin die Insel-anhebende Maschine eingehüllt lag, seitdem sie an Bord gekommen war. Daraufhin scharten sich sowohl Mannschaft als auch Passagiere darum – neugierig und skeptisch, jedoch ziemlich beeindruckt und in Bann geschlagen von der Großartigkeit des Mechanismus' – und warteten auf Jedidiah und Mr. Jonas.

Sie ließen nicht lange auf sich warten. Bald betrat Mr. Jonas mit seinem buschigen roten Schnauzbart das Deck. In seinem Gewand aus purpurfarbenem Satin, das auf phantastische Weise mit allen möglichen seltsamen Zeichen verziert war, gewirkt in goldenen Fäden, sah er einen jeden Zoll wie ein Magiker aus. Auf seiner Brust glitzerten viele Orden: Oberster Ritter des Brennenden Wassers, Großkommandeur vom Orden des Schattens der Sonne, Eingeweihter Meister des Geheimnisses vom Feuchten Pfad und viele mehr. In einer Hand hielt er einen verzierten Ebenholzstab, der sehr viel länger war als er selbst. Hinter ihm ging Jed, bloßer Anfänger und Gehilfe, der ein wenig verlegen in seinem Staat wirkte. Er war ähnlich, jedoch weniger auffällig zurechtgemacht und trug ein Gewand in Silber und Himmelblau mit Schleppe und dazu eine riesige gepuderte Perücke.

Sera, die mit ihrem frisch angetrauten Gatten Hand in Hand als Zuschauerin auf Deck stand, konnte ein Lächeln nicht unterdrücken. »Sag mir, Mylord, bist du nicht versucht, deine eigenen Gewänder der Macht überzustreifen und dich ihren Beschwörungstricks anzuschließen?«

»Ich habe meine ›Gewänder der Macht‹ – wie du sie so reizend zu nennen beliebest – dummerweise in der Wohnung in Thornburg zurückgelassen«, erwiderte Skelbrooke. »Doch selbst ohne sie sollte ich eigentlich versucht sein, meinen Teil zu übernehmen. Aber ach! Ich fürchte, meine Konzentrationskraft ist nicht mehr so ganz zuverlässig.«

Sera drückte ihm ermutigend die Hand und wünschte sich, sie hätte geschwiegen. Dr. Bell hatte sie gewarnt, daß es viele Wochen – vielleicht sogar viele Jahreszeiten – dauern würde, ehe Skelbrooke wieder ganz er selbst wäre. Zudem wäre sein Verlangen nach dem Schlafstaub noch über viele Jahre hinweg sehr stark. In gewissem Sinne wäre seine Abhängigkeit niemals heilbar. Nichtsdestoweniger wollte sie auf jeden Fall zu ihm stehen, gleich, was die Zukunft bringen mochte. Und das um so mehr, weil ihr etwas eingefallen war, das Hermes Budge einmal zu ihr gesagt hatte: daß Lord Skelbrooke vielleicht durch die Liebe einer guten Frau geheilt und gerettet werden konnte.

Während Jed mittels einer Pumpe den Fluß des belebenden, nativen Schwefels durch die Röhren in Gang setzte, tauchte Mr. Jonas die Magneten in anziehendes Wasser, um ihre Kraft zu verstärken. Dann unternahmen beide eine Reihe sehr sorgfältiger Einstellungen an den kleineren Spiegeln und Linsen, wodurch sie unsichtbare Energiestrahlen auf eine Stelle (in etwa einer halben League Entfernung) richteten, wo die versunkene Insel liegen sollte.

Anschließend folgten viele rituelle Worte und mystische Gänge, eine lange, feierliche, komplizierte Zeremonie, die die Aufmerksamkeit Seras und der Seeleute vielleicht eine Stunde lang gefangen hielt, ehe ihr Interesse erlahmte und sich fast alle gelangweilt abwandten. Elsie, Skelbrooke und Miß Barebones jedoch hatten ein so starkes Interesse an dem Vorgang entwickelt, daß sie verblieben und weiter beobachteten.

Eigentlich gab es danach wenig zu sehen, denn aus Sicherheitsgründen mußte der Prozeß langsam ablaufen und die Insel vorsichtig und Schritt für Schritt angehoben werden. Der restliche Morgen verstrich ohne Anzeichen dafür, ob die Maschine tatsächlich arbeitete.

Kurz nach Mittag jedoch wurde die Dünung heftiger, die See sogar rauh, obgleich es völlig windstill war. Die Ankerkette summte, als ob ein Beben oder eine Bewegung unten im Ozean das Wasser aufwühlte und am Anker rüttelte, so daß die Kette sang. Schließlich holte das heftige Klatschen der Wellen gegen den Schiffsrumpf Sera wieder an Deck. Sie wollte nachsehen, was los war.

»Wenn Ihr tatsächlich das erreicht ... was Ihr erreichen wollt«, erklärte sie, »so hoffe ich dringend, daß Ihr kein Unheil über uns bringt!«

»Wenn die Wellen so hoch werden, daß sie das Schiff in Gefahr bringen, können wir die Anziehung regulieren, indem wir einige Magneten von der Maschine abbauen«, entgegnete Mr. Jonas. Er hatte die magischen Gewänder abgelegt und war jetzt konventioneller, nach der Mode der Gnome, gekleidet. Er trug einen einfachen schwarzen Anzug und einen hohen Zylinderhut mit silberner Schnalle. Den größten Teil des Morgens hatte er damit zugebracht, zwischen der Stelle, wo seine Maschine auf dem Hauptdeck ruhte, und einem Aussichtspunkt auf der Brücke hin- und herzulaufen, wobei seine steifen Satingewänder ihn nur in seiner Bewegungsfreiheit behindert hätten. »Bis dahin werden wir wie geplant fortfahren.«

Bei Einbruch der Nacht legten Mr. Jonas und Jed die großen Bronzespiegel frei und richteten die Stangen aus, woran die Spulen aus verspiegeltem Glas angebracht waren. Bis zu diesem Zeitpunkt hatte ihnen der Mond bei ihren Bemühungen geholfen, das Wasser zum Fallen zu bringen; jetzt jedoch, da der Mond ebenso wie die Flut stieg, wurde es notwendig, seine magnetischen Kräfte so zu nutzen, daß sie dem Effekt des Wassers entgegenarbeiteten. Als letzte Einstellung verdrehte Mr. Jonas zwei Kupferdrähte ineinander und besprenkelte die zugehörigen Scheiben aus Silber und Zink mit Salzwasser. Daraufhin versprühten alle Metallteile der Maschine unheimliche blaue Funken elektrischer Energie.

Alle, Passagiere wie Mannschaftsmitglieder, versammelten sich an der Reling oder stiegen in die Takelage, um zu sehen, was jetzt geschah. Ein riesiger, gelber Mond stieg im Osten auf. Die Wogen stiegen gleichfalls höher und höher, doch der Captain meinte, daß sich das Schiff nicht *unmittelbar* in Gefahr befinde.

»Seht dorthin!« rief ein Seemann, einer der scharfäugigen Ausgucke. Er wies genau zu der Stelle, wo das schimmernde Abbild eines Koboldmonds auf den purpurfarbenen Wassern tanzte. »Ich dachte, ich hätt' was gesehen … so was wie den Buckel eines Wals.«

Atemlos schauten alle hinüber. Bald sahen sie es: eine große, dunkle, unregelmäßige Masse hob sich langsam, ganz langsam aus dem Wasser.

»Ihr habt es geschafft«, meinte der Captain ehrfürchtig. »Verdammt soll ich sein, wenn sie Euch nicht gelungen ist, die Sache! Wir hätten alle geschworen, daß es unmöglich ist.«

»Allerdings«, sagte Mr. Jonas, der auf Zehenspitzen stand, um über die Schiffsreling zu spähen. »Anscheinend haben wir's geschafft. Wollen wir hoffen, daß wir unseren Erfolg nicht zu bedauern haben!«

Der Ozean wurde jetzt so rauh und aufgewühlt, daß Mr. Jonas auf Anraten des Captains die Kupferdrähte abklemmte (wobei er einen heftigen Schlag erhielt, aber das hatte er erwartet), ein paar kleinere Magneten entfernte und eine Anzahl feinerer Justierungen durchführte, damit die Insel langsamer anstieg.

»Jed«, flüsterte Elsie, »du hattest doch gesagt, auf der Hügelkuppe befände sich ein Tempel? Wenn das stimmt, warum sehen wir dann seinen Umriß nicht als Silhouette vor dem Himmel?«

Jed war schon längst Mr. Jonas' Beispiel gefolgt und hatte seine wallenden Gewänder abgelegt. »Nicht genau auf der Kuppe«, erwiderte er. »Man vermutet, daß er am westlichen Hang *nahe* der Kuppe zu finden ist, wo es nicht so steinig ist und wo es eine natürliche Quelle frischen Wassers gab, das sie durch Kupferrohre in ihre Häuser pumpten. Oder vielmehr steht das so in den Geschichten. Wenn irgendein Teil davon überhaupt noch steht, wird unser Tempel jetzt aus dem Wasser steigen, aber der Hügel verschattet ihn. Vielleicht sehen wir etwas, wenn der Mond höher steht.«

Um Mitternacht erkannten sie ein unregelmäßiges Bauwerk, das oben auf dem Hang weiß im Mondlicht schimmerte. Jedidiah entfernte einen der größeren Magneten, und Mr. Jonas bedeckte einen der auf den Mond gerichteten Spiegel, um die Insel zu stabilisieren.

»Diejenigen von uns, die morgen früh an Land gehen wollen, sollten sich jetzt zurückziehen«, bestimmte Mr. Jonas. »Wir werden wohl nur schwer einschlafen können, aber wir müssen uns so gut wie möglich ausruhen.«

Am Morgen ließen sie die Beiboote hinab, und eine Anzahl der beherzteren Seeleute erbot sich, sie an Land zu rudern. Captain Hornbeam und seine Ausgucke versprachen, ein Auge auf das andere Schiff zu haben und Signal zu geben, falls die *Black Bear* auch nur ihre Position veränderte, und dazwischenzugehen, falls sie sich der Insel näherte. »Wir feuern eine Rakete ab, wenn es zum Kampf kommt«, sagte der Captain.

Zufrieden mit diesen Vorsichtsmaßnahmen kletterte der Landungstrupp in die Boote hinab und begann die lange Ruderfahrt zu der halb versunkenen Insel hinüber.

»Heute können wir unbesorgt forschen. Mit einigem Risiko können wir das morgen *vielleicht* auch noch«, sagte Mr. Jonas, während sie durch die Wogen ruderten. »Doch da wir die vom Mond ausgehende magnetische Kraft ebensowenig genau voraussagen können wie die Folgen, die sich ergeben, sobald die Kraft allmählich nachläßt, sind wir am besten übervorsichtig. Wir dürfen keine Minute länger als bis Mitternacht auf der Insel bleiben.«

Beim Näherkommen entdeckten sie, daß ein seltsamer Bewuchs aus Riementang und Seegras den größten Teil des Hügels bedeckte. Wie erwartet lag der Tempel in Ruinen.

Sie landeten an einem von Steinen übersäten Strand und entstiegen den Booten. Die Gentlemen reichten den Damen die Hand, während die Seeleute die Werkzeuge und Laternen entluden, von denen sie wohl Gebrauch machen würden. Dann stiegen sie den Hang zu den Tempelruinen hinauf. Säulen, Mauern, Dächer und Statuen – aus Marmor, Obsidian und rosig gefärbtem Porphyr – lagen überall herum, wie von einem Riesenkind verstreut, das des Spiels damit überdrüssig geworden war. Dennoch war es offensichtlich, daß alle Gebäude und Höfe sorgfältig nach einem präzisen Plan errichtet worden waren. Eine große, bemerkenswert gut erhaltene Statue, die auf einem umgekippten Sockel stand, war das Abbild einer majestätischen Gestalt mit vier Schwingenpaaren, die die Luft hinter sich wie ein Sturm aufwühlten. Sie balancierte auf einer Erdkugel und hielt in einer mächtigen Hand ein offenes Buch und in der anderen Hand einen Greifzirkel.

»Ist dies ... die Statue einer der Sieben Schicksalsgötter ... hier in einem heidnischen Tempel?« fragte Elsie, die Brauen zu einem verwirrten Stirnrunzeln zusammengezogen.

»Sie soll wohl den Demiurgen Protœ Cleptius darstellen, auch bekannt als der Abendstern, dem dieser Tempel geweiht war«, erwiderte Mr. Jonas.

Eine Weile lang waren sie damit zufrieden, zwischen den umgestürzten Steinbauten umherzuwandern und einfach über das Gesehene zu staunen. Schließlich jedoch ging ein jeder ans Werk. Sorgfältig durchsuchten sie die Ruinen, immer in der Hoffnung, eine Grotte oder eine Grabkammer wie die Katakomben am Spyglass Hill zu entdecken, wo noch immer (wie sie kühn hofften) steinerne Tafeln zu finden wären, die die Geheimnisse der Panterranischen Rasse beschrieben.

Mehrere Stunden lang gingen sie so vor, ehe sie die Suche für ein schnelles Essen unterbrachen. Es wurde ein hastiges Mahl, denn Seegras und Tang, die nahezu alles ringsum bedeckten, hatten in der Sonne zu trocknen begonnen, und um die Wahrheit zu sagen: niemand fand den Gestank besonders appetitanregend. Doch als sich anschließend die übrigen in verschiedene Richtungen zerstreuten, blieb Sera tief in Gedanken versunken auf einem Marmorblock sitzen.

»Deine Gedanken bereiten dir anscheinend Sorgen, Lady Skelbrooke«, sagte Seine Lordschaft, der nach ihr schauen kam. »Willst du sie mit mir teilen, meine Liebe?«

Sera seufzte und schüttelte den Kopf. »Ich versuchte, mir vorzustellen, wie das alles früher wohl ausgesehen hat: der Tempel, die Gärten, die Statuen und alles. Und ich dachte – ich dachte, wie sehr ich mir wünschte, mein Großvater wäre bei uns«, erwiderte sie wehmütig. »Er verbrachte Tage, sogar Wochen mit dem Entziffern einer einzigen Seite uralter Schrift ... Jahre mit der Übersetzung eines einzigen Manuskripts ... doch hier müssen wir uns nur umschauen und entdecken Dinge, die selbst die lebendigsten Beschreibungen nicht vermitteln können.«

Skelbrooke hockte sich neben sie auf den Block und

legte sich ihre Hand an die Wange. Von irgendwo rechts rief jemand etwas, und dann nahmen andere den triumphierenden Schrei auf. Seine Lordschaft ließ Seras Hand fallen.

»Anscheinend haben sie die Höhle gefunden«, rief er und sprang auf. »Willst du mitkommen und nachsehen?«

Sie erreichten die Stelle gleichzeitig mit Miß Barebones sowie einer Anzahl Seeleute. Jed, Elsie und Mr. Jonas kamen einen Augenblick später herbeigeeilt. Zwei der Seeleute hatten ein Paar Eisentüren entdeckt – obgleich viel Stein und Schutt über den Türen lag. Unmöglich, sie zu öffnen, ohne zunächst einen guten Teil der Steine beiseitezuschaufeln. Nichtsdestoweniger war ein jeder über diese Entdeckung so entzückt, daß sich alle eifrig mit Picken und Schaufeln, Hebeln und Brechstangen ans Werk machten.

Nachdem die letzten Steine und der letzte Schutt beiseitegeräumt war, schlang Mr. Jonas ein Seil durch den Ring in der Mitte einer jeden Tür. Vier Seeleute zogen die Türen auf und gaben dadurch den Blick auf einen runden Schacht frei, der wie ein Brunnen aussah. Eine in die Wand eingebaute Wendeltreppe führte in die Dunkelheit hinab.

»Die Luft – falls die Versiegelung gut war und sich am Grund tatsächlich Luft befindet und nicht Wasser – die Luft ist vielleicht voller giftiger Dämpfe«, sagte Mr. Jonas. Er wies einen der Männer an, eine Kerze in einem Eimer an einem Seil in den Schacht hinabzulassen, bis er auf den Grund traf. Als sie den Eimer wieder an die Oberfläche zurückzogen, brannte die Kerze noch immer strahlend hell.

»Sehr gut«, sagte Mr. Jonas. »Dann können wir gleichfalls mit unseren Fackeln und Laternen hinabsteigen. Erlaubt mir, als erster zu gehen. Wenn es um unterirdische Forschung geht, läßt man am besten einem Gnom oder Zwerg den Vortritt.«

Mit angehaltenem Atem und wild klopfendem Herzen folgten sie ihm die Stufen hinab: Jed und Elsie, Miß Barebones, Sera und Skelbrooke und dann die Seeleute – die beiden stämmigen Seebären ausgenommen, die sie zurückließen. Sie sollten Ausschau halten, ob die *Otter* Signal gab, daß man sich zu einer Auseinandersetzung mit dem anderen Schiff gezwungen sah.

Anscheinend eine halbe Ewigkeit lang wanden sich die Stufen immer weiter hinab. Sera schätzte, daß sie sich jetzt schon weit unter dem Wasserspiegel befanden, unten in jenem Teil der Insel, den der Ozean noch immer für sich beanspruchte. Schließlich erreichten sie eine große unterirdische Grotte, nicht unähnlich den Katakomben in Hobb's Church. Sie war nur bei weitem größer und prächtiger.

»Wie ihr seht, wurde hier nichts beschädigt«, sagte Mr. Jonas ehrfürchtig. »Hier waren mächtige Zaubersprüche am Werk. Wahrlich, dies muß die Höhle der Geheimnisse sein.« Er wandte sich an Jed. »Du und ich, Jedidiah, wir sind gemachte Männer. Unser Ruhm, wenn auch nicht unser Reichtum, ist uns gewiß. Mein lieber Junge, ich gratuliere dir von Herzen, denn du hast dich aus eigener Anstrengung emporgearbeitet, und jetzt muß die ganze Welt deine Verdienste anerkennen.« Elsie ließ ihre Hand in Jedidiahs Hand schlüpfen. »Wirklich, Jed, ich habe stets an dich geglaubt«, flüsterte sie. »Aber an einen derart spektakulären Erfolg dachte ich nicht einmal im Traum!«

Der Gnom ging umher und untersuchte den Fußboden, wobei er mit der Nase fast seine Zehen streifte. Diese Mosaike waren feiner und komplizierter als alles, was sie bisher gesehen hatten, und zeigten die Abbildung des Räderwerks eines großen, prächtigen Universums: flammende Sonnen, bleiche Monde, in allen Regenbogenfarben schimmernde Planeten und feuerschwänzige Kometen. Bahnen, Umlaufzeiten und Pertubationen waren klar und deutlich aufgelistet.

Er richtete sich wieder auf und wandte sich an Elsie. »Gut, Miß Winter, daß Ihr Farben und Skizzenblock mitgebracht habt. Könntet Ihr, nachdem wir etwas mehr gesehen haben, vielleicht hierher zurückkehren und soviel wie möglich von diesem Muster kopieren, so daß ich es später studieren kann?«

Etwas entfernt erreichten sie zwei weitere Flügeltüren – diesmal bestanden sie aus großen Planken, gefertigt aus polierten Walknochen. Sie ließen sich leicht öffnen und enthüllten ihren entzückten Blicken eine wahre Schatzkammer an beschriebenen Steintafeln, die auf mächtigen Felsblöcken ruhten. Alle … die bezopften Seeleute, der würdige Gnom, die beiden jungen Gentlemen und die Damen mit ihren weiten Röcken … drängten herein und wollten einen Blick darauf werfen.

»Ich werde diese Steine sehr genau untersuchen – und Ihr beide müßt mir dabei helfen, Jedidiah und Lord Skelbrooke –, damit ich entscheiden kann, auf welcher Tafel das von uns gesuchte Wissen am wahrscheinlichsten zu finden ist«, sagte Mr. Jonas. »Wir können nicht alle Steine zurück in die Boote nehmen, also müssen wir klug auswählen.

Nein …«, fügte er als Antwort auf Jeds fragenden Blick hinzu »… natürlich können wir so rasch keine Übersetzungen anfertigen, aber wie du siehst, zeigen viele davon Diagramme und Pläne, Symbole und magische Quadrate, anhand derer wir auswählen. Dann werden wir sie einen nach dem anderen mit großer Vorsicht entfernen. Weißt du, vielleicht sollen wir sie nicht in Besitz nehmen, und wir müssen darauf achtgeben, ob ihre Entfernung nicht eine große Katastrophe zur Folge hat.«

Doch als es soweit war, entfernten sie die Tafeln ohne jeden Zwischenfall und luden eine große Anzahl in die Boote. Weil die vielen Steine an Bord so schwer waren, mußten einige Passagiere zurückbleiben. Man kam zu dem Entschluß, daß Mr. Jonas mitfahren solle, um sicherzustellen, daß die Tafeln auch richtig behandelt wurden, und Miß Barebones gestand, daß die ganzen Aktivitäten und die Aufregung sie ein wenig erschöpft hatten. Doch Sera, Jed, Elsie und Skelbrooke sagten, sie würden liebend gern zurückbleiben und die Erforschung der Katakomben fortführen wollen.

»Ich hoffe, daß wir zum Sonnenuntergang zurückkehren«, sagte der Gnom, als er sich in der Höhle von ihnen verabschiedete. »Aber falls wir uns aus irgendeinem Grund verspäten – wenn wir nur knapp vor Mitternacht zurückkehren –, müßt Ihr haarscharf auf die Zeit achten und uns unten am Wasser erwarten!«

Lord Skelbrooke und Jedidiah holten ihre Taschenuhren heraus (Skelbrookes kürzlich erworbene Uhr war ein ziemlich gewöhnliches Chronometer, ohne jeden Sprengstoff), und sahen nach, ob beide noch funktionierten.

»Schön«, meinte Mr. Jonas. »Dann werde ich Euch zwei Seemänner hier lassen, die im Tempel Wache halten, sowie eine Laterne und zusätzliche Kerzen für jeden von euch. Ich werde sobald wie möglich zurückkehren.«

Elsie holte ihren Skizzenblock und die Pastellkreiden aus der Handtasche und ließ sich in ihrem Wirrwarr aus Röcken und Unterröcken nieder, um Skizzen vom Fußboden anzufertigen, während Sera und die Gentlemen die eingravierten Bilder und Symbole und die uralten Buchstaben auf den Grabstätten und Katafalken untersuchten. Besonders beeindruckt war Sera von einer Serie Bilder – vermutlich zierten sie das Grab eines großen Erfinders –, die offenbar zahlreiche Maschinen zeigten: windgetriebene Kutschen und dampfgetriebene Wagen sowie einen merkwürdigen Apparat, der offenbar zum größten Teil aus graduierten Linsen bestand, dessen Zweck ihr jedoch völlig rätselhaft blieb. Sie rief Jed herbei, er solle ihr die Sache erklären. Jed übersetzte im Kopf die Inschrift und verbrachte mehrere Minuten mit Nachsinnen über das Bild, während Sera ungeduldig wartete. »Jetzt hab' ich's – es ist eine Maschine zum Einritzen der Steintafeln!« erklärte er schließlich. »Diese Linsen … die größte Linse oben besteht aus gewöhnlichem Glas, jene in der Mitte bestehen aus Quarz, und die winzigen ganz unten aus Balthorianischen Kristallen … sie fokussieren die Sonnenstrahlen immer enger, bis die Hitze so stark ist, daß sie in festen Stein hineinbrennt.«

Er schloß sich Sera bei der Untersuchung der Grabstätten auf dieser Wandseite an. Sie sahen Bilder von Männern und Frauen mit wackeligen Hüten und Kopfbedeckungen – im eigenartigen, jedoch seltsam vertrauten Stil vergangener Zeitalter –, zusammen mit den wunderbaren Maschinen und Erfindungen einer verschollenen Zivilisation. Inzwischen konzentrierte sich Lord Skelbrooke – stets der Magiker – in einem anderen Teil der Höhle auf einige esoterische Diagramme. Auf diese Weise verstrich eine schweigsame Stunde, bis Skelbrooke rief, die anderen sollten zu einem steinernen Sarkophag herüberkommen.

Auf den Sarkophag waren wunderschöne magische und alchemistische Zeichen eingraviert. Zudem wies er rings um den oberen Teil ein Band aus Buchstaben auf. In Anbetracht dessen, daß die Panterraner so groß wie Menschen waren, umschloß er einen so kleinen Raum, daß er nur die Überreste eines sehr jungen Kindes enthalten konnte.

»Ich verstehe die Inschrift nicht ganz und gar, doch ich glaube … ich bin mir so gut wie sicher, daß dieser Behälter niemals einen Leichnam bergen sollte«, sagte Seine Lordschaft. »In Wahrheit enthält er vielleicht etwas von großem Wert. Bringt bitte eure Laternen etwas näher, meine Damen … und du, Jedidiah, hilf mir, den Deckel zu heben!«

Der Deckel war schwer, jedoch handhabbar. Nachdem er beiseitegeschoben war, zeigten sich glitzerndes

Gold und funkelnde Juwelen. Lord Skelbrooke und Jed setzten den Deckel eilig auf dem Boden ab, dann griff Skelbrooke in die Steinkiste und zog einen kleinen Behälter aus Elfenbein hervor, der mit Rubinen, Smaragden, Saphiren und Diamanten besetzt war, die im Licht von Seras und Elsies Laternen glitzerten und glänzten. Atemlos sahen die anderen drei zu, wie er den juwelenbesetzten Deckel hob.

Auf einem Bett aus zerbröselndem Tuch lag ein einzelner großer Edelstein von ungewöhnlicher Farbe und seltenem Glanz, eine Schattierung irgendwo zwischen Rot und Purpur, in dessen Herz ein goldenes Feuer brannte.

»Seramarias«, sagte Skelbrooke mit leiser, bebender Stimme. »Dein Namensvetter, Sera.« Ein allgemeiner Seufzer ertönte. Elsie mußte sich auf den Marmorsarkophag stützen, und Sera war ebenfalls benommen zumute. Ihr Herz pochte so heftig, daß sie glaubte, es müsse zerbrechen. Und in jenem Augenblick wußte Sera, daß sie in jedem Sinne des Wortes die Enkelin eines Alchemisten war – es verlangte sie mit ganzem Herzen nach dem Stein.

»Strahlender Seramarias, gesucht von allen Menschen,
Durch alle Äonen der kreisenden Welt.
Nicht Könige, noch Eroberer, noch Potentaten
Besaßen trotz ihrer funkelnden Schätze
Je solch einen Stein, so kostbar und rein
Wie den blutroten Seramarias mit dem Flammenherz …«

Skelbrookes Zitat brach jäh ab, als sie ein Geräusch vom Fuß der Wendeltreppe vernahmen. Sie hatten niemanden gehört, der den Schacht hinabgestiegen war, und bis zur Rückkehr ihrer Freunde zum Sonnenuntergang war es noch eine Stunde.

»Seid nicht so dumm, nach Euren Waffen zu greifen, Gentlemen«, sagte eine liebliche, kindliche Stimme.

»Wir sind beide bewaffnet, und wir haben unsere Pistolen direkt auf die Köpfe der jungen Damen gerichtet.«

Die Herzogin von Zar-Wildungen trat in den hellen Lichtkreis der Laternen, und bei ihr war Moses Tynsdale. Etwas raschelte, regte sich, und der Affe Sebastian, der sich an ihre weiten Röcke klammerte, tauchte hinter der Herzogin auf.

Doch Skelbrooke war so rasch gewesen, daß bereits eine kleine Pistole aus Walnußholz und Messing in seiner Hand glänzte. »Wie meine Pistole auf Euren Kopf gerichtet ist, Marella«, sagte Seine Lordschaft kühl. »Anscheinend befinden wir uns in einer Pattsituation. Jedoch werden bald unsere Freunde eintreffen, so daß sich die Waage zu unseren Gunsten neigen wird.«

»Zunächst müssen sie an meinen Männern oben vorüber«, entgegnete die Herzogin. »Ich fürchte, wir haben Eure Seeleute ziemlich grob behandelt, doch wir fügten ihnen wohl kaum einen dauerhaften Schaden zu. Wie sehr waren sie von unserem Anblick überrascht! Habt Ihr etwa erwartet, wir würden die *Bear* unter vollem Geschützfeuer heranführen? Wir sind mit Beibooten gekommen, genau wie Ihr, und Euer Ausguck hat uns überhaupt nicht bemerkt.«

Sera und ihre Freunde tauschten verlegene Blicke aus. Irgendwie war es keinem von ihnen in den Sinn gekommen, daß die Herzogin ohne Fanfaren und brüllende Kanonen auftauchen könnte.

Skelbrooke schloß die Hand fest um den Griff der Pistole. »Wir haben nichts von ihr zu befürchten«, sagte er zu den anderen. »Sie wird keinen von uns erschießen. Dazu ist sie zu stolz. Eine so simple und grobe Rache wäre der Herzogin von Zar-Wildungen unwürdig.«

»Aber mich verlangt gar nicht mehr nach Rache«, sagte die Herzogin lächelnd. »Den ›Strahlenden Seramarias‹ muß und werde ich erhalten!«

36. KAPITEL

In welchem sich die Kräfte der Natur und Magie als launisch erweisen

Die Herzogin lächelte weiterhin dieses besondere, gütige Lächeln. »Ich habe viel erlitten«, sagte sie, »aber ich will gerne meine vielen erlittenen Kränkungen vergessen, wenn Ihr mir den Stein überlaßt. Ja … Seramarias wird für alles zahlen.«

Skelbrooke schüttelte langsam den Kopf. »Der Stein ist völlig unbezahlbar – doch hat dies für eine Fee, die Rache nehmen will, etwas zu bedeuten?«

»Ein wenig. Nicht sehr viel, das gebe ich zu«, erwiderte die Herzogin. »Aber für *Euch* ist der Stein so wertvoll, sein Verlust wird schmerzlich sein – und das ist auch etwas. Wenn ich Euch beraube, gewinne ich einen Teil der moralischen Befriedigung, die ich suche.« Sie trat einen Schritt näher, so daß ihre Züge im Laternenschein deutlicher erkennbar wurden. Sie lächelte noch immer, aber ihr feines Gesicht hatte einen wehmütigen Ausdruck angenommen. »Und die Umstände begünstigen Euch. Der Herzog ist tot … Aus diesem Grund ist die Gnädige Frau, die Herzogin von Zar-Wildungen, in gewissem Sinne ebenfalls tot. Wenn ich wie der Phönix aus der Asche meines alten Lebens steigen und ein neues Leben beginnen will, gelingt mir dies unbelastet von alten Schulden, altem Haß und alter Liebe besser. Gebt mir den Stein, meine lieben Kinder, und ihr braucht nie mehr Angst davor zu haben, daß ich mich in euer Leben einmische. Darauf gebe ich euch mein Ehrenwort.«

Die anderen wanden sich unbehaglich und tauschten Seitenblicke aus. »Wirklich, Patin«, sagte Elsie, »ich wünschte, es wäre so. Meines Wissens nach habe ich dir niemals etwas angetan, dennoch wäre ich froh, wenn ich den Frieden von dir erkaufen könnte. Vorausgesetzt, wir können deinem Wort trauen!«

»Ihr werdet unseren Zynismus entschuldigen«, fügte Sera mit spitzen Lippen hinzu. »Aber Jarl Skogsrå spann ebenfalls ein plausibles Garn – da in Eurem Haus im Sumpf. Und er hatte von Anbeginn an nur Verrat im Sinn.«

»Nichtsdestoweniger glaube ich, wir dürfen ihr vertrauen«, meinte Skelbrooke, sehr zur Überraschung der anderen. »Es liegt nicht in der Natur von Feen, in Sachen der Gerechtigkeit oder Rache zu lügen. Dennoch können wir Euch den Stein nicht übergeben, Marella. Niemand hat Euch etwas angetan, von mir vielleicht abgesehen. Und der von Euch geforderte Preis ist viel zu hoch.«

Der Herzogin runzelte die Stirn und zupfte ungeduldig an ihrem Rock. »Ein zu hoher Preis für die innere Ruhe? Wenn ich hier und jetzt keine Befriedigung erhalte, werde ich Euch alle Tage Eures Lebens hetzen. Ihr werdet keinen Augenblick der Sicherheit kennen, keine Nacht der süßen, unbesorgten Ruhe. Ich lebe sehr lange, ich kann Eure Kinder und Kindeskinder peinigen … eine Aussicht, auf die ich mich nicht freue, zugegeben, aber dazu würde ich mich genötigt fühlen, wenn Ihr Euch nicht weise entscheidet und uns allesamt erlöst.«

Seras erstes Hochgefühl über den Fund des Steins ebbte allmählich ab. Sie begehrte Seramarias, jedoch nicht mehr so unbedingt wie zuvor. Und wenn sie alles bedachte, was der Stein sie in der Vergangenheit gekostet hatte, was er sowohl ihre als auch Jeds Verwandtschaft gekostet hatte, wenn sie den Preis bedachte, den er vielleicht noch fordern würde … Sie blickte zu Jed hinüber und sah ihre eigene Sorge und Verwirrung in seinen Augen widergespiegelt. Der Familienfluch – das war Seramarias gewesen und mußte es stets sein, es sei denn, sie fand die Weisheit und den Mut und sagte sich von ihm los.

Sera berührte ihren Gatten leicht am Arm. »Wenn du sie für vertrauenswürdig hältst, dann gib ihr den Stein, gleichgültig, was er mir bedeutet.«

»Ich meinerseits«, sagte Jed, »gäbe ihn her, je eher, desto besser.« Und Elsie äußerte sich ähnlich. Doch Skelbrooke runzelte nur die Stirn.

»Sera, der Stein ist mehr als nur dein Namensvetter. In gewissem Sinn hattest du von Geburt an ein Anrecht auf ihn. Für ihn opferte dein Großvater alles ... seinen guten Namen und sein Vermögen ... das Erbe, das du erhalten solltest ... und es wäre ganz in seinem Sinne, wenn du den Stein für dich beanspruchen würdest, da bin ich mir sicher. Hast du nicht heute noch an ihn gedacht? Hast du nicht gewollt ...«

»Wenn ich auf Seramarias Anspruch erheben kann, entweder in meinem Namen oder im Namen meines Großvaters ... dann gebe ich diesen Anspruch freudig auf«, unterbrach ihn Sera leise.

Seine Lordschaft wirkte schmerzerfüllt. »Dieses unvernünftige Vorurteil gegenüber allen magischen Dingen.«

»Es ist keine Sache des Vorurteils«, beharrte Sera. »Willst du von mir hören, daß ich dein Verlangen nach dem Stein verstehe? Ich verstehe es, und ich verstand es von Anbeginn an. Es war kein allzugroßer Irrtum, als du sagtest, daß ich mich aus der Angst heraus gegen alles Magische wende, mein eigenes Interesse daran zu erwecken. Aber wenn du dir einbildest, daß Seramarias alles ins Lot bringen könnte ... daß er die Jahre der Armut, der Mühsal, der Enttäuschungen, der vielen, vielen Schläge auf meinen törichten Stolz auslöschen könnte ...« Einen Augenblick lang versagte ihr die Stimme, dann fuhr sie fester fort: »Das kann er nicht, Francis, überhaupt nicht. Und selbst wenn er es könnte ... ich habe alles, was ich *jetzt* will oder brauche. Und so närrisch bin ich nicht, daß ich mein gegenwärtiges Glück um der toten Vergangenheit willen opfere.«

Während ihrer letzten Worte ging ein Beben durch die Höhle. »Der Mond nimmt ab«, meinte Jed und faßte Elsie bei der Hand. »Während er sich von der Erde entfernt, wird seine Anziehungskraft schwächer. Wir wissen wirklich nicht ... wir haben es nur geschätzt ... wie lange die Maschine allein stark genug bleibt, den Tempel über Wasser zu halten.«

»Dann entscheidet Ihr Euch besser rasch, Francis«, sagte die Herzogin. »Wenn ich die Katakomben ohne den Stein verlasse, werdet Ihr von mir niemals mehr ein Friedensangebot hören.«

Ein weiteres, diesmal viel stärkeres Beben durchlief die Insel.

»Offenbar hat sich Mr. Jonas verschätzt, und uns bleibt nicht annähernd soviel Zeit, wie wir dachten«, erklärte Jed, während die unterirdische Höhle weiterhin bebte und schwankte. »Die Insel versinkt womöglich.«

Moses Tynsdale, der bislang geschwiegen hatte, beugte sich vor und sagte der Herzogin etwas ins Ohr. Sie schüttelte nachdrücklich den Kopf.

»Du bist dir ganz sicher, Sera?« fragte Skelbrooke sehr bleich und beunruhigt. Ganz offensichtlich bedeutete ihm Seramarias mehr, als er Sera jemals bedeuten konnte. »Du willst den Stein hergeben?«

»Das will ich«, erwiderte Sera und stampfte ungeduldig mit dem Fuß auf. »Bitte halte uns nicht länger auf, oder wir werden alle mit dem Tempel versinken!«

Nach einem schweren, inneren Kampf sagte Skelbrooke schließlich: »Na schön« und hielt der Herzogin das juwelenbesetzte Elfenbeinkästchen entgegen. »Dann nehmt Seramarias an Euch. Alle Schulden sollen bezahlt, alle Kränkungen ausgelöscht sein … auf beiden Seiten.«

Oben in den Ruinen waren die Seeleute nicht aufzufinden, die sie als Wache zurückgelassen, und auch nicht die Männer der Herzogin, die sie überwältigt hatten. »Verschwenden wir keine Zeit mehr damit, sie zu suchen«, rief die Herzogin, das Elfenbeinkästchen an ihren Busen gedrückt. Sebastian hatte sie Moses Tynsdale anvertraut; er trug den Indigoaffen auf dem Arm. »Wahrscheinlich haben meine Männer Eure Männer mitgenommen und sind zu den Booten hinab … Leider befürchte ich, daß sie nicht vollkommen vertrauenswürdig sind und womöglich *uns* im Stich gelassen haben. Wollen wir hoffen, daß Eure Freunde zuverlässiger sind und – wie von Euch versprochen – zurückkehren.«

Zwischen zerfallenen Gebäuden und Statuen liefen sie durch die dichter werdenden abendlichen Schatten den Hügel hinab, wobei die Insel unentwegt bebte. Zu ihrer großen Erleichterung fanden sie Mr. Jonas und mehrere Seeleute mit zweien der Beiboote am Ufer wartend vor.

»Alle Schulden bezahlt … alle Kränkungen wiedergutgemacht?« fragte die Herzogin, jäh zweifelnd.

»Ich habe es gesagt«, entgegnete Skelbrooke, der Sera ins Boot half. »Gebt mir Eure Hand, Marella, und …«

Aber genau in diesem Augenblick, vielleicht als Reaktion auf den allgemeinen Aufruhr ringsum, wand sich der blaue Affe aus Tynsdales Griff los, sprang zu Boden und rannte wieder den Hang hinauf.

»Sebastian, mein Liebling!« kreischte die Herzogin. Sie beachtete Skelbrookes ausgestreckte Hand nicht und lief hinter dem Affen her. Seine Lordschaft wollte ihr schon folgen, aber Sera ließ seine Hand nicht los.

»Du setzt nicht dein Leben und unsere Zukunft für ihre Rettung aufs Spiel, Mylord. Wir mögen ihr die Kränkungen vergeben, die sie uns zufügte, aber wir müssen sie nicht vergessen.«

»Auf jeden Fall müssen wir etwas warten und ihr die Gelegenheit verschaffen, freiwillig zurückzukehren«, meinte Skelbrooke. Die Seeleute hatten bereits eines der Beiboote zu Wasser gelassen, waren hineingestiegen und ruderten eilig davon. Jed, Mr. Jonas und Moses Tynsdale schoben das andere Boot ins Wasser, bestiegen es zusammen mit den jungen Damen, und jeder von ihnen ergriff ein Paar Ruder.

Mehrere Minuten verstrichen, während die Insel wiederholt von einem Beben gepackt wurde. »Die See steigt, und wenn wir nicht auf der Stelle ablegen, dürfen wir kaum auf eine sichere Rückkehr zum Schiff hoffen«, sagte Mr. Jonas. »Auch wird Captain Hornbeam nicht noch sehr viel länger auf uns warten, ehe er sein Schiff in eine sicherere Lage bringt.«

Doch Skelbrooke zögerte noch immer. »Ich möchte Euch daran erinnern, daß die Herzogin und ich in einem eigenen Beiboot eingetroffen sind«, sagte Tynsdale. »Das haben wir auf der anderen Seite des Hügels zurückgelassen. Möglicherweise *haben* die Männer auf sie gewartet, und vielleicht hat sie ihr Schoßtier eingefangen und ist in diese Richtung gerannt. Vielleicht überwältigen uns die Wasser, während wir hier warten und sie gar nicht kommt.«

Widerstrebend stieg Skelbrooke an Bord und ergriff das vierte Paar Ruder.

Captain Hornbeam hatte auf sie gewartet, aber das Schiff war bereits aufgetakelt, der Anker eingezogen und die *Otter* bereit zur Abfahrt, sobald sich alle sicher an Bord befanden. »Ein äußerst ungewöhnliches Abenteuer«, bemerkte Mr. Jonas, während er über die Reling kletterte. »Ihr müßt Euch über den Verlust des Steins nicht grämen. Mit unseren erworbenen Kenntnissen können wir mächtige Maschinen bauen ... fliegende Schiffe ... Unterwasserfahrzeuge. Selbst ohne Seramarias bin ich der Überzeugung, daß das *wahre* Abenteuer erst beginnt!«

»Prediger Tynsdale ... ja, verdammt, woher kommt Ihr denn?« fragte der Captain, als der Kopf des Geistlichen über der Reling auftauchte.

»Aus den Tiefen der Erde«, erwiderte Tynsdale. Nachdem er den Fuß aufs Deck gesetzt hatte, zog er schwungvoll den breitkrempigen Hut. »Übermäßig erfreut über den Besuch dort war ich nicht, das wäre zuviel gesagt, aber ich bin zumindest lebendig herausgekommen.« Er wandte sich Skelbrooke zu, der ihm gefolgt war. »Soll ich ebenfalls unter die allgemeine Amnestie fallen ... oder werde ich die restliche Fahrt angekettet unten im Vorratsraum verbringen?«

Einen langen Augenblick dachte Skelbrooke darüber nach. Wie er wußte, war Hooke ein Schurke durch und durch. Dennoch hatte er, wenn er jetzt seine ehemaligen Verbündeten so ansah, den starken Eindruck: *Ohne die unerklärlichen Launen der Schicksalsgötter wäre sein Weg auch der meine gewesen.* »Als Gegenleistung dafür, daß Ihr meine unersättliche Neugier in ein oder zwei Punkten befriedigt, sollt Ihr unter die Amnestie fallen.«

Die Beiboote wurden hochgehievt und an den Bordwänden vertäut. Das Schiff setzte sich in Bewegung.

»Stellt Eure Fragen, und ich werde mich bemühen, sie zu beantworten!« erwiderte Tynsdale mit einer Verbeugung. »Wie ich Euch schon zuvor erklärte, betätige ich mich im allgemeinen nicht als Entführer oder Dieb. Gewöhnlich handele ich mit Informationen.«

Skelbrooke lächelte schwach. »Wie kam es, daß Ihr noch immer im Sold der Herzogin gestanden habt?«

»Ich konnte sie davon überzeugen, daß ich nach ihrem Befehl zu handeln glaubte, als ich Euch und

Eure Dame entführte. Was nicht weiter schwer war: Ich kann stets große Aufrichtigkeit vorspielen – insbesondere, wenn ich die Wahrheit spreche. Ich glaubte tatsächlich, in Übereinstimmung mit den Wünschen der Gnädigen Frau zu handeln. Ich wußte nicht, daß Ihr sterben solltet, und mir war nicht genau bekannt, was Skogsrå im Hinblick auf die Dame vorhatte. Ich wußte tatsächlich nicht einmal, daß er ein Troll war, bis er Miß Vorders Blut trank.«

Er machte eine mißbilligende Geste. »Damit will ich nicht sagen, daß dies meine Handlungen entschuldigt … wegen deren ich mich nicht sonderlich schäme … sondern nur, daß ich ein wenig stolz auf meine Arbeit bin und Euch gegenüber vollständig Rechenschaft ablegen will.«

Sera flüsterte ihrem Gatten etwas ins Ohr. Seine Lordschaft nickte. »Aber sagt mir, Euripides: der Herzog von Zar-Wildungen – ist er wirklich tot?«

Tynsdale lehnte sich gemütlich an die Reling. »Meines Wissens nach ja. Aber natürlich könnt Ihr Euch der Wahrheit dessen leicht versichern, wenn Ihr Eure Freunde in Wäldermark fragt.«

Jed, der Händchen haltend mit Elsie in der Nähe stand, warf eine eigene Frage dazwischen. »Was ist mit dem Ungeheuer … Miß Vorders Doppelgängerin? Hat die Herzogin sie an Bord der *Black Bear* mitgenommen?«

»Nein«, erwiderte Tynsdale. »Cecile ist tot … oder vielmehr, sie hat das bißchen an Leben verloren, was sie jemals besaß. Auf Befehl der Herzogin brachten Hancock und ich Skogsrås Leichnam in die Sümpfe hinaus und warfen ihn in ein Schlammloch, das ihn verschlang. Das Ungeheuer war so außer sich, daß wir es mitkommen ließen. Tatsächlich konnte nach seinem Tod keiner von uns mit ihm zurechtkommen. Wie hätten wir erraten sollen, daß sie hinter ihm her in das Schlammloch waten würde … oder daß sie, sobald sie darin war, sich unseren Rettungsbemühungen verweigern würde?

Sie stand bis zur Taille im Schlamm, war also bis zur Hälfte eingetaucht. Dieser Zustand, halb in Sand und halb in Wasser, führte schließlich wohl dazu, daß sie ihre elementare Gestalt wieder annahm. Ja ... sie wurde vor unseren Augen wieder zu Ton«, fügte Tynsdale schaudernd hinzu. »Kein angenehmer Anblick.«

Mit einer weiteren Verneigung und einer schwungvollen Gebärde schlenderte Tynsdale davon. Sera sah ihren Gatten stirnrunzelnd an. »Soll er den Folgen seiner Schurkereien wirklich ungestraft entrinnen?«

Skelbrooke schüttelte den Kopf. »Laß dich von seinem Gebaren nicht täuschen! Ein Mann mit seinen Erinnerungen, die soviel Grund zur Reue bieten, trägt seine Folter in sich, wohin er auch geht. Der Strafe entrinnen? Das liegt nicht in seiner Macht. Glaube mir, denn ich spreche aus eigener, bitterer Erfahrung.«

Elsie und Jed traten zu Sera und Skelbrooke an die Reling. »Vetter Francis«, sagte Elsie. »Ihr glaubt den Worten der Herzogin, daß sie uns nicht mehr belästigen wird – falls sie überlebt?«

»Davon werde ich völlig überzeugt sein, sobald ich mir ganz gewiß bin, daß der Herzog wirklich tot ist. Während eines ausgiebigen Besuchs bei Mistreß Samedi erfuhr ich viel über die Natur der Feen. Da ich damals ans Bett gefesselt war, hatte sie reichlich Zeit, mir Lehren über eine Vielzahl von Themen zu erteilen.« Seine Lordschaft seufzte tief. »Anscheinend haben diejenigen mit Feenblut die Neigung, auf höchst seltsame Art und Weise auf Katastrophen zu reagieren: ihre Persönlichkeit löst sich auf, nein, zerfällt in Fragmente, ist vielleicht der bessere Ausdruck. Nach einer anhaltenden Periode der Verwirrung vermischen sich die Persönlichkeiten wieder, und ein neues Leben beginnt.

Diese Lehre erhielt ich«, fügte Seine Lordschaft mit

einem kleinen Schulterzucken hinzu, »weil Mistreß Samedi sich einbildete, dies alles hätte etwas mit *mir* zu tun – mit einer gewissen Instabilität des Charakters, die Euch vielleicht aufgefallen ist. Irgendwo hat sie den phantastischen Eindruck gewonnen, daß meine Familie über die Jahre hinweg eine bedeutende Seitenlinie mit Feenblut verheimlichte. Als ich ihr die Stammbäume zitierte, erwiderte sie bloß, daß Feen stets von Blutlinien besessen seien.«

»Und wie lange«, fragte Sera und hob eine dunkle Braue, »dauert die von ihr erwähnte Periode der Verwirrung wahrscheinlich an?«

»Manchmal über mehrere Jahre hinweg – aber selten mehr als sechs oder sieben«, erwiderte Skelbrooke und ließ einen Arm um ihre Taille gleiten. »Ihrer Rechnung zufolge bin ich bereits dabei, mich vom Anfall des Wahns zu erholen, und in einem weiteren Jahr – äußerstenfalls – werde ich dir ein besonders respektabler Gatte sein, liebe Sera.«

»Ich werd's gewiß glauben, wenn ich's sehe«, gab Sera bissig zurück, obgleich sie bei diesen Worten lächelte.

»Und ich«, sagte Elsie ziemlich ernst, »hoffe wirklich, daß die Herzogin *ihr* neues Leben als eine bessere Frau lebt.«

»Hierzu muß man wissen«, sagte Skelbrooke, »daß diese Misch-Feen nicht nach unseren Maßstäben leben. Weder menschlich noch feenhaft, müssen sie ihre eigenen moralischen Maßstäbe entwickeln. Ich glaube nicht, daß die Herzogin jemals ihre eigenen Gebote übertrat. Und wir wissen genau, daß viele Leute in Thornburg sie lediglich als eine gütige Wohltäterin kennen. Wärest du nicht unschuldig Ursache für eine Beleidigung ihrer Person gewesen, wäre sie wirklich deine Patin geworden, so wäre sie dir gegenüber als die Güte in Person aufgetreten.

In ihrem neuen Leben«, sagte Seine Lordschaft,

»wird sie vermutlich in vieler Hinsicht dieselbe Marella sein: abwechselnd großzügig und gut, böse und grausam … in unserer Denkweise ein Wesen von unendlicher Launenhaftigkeit, jedoch stets der eigenen Natur getreu.«

An diesem Abend lud Captain Hornbeam seine Passagiere zum Essen zu sich ein. Doch nachdem die anderen hinabgegangen waren, blieben Sera und Skelbrooke noch ein wenig länger an Deck, weil sie nach dem aufregenden Tag einen Augenblick für sich haben wollten, ohne ihre Freunde. Noch immer färbte die untergehende Sonne den Himmel purpur, und sie sahen, wie durch die Takelage ein großer, gelber, nur leicht eingedellter Mond aus dem Wasser stieg. Die *Otter* hinterließ ein goldfarbenes Kielwasser. Es sah aus wie ein Pfad, der zum Mond führte.

»Da du jetzt reichlich Zeit hattest, darüber nachzudenken – bedauerst du deine Entscheidung nicht, den Stein weggegeben zu haben?« flüsterte Skelbrooke Sera ins Ohr.

»Nein«, erwiderte sie sehr ernst. »Dort auf der Insel sprach ich die Wahrheit. Ich bin vollkommen zufrieden mit allem, was ich jetzt habe, auch mit der Aussicht auf unsere gemeinsame Zukunft.«

Er umfing ihre Hand mit seinen beiden Händen und lehnte sich an einen Mast. Sie wandte sich ihm zu, beider Blicke begegneten sich, und aus beider Augen strahlte ein Lächeln reinsten Entzückens.

»Bitte, glaub mir, Mylord, wenn ich es dir sage«, versicherte Sera. »Aber ich bin niemals im Leben glücklicher gewesen.«